Meister Frantz und das Teufelskraut

Henker von Nürnberg Band 2

von

Edith Parzefall

W0380266

Copyright © 2016 Edith Parzefall
E-Mail: edith_parzefall@gmx.de

Verlag: Edith Parzefall
Rothenburger Str. 174, 90439 Nürnberg, Deutschland
Printed by: Createspace, On-Demand Publishing, LLC
100 Enterprise Way, Suite A200
Scotts Valley, CA 95066
United States
Lektorat, Karten und Umschlag: Kathrin Brückmann
www.lekto-ratio.de

Alle Rechte vorbehalten.
ISBN: 1537655523
ISBN-13: 978-1537655529

Karten von Nürnberg und Umgebung

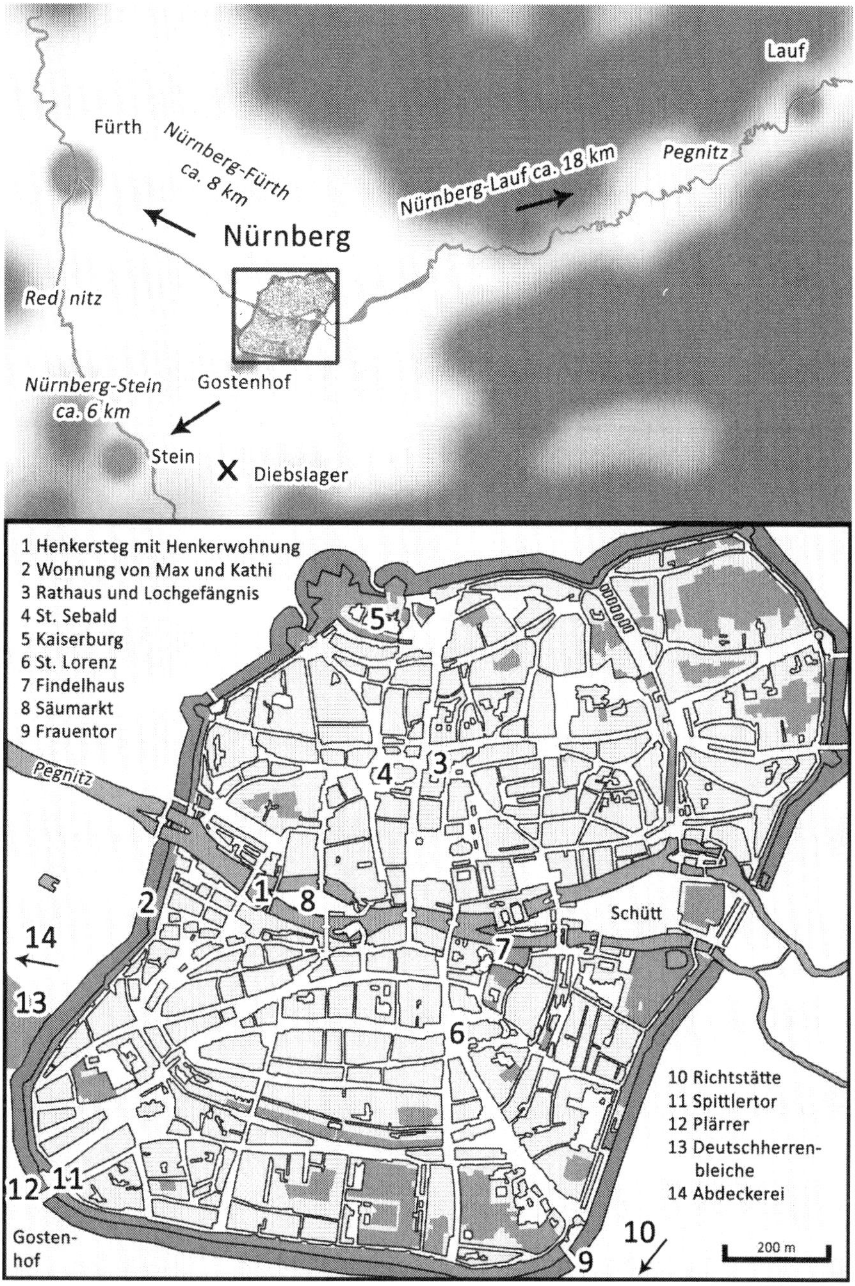

Handelnde Personen:

Historische Figuren sind **fett** gedruckt, werden in diesem Roman allerdings fiktional verwendet, obwohl ich mich weitgehend an die historisch überlieferten Fakten gehalten habe. Wie damals üblich tragen alle Nachnamen von Frauen die Endung -in, da die Anreden Frau und Herr für gewöhnliche Leute noch nicht aufgekommen waren.

Meister Frantz Schmidt, der Nachrichter, also Henker von Nürnberg.
Maria Schmidtin, Frau des Henkers, die auch gerne mal als Henkerin bezeichnet wurde.
Vitus Schmidt, Sohn von Frantz und Maria.
Augustin Ammon, der Löwe, wie man den Henkersknecht nannte.
Katharina Leinfelderin, ein Findelkind und Ehefrau von …
Maximilian Leinfelder, ein Stadtknecht im Dienste der Freien Reichsstadt Nürnberg.
Michael (Michel) Hasenbart, ein Stadtknecht und Freund von Max, sowie weitere Stadtknechte: *Reuter, Kuffner, Fetschner, Erdinger*.
Simon Muffel, Hauptmann des Kriegsamts.
Alois Sundermann, einziger Stadtknecht zu Gostenhof.
Konrad Rumpler, ein Schütze, der gerne dumm herumsteht, sowie die Torwächter *Geiler* und *Löffelholz*.
Lienhardt Hertl, ehemaliger Schütze und Bettelrichter, der von Meister Frantz aus der Stadt ausgestrichen wird und ihr doch nicht fernbleiben kann.
Eva Druckmüllerin, eine Hure, die Lienhardt Hertl der versuchten Notzucht im Bettelstock beschuldigt hat.
Georg Presigl, Fuhrmann aus Gnotzka, der seine Frau daheim erhängt auffindet.
Anna Presiglin, Gattin des Fuhrmanns, die zwar gerne mal über die Stränge schlägt, aber keinesfalls einen Tod durch den Strang anstrebt.
Korbinian Fütterer, Unterpfleger zu Gostenhof
Kauffer, Schreiber im Pflegamt Gostenhof.
Reichelt, Abdecker und Vater von …
Elsa Seitzin, eine Frau, die Meister Frantz als Magd dingen möchte, von der er jedoch als Hebamme missbraucht wird.
Jakob Seitzen, Ehemann von Elsa und nicht sehr glücklich damit, seinen Lebensunterhalt als Abdecker zu verdienen.
Wolf Utschenreuter, des Rossdiebstahls verdächtig.
Jorgen Hiss, Hansen Humbser (Adam genannt), ***Martin Herdegen***, Diebe und Landzwinger.
Neubauer, Wirt und Chronist, der ein großer Bewunderer von Meister

Frantz ist.
Joachim Nützel und ***Julius Geuder***, Stadträte, die als Lochschöffen Ermittlungen im Nürnberger Lochgefängnis leiten, und ein namenloser Schreiber.
Eugen Schaller, der Lochhüter, liebevoll auch Lochwirt genannt. Oberster Aufseher im Loch, dem Nürnberger Gefängnis für Untersuchungshaft und Delinquenten, die auf ihre Hinrichtung warten.
Anna Schallerin, Ehefrau von Eugen Schaller und damit Lochwirtin.
Wenzel Jamnitzer, Goldschmied und Geometer, dessen perspektivische Studien Kunst und Wissenschaft wesentlich beeinflussten.
Magister Lienhardt Krieg, protestantischer Diakon von Sankt Sebald, der Priester, an den man sich als Erstes wendet, wenn es um Angelegenheiten des Lochgefängnisses geht.
Eucharius Brühl, Kaplan von Sankt Sebald. Zusammen mit Magister Krieg half er Meister Frantz, den Stadtrat davon zu überzeugen, dass auch Frauen geköpft werden durften.
Friedrich Werner (genannt Heffner Friedla), ehemaliger Söldner und nun Räuber, der ein Auge auf die Schwester von Frantz Schmidt geworfen hat.

Prolog

Montag, 9. Januar, 1581

Lienhardt Hertl funkelte die Schaulustigen böse an, die seine Schmerzen offensichtlich genossen und den Henker von Nürnberg anfeuerten, härter auf seinen Rücken einzudreschen. Noch ein Hieb mit der Rute landete auf seinem geschundenen Leib. »Aaah!« Er taumelte weiter durchs Frauentor, und als wollte es diesem Namen alle Ehre machen, stand hier vor allem Weibsvolk in den vordersten Reihen und verfluchte ihn auf seinem Weg aus der Stadt. Auf der Brücke über den Stadtgraben war zwar der Schnee weggeschaufelt worden, doch das machte sie umso rutschiger. Schütze Konrad Rumpler, bis vor Kurzem noch sein Kamerad, hielt ihn an den gefesselten Händen, damit er nicht fiel, und der Nachrichter hörte auf, ihn zu schlagen, bis sie wieder sicheren Boden unter den Füßen hatten, hart gefrorenen Boden. Aus der Stadt verbannt. Verdammt, wohin sollte er bei diesem Wetter?

Er hörte die Leute hinter ihm hergrölen und seine Pein bejubeln, obwohl er ihnen als Schütze und Bettelrichter gedient hatte. Undankbares Volk, diese Nürnberger, wollten sehen, wie er gestraft und vertrieben wurde. Oder war es gerade, weil er, ein Gesetzeshüter der Stadt, sich eine kleine Eskapade geleistet hatte? Wie zur Bestätigung erfolgte der nächste Streich mit der Rute. Er schrie auf.

»Lauf schneller, Bursche, dann hast du's früher hinter dir«, brummte Meister Frantz, bevor er wieder zuschlug.

Eine eisige Brise kühlte Lienhardts glühenden Rücken, linderte die Schmerzen ein wenig und ließ seine Beine weiter ausholen.

Bald würden sie den Birkenhain erreichen. Ein schneller Blick über die Schulter zeigte ihm hinter dem nicht gerade vergnügt dreinschauenden Nachrichter mit schwarzem Hut und warmer Joppe eine schrumpfende Menge.

»Glotz nicht so blöd«, brummte Meister Frantz. »Hättest mal lieber deine Hose zugelassen.«

Da schwirrte auch schon wieder die Rute durch die Luft. Lienhardt zog den Kopf ein und biss die klappernden Zähne zusammen. Auf dem mit glitzerndem Raureif überzogenen Boden rutschte ihm ein Bein weg, aber der Löwe packte seinen Arm, bevor er hinfallen konnte. Lienhardt warf dem kräftigen Henkersknecht einen dankbaren Blick zu. Mit seiner kleinen Wampe und dem dicken Hals erinnerte der Mann ihn an einen Ochsen. Meister Frantz dagegen hatte was von einem schnellen Pferd mit seinen langen Beinen und der schlanken Gestalt.

Noch ein Hieb. »Aaah!«

Ein Pferd, das selbst die Gerte schwang. Warmes Blut rann seinen Rücken hinab, nur ein bisschen. Das war harmlos im Vergleich zu den sieben Jahren auf der Galeere, den ganzen Tag rudern unter Verwünschungen und Peitschenschlägen, gnadenloser Sonne oder schneidendem Wind ausgesetzt.

Rechter Hand ragte der Galgen mit seinen vier Pfosten und den Querbalken auf. An einem davon hing ein verwesender Körper, an dem sich die Raben gütlich taten. Lienhardt hatte dem armen Sünder im Oktober auf seinem letzten Gang Geleitschutz gegeben, als er noch als Schütze in Diensten der Freien Reichsstadt gestanden hatte. Und morgen würde Meist – »Aaah!« – Meister Frantz wieder einen henken, aber Lienhardt durfte nicht mehr dabei sein. Und alles nur, weil die Hure im Bettelstock ihn verführt und hinterher um Hilfe geschrien hatte, weil er sie nicht einfach hatte laufen lassen. Miststück. Aber feurig war sie. Hätte er sie mal freigesetzt, dann wäre er heute noch in Lohn und Brot. Wenigstens hatte sie ihn nur des Versuchs der Notzucht beschuldigt, sonst könnte heute sein Kopf rollen.

Der nächste Schlag bestrafte sogleich seine sündigen Gedanken, doch er schrie nicht mehr, sondern hielt die Zähne aufeinandergepresst. Lohnte sich auch nicht mehr, jetzt, da der eisige Wind immer mehr Zuschauer zurück in die Stadt blies, hinter die schützenden Sandsteinmauern. Mauern, die er einst auf den Wehrgängen verteidigt hatte, und das für mickrigen Sold. Welch Ungerechtigkeit, ihn zu verbannen!

»Bleib stehen«, befahl Meister Frantz, als sie die ersten Bäume erreichten.

Lienhardt schlotterte vor Kälte, entspannte seine Kiefermuskeln und ließ die Zähne aufeinanderschlagen, während der Nachrichter seinen Rücken mit einem Lappen abtupfte und dann etwas auf seine wunde Haut strich. Es brannte. Der Schmerz zog sich bis in seine Zehenspitzen. Keuchend stieß er einen Fluch aus, weil er für einen Schmerzensschrei nicht genug Luft bekam.

»Ist nur eine Salbe«, sagte Meister Frantz in gleichmütigem Ton. »Die Wunden sind nicht so schlimm, aber einige Nächte wirst du wohl nicht auf dem Rücken liegen können.«

Augustin Ammon, der Löwe, löste den Strick um Lienhardts Handgelenke, dann trat der in warme Pelze gekleidete Bannrichter Gundelfinger vor ihn. »Lienhardt Hertl, ich verbanne dich aus der Freien Reichsstadt Nürnberg. Solltest du jemals zurückkehren, erwartet dich eine weit schlimmere Strafe.«

»Warum sollte ich zu Euch undankbaren Hurensöhnen zurückkommen wollen?« Er sah sich trotzig um, aber nur vier Schützen und zwei Stadtknechte standen noch in Hörweite. Oh, und drei Zuschauer, alles Weiber, die gehörigen Abstand hielten, als fürchteten sie ihn, jetzt, da er nicht mehr gefesselt war. Sein Blick begegnete dem des Nachrichters. Frantz Schmidt, wahrlich ein Meister seines Fachs. »Ich wünsche Euch morgen eine gelungene Hinrichtung, Meister Frantz. Schade, dass ich nicht dabei sein kann.«

Der Mann, der seinen Lebensunterhalt damit verdiente, Menschen vom Leben zum Tode zu bringen, erlaubte sich ein verhaltenes Lächeln. »Danke. Ich wünsch dir, dass du nie wieder bei einer meiner Hinrichtungen dabei sein wirst, denn dann würde es vermutlich dir an den Kragen gehen.«

Lienhardt musste grinsen. Der Kerl hatte Humor. Schade, dass er den Unehrlichen immer gemieden hatte.

Augustin Ammon drückte ihm sein Bündel in die Arme. »Schleich dich, du bist eine Schande für Nürnberg«, brummte der Henkersknecht.

Grummelnd zog Lienhardt seine Jacke heraus und schlüpfte hinein. Schon besser, auch wenn der Stoff unangenehm an seinen Wunden klebte. Wohin sollte er jetzt bei dieser Schweinekälte? Nun, das würde sich zeigen! Seiner Mutter Sohn fand immer ein lauschiges Plätzchen. Ohne die Leute eines weiteren Blicks zu würdigen, stapfte er über steif gefrorenes Laub davon, das unter seinen Sohlen knisterte. »Wir sehen uns wieder!«, rief er trotzig, obwohl er wusste, wie töricht es war, eine mögliche Rückkehr auch noch anzukündigen.

Der Henker und die Seinen

Dienstag, 2. Mai 1581

Frantz Schmidt stand in seinem Behandlungszimmer und zerstieß Lebermoos in einer Steinschale. Da ließ ihn ein Schrei in die gute Stube hasten. Mit hochrotem Kopf lag der kleine Vitus in der gut gepolsterten Holzkiste und fuchtelte mit seinen winzigen Händen in der Luft herum. Vorsichtig hob er das Kindlein heraus und wiegte es in seinen Armen. »Oh je, mein Sohn, du hast dir einen schlechten Zeitpunkt ausgesucht, um aufzuwachen. Deine Mutter ist nur kurz auf den Markt gelaufen. Wir müssen schließlich auch was essen, nicht nur du.« Der Klang seiner Stimme ließ den Kleinen nur noch lauter brüllen. Wenn er schon hochgehoben wurde, wollte er auch gleich trinken. Erst sechs Wochen alt und schon ein Tyrann.

Frantz lief mit ihm im Zimmer auf und ab. Ob Augustin Rat wusste? Nein, der alte Junggeselle wagte ja selten, das Kindlein überhaupt anzufassen. Die Schreie wurden nun weniger fordernd, klangen schon fast verzweifelt. »Ja, du weißt, dass ich dir zu nicht viel tauge.«

Vitus verstummte und starrte ihn aus weit aufgerissenen blauen Augen an. Die hatte er von ihm, doch der dunkle Flaum auf seinem Köpfchen erinnerte eher an Marias kastanienbraune Haare. »Ja, wir sollten uns eine Magd leisten, die sich besser um dich kümmern kann als ich, oder dafür sorgt, dass deine Mutter nicht so oft aus dem Haus muss.«

Die kleinen Finger griffen in seinen Bart, den er bald mal wieder stutzen lassen sollte.

»Pelztier, hm?«

Der rosige Mund öffnete und schloss sich.

»Was du mir wohl erzählen würdest, wenn du schon reden könntest?« Er setzte sich mit seinem Sohn auf die Bank. Eigentlich brauchten sie keine Magd. In jüngster Zeit hatte er kaum Arbeit gehabt. Die letzte Hinrichtung war Monate her, aber im April hatte er immerhin einen Dieb und seine Hure ausstreichen müssen. So konnte er seinem Erstgeborenen viel Zeit widmen, dem Kind, das er sich so sehr gewünscht hatte, und Maria auch. Sie war schließlich nicht mehr die Jüngste.

Frantz blickte durch die Tür in sein leeres Behandlungszimmer. Patienten hatte er auch nicht so viele, wenn es keine Hinrichtungen gab. Dann vergaßen ihn die Leute, außer er begegnete ihnen auf der Straße, und da machten sie lieber einen Bogen um ihn. Solange er ihnen kein Menschenfett für Salben oder Hautstreifen für Bandagen anbieten konnte … Selbst der Apotheker klagte ihm bereits sein Leid: Gäbe es doch endlich wieder eine Hinrichtung! Hinterher durfte Frantz manchmal den Leichnam anatomieren und dessen Körperteile zu Arznei verarbeiten, und die Nachfrage war groß.

Frantz drückte seinen Sohn an sich und seufzte. Gern arbeitete er nicht als Scharfrichter, eine ehrbare Tätigkeit war ihm jedoch als Sohn eines Henkers verwehrt. Deshalb konnte er froh um die Anstellung in Nürnberg sein. Der regelmäßige Lohn ernährte ihn und seine Familie, auch wenn es mal weniger für den Nachrichter zu tun gab. Zum Jahreswechsel hatte er den Rat vergebens ersucht, seinen Wochenlohn um einen halben Gulden zu erhöhen. Immerhin hatte er eine Sonderzahlung von sechs Gulden erhalten, weil dank seines Einsatzes eine Unschuldige vor Tortur und Hinrichtung bewahrt worden war. Wie es Kathi jetzt wohl ging? Sie hatte sich schon länger nicht mehr im Henkerhaus blicken lassen. Vielleicht erwartete sie ja inzwischen auch ein Kind von ihrem Max. Eine im Lochgefängnis geschlossene Ehe musste doch viele anständige kleine Nürnberger hervorbringen, aber die wollten ernährt werden. Frantz wiegte Vitus hin und her. Der Rat hatte ihm eine umso stattlichere Erhöhung im nächsten Jahr in Aussicht gestellt, doch wenn es weiterhin so friedlich zuginge, überlegten die hohen Herren wohl eher, ob Nürnberg überhaupt einen fest bestallten Henker brauchte.

Als das Kind in seinen Armen strampelte, seufzte er beglückt und lächelte seinen Sohn an. Wenigstens einen Menschen hatte er zum Leben gebracht statt zum Tode. Vielleicht konnte er der Unehrlichkeit eines Tages entkommen? Einfach nur als Heiler arbeiten zu dürfen … Das Kind ächzte und wand sich, da stieg Frantz der Geruch in die Nase, und er stöhnte. »Oh je, ich glaube, wir müssen dich sauber machen.« Er legte das Bündel auf die Bank und blickte aus dem Fenster über der Pegnitz, konnte Maria aber nicht erspähen, weder auf der nächsten Brücke noch auf dem Säumarkt. Wo war die Frau, wenn er sie am dringendsten brauchte?

*

Kathi schlenderte über den Grünen Markt und besah sehnsüchtig die Waren. Vor allem die Gewürzstände hatten es ihr angetan: Safran, Nelken und seltsam geformte Wurzeln, die Ingwer genannt wurden. Davon hatte sie noch nie probiert, konnte sich auch nicht vorstellen, dass die nach viel schmeckten. Doch was wusste sie schon? Zu teuer waren sie eh. Die Zeidler boten Honig aus dem Reichswald an, und Kathi leckte sich die Lippen. Wenn sie doch etwas mehr Geld verdiente als das Wenige, das sie für ihre einfachen Stickarbeiten bekam, dann wären sie nicht so sehr auf Maxens geringen Sold als Stadtknecht angewiesen, und sie könnten sich auch mal was leisten. Wenigstens war sie noch immer nicht schwanger, auch wenn sie sich sehnlich ein Kind wünschte. Inzwischen hatte sie den Fischmarkt erreicht, und als sie an einem Stand stehen blieb, hörte sie eine vertraute Frauenstimme rufen: »Katharina Leinfelderin!«

Kathi wirbelte herum. »Maria!«

Die Henkerin umarmte sie mit einem Arm, da am anderen ein wohl gefüllter Korb hing. »Schön, dass ich dich mal wieder sehe.«

»Das finde ich auch. Wie geht's dir? Und Vitus? Wo hast du den gelassen?«

Maria grinste. »Mein Mann passt auf ihn auf. Er hat sowieso nichts Besseres zu tun.«

Kathi hielt sich eine Hand vor den Mund, um das Grinsen zu verbergen. Der Nachrichter von Nürnberg mit einem Säugling auf dem Schoß! Wenn sie an ihn dachte, sah sie ihn immer in ihrer finsteren Keuche im Lochgefängnis. »Vielleicht nimmt er ihn ja mal mit zur Arbeit«, rutschte ihr heraus, und sie bedauerte es sehr, als sich Marias Gesicht verdüsterte.

»Eines Tages wird er das wohl tun.«

Kathi hatte gar nicht dran gedacht, dass es für den Sohn eines Henkers nicht viele Möglichkeiten gab, als selbst Henker, Abdecker, Schinder oder vielleicht Totengräber zu werden. »Tut mir leid, ich war unbedacht.«

»Du kannst ja nichts dafür, Kathi. Aber sag, wie geht's dir?«

Bevor sie antworten konnte, erhob sich in der Nähe ein Tumult. Ein Schrei ertönte: »Dieb! Elender Dieb! Haltet ihn!«

Sie sah gerade noch, wie ein junger Bursche sich zwischen grapschenden Händen herauswand und in der Menge verschwand. »Frech«, murmelte sie, »aber geschickt. Mich würde man bestimmt erwischen.«

Maria lachte. »Als ob du was klauen würdest.«

»Na ja, wenn man all die Leckereien hier sieht und kein Geld hat, kann man schon in Versuchung kommen. Ich könnte dringend mehr Arbeit brauchen.«

»Oh.« Maria kaute auf der Unterlippe herum, dann blickte sie in Richtung Henkerturm, dessen Spitze gerade noch über den Hausdächern zu sehen war.

»Was ist? Woran denkst du?«

»Na ja.« Jetzt hielt sie Kathis Blick stand. »Wir könnten eine Magd brauchen.«

Im ersten Moment erschauerte Kathi. Ein- und ausgehen im Henkerhaus? Ständig Meister Frantz begegnen? Doch dann dachte sie daran, was der Lohn bedeutete. Und sie könnte den Kleinen umsorgen und viel Zeit mit Maria verbringen. »Ach, das wäre schön!« Sie packte beide Hände ihrer Freundin. »Das würde ich liebend gern tun. Ich könnte für dich einkaufen, mich um Vitus kümmern, waschen, kochen, Wasser vom Brunnen holen … und noch viel mehr.«

Maria lächelte über ihren Eifer, dann zeigte sich Zweifel in ihrer Miene. »Ich müsste erst mal Frantz fragen. Er hätte bestimmt lieber eine aus einer unehrlichen Familie.«

Ihr wurde das Herz schwer. Nein, warum sollte ausgerechnet *sie* jemand haben wollen.

»Ich hätte dich natürlich gern bei uns, aber du weißt ja, wie die Leute sind. Ich werd hier selbst nur schief angeschaut, deshalb geh ich auch nicht gern einkaufen.«

Kathi sah sich um. Tatsächlich beobachteten sie einige der Marktleute, und auch mancher Kunde hatte sich in ihre Richtung gedreht.

Maria blickte auf ihr Gewand, an dem sich vorn zwei feuchte Flecke abzuzeichnen begannen. »Gütiger Gott, der Vitus will bestimmt schon wieder trinken! Ich seh mal lieber zu, dass ich nach Hause komme. Besuch uns doch mal, dann können wir über alles reden.«

Sie nickte. »Mach ich, und richte Meister Frantz liebe Grüße aus.«

Mit einem Lächeln im Gesicht schritt die Henkerin davon, und Kathi ließ noch einmal den Blick über die Umstehenden schweifen. Einige musterten sie aufmerksam, andere hatten sich bereits wichtigeren Dingen zugewandt.

Hinter ihr flüsterte jemand: »Ist das nicht die Magd, die ihre Herrin erstochen hat?«

»Gschmarri, das war doch die Beckin«, zischte ein anderer.

Kathi zog den Kopf ein und hastete weiter.

*

Lienhardt Hertl tippelte die Straße nach Nürnberg entlang und schlang im Gehen beide Arme um seinen leeren Bauch. Als er aus dem Birkenhain auf die Wiese trat, sah er die trutzige Stadtmauer aus großen Sandsteinquadern aufragen. Auf dem Wehrgang redeten zwei Schützen miteinander. Einst hatte er dort oben Dienst getan. Er sah sich um. Ungefähr hier war über ihn der Bann verhängt worden – vor bald fünf Monaten. Eine verflucht lange Zeit, wenn man jeden Tag schauen musste, woher man was zu fressen bekam. Er sah sich um. Am Galgen baumelten ein paar Knochen. Ob das die Gebeine des Schusters und Trommelschlagers waren, den Meister Frantz am Tag nach Lienhardts Stadtverweis hatte richten müssen? Gott sei seiner Seele gnädig! Ein netter Kerl, der gern auf Hochzeiten den Stocknarren gegeben und die Leute mit seinen Späßen köstlich unterhalten hatte. Nur war er auch ein dreister Dieb gewesen, dem seine Possen zum Verhängnis geworden waren. Wer bekannt war wie ein bunter Hund, sollte lieber am helllichten Tag keinen Sack aus einem Bürgerhaus schleppen. Da blieb er selbst doch lieber unauffällig.

Ob er es riskieren durfte, durch eines der Tore zu spazieren? Dummerweise konnte ihn leicht einer der Torwächter erkennen, die ja auch alle Schützen waren. Lieber nach Fürth weiterziehen, aber vielleicht vorher in Gostenhof einen Happen zu essen erbetteln ... Wie tief war er gesunken! Noch letztes Jahr war er als Bettelrichter für die Freie Reichsstadt tätig gewesen und hatte Vaganten, wie er einer war, im Auge behalten. Er tastete seine Taschen ab. Ein paar Groschen besaß er noch, aber bald bräuchte er wieder Arbeit ... oder lohnende Beute.

In einigem Abstand von der Mauer und den ehemaligen Kameraden lief er über die Wiese, vorbei an den Holzstößen und dem Hochgericht, wo er schon oft genug Hinrichtungen beobachtet und bewacht hatte. Da erblickte er das aufgestellte Rad, an das ein Leichnam gebunden war. Natürlich! Der Kerl, der seine hochschwangere Schwester umgebracht hatte. Das war noch vor seiner Vertreibung gewesen, und er hatte als Bettelrichter dem Nachrichter und dem Löwen dabei geholfen, den Leichnam aufs Rad zu heben. Er blieb stehen. Der Strick und die Gebeine waren einiges wert, aber so ein Diebstahl würde Aufsehen erregen. Schön und gut, wer würde ihm sonst glauben, dass er nicht einfach nur irgendeinen Knochen oder einen beliebigen Strick verhökerte? Doch das würde auch Aufmerksamkeit auf seine Person lenken, unliebsame. Zu riskant. Wenigstens im Moment.

Er schritt weiter und bedauerte seine Schwäche mit der Hure einmal mehr. Beinah hätte er es geschafft, sein Leben nach den sieben Jahren auf der Galeere wieder in geordnete Bahnen zu lenken. Niemand in Nürnberg hatte gewusst, dass er einst als Falschspieler Kaufleute ausgenommen hatte und dafür bestraft worden war – von den Meineiden ganz zu schweigen. Das Kriegsamt der Freien Reichsstadt hatte ihn zum Schützen gemacht, ohne viele Fragen zu stellen, weil bei denen sowieso immer Not am Mann war. Nur leider war das Arbeit auf Abruf. Da hatte es ganz gut gepasst, sich als Bettelrichter etwas Geld dazuzuverdienen.

Ein wehmütiges Lächeln im Gesicht schlenderte er an den Schweinepferchen zwischen Frauentor und Spittlertor vorbei zum Plärrer, auf dem immer noch geschäftiges Treiben herrschte. Marktleute und

Huren, die nicht nach Nürnberg hineindurften, priesen hier ihre Waren und Körper an. Unter den fahrenden Händlern waren einige Juden, die meist die besten Waren zum günstigsten Preis anboten. Böse Mäuler behaupteten, sie handelten vor allem mit Gestohlenem. Ihm sollte es recht sein, er hatte es aber noch nie gewagt, einem Juden Diebesgut anzubieten. Sie wirkten zu ernst, zu misstrauisch. Statt die Auslagen auf den Karren zu betrachten, ertappte er sich dabei, wie er die Frauen musterte, aber eine Hure konnte er sich nicht leisten. Etwas zu beißen war wichtiger, und oft genug traf er ein rassiges Weib, das sich umsonst mit ihm einließ.

Er sollte nach Gostenhof weitergehen, wo viele Färber lebten und arbeiteten, auch andere Handwerker und etliche Bauern. Von denen könnte vielleicht einer was zu essen für ihn erübrigen.

»Lienhardt?«

Er zuckte zusammen. Diese verführerische Stimme kannte er. Der Besitzerin hatte er den Bann zu verdanken. »Eva! Was machst du denn vor den Toren?«

Sie sah immer noch so keck und drall aus wie im Winter. »Ich bin bald nach dir auch ausgestrichen worden, weil sie mich und eine andere Hur wieder beim Betteln erwischt haben.« Sie senkte den Kopf. »Tut mir leid, dass sie dich meinetwegen davongehauen haben.«

»Schon gut.« Er wollte weitergehen, nichts mit ihr zu tun haben.

»Kann ich's irgendwie wieder gutmachen?« Sie wiegte ihre Hüften und streckte ihre Brüste noch weiter heraus. »Musst nichts zahlen.«

Den Fehler hatte er schon einmal gemacht und einen hohen Preis dafür bezahlt. Dummbatz, der er war, hatte er gedacht, sie mochte ihn. Beim letzten Mal sollte ihre ›Einladung‹ sie nur aus dem Bettelstock rausbringen. Diesmal hatte sie vielleicht Schlimmeres im Sinn. Entschlossen schüttelte er den Kopf. Sie drängte sich an ihn, doch er wandte sich ab und ging nach Gostenhof hinein.

Das größte Gebäude an der gepflasterten Hauptstraße war das Pflegamt, vor dem ein Kerl in schwarzroter Stadtknechtskleidung auf einer Bank hockte und sich offensichtlich langweilte. Wenn Lienhardt sich recht erinnerte, gab es hier auch ein kleines Gefängnis. Er schluckte schwer und zog seinen breitkrempigen Hut tiefer ins Gesicht. Als der Stadtknecht in seine Richtung blickte, deutete er eine kleine Verbeugung an und machte, dass er vorbei kam.

Oh, verflucht, vom anderen Ende der Ortschaft kam noch ein Stadtknecht angeritten. Seit wann war dieses Dorf so gut bewacht? Schließlich herrschte derzeit Friede. Sein Nacken juckte, als er möglichst gemütlich weiterging, vorbei an einer Bäckerei, aus der köstliche Düfte zu ihm herüberzogen. Daneben lockte das erste Wirtshaus. Er befingerte das Geld in seinem Beutel. Damit sollte er lieber geizen.

Der Reiter hatte ihn erreicht, und Lienhardt schielte zu ihm hoch. Mist, das war Max Leinfelder, bis letzten Sommer noch ein Schütze, der die Kammer gleich neben ihm im Schützenhof bewohnt hatte. Während er unter dem Hut hervor zu seinem früheren Kollegen linste, blieb sein Schuh an einem Pflasterstein hängen. Er stolperte, fing sich aber wieder.

»Obacht!«, rief Max. »Wirst doch nicht schon besoffen sein?«

Lienhardt grunzte und winkte ab in der Hoffnung, nicht doch noch erkannt zu werden. Der Bursche würde bestimmt die Torwachen informieren, dass er sich hier rumtrieb. Am Ende fingen sie ihn ein und ließen ihn noch einmal vom Nachrichter ausstreichen, auch wenn er die Stadt selbst nicht betreten hatte. Bei der Vorstellung brannte sein Rücken gleich wieder, und er beschleunigte seine Schritte. Die Salbe des Henkers hatte allerdings eine schnelle Heilung seiner Wunden bewirkt. Der Mann verstand etwas von seinem Handwerk, das musste man ihm lassen: viel Schmerz und wenig Schaden. Solange es einem nicht an den Kragen ging, konnte man sich nicht beschweren.

Er kam am Färbhaus vorbei, in das durch Holzröhren Wasser vom Fischbach hineingeleitet wurde. Dahinter lagen fast nur noch Bauernhöfe und auch einige Gärten, in denen die Städter Blumen, Sträucher und Gemüse anbauten. Da war sicher noch nichts reif, womit er sich den Bauch ein wenig füllen könnte, und die Obstbäume blühten gerade erst. Die Sonne stand schon ziemlich tief. Wenn er noch bis Fürth wollte, sollte er sich sputen. Hm, andererseits gab es hier im Dorf sogar drei Wirtshäuser ... aber er hatte ja kaum Geld.

Der Geruch nach gekochtem Kraut ließ ihn die Nase höher halten. Zwiebeln, Kümmel, aber keine Bratwürste. Trotzdem lief ihm das Wasser im Mund zusammen. Und jetzt auch noch ein Zischen wie von einer Bratpfanne. Er eilte auf ein offenes Fenster am Ende der Ortschaft zu und stellte sich auf die Zehenspitzen. Ein stattliches Weib stand am Herd und warf Speckwürfel in eine Pfanne! Lienhardt starrte sie an wie eine Marienerscheinung, brachte aber kein Wort heraus. Da schlug eine Tür, und er zuckte zusammen. Ein junger Mann kam aus dem Haus, strich sich die langen blonden Haare aus dem Gesicht. Der Kerl war groß, aber schlaksig – kein ernst zu nehmender Gegner. Trotzdem drückte sich Lienhardt an die Mauer, bis der Fremde hinter dem nächsten Gebäude verschwunden war, dann warf er einen letzten sehnsüchtigen Blick in die Stube. Genau in dem Moment schaute die Frau auf, um nach einem Holzlöffel zu greifen, und schrak zusammen, als sie ihn bemerkte.

Er machte ein zerknirschtes Gesicht. »Tut mir leid, schöne Frau, du musst dich nicht vor mir fürchten. Der Duft deiner Kochkünste hat mich zu deinem Fenster gelockt.«

Jetzt lächelte sie. »Wo kommst du her, und was machst du hier, wenn du nicht nach Nürnberg unterwegs bist oder von dort kommst? Aber in dem Fall sollte dich meine bescheidene Mahlzeit kaum locken.«

»Ich will eigentlich nach Fürth, aber je länger ich hier stehe und diese Gerüche einen Ring durch meine Nase treiben lasse, desto ärger fühle ich mich hier festgekettet.« Er schluckte, weil ihm das Wasser im Mund zusammenlief, und sah ihr in die funkelnden braunen Augen. Doch was, wenn der blonde Schlaks zurückkehrte? Na, mit dem würde er schon fertig werden.

»Hast du ein paar Pfennig übrig, dann darfst gern mitessen. Mein Mann kommt heute ni …« Sie zögerte. »… nicht mehr nach Hause. Er ist Fuhrmann.« Sie beäugte ihn misstrauisch, als fürchtete sie, er wollte sie ausrauben oder Unzucht mit ihr treiben, oder gar beides.

Ein verlockender Gedanke. Vielleicht war sie ja einsam, als Gattin eines Fuhrmanns, der sicherlich oft auswärts nächtigte und es vielleicht selbst nicht immer so genau mit der ehelichen Treue nahm. Von der Sorte kannte er genug. Wohnte nicht einer von diesen Liederjanen in Gostenhof? Nein, der war schon ein ganzes Stück älter als der Schlaks eben. Trotzdem fragte er: »Dein Mann ist aber nicht der Presigl Georg, oder?«

Nun blickte sie verlegen drein und hauchte: »Doch.«

Er hielt einen Groschen hoch und lächelte so unschuldig wie möglich. »Den kenn ich, hat bestimmt nichts dagegen, wenn du mich verköstigst.« Dann stemmte er sich aufs Fenstersims und schwang die Beine in die Stube, in der nur ein schlichter Tisch mit vier Stühlen stand.

»Oh, wir haben auch eine Tür«, sagte die Frau, aber sie grinste, als sie nach einem Ei griff und es in die Pfanne schlug.

»Gewisse Herausforderungen braucht ein Mann.« Er trat zu ihr und hielt seinen Zinken über die leiblichen Genüsse auf dem Herd, dann sah er ihr tief in die Augen, obwohl ihr bebender Busen seinen Blick einfangen wollte.

Sie zog die dunklen Augenbrauen hoch. »Ist das so?«

Er nickte und fühlte eine Erregung in sich aufsteigen, die ihn beinah seinen Hunger vergessen ließ. Dieses rundliche Weib mit den dicken kastanienbraunen Zöpfen, die sie um den Kopf geschlungen hatte, ließ ihn nach ganz anderem lechzen. »Wie heißt du, schöne Frau?«

»Anna.« Sie schlug noch ein Ei in die Pfanne. »Bist sehr hungrig?« Ihre Hand schwebte über dem Eierkorb.

Lienhardt nickte wieder. »Ganz arg«, keuchte er. »Und einen Schlafplatz könnte ich auch brauchen.«

Ihre Augenbrauen zogen sich zusammen, doch dann umspielte ein Lächeln ihre Mundwinkel. »So, so, du bist also müde.«

Er schüttelte den Kopf. »Noch nicht, aber später vielleicht, da könnte ich müde und erschöpft sein.«

»Dann gebe ich dir nach dem Essen lieber einen Kräutertrunk, der dich schön wach hält«, sagte sie und strahlte. »Ein neues Rezept, und ich bin gespannt, wie's dir bekommt.«

»Mmmhh, du bist hoffentlich keine Hexe und schickst mich mit einem Zaubertrank zum Brocken.«

Sie schmunzelte und strich ihm um den Bart. »So weit fort nicht.«

Geburt und Tod

Mittwoch, 3. Mai 1581

Max Leinfelder wälzte sich im Bett herum. Kathis Seite war bereits leer, aber noch warm. Lächelnd lauschte er dem leisen Klappern jenseits des Vorhangs. Sie stellte schon das Frühstück bereit.

»Guten Morgen, mein reckenhafter Stadtknecht«, rief sie.

Er rieb sich den Schlaf aus den Augen. Seine Kathi besaß ein untrügliches Gespür dafür, ob er wach war oder schlief. Er rutschte an den Rand des Betts und schob den Vorhang beiseite. »Guten Morgen, mein holdes Weib.«

»Hold? Ich?« Kathi schüttelte den Kopf, dass die blonden Haare flogen, die sie im Haus meist offen trug, wie er es liebte.

Er krabbelte aus der Schlafecke, die sie mit Tüchern abgeteilt hatten, und stand schon fast mitten im Zimmer. Ihre kleine Wohnung lag ganz oben in einem der Türme auf der Stadtumwallung und bestand nur aus dem einen Raum, bot aber für sie beide mehr als genug Platz. Wenn jedoch Kinder kämen …

Mit ein paar Schritten erreichte er den Tisch, wo eine Schüssel mit Grütze und Brot bereitstand. Ja, das Essen war meist karg bei ihnen, wenn Kathi nicht in der Fetten Gans aushelfen konnte, wo sie dann oft beide verköstigt wurden.

»Ich hab gestern auch noch einen geräucherten Fisch gekauft. Den gibt's heute Abend«, sagte sie in tröstendem Ton.

»Schon gut, ich werd nicht verhungern.«

Sie schenkte ihm Milch in eine Tonschale und setzte sich zu ihm. »Ich sollt auch etwas mehr Geld verdienen, dann wär alles viel einfacher. Solange ich mich um keine Kinder kümmern muss, hab ich Zeit.« Kathi streichelte ihren flachen Bauch, dann blickten ihre blauen Augen direkt in seine. »Es ist doch gut, dass wir vorerst nur zu zweit sind.«

Max nickte, obwohl er ahnte, dass sie sich ein Kind wünschte, seit sie im Gefängnis vorgegeben hatte, schwanger zu sein. Der Nachrichter hatte damals viel für sie riskiert, um keine Unschuldige der Tortur unterwerfen zu müssen.

Als hätte sie seine Gedanken erraten, sagte sie: »Ich hab gestern die Henkerin getroffen.« Jetzt senkte sie den Blick. »Die Schmidts werden wohl bald eine Magd brauchen, auch wenn Meister Frantz viel freie Zeit hat und sich gerne um seinen Sohn kümmert.«

»Für den Nachrichter kann die Arbeit ja recht schnell wieder mehr werden.« Er leerte die Schale, schnitt eine dicke Scheibe Brot ab und reichte ihr die Hälfte. »Du musst auch was essen, Kathi.«

Sie kaute auf der Unterlippe. »Und wenn ich für sie als Magd arbeite?«

Max fiel das Brot aus der Hand. »Bist du närrisch? Beim Henker arbeiten?«

Kathi schielte zu ihm hoch und zog einen Schmollmund.

»Dann kämst du auch in den Ruch der Unehrlichkeit. Kommt gar nicht infrage! Das ist mein letztes Wort. Denk an unsere Kinder.«

»Die wir noch nicht haben.«

Warf sie ihm das etwa vor?

Kathi legte eine Hand auf seine. »War nur so ein Gedanke. Irgendeine Arbeit finde ich schon.«

»Bestimmt«, versuchte er sie zu trösten. Hastig verspeiste er das Frühstück und ging zum Abtritt im Treppenaufgang hinaus. Der öffnete sich zur Außenseite der Stadtmauer. Wer scheißt nicht gerne auf seine Feinde? Grinsend ließ er sich auf dem Holzsitz nieder. Und noch einen Vorteil hatte die Belüftung von unten: Es stank hier nicht wie im heimlichen Gemach eines Stadthauses oder in den Latrinen des Schützenhofs.

Jemand hämmerte gegen die Tür, die man angebracht hatte, als Familien von Stadtknechten in diesem Abschnitt der Befestigungsanlage untergebracht wurden.

»Besetzt«, rief Max.

»Scheiß schneller, Mensch, mich zerreißt's gleich.«

»Ha, wenn das nicht der Hasenbart ist.« Max beeilte sich. Nicht, dass sich sein Kollege die Stadtknechtstracht einsaute.

»Na, endlich.« Mit rotem Kopf drängte sich Michel an ihm vorbei und schob die Tür zu. »Aaah. Das war knapp«, tönte es durch das dünne Holz.

Max blieb stehen. »Glück gehabt!« rief er zurück.

»Bist du heut wieder bei den Weilern um Gostenhof unterwegs?«

»Ja, die ganze Woche noch, und jetzt sollt ich mich beeilen.«

»Reit dir nicht den Hintern wund.«

»Auch nicht schlimmer, als sich die Beine in den Bauch zu stehen, wie's der Sundermann den ganzen Tag tut.« Dem einzigen Stadtknecht in Gostenhof musste wirklich ganz schön langweilig sein. Max lief zu seiner Wohnung hinauf, wo Kathi schon die rot-schwarze Pluderhose, Hemd und Schwert neben der Waschschüssel zurechtgelegt hatte.

Bald darauf machte er sich auf den Weg zum Spittlertor. Hatte er nicht gestern einen Kerl gesehen, der dem Schützen Hertl verdächtig ähnelte: die nach einem Bruch schief verheilte Nase, die unverkennbaren blauen Augen? Beim Torwächter blieb er stehen. »Sag mal, hat der Lienhardt Hertl gestern versucht, in die Stadt zu kommen?«

»Der Schütz, den's im Winter ausgestrichen haben?«

»Genau.«

Der Mann schüttelte den Kopf. »Nein, der Hurenbock wär mir aufgefallen. Warum fragst?«

»Ich glaub, ich hab ihn gestern in Gostenhof gesehen.« Der Hertl konnte so treuherzig dreinschauen, dem würde es nicht schwerfallen, einen Wächter zu überreden, sogar ohne Bestechungsgeld.

»Da darf er sich ja auch rumtreiben, oder nicht?«

Max zuckte mit den Schultern und fragte sich zum ersten Mal, ob ein Bann sich vielleicht über die Mauern der Stadt hinaus erstrecken mochte. Er marschierte über den Plärrer nach Gostenhof zum Pflegamt, das der Stadt Nürnberg unterstellt war. Sundermann begrüßte ihn mit einem Nicken, was so viel hieß wie ›alles in Ordnung‹. In der Umgebung trieb in letzter Zeit eine Diebesbande ihr Unwesen, aber nach Gostenhof hinein hatten sie sich noch nicht gewagt, vielleicht, weil hier zur Abschreckung immer ein Stadtknecht gut sichtbar Wache schob. Dabei gab's in dem Dorf kaum was zu tun. Am häufigsten musste der Sundermann wohl abends bei Wirtshausschlägereien einschreiten. Dem schien der Dienst hier zu gefallen, während es Max allmählich langweilig wurde. Auch wenn er gern über Land ritt, vermisste er doch die Gespräche mit den Kameraden, selbst wenn's meist nur dummes Gewäsch war. Hier gingen ihm die Leute wegen seiner Tracht misstrauisch aus dem Weg, statt sich zu freuen, dass die Stadt Nürnberg sich um ihre Sicherheit kümmerte. Hoffentlich durfte er bald wieder innerhalb der Mauern Dienst schieben.

Er betrat das Pflegamt, wo der Schreiber und der Unterpfleger geschäftig in Papierstapeln blätterten. »Habt Ihr mal wieder irgendwelche Abgaben einzutreiben oder einen Grenzstreit beizulegen, Fütterer?«, erkundigte sich Max hoffnungsvoll. Dann müsste er wenigstens nicht allein herumstreifen.

Der Pfleger winkte ab. »Nein, gibt nichts für dich zu tun. Stör uns nicht und reite über die Felder, wenn man dich schon nicht zum Schreiben oder Rechnen gebrauchen kann.«

Seufzend wollte er kehrtmachen, da fiel ihm etwas ein. »Meine Frau kann beides, falls Ihr Hilfe braucht.« Und sie hatte ihm sogar einiges beigebracht; alle Buchstaben des Alphabets hatte er auswendig gelernt, und er konnte sogar seinen Namen schreiben.

»Was?« Fütterer riss den Kopf hoch. »Dein Weib kann schreiben und rechnen?«

»Vielleicht sogar lesen?«, murmelte Schreiber Kauffer und feixte.

»Ja, das hat Kathi alles im Findelhaus gelernt«, antwortete er mit vor Stolz geschwellter Brust.

Fütterer stand auf. »Oh, richtig, die Findeleltern sorgen gut für die Ausbildung der Kinder. Hm, vielleicht können wir deine Kathi wirklich brauchen.«

Kauffer verging das Grinsen. »Aber Fütterer, wie schaut das denn aus, wenn hier ein Weib hockt?«

Jetzt grinste Max. »Oh, Kathi schaut sehr schön aus.« Fürchtete der Kerl um Lohn und Brot?

»Darüber reden wir später«, brummte der Pfleger, setzte sich wieder hin und wedelte Max hinaus.

Er trat auf die Straße. Was Kathi wohl davon halten würde, für das Pflegamt als Schreiberin zu arbeiten? Es gab kaum etwas, das er seiner Frau nicht zutraute, und nichts schlug ihr mehr aufs Gemüt, als untätig herumzusitzen. In der Fetten Gans gab's leider nicht oft Arbeit für sie, höchstens ein-zwei Tage die Woche, und dann war sie immer gleich viel fröhlicher.

Max ging ein paar Schritte in Richtung Nürnberg, und als er es merkte, lachte er. Das war ja, als wollten ihn seine Beine schnell zurück zu Kathi tragen, um sie zu holen und dem Pfleger vorzustellen, aber das konnte er jetzt unmöglich tun. Morgen war auch noch früh genug. Er machte kehrt und ging zum Stall, wo der Knecht immerhin schon ein Pferd für ihn gesattelt hatte. »Braves Tier«, flüsterte er ins Ohr des Gauls und streichelte ihm den Hals, bevor er ihn hinausführte und sich in den Sattel schwang. Im Schritt bewegten sie sich auf den Nürnberg abgewandten Ortsausgang zu, als ein Fuhrwerk hereinratterte. Ah, der Presigl Georg. Komisch, dass der so früh am Tag nach Hause kam, statt gerade erst loszufahren. Vielleicht war er die ganze Nacht unterwegs gewesen, um in den frühen Morgenstunden irgendwo seine Ladung abzuliefern? Soweit Max wusste, übernahm der Presigl nur Fuhren im weiteren Umkreis, nicht etwa bis nach Prag oder Amsterdam.

Der Mann winkte ihm zu und hielt vor seinem Haus. Max erwiderte den Gruß. Da er nichts Besseres zu tun hatte, gesellte er sich zu ihm. »Lange Nacht?«

»Ja«, brummte Presigl.

Na, mit dem war nicht viel anzufangen, sah auch ziemlich müde und rotäugig drein. Trotzdem fragte er: »Verdächtiges Gelichter habt Ihr unterwegs nicht gesehen?«

Presigl feixte. »Nur dich.«

Er schnaubte und setzte seinen Weg fort.

Da rief der Fuhrmann ihm nach: »Hat sich der Seitzen Jakob wieder hier herumgetrieben?«

Max blickte über die Schulter. »Wie sieht der denn aus?«

»Vergiss es, nur ein zerlumpter Abdecker.« Presigl winkte ab und stapfte ins Haus.

War wohl nicht so wichtig. Max ritt weiter und hatte das letzte Gehöft erreicht, auf dessen Grund Hühner und Schweine frei herumliefen, als ein gellender Schrei ihn herumfahren ließ und auch das Federvieh aufschreckte: »Hilfe, schnell! Mein Weib. Mein Weib! Hilfe!«

Max galoppierte zurück und sprang aus dem Sattel. Vom anderen

Ende des Orts kam auch schon Sundermann gelaufen, war aber noch ein Stück entfernt.

Presigls Kopf ragte aus einem Fenster im oberen Stockwerk. »Hilfe! Kommt rauf! Mein Weib!«

Max stürmte durch die Tür und rannte die Stiege hoch. »Wo ist sie?«

»Hier. Schlafzimmer.«

Max folgte der Stimme, und da sah er die Frau. Im Nachthemd schien sie neben dem Bett zu stehen, das Haupt demütig gesenkt. Erst auf den zweiten Blick entdeckte er den um ihren Hals geschlungenen Leinenstreifen, dessen anderes Ende an einem Fachwerkbalken über ihr verzurrt war. Presigl schlang die Arme von hinten um ihre Brust und hob sie ein Stück hoch. Max eilte um das Bett herum, stolperte fast über einen umgefallenen Hocker und machte sich an der Schlinge um ihren Hals zu schaffen, aber der Knoten saß zu fest. Er zog das Schwert und schnitt das Leinen durch. In diesem Moment polterte Sundermann herein und blieb wie versteinert stehen.

»Ach, mein Annerla.« Stöhnend legte ihr Mann sie aufs Bett und zerrte an dem Stoff um ihren Hals. »Warum hast du das gemacht?« Er sah Max an. »Ich hätt sie nicht die ganze Nacht allein lassen dürfen. Jetzt hat sie sich umgebracht. Nur weil ich in Stein zu viel gesoffen hab!« Er sank auf die Knie und schluchzte. »Das mach ich sonst nie!«

Max dauerte der Mann, doch er wusste nicht, was er sagen sollte. Er tastete am Handgelenk der Presiglin nach einem Herzschlag. Da war nichts, und sie fühlte sich bereits kühl an. »Ja, sie ist tot.« Er betrachtete ihr Gesicht, das völlig entspannt wirkte, als hätte sie der Tod im Schlaf überrascht. Wenn er daran dachte, wie die Delinquenten am Galgen aussahen, dann konnte er kaum glauben, dass diese Frau sich erhängt hatte. »Bleibt bei ihr, ich sag dem Pfleger Bescheid.«

Presigl nickte und wischte sich die Augen. Sundermann sah ihn verdutzt an, rührte sich aber immer noch nicht. Max rannte die Stiege hinunter, raus auf die Straße und zurück zum Pflegamt. Der Gaul war wohl einfach in den Stall zurückgekehrt. Bei seinem stürmischen Eintritt in die Amtsstube stierten ihn Fütterer und Kauffer entrüstet an, als fürchteten sie, der Luftzug könnte die Papiere durcheinanderwirbeln. Hatten sie die Hilferufe nicht gehört?

»Die Presiglin ist tot«, keuchte er.

»Was?« Fütterer sprang auf. »Die ist doch noch recht jung und war auch nicht krank.«

»Erhängt«, rief Max.

»Oh, Selbstmord? Das kann ich mir schon eher vorstellen.«

Hm, warum wohl? Aber die Leute hier kannten einander. »Soll ich in der Stadt Bescheid geben?«

»Erst schau ich mir die Frau an, ist unsere Gerichtsbarkeit.« Der kleine Mann plusterte sich auf und strich sich über die Glatze. Kauffer verdrehte die Augen.

»Na gut.« Während Max den weit ausschreitenden Fütterer zum Presigl-Haus begleitete, beschloss er, ihn wieder Unterpfleger zu nennen, wenn er sich weiter so aufspielte. Obwohl, klug wäre das sicherlich nicht, also fragte er ganz freundlich: »Welchen Grund soll die Presiglin denn gehabt haben, sich umzubringen? Eine schöne, gesunde Frau wie sie …« Er hatte das Weib in den letzten Tagen oft genug im Garten neben dem Haus krautern sehen.

Fütterer schnaubte, dann bewegte er die flache Hand vor seiner Stirn hin und her. »Sie war nicht ganz normal.«

»Wie das?«

Der Mann hob die Arme und ließ sie gegen seine bauschigen Pluderhosen fallen. »Mal war sie ganz still, dann wieder himmelhoch jauchzend fröhlich. Georg hat's nicht leicht mit ihr gehabt.«

»Oh.« Auf ihn hatte die Presiglin immer nur freundlich gewirkt.

»Genau.«

Sie betraten das Haus, in dem sich Fütterer wohl gut auskannte, denn er marschierte sofort auf die Stiege zu. Dabei hatte Max ihm gar nicht erzählt, wo sie die Frau gefunden hatten. Allerdings stand in der guten Stube im Erdgeschoss die Tür offen, und da hatte der Pfleger gleich sehen können, dass sie nicht dort war. Kein Grund, ihn gleich zu verdächtigen. Im oberen Stockwerk steuerte der Mann jedoch stracks auf die offene Tür des Schlafzimmers zu. Der Ehemann hatte inzwischen den Stoff vom Hals der Toten gelöst, hockte neben ihr und hielt ihre Hand. Die Augen hatte er ihr auch zugedrückt. Sundermann stand am Fenster. Natürlich, dort musste Fütterer ihn gesehen haben.

Der Pfleger trat ans Bett. »Georg, mein Beileid. Schlimm ist das.«

Der Witwer blickte auf und nickte. »Erhängt hat sie sich. So ein grausamer Tod.«

Fütterer beugte sich über den Leichnam und musterte den Hals. Auch Max sah ihn sich jetzt genauer an. Die Haut wirkte unversehrt, nicht rot und aufgerieben, wie er es erwartet hätte. Gekämpft hatte sie nicht gegen den Tod.

»Eindeutig Selbstmord«, verkündete Fütterer. »Du weißt, dass sie verbrannt werden muss, mein Freund.«

Presigl schüttelte den Kopf und packte die Hände des Pflegers. »Bitte, Korbinian, können wir nicht sagen, dass es ein Unfall war?«

»Sollen wir sie aus dem Fenster werfen, oder wie stellst du dir das vor? Nein, sie kann kein christliches Begräbnis bekommen, aber der Herrgott wird sich ihrer erbarmen. Sie war kein schlechtes Weib.« Der Mann blickte zur Seite, als wollte er sich bei diesen Worten nicht ins Gesicht schauen lassen, dann sagte er: »Leinfelder, holt den Löwen.«

Max nickte und verließ das Haus. Alles sehr seltsam. Nun könnte er doch den Gaul brauchen, aber nein, in den geschäftigen Gassen Nürnbergs käme er zu Ross langsamer vorwärts als zu Fuß.

Mit schnellen Schritten eilte er zum Stadttor. Auf dem Weg zum Henkerturm erinnerte er sich daran, wie er letzten Sommer zu Meister Frantz geschlichen war. Der Nachrichter als Helfer in der Not für Kathi – was er sich dabei nur gedacht hatte! Doch am Ende war es genau das Richtige gewesen; der Plan des Henkers hatte funktioniert. Ohne den Mord an der Zahlmeisterin, einer Schneiderswitwe, bei der Kathi damals in Diensten gestanden hatte, wären sie beide vielleicht nie zusammengekommen. So hatte doch alles sein Gutes. Heute waren die Umstände ganz anders, und er musste nur zum Löwen.

Vor dem Unschlitthaus rührten zwei Talgkocher in großen Kesseln. Schnell eilte er weiter zum Holzsteg unter der Wohnung des Henkersknechts Augustin Ammon, die sich über den südlichen Arm der Pegnitz spannte. Kathi hatte ihm erzählt, dass die Zahlmeisterin nie über dieses Brücklein hatte gehen wollen aus Angst, der Löwe könnte ihr auf den Kopf fallen.

Das Lächeln rutschte ihm aus dem Gesicht, als Meister Frantz aus dem Henkerturm trat und ihm entgegenkam, eine Ledertasche über seiner Schulter. Die dunkelblonden Haare und der Bart waren länger als sonst. Der Mann sah beinah etwas heruntergekommen aus.

»Oh, Max Leinfelder. Lange nicht gesehen. Wie geht's dir und deiner Frau?« Der Nachrichter lächelte bei diesen Worten, was er in der Öffentlichkeit selten tat.

Max verbarg sein leichtes Unbehagen. »Gut, und Kathi hat mir erzählt, dass sie gestern Eurer Frau begegnet ist.«

Meister Frantz schnaubte. »Hör zu, ich bin sicher, Kathi wäre eine großartige Magd für uns und würde sich liebevoll um Vitus kümmern, aber sie sollte auf keinen Fall bei uns arbeiten. Gerade als Findelkind würden ihr die Leute schnell eine unehrliche Herkunft unterstellen. Euch würde das vielleicht nicht schaden, aber möglicherweise euren Kindern.«

Max atmete auf. »So was in der Art hab ich Kathi auch gesagt. Ich bin froh, dass Ihr es uns nicht übel nehmt, wenn sie nicht für Euch arbeitet, was sie natürlich liebend gern tun würde.«

Der Nachrichter schien ebenso erleichtert. »Gut, dann hör ich mich mal bei den Abdeckern und Schindern um, ob sie eine Unehrliche kennen, die sich nicht fürchten würde, im Henkerhaus zu arbeiten.« Er tat einen Schritt, blieb stehen und wandte sich noch einmal um. »Was willst du dann hier, wenn es nicht um Kathi geht? Brauchst du einen Heiler?«

»Ich brauch den Löwen. In Gostenhof soll sich eine Frau erhängt haben, aber sie schaut gar nicht danach aus.«

Meister Frantz schüttelte den Kopf. »Nicht mein Bier. Ich hab geschworen, mich nie wieder in Ermittlungen einzumischen.«

Max konnte sich ein Schmunzeln nicht verkneifen. »Bis es mal wieder dem oder der Falschen an den Kragen gehen soll.«

Der Henker winkte ab. »Ach was, das können auch andere herausfinden. Wozu gibt's Lochschöffen? Und Augustin könnte langsam ausgeschlafen haben.« Er blickte zum Holzboden der Brückenwohnung über ihnen hinauf. »He, Augustin?«

Keine Antwort.

»Ein Stadtknecht ist auf dem Weg zu dir!«

Mit diesen Worten ging er weiter und murmelte etwas vor sich hin, während er wieder den Kopf schüttelte. Ob er wohl seinen Schwur, sich nicht mehr in Ermittlungen einzumischen, wiederholte? Da fiel Max die seltsame Frage des Fuhrmanns ein. »Wartet!«, rief er dem Nachrichter hinterher und eilte ihm nach. »Kennt Ihr einen Jakob Seitzen? Das soll ein Abdecker sein.«

Meister Frantz zog die Stirn kraus. »Kann sein, dass der Schwiegersohn vom alten Reichelt so heißt.«

»Der hat sich anscheinend öfter mal bei der Presiglin herumgetrieben.« Max kämpfte gegen ein Lächeln an. »Wenn Ihr Euch bei Schindern und Abdeckern umhört, könnt Ihr das doch gleich rausfinden ...«

Der Nachrichter stieß einen knurrenden Laut aus und ging weiter.

*

Frantz schritt zum Spittlertor hinaus und hob die Hand zum Gruß. Der Wächter zog den Kopf ein. Alberner Kerl, dabei trug Frantz nicht einmal das Richtschwert am Gürtel. Er ging ein Stück die Stadtmauer entlang und folgte dem Fürther Weg, vorbei an der Bleiche des Deutschherrenordens zu den Säuweihern. Irgendwo dahinter musste die Abdeckerei des alten Reichelt sein. Soviel er wusste, hatte der Mann eine unverheiratete Tochter, die sich vielleicht trauen würde, für ihn zu arbeiten. Seufzend beschloss er, sich dabei auch gleich nach dem Mann der älteren Tochter zu erkundigen.

Er folgte einem Trampelpfad zwischen den umzäunten Schweineweiden hindurch. Einige der Tiere warfen ihm misstrauische Blicke zu, vor allem aber der Hirte. Ob er ihn erkannt hatte oder nur um sein Vieh besorgt war? Bald erreichte er ein Waldstück. Vogelgezwitscher übertönte das Grunzen; der Geruch von Blumen und erwachender Natur überlagerte den von Schweinemist. Frantz lächelte. Frühling war wirklich die schönste Jahreszeit. Der Pfad führte an einem Weiler mit einfachen Steinhäusern vorbei, und er hielt nach bekannten Gesichtern Ausschau. Eine junge Frau führte eine Ziege am Strick aus einem kleinen Stall. Das erinnerte ihn an die Selbstmörderin, wenn sie denn eine war. Welcher Mensch brachte sich freiwillig auf so eine Weise zu Tode? Gerade Frauen wollten schön aussehen, nicht mit verfärbtem Gesicht und hervorquellender Zunge enden. Die Presiglin war bestimmt einmal bei einer Hinrichtung durch den Strang dabei gewesen, musste also wissen, dass selbst reuige Sünder, die mit ihren irdischen Leben abgeschlossen hatten, am Galgen ums Überleben kämpften. Vielleicht hatte die Frau das Seil am Ast eines Baums befestigt, war hinuntergesprungen und hatte sich mit etwas Glück sofort das Genick gebrochen. Bestimmt konnte ein Wundarzt ganz schnell feststellen, ob die Frau sich wirklich erhängt hatte. Dazu brauchte man keinen Nachrichter. Er schalt sich einen Narren, weil er überhaupt darüber nachdachte. Es war wirklich nicht seine Aufgabe, Todesursachen oder Schuld festzustellen. Er musste eine Magd finden.

Vielleicht eine Meile nach dem letzten Haus erreichte er die Abdeckerei, neben der eine einfache Kate stand. Der alte Reichelt kam aus dem Haus gehumpelt. »Meister Frantz! Euch schickt der liebe Gott!«

Was für eine Begrüßung! Er lächelte. »Tut er das, Reichelt?«

»Ja! Meine Tochter wälzt sich unter Schmerzen im Bett. Einen Bader können wir uns nicht leisten und einen Medicus noch weniger!«

»Dann bringt mich zu ihr.« Nur gut, dass er bei Ausflügen in die Umgebung von Nürnberg immer eine kleine Auswahl an Salben und Medizin dabei hatte. Wenn er der Maid helfen könnte, würde sie umso lieber für ihn arbeiten.

Er betrat die ärmliche Hütte hinter dem Alten. Eine primitive Feuerstelle befand sich in einer Ecke der Stube, ein Tisch mit zwei Stühlen in der anderen. Zu seiner Rechten führte eine Tür in ein Schlafgemach, geradeaus eine Holzstiege in ein Dachstüberl. Der Mann deutete zur Schlafkammer. »Sie ist da drin, die Treppe ist sie nicht mehr raufgekommen. Da oben schläft sie eigentlich, seit mein Bein so schlecht ist, und der Jakob, mein Schwiegersohn nicht …«

Oh, dann war das die verheiratete Tochter? Na, vielleicht befand sich die andere auch hier und konnte ihn gleich als Heiler kennenlernen, nicht nur als Henker. Ein Stöhnen drang in die Stube. Frantz ging zu der Frau hinüber. Sie hielt sich den Bauch und drehte sich weg, als sie ihn sah. Frantz lief um das Bett herum und blickte in ein schweißbedecktes, gerötetes Gesicht. Strähnen ihres offenen braunen Haares klebten daran. Dunkle Augen richteten sich auf ihn. Angst konnte er in ihnen lesen, aber nicht die Angst vor dem Nachrichter oder vor dem Sterben. Angst vor Entdeckung? Der alte Reichelt stand in der Tür und beobachtete sie.

Frantz schwante Übles, wollte sich aber nichts anmerken lassen. Aber wozu die Heimlichkeit, wenn die Frau verheiratet war? Er stellte seine Tasche auf den einfachen Nachttisch und wühlte darin herum. »Lasst uns allein, ich muss sie untersuchen. Schließt die Tür.«

Einen Moment zögerte Reichelt, sah ihn misstrauisch an, doch dann tat er es.

»Wie heißt du?«

»Elsa«, presste sie zwischen zusammengebissenen Zähnen hervor.

Frantz schob die Wolldecke beiseite, ging in die Hocke und legte eine Hand auf den dicken Bauch, um ihn abzutasten. Ein Tritt. Er lächelte. Das Leintuch, auf dem sie lag, war klatschnass, das dünne Nachthemd schweißgetränkt. »Dein Vater weiß nichts davon?« Zwar konnte er sich das nicht recht vorstellen, aber möglich war alles.

Sie schüttelte langsam den Kopf. »Sieht nicht mehr gut, will nichts wissen.«

»Von wem ist es denn?«, fragte er, um den Grund für diese Heimlichtuerei herauszufinden.

Sie zögerte. »Vom Jakob, meinem Mann, aber er ist abgehauen, weil er's hier als Unehrlicher zu nichts bringen kann. Jetzt können ich und mein Vater schauen, wie wir die Arbeit allein schaffen. Heiraten kann ich auch nicht wieder. Wär er nur gestorben, statt abzuhauen.« Tränen liefen ihr über die Wange.

»Kein sehr frommer Wunsch, aber verständlich.« Abgehauen war der Kerl also, um sich bei einer Frau herumzutreiben, deren vermeintlicher Selbstmord Frantz hierhergeführt hatte? »Jakob Seitzen, heißt er, oder?«

Sie nickte, dann schrie sie und presste die Hände auf den Bauch.

Frantz wartete, bis die Wehe nachließ, bevor er fragte: »Ist der alte Reichelt auch taub, weil du glaubst, ihm eine Geburt und das Kindergeschrei verheimlichen zu können?«

Sie schluchzte. Wahrscheinlich wollte das Weib ihr Kindlein in die Pegnitz werfen und so tun, als wäre sie nie schwanger gewesen. Solche Geschichten kannte er zur Genüge. Nicht weit von hier war die Hallerwiese, wo noch bis ins vorletzte Jahr Kindsmörderinnen ertränkt werden mussten – von ihm und seinen Vorgängern. Wenigstens durfte er inzwischen auch Frauen mit dem Schwert richten. Er mahlte mit den Kiefern, doch sofort schmerzte sein vorletzter Backenzahn rechts unten. Den musste er bald ziehen lassen, wenn seine Schmerzmittel nicht mehr halfen.

»Ins Findelhaus wollt ich's tragen«, sagte sie unter weiteren Tränen. »Heimlich. Wir haben doch kaum selbst genug zu essen.«

Vielleicht stimmte das ja sogar. »Und ganz ohne Hebamme oder wenigstens eine Verwandte oder Nachbarin zur Welt bringen?«

»Jetzt seid Ihr ja da. Lang kann's nicht mehr dauern, die Schmerzen kommen immer schneller.«

Frantz schluckte schwer. *Er* sollte ein Kind entbinden? »Du weißt, wer ich bin?«

»Natürlich! Der Henker von Nürnberg. Ein Heiler. Macht mich heil und mein Kindlein auch. Bezahlen kann ich Euch nicht, aber ich werd alles tun, was Ihr von mir verlangt!«

»Alles?« Sein Blick fiel auf ihre geschwollenen Brüste, die aus dem weiten Ausschnitt ihres Nachthemds hervorquollen.

»Alles!«

Frantz ging zur Tür und riss sie auf. »He, Reichelt, Ihr müsst zum Kräuterweib auf dem Sandberg. Lasst Euch …« Ja, was sollte er ihn holen lassen, um ihn aus dem Haus zu bekommen? »… Gänsefingerkraut geben. Davon hab ich nichts dabei.« Das passte wenigstens zu

Bauchkrämpfen und würde nach der Geburt blutstillend wirken.

Der Alte nickte eifrig und hastete davon.

*

Max ging mit dem Löwen zum Spittlertor, wo Augustin Ammon dem Wächter wie selbstverständlich einen Befehl erteilte: »Schick jemanden zum Körnle. Wir brauchen Ross und Karren in Gostenhof.«

Der Henkersknecht war gar nicht gut gelaunt, vermutlich, weil er ihn aus dem Bett geholt hatte, deshalb hielt Max lieber den Mund. Obwohl er einen Kopf größer war als Ammon und längere Beine hatte, musste er sich ranhalten, um nicht zurückzufallen.

»Selbstmörder. Ich versteh's einfach nicht. Das Leben ist kurz genug«, brummte der Löwe.

»Soll nicht ganz richtig im Kopf gewesen sein.«

»Eben, sag ich doch.«

Max verkniff sich diesmal, seine Zweifel am Erstickungstod der Frau zu äußern, denn das konnte Ammon als Henkersknecht besser beurteilen. Und gegebenenfalls Meister Frantz auf den Plan rufen … Er unterdrückte ein Grinsen, um nicht von Ammon angeblafft zu werden. Diesmal könnte er bei der Suche nach dem Mörder helfen, statt als Verdächtiger im Loch zu hocken – falls es denn ein Mord war. Hoffentlich fand der Nachrichter etwas über diesen Jakob Seitzen heraus.

Vor Presigls Haus standen einige Leute herum. Der Ehemann war nicht zu sehen, betete vermutlich bei seiner Frau.

»Wenn der Körnle nicht bald da ist, zieh ich ihm die Ohrwaschel so lang, dass er sie sich um den Hals wickeln kann«, grummelte Ammon und zupfte an seinem dunklen Schnauzer, als wollte er ihn ausrupfen. Am Kinn ergraute der Bart schon.

Max beobachtete ihn von der Seite und wagte dann doch zu fragen: »Was für eine Laus ist dir denn über die Leber gelaufen?«

Abrupt blieb der Löwe stehen und wirbelte zu ihm herum. »Kannst du dir ausmalen, wie es ist, von der Stimme des Henkers geweckt zu werden, die unter deinem Bett hervorschallt?«

»Oh.« Nein, das konnte er sich beim besten Willen nicht vorstellen. »Muss gruslig gewesen sein.«

»Ich kenn ihn ja ganz gut, völlig harmlos, der Mann. Hab mich nach dem ersten Schreck umgedreht und weitergeschlafen, bis du an meine Tür getrommelt hast. Aber was ich dazwischen für Scheußlichkeiten geträumt hab, willst du nicht erleben.«

Während Maxens Fantasie allerlei Albträume heraufbeschwor, eilte Ammon schon weiter. »Wenn der Körnle mit seiner Karre kommt, schickt ihn rauf«, befahl er einem der Nachbarn.

Max musste sich immer wieder wundern, wie viel Autorität der Mann ausstrahlen konnte, obwohl jeder wusste, dass er ein Unehrlicher war. Nun war er allerdings gespannt, wie der Löwe auf die schöne Leiche reagieren würde. Er folgte ihm ins Haus und die Stiege hinauf.

Ammon blieb stehen und schaute ihn fragend an. »Wo ist sie?«

Er deutete auf die Schlafzimmertür und betrat direkt hinter ihm das Gemach. Keine Spur vom Ehemann. Die Frau lag mit vor dem Bauch gefalteten Händen auf dem Bett und sah aus, als wäre sie sanft entschlummert.

Dem Löwen klappte der Mund auf. Langsam drehte er sich zu Max um und legte den Kopf schief. Dann schnappten seine Kiefer zu, und er stellte sich gerade hin, die Lider halb zugekniffen. Was war denn mit dem los? Hinter sich hörte Max ein Schnaufen. Er riskierte einen Blick über die Schulter.

Im Türrahmen stand der Pfleger, Hände auf den Hüften. »Was gibt's hier zu gaffen? Schafft die Leiche weg und verbrennt sie. Frevelhafter Selbstmord.«

Ammon nickte zackig. »Wir warten noch auf den Körnle, wollen die Presiglin ja nicht einfach wegschleifen.«

»Natürlich.«

Trotzig trat Max ans Bett und blickte in das schneeweiße Gesicht der Toten. »Wo ist der Ehemann?«

Der Pfleger räusperte sich. »Bei mir zu Hause. Meine Frau kümmert sich um ihn. Ist ziemlich durch den Wind, der Mann.«

Füße stapften davon, und Max drehte sich um. Fütterer war verschwunden. Er murmelte: »Zu tief in den Weinkrug hat er auch geschaut.« Sein Blick traf den von Augustin Ammon, der kaum merklich den Kopf schüttelte. Max deutete ein Nicken an. Vor dem Amtmann hatte der Löwe offensichtlich Respekt, wenn auch keine Hochachtung.

Durch das offene Fenster drangen Pferdegetrappel und das Knirschen von Rädern. Ammon beugte sich hinaus. »Der Körnle. Bringen wir die Frau weg.«

»Aber …« Wenn sie verbrannt wurde, konnte niemand mehr feststellen, wie sie gestorben war. Trotzdem sprach er nicht weiter, denn der Löwe schien genau zu wissen, was er dachte. Max musterte den Balken unter der Decke, richtete den Hocker auf, stieg drauf und streckte die Arme hoch. Ja, es war möglich, sich daran zu erhängen, auch wenn die Presiglin sicher etwas kleiner gewesen war als er. »Hm …«

»Genug. Pack mit an.« Ammon griff der Toten unter die Achseln.

Max stieg runter und ergriff die Füße. Nicht einmal eine Trage war ihr vergönnt? Die nackten Beine waren kalt, die Hüftgelenke knickten kaum ein. Erschrocken blickte er zu Augustin.

»Rigor mortis«, brummte der Löwe. »Muss vor Mitternacht gestorben sein.«

Max schluckte. »Wird sie nicht mal gewaschen, bevor …?«

»Vor dem Verbrennen? Lohnt ja wohl kaum.«

Sie trugen sie zur Stiege, und Max verkniff sich weitere Proteste. Wo auch immer die Frau verbrannt werden sollte, dort konnten sie immer noch reden.

»Augustin?«, rief jemand von unten.

»Bleib unten, Körnle«, antwortete Ammon. »Wir bringen sie.«

Eine junge Frau weinte, als sie den Leichnam hinaustrugen und auf den Wagen luden. Max merkte sich das sommersprossige Gesicht und die rotblonden Haare. Vielleicht konnte sie ihm mehr erzählen.

*

Frantz kniete vor der Frau, die er kurzerhand an den Rand des Bettes gesetzt hatte, den Rücken auf Kissen und Decke gelehnt. Wenn sie doch nur einen richtigen Geburtsstuhl hätten! Er verfluchte sich heimlich dafür, gerade heute hierher gekommen zu sein. War das die Strafe dafür, dass er bei der Geburt seines eigenen Sohnes zu nichts zu gebrauchen gewesen war? Im Gegenteil, er hatte die Hebamme fast in den Wahnsinn getrieben, bis sie ihn aus dem Haus jagte. Dabei hatten er und Maria sie lange genug überreden müssen, dass er überhaupt hatte bleiben dürfen. Die hatte es natürlich unerhört gefunden, dass der werdende Vater bei der Geburt anwesend sein sollte. Doch auf einen Heiler an ihrer Seite hatte sie auch nicht verzichten wollen, da keine der Nachbarinnen und weiblichen Verwandten – außer Marias Schwester Ellena – sich ins Henkerhaus getraut hatten, um sie zu unterstützen.

Wieder schrie Elsa, und jetzt meinte er auch, das kleine Köpfchen zu sehen. Ein Hochgefühl durchströmte ihn, als wäre er derjenige, der dies Wunder vollbrachte. Welch ein Glück, dass er gerade heute zu Reichelt gegangen war! Wer konnte sagen, was aus dem Winzling geworden wäre, wenn die verzweifelte Mutter ihn allein hätte zur Welt bringen müssen. »Weiter drücken. Es kommt! Bald ist es vorbei.«

Sie hechelte und keuchte. »Ich kann nicht mehr.«

»Doch, du kannst. Na los.« Verflucht, die Wehe hatte nachgelassen. Was hatte die Hebamme mit Maria gemacht? Diese Nacht war in seiner Erinnerung wie in dichten Nebel gehüllt. Er strich der Frau in Abwärtsbewegungen über den Bauch, da verkrampfte sie sich wieder und schrie. Nur gut, dass die Kate so einsam lag, sonst wären längst die Nachbarn zusammengelaufen.

Das Gesicht war schon zu sehen, wenn auch unter blutigem Schleim. »Weiter, Elsa. Gleich hast du's geschafft.« Er legte eine Hand unter das Köpfchen. Unglaublich. Ein winziges Menschlein glitt in seine Arme. Warum schrie es nicht? Es, nein, *sie* musste atmen! Furcht stieg in ihm hoch. Er legte eine Hand auf die winzige Brust. Das Herz schlug. Er drehte das Kind herum und klatschte ihm auf den Hintern, da brüllte es los. Überglücklich strahlte Frantz die Mutter an und legte das Kleine in ihre Arme. »Deine Tochter.«

»Franziska soll sie heißen«, flüsterte sie.

»Schöner Name.« Er grinste noch breiter, wischte sich die Hände an einem Lumpen ab und wühlte in seiner Tasche nach einer Schweinesehne. Zum ersten Mal in seinem Leben band er einen Faden um eine Nabelschnur und durchtrennte sie.

Die verzückt dreinschauende Mutter gab der immer noch ganz schleimigen Kleinen die Brust, und Franziska begann gierig zu saugen. Frantz erhob sich und atmete tief durch. Die Nachgeburt musste auch noch raus. Ob hier Petersilie wuchs, damit sie schneller ausgestoßen wurde? Na, wenigstens fielen ihm wieder ein paar Dinge ein. Außerdem sollte er der Mutter vermutlich Frauenmantel und Frauenwurzel geben, aber damit kannte er sich nicht recht aus. Sein Kräuterbüchlein hatte er natürlich nicht eingesteckt. Das Kind musste gewaschen werden. Was noch?

Leiche auf Abwegen

Max saß mit Ammon hinten beim Leichnam, während Körnle den Wagen wortlos zum Hochgericht lenkte. Dort, so fiel ihm ein, lagerten Holzstöße. Er hatte in Nürnberg noch keine Verbrennung bei lebendigem Leibe erlebt, allerdings wurde manchmal die Leiche eines Delinquenten verbrannt, nachdem er geköpft worden war. Das passierte aber nur, wenn das Gesetz eigentlich Tod durch Feuer vorsah. Der Nürnberger Rat hielt glücklicherweise nichts von unnötiger Grausamkeit, aber die Holzstöße dienten sicher auch als Warnung. Max zerrte an seinem gefältelten Kragen, der ihm plötzlich den Hals abzuschnüren drohte. Er hatte schließlich am eigenen Leib erfahren, wie schnell ein Unschuldiger in Verdacht geraten konnte.

Ammon starrte unverwandt auf die Tote.

»Was denkst du?«, fragte Max.

»Nichts.« Er hob den Kopf, blickte Richtung Körnle, dann zu Max.

»Ich auch«, sagte er, und der Löwe schmunzelte.

Endlich hielt der Karren, und sie luden ihre leblose Fracht ab. Inmitten der blühenden Wiese sah sie noch unschuldiger aus. Ein verlorenes Leben, dem nicht einmal die letzte Ehre erwiesen wurde.

»Kannst weiter, Körnle«, rief Ammon dem Fahrer zu.

Der nickte und klatschte dem Gaul die Zügel auf den Rücken.

Max blickte ihm nach. »Körnle? Ist das nicht der Kerl, der bei der Hinrichtung von der Beckin seinen Gaul versteckt hat?«

»Genau der. Wollt mehr Geld, der Strolch.«

»Das hat ihm der Rat bestimmt nicht durchgehen lassen.«

Ammon grinste. »Deshalb müssen wir auch sehr vorsichtig sein, was wir reden, und uns selber schinden.«

»Was hast du vor?«

»Meister Frantz soll sich die Presiglin anschauen. Auf den wird man hören. Ich bin ja nur der Löwe.«

»Soll ich ihn holen?«

Ammon kratzte sich die rasierte Wange. »Zu auffällig. Wir zünden ein Feuer an, doch dann verstecken wir sie erst mal in der Hütte.«

»Welche Hütte?« Max drehte sich einmal im Kreis und konnte hinter dem Galgen ein uraltes Gemäuer ausmachen, das ihm nie zuvor aufgefallen war, weil es wie ein überwucherter Steinhaufen wirkte. »Die da?«

»Genau, da anatomiert Meister Frantz, wenn ihm mal wieder der Leichnam eines armen Sünders überlassen wird.«

Max schluckte trocken. »Wie, anatomiert?«

»Aufschneiden, den Körper studieren. Wär ein guter Arzt geworden, der Schmidt Frantz, wenn man ihn gelassen hätte. Aber genug geredet, pack an.«

Sie schichteten Holz zurecht und gaben Reisig dazu. Dann löste der Löwe einen Lederbeutel von seinem Gürtel, nahm ein kleines Stück Zunderpilz heraus, raute die Oberfläche an und legte einen Feuerstein darauf. Geschickt hieb er mit dem eisernen Feuerschläger darauf. Schon beim dritten Versuch brachte ein Funke den Pilz zum Glühen. Schnell entfachte Ammon das Reisig, betrachtete einen Moment die sich ausbreitenden Flammen, dann erhob er sich. »Jetzt ab mit der Presiglin.«

Max nahm wieder die Beine, und sie trugen die Frau über die Freifläche, vorbei am Galgen, wo noch das Gerippe vom Geigenschuster baumelte, und weiter zur halb zugewachsenen Hütte.

»Die Leut glauben, dass hier eine Hexe gewohnt hat, deshalb trauen sie sich nicht her«, erklärte Augustin.

»Passt ja gut.«

Vor dem Gemäuer wollten sie die Frau wieder ablegen, damit Ammon öffnen konnte, doch die Tür ging von selbst auf. Nein, von Henkers Hand. »Meister Frantz!« Max glotzte ihn an wie ein Trugbild, denn der Henker hielt ein Neugeborenes im Arm. Das konnte unmöglich sein Kind sein. Es war noch ganz runzlig und rot im Gesicht. Die Miene des Nachrichters verriet keine Regung.

»Da hol mich doch der Teufel«, flüsterte Ammon und schüttelte den Kopf, als würde die Erscheinung dann verschwinden. »Was treibst du hier?« Der Löwe klang ängstlich und starrte das Bündel an.

Da wurde auch Max mulmig. Das Kindlein sollte doch wohl nicht anatomiert werden! Zwar waren die Äuglein geschlossen, doch die nackte Brust hob und senkte sich unter dem groben Tuch.

*

Frantz konnte kaum glauben, wie die beiden ihn anstarrten – als wäre er der Leibhaftige. Er bemühte sich um eine ausdruckslose Miene. »Das ist Franziska, von mir in die Welt gebracht.« Jetzt konnte er das Grinsen nicht länger unterdrücken. »Und was treibt ihr Strolche mit einer Leiche vor meiner Hütte?«

Augustin gluckste. »Jetzt hast du mir wirklich Angst eingejagt.«

Frantz schnaubte. »Hast gedacht, ich wär der Hexer von Nürnberg?«

»Wenn nicht Schlimmeres. Was glaubst du, was ich heut schon für schauriges Zeug von dir geträumt hab, und dann stehst du so da, mit blutverschmiertem Gewand und einem Neugeborenen auf dem Arm.«

»Du träumst von mir?« Na ja, der Augustin spukte auch manchmal in seinen Träumen herum. »Erzähl's mir lieber nicht.«

Max trat vor. »Was macht Ihr mit dem Kindlein?«

Frantz streckte es ihm hin. »Willst du's haben?«

Der Stadtknecht tat schnell einen Schritt zurück. »Ähm, nein. Also, außer wenn sich sonst niemand kümmert, aber …«

»Schon gut, ich brauche jemanden, der es ins Findelhaus bringt.« Frantz legte Franziska in seine Arme. »Steht dir gut. Sag einfach, du hast es vor dem Tor gefunden. Ich hab es nie berührt.« Auf diese Weise würde das arme Würmchen nicht in den Ruch der Unehrlichkeit kommen.

»Und die Mutter?«

Er seufzte. »Ich weiß nicht, ob sie's ins Findelhaus gebracht oder nach der heimlichen Geburt … einfach ausgesetzt oder in die Pegnitz geworfen hätte. Ist nicht einfach ohne Mann und Geld. Der Vater hat sich aus dem Staub gemacht, ein gewisser Jakob Seitzen.«

Max starrte ihn offenen Mundes an. »Der Abdecker, von dem der Presigl gesprochen hat?«

Er nickte. »Aber suchen werde ich den Kerl nicht für dich. Jedenfalls lebt das Kleine, und ich muss keine verzweifelte Mutter hinrichten. Ein guter Tag.« Und er hatte Glück, dass die beiden so bald nach ihm aufgetaucht waren. Zwar hatte er damit gerechnet, dass Augustin die Selbstmörderin zur Richtstätte bringen würde, aber das hätte auch noch dauern können. Selbst hätte er das Kind nur ungern im Findelhaus abgegeben.

Während Max die schlafende Franziska hielt, so ehrfürchtig wie einen kristallenen Kelch, ging Frantz neben der Frauenleiche in die Hocke. »Was haben wir denn hier? Die soll sich umgebracht haben?«

»Ja, erhängt«, brummte Augustin. »Wenn's der Pfleger von Gostenhof sagt, muss es ja stimmen.«

Autsch, mit dem Kerl kam der Löwe gar nicht gut aus, was wirklich selten vorkam. Doch der Fütterer interessierte sich keinen Deut für die Menschen in seinem Zuständigkeitsbereich, nur für Zahlen.

Frantz betrachtete den Hals der Frau. Keine Rötung, Abschürfung oder Schwellung. »Strick?«, fragte er ungläubig.

»Tuch«, antwortete Max. »Sie hing noch dran, als ich hingekommen bin. Genauso friedlich hat ihr Gesicht auch da ausgeschaut.«

Ein weiches Tuch mochte einen Unterschied machen, nur war das Gesicht der Toten überhaupt nicht geschwollen. Er befühlte die starren Nackenmuskeln. »Irgendwann heute Nacht muss sie gestorben sein, schätze ich. Schon ganz kalt und steif.« Er tastete die Halswirbel ab. Was war das denn? Hier gab's eine kleine Delle … das Genick war gebrochen. Er erhob sich. »Woran hat sie sich erhängt? Ein Baum, Kirchturm?« Das hätte vielleicht die Verletzung verursachen und einen schnellen, friedlichen Tod herbeiführen können.

Max schüttelte den Kopf. »An einem Balken im Schlafzimmer. Da ist sie vielleicht eine Elle gefallen, wenn überhaupt.«

»Dann muss ihr jemand ins Genick geschlagen und sie dann aufgeknüpft haben. Tragen wir sie rein.« Frantz schob seine Hände unter ihre Arme und hob sie hoch, während Augustin die Füße packte. »Den Mörder muss aber jemand anders suchen, ist nicht meine Aufgabe, bin nicht befugt.« Er sah die beiden Männer an.

Max schaute betreten drein, ganz anders als heute Morgen noch. Dem ging wohl gerade auf, an wem diese Aufgabe hängen bleiben könnte. Der Löwe feixte. »Und was erzählen wir dem Rat? Der Pfleger hat angeordnet, sie sofort zu verbrennen.«

Sie wuchteten die Leiche auf den Steintisch.

Frantz überlegte nicht lange. »Du wolltest sie gerade ins Feuer legen – brennt ja auch schon –, da bin ich vorbeispaziert, war neugierig, weil sie für eine Selbstmörderin so glücklich dreinschaut. Hätte ja sein können, dass ich was von ihrem Leichnam lerne. Aber da hab ich feststellen müssen, dass sie sich gar nicht aufgehängt hat. Und glaub mir, jeder Wundarzt wird zum selben Schluss kommen.«

Augustin nickte. »Glaub ich auch.« Er rieb sich die Hände. »Der Unterpfleger wird sich ärgern, und der Oberpfleger vielleicht noch mehr. Macht ja Arbeit, so einen Mord aufzuklären. Ob's ihr Mann war?«

Immer eine Möglichkeit, wenn's kein Räuber war. »War er daheim?«

»Frag den Max, der weiß mehr. Ich sollt sie ja nur verbrennen.«

Frantz trat wieder hinaus auf die Wiese, wo der Stadtknecht immer noch hingerissen die kleine Franziska betrachtete. Wollte er das Kindlein am Ende behalten? Morgen, wenn die Mutter sich erholt hatte, konnte er sie vielleicht überreden, seine Magd zu werden. Hatte sie ihm nicht versprochen, alles für ihn zu tun? Bestimmt wusste sie nicht, wohin mit ihrer Milch. Da könnte Vitus Abhilfe schaffen. Der Junge kriegte schließlich nie genug. Die Abdeckerei konnten sie und der Alte sowieso nicht allein weiterführen, nachdem der Jakob sich fortgemacht hatte. Die sollten sie lieber verkaufen. Aber das war jetzt nicht wichtig. »Der Ehemann hat die Leiche gefunden?«, fragte er.

Max zuckte zusammen, hatte ihn wohl gar nicht herauskommen gehört. »Ja, der ist gerade mit seinem Fuhrwerk zurückgekehrt. War angeblich die ganze Nacht weg, hat gejammert, weil er sich in Stein hat volllaufen lassen, statt heimzufahren. Und er hat mich vorher noch gefragt, ob sich der Seitzen beim Haus herumgetrieben hat.«

Frantz nickte. »Das sollte sich rausfinden lassen, ebenso, wo der Fuhrmann gewesen ist.« Der Lümmel von einem Stadtknecht grinste, deshalb setzte er hinzu: »Von dir zum Beispiel, dann tust du mal was Vernünftiges.«

Und schon verging dem Burschen die Häme. »Erst kümmere ich mich um die kleine Franziska.«

»Mach das. Und wir gehen zum Rathaus, einen Mord anzeigen.«

*

Lienhardt Hertl starrte den drei Männern mit dem Säugling hinterher, die sich Richtung Stadt entfernten. Waren es wirklich drei? Er blinzelte mehrmals, weil seine Sicht andauernd verschwamm. Aber dass sie die Anna in die Hütte geschafft hatten, war keine Einbildung gewesen, oder? Und das Kindlein – hatten sie es ihr aus dem Leib geschnitten? Nein, Anna war doch nicht schwanger gewesen! Nicht so sehr. Wollte der Nachrichter den schönen Leib etwa schänden? Ihm war, als senkte sich der Schatten von letzter Nacht über das verfallende Gemäuer. Lienhardt musste Anna retten, sie vor der Schändung bewahren! Er schlich aus dem Unterholz zu der alten Hütte, von der es hieß, dass dort mal eine Hexe gehaust hätte. Wollten sie das schöne Weib dem Teufel weihen? Das hätte er Meister Frantz niemals zugetraut. Der war ihm immer anständig vorgekommen. Doch die Welt war schlecht!

Eine Träne kullerte ihm über die Wange, als er den Türgriff runterdrückte. Nicht zugesperrt. Mit zittrigen Knien trat er in den finsteren Raum. Nur zwei kleine Fensteröffnungen ließen etwas Licht herein. Einige Öllampen standen herum, aber wenn er eine anzündete, konnte das jemandem auffallen.

Er ging zu dem steinernen Altar, auf dem sie aufgebahrt war, die Hände auf der Brust gefaltet. »Anna«, hauchte er und berührte ihren nackten Arm. So kalt! So anders als letzte Nacht. Das Feuer der Lust hatte in ihr gelodert, und doch war sie jetzt kalt und starr. Er musste sie mitnehmen, von hier wegbringen, durfte seine Anna nicht diesem Gelichter überlassen, auch wenn er schuld an ihrem Tod war. Oder gerade deswegen. Er schob einen Arm unter ihre Knie, die jedoch nicht nachgeben wollten. Da brach er über ihr zusammen und schluchzte. »Das wollt ich nicht, Anna!«

*

Während Meister Frantz und Augustin zum Frauentor marschierten, wandte sich Max zum Spittlertor, damit ja niemand auf die Idee käme, der Nachrichter hätte irgendwas mit dem Kindlein zu schaffen. Das winzige Würmchen schlief immer noch in seinem Arm. Seine Gedanken kehrten zurück zu der Toten in der Hütte. Ausgerechnet er sollte ihren Mörder finden? Wie denn? Überhaupt war das Angelegenheit der Lochschöffen, die würden sich schon kümmern. Aber als Stadtknecht war er auch für die Sicherheit in Nürnberg zuständig …

Er stolperte über einen Stein, weil er wegen der Kleinen den Boden vor sich nicht sehen konnte, fing sich aber, bevor sie beide stürzten. Da begann Franzi zu schreien. Oh nein, was jetzt? Er lief schneller, den Blick aufs Tor gewandt. Kathi musste ihm helfen. Die kannte sich aus.

»Oh-ha, Max, hast heimlich ein Kind gekriegt?«, witzelte der Torwächter.

»Ja, von deiner Frau, Geiler«, gab er zurück.

»Gschmarri, die brütet grad an meinem Nächsten.«

Da blieb Max stehen. »Das Dritte? Wie kannst'n dir das leisten?«

»Muss man nehmen, wie sie daherkommen, die kleinen Scheißer.«

Max sah Franziska an, die sich beim Klang ihrer Stimmen etwas beruhigt hatte. »Die hier wollt keiner haben.«

»Bei der Kathi rührt sich noch nichts?«

Er schüttelte den Kopf.

»Dann behaltet's halt das da.«

Max lachte. »Mal schauen.« Er lief an der Innenseite der Stadtmauer entlang und zuckte zusammen, als aus dem närrischen Prisaun ein gellender Schrei drang. Schnell weiter! Die Verrückten mochten vom Teufel besessen sein, und das Kleine war doch noch ungetauft! Er hastete eine Holzstiege hinauf und lief auf der Wehrmauer bis zu dem Turm, in dem sie wohnten, und die Treppe hoch. »Kathi!«, rief er, noch bevor er die Tür zu ihrer kleinen Wohnung erreichte. Die flog dann auch sofort auf.

»Max! Was …? Woher …?« Sie starrte abwechselnd in sein Gesicht und das des Neugeborenen.

»Ein Findel. Draußen beim Richtplatz. Ich glaub, es hat Hunger.«

Kathi nahm es ihm sofort aus dem Arm und herzte es, bis es nicht mehr weinte. »Bist du süß.«

»Franziska heißt sie.«

Seine Frau blinzelte, dann sah sie ihn misstrauisch an. »Woher weißt du das? Bist du der Vater?«

»Was?« Einen Moment war er sprachlos. »Nein, um Himmels willen, da hätte ich dich ja gleich nach unserer Hochzeit betrügen müssen. Was denkst du von mir, Weib?«

Jetzt lächelte sie. »Wo hast du's wirklich her?«

Herr im Himmel, dieser Frau konnte man nichts vormachen. »Gehen wir rein, sonst hört uns vielleicht jemand.«

»Nein, erst braucht Franziska Milch.« Sie lief mit dem Kindlein an ihm vorbei.

»Woher willst du …?« Er eilte ihr nach. »Bringen wir's gleich ins Findelhaus?«

»Ich weiß was Besseres.« Sie lief die Treppe hinunter bis ins Erdgeschoss, wo eine Familie Schweine hielt. Deshalb betrat er den Turm meist über die Mauer, um dem Schmutz zu entgehen.

Unten auf der gepflasterten Straße angelangt, fragte er: »Verrätst du mir, wohin du willst?«

»Erst erzählst du mir, woher du's wirklich hast.«

Er beugte sich nah zu ihrem Ohr. »Vom Nachrichter.«

Kathi lachte auf. »Das passt ja.«

*

Als Frantz mit Augustin über den großen Marktplatz auf das Rathaus zuschritt, zog er etliche Blicke auf sich; Köpfe wurden zusammengesteckt. Als sie ins Blickfeld der beiden Schildwachen traten, stieß einer der Kerle den anderen an.

»Ob sie uns reinlassen, wenn wir fragen, oder gleich runter ins Loch schicken?«, raunte Frantz.

»Bestimmt reden die hohen Herren nur im Loch mit unsereinem«, brummte Augustin. »Außer wenn Vereidigung oder Richttag ist, will uns keiner von denen im Rathaus sehen.«

»Wahrscheinlich hast du recht.« Trotzdem baute er sich vor den Wächtern auf. »Ich möchte ein Verbrechen anzeigen.«

»M-Meister Frantz. Ins Rathaus?«, fragte der Größere der beiden und ließ den Blick über sein blutverschmiertes Hemd wandern.

Wenn der wüsste, dass es von einer Geburt stammte, würde er vermutlich noch größere Augen machen. Frantz hätte sich vorher umziehen sollen, trotzdem sagte er: »Wohin sonst?«

Sie warfen einander ratlose Blicke zu, da erlöste Frantz sie von ihrem Ungemach. »Schon gut, wir erwarten die Lochschöffen oder sonst einen der Räte im Henkersstüberl.«

»Etwas länger hättest du sie schon zappeln lassen können«, meinte Augustin, als sie um das wuchtige Gebäude herum zum Eingang des Lochgefängnisses gingen.

»Manchmal darf auch ein Henker Gnade walten lassen. Die haben's auch nicht leicht, müssen den ganzen Tag dumm rumstehen.«

»Da hast auch wieder recht.« Augustin lachte. »Aber keiner kann besser dumm rumstehen als die zwei.«

»Stimmt.« Grinsend pochte Frantz ans Tor. Als sich nach ein paar Augenblicken immer noch nichts rührte, rief er: »Schaller, aufmachen.«

Endlich schwang der Lochhüter die Tür auf. »Meister Frantz, was wollt Ihr denn hier? Hab keine Kundschaft für Euch.«

»Das kann sich schnell ändern. In Gostenhof ist eine Frau ermordet worden.«

»Oh-ha.« Eugen Schaller trat zur Seite. »Kommt rein. Ist der Mörder gefasst und wird gleich hergebracht?«

»Noch nicht, aber hoffentlich bald.« Frantz stieg die Stufen ins finstere Verlies hinunter. Musste zwei Wochen her sein, dass er zuletzt hier gewesen war, und das nur aus Langeweile. »Wir warten im Henkersstüberl auf einen Lochschöffen. Wer ist denn dran?«

»Der Geuder, und der Nützel springt ausnahmsweise als Schöffe ein, vielleicht weil der Volckamer von den Schöffen zu den Räten gewechselt ist«, sagte Schaller. »Hab die beiden aber noch gar nicht hier unten gesehen. Harter Hund, der Nützel, und nichts zu tun. Eine

Schande, aber das ändert sich ja jetzt. Ich glaub, der wird sich freuen.«

»Euch muss auch ganz schön langweilig sein.« Beim Brunnen, der das Gefängnis mit Frischwasser versorgte, drehte Frantz sich zu dem gedrungenen Mann um. Selbst Augustin überragte ihn um eine Handbreit. Schaller war oberster Gefängniswärter und hatte Kraft wie ein Stier. Frantz schätzte den Lochhüter und seine Frau, die sich um das leibliche Wohl der Verhafteten kümmerte und deshalb Lochwirtin genannt wurde. Es gab wegen Frantzens Unehre nicht viele Leute, die sich mit ihm unterhielten, von seinen Patienten einmal abgesehen.

»Lässt sich aushalten.« Schaller lächelte.

Zu gern wäre er noch auf einen Schwatz stehen geblieben, dem auch Schaller selten abgeneigt war, aber die hohen Herren warteten nicht gern. Er lenkte seine Schritte in Richtung des schmalen, niederen Gangs, als zu seiner Rechten ein Mann die Stufen vom Rathaus heruntertrappelte.

»Meister Frantz!«, rief Nützel. »Welche Angelegenheit lässt Euch nach mir schicken?«

»Der Tod.«

Stadtrat Nützel, mindestens zwanzig Jahre älter als Frantz, schnaubte ein Lachen. »Was sonst. Und den Löwen habt Ihr auch gleich mitgebracht. Schaut ja ernst aus. Wir hätten auch oben reden können, aber Ihr wisst ja, wie verschreckt manche Leute auf Euch reagieren. Führt mich in Euer Stüberl.«

Frantz ging voraus zu einem der wenigen Räume im Lochgefängnis, wo es Fenster gab. Nützel rieb sich die Hände. Ob vor Kälte oder aus Vorfreude, war schwer abzuschätzen. Ohne zu zögern, hockte sich der Rat an den Tisch, an dem sonst die armen Sünder ihre letzte Mahlzeit einnahmen, und schaute ihn erwartungsvoll an. »Was gibt's?«

»In Gostenhof ist eine Frau erschlagen worden, Anna Presiglin. Der Mörder hat sie so hergerichtet, als hätt sie sich erhängt.«

Augustin schnaubte verächtlich.

»Deshalb hat der Unterpfleger von Gostenhof nach dem Löwen geschickt, um die Selbstmörderin verbrennen zu lassen.« Frantz blickte zu seinem Knecht. »Das hätte Augustin auch gemacht, aber dann bin ich dahergekommen. Weil ich im Moment auch nicht viel zu tun hab und mich so eine Leiche natürlich interessiert, hab ich mir die Frau angeschaut. Sie ist bestimmt nicht erdrosselt worden, nicht von eigener Hand und auch nicht von fremder. Sie hat einen Schlag ins Genick bekommen. Ist gebrochen.«

»Hmm. Raffiniert.« Nützel blickte zum Fenster. Seine Kiefer mahlten unter dem schwarz-weiß melierten Backenbart. »Dann müssen wir den Mörder finden.« Er drehte sich ihnen wieder zu und sein Blick heftete sich auf Frantzens Hemd. »Oder habt Ihr ihn schon ergriffen und ein Geständnis aus ihm herausgepresst?«

Seine Wangen glühten. Er hätte sich wirklich umziehen sollen. Wie konnte er das Blut erklären? Am besten gar nicht erst versuchen. »Nein, ist noch auf freiem Fuß.«

Nützel nickte. »Wer hat die Leiche gefunden?« Die dunklen Augen glitzerten, als freute er sich auf die Jagd.

»Der Ehemann, Georg Presigl«, antwortete der Löwe. »Hat gleich nach dem Stadtknecht gerufen. Der hat ihn auch heimkommen sehen mit seinem Fuhrwerk.«

»Der Sundermann?«

»Nein, der Leinfelder Max. Der sollt übers Land reiten, nach dem Diebsgesindel Ausschau halten, das in die einsam stehenden Bauernhäuser einbricht.«

»Ha!« Nützel lachte und sah Frantz an. »Den kennt Ihr ja gut, unseren Lochbräutigam. Was wäre ich gern Lochschöffe gewesen, als Ihr uns diesen Streich gespielt habt.«

Frantz lächelte. »Wahrscheinlich wärt Ihr mir schneller auf die Schliche gekommen.« Etwas Schmeichelei konnte nicht schaden bei so einem mächtigen Mann, der auch noch Humor hatte.

Nützel kratzte sich am Kopf. »Damit hätt ich auch nicht gerechnet, dass Ihr Euch vorm Torquieren drückt.«

»Soll nicht wieder vorkommen.« Außer es ginge nicht anders, fügte er in Gedanken hinzu.

»Dann rede ich mal mit dem Leinfelder. Wenn der eh da draußen Dienst tut, kann er auch gleich schauen, was er herausfindet.«

Frantz nickte nur. »Und die Leiche lassen wir in den Felsenkeller zur Aufbewahrung bringen, damit sie sich ein vereidigter Wundarzt anschauen kann?«

»Muss ja sein, auch wenn ich bei der Frage, ob sich einer erhängt hat, dem Urteil eines Henkers mehr vertraue. Hmm.« Nützel strich sich durch die schulterlangen Haare, die mit nur wenigen Silberfäden durchzogen waren. »Ihr nehmt den armen Sündern den Strick ja gar nicht mehr ab. Wie wollt Ihr da wissen, wie der Hals eines Erhängten ausschaut?«

»Nun, da ist zum einen das aufgedunsene Gesicht.« Frantz setzte sich dem Mann gegenüber. »Und manchmal mach ich das doch, wenn mir der Rat die Erlaubnis gibt, einen Leichnam zu anatomieren, und das sieht dann ganz anders aus, nämlich …«

Nützel hob beide Hände. »Ich glaub's Euch.« Dann blickte er zum Löwen. »Ihr seid auch der Meinung, dass es kein Selbstmord war, nehm ich an?«

»Ja«, sagte Augustin. »Der Unterpfleger wollt nur nichts davon hören.«

»Interessant. Das ist der … Fütterer, richtig?«

»Genau.«

»Über den jammert der Oberpfleger auch gern mal. Der hockt ja im Stadtrat und meint, er hätt in Gostenhof bald nichts mehr zu sagen.«

Frantz streckte die Beine unter dem Tisch aus und lehnte sich zurück. »Wäre übrigens wirklich mal wieder schön, wenn mir der Rat erlauben würde, einen Leichnam zu schneiden und zu anatomieren.«

Nützel rutschte unruhig auf seinem Stuhl herum. »Na, vielleicht den Mörder der Presiglin, aber versprechen kann ich Euch nichts.«

»Freilich nicht. Ich werd Euch dran erinnern, wenn's so weit ist.«

»Macht das, Meister Frantz. Ich kümmere mich dann mal darum, dass der Mörder gefangen wird.« Nützel stand auf und ging.

Als Frantz die Tür zufallen hörte, grinste er Augustin an. »Harter Hund, aber bei der Vorstellung, Leichen aufzuschneiden, wird ihm schlecht.«

»Schon seltsam. Der hat doch auch zugeschaut, wie du einen mit dem Rad hast richten müssen. Das hat ihm nichts ausgemacht. Erst wenn die Leut schon tot sind, wird er komisch.«

»Ich versteh's auch nicht.«

»Dann hol ich jetzt mal lieber die Presiglin.«

»Und ich geh heim. Maria wird sich schon wundern. Eigentlich wollte ich ja nur eine Magd suchen.«

Augustin lachte. »Und findest ein Kindlein und eine Leich.«

»So kann's gehen.«

Auf dem Weg zum Ausgang hielt Frantz nach der Schallerin Ausschau, aber die Lochwirtin trieb sich wohl draußen herum, wenn es hier so wenig Arbeit gab. Sogar die Magd hatte sie entlassen müssen, weil's nicht genug für sie zu tun gab. Was die jetzt wohl machte? Schnell verwarf er den Gedanken. Vor ihm hatte das Mädel sich immer versteckt, die würde bestimmt nicht in seinem Haushalt arbeiten wollen. Als er ins Freie trat, musste er gegen die Mittagssonne anblinzeln. Bestimmt hatte Maria schon was zu essen vorbereitet.

Mit schnellen Schritten ging er an der Sebalduskirche vorbei, wo ihm eine Frau mittleren Alters Branntwein anbieten wollte, bevor sie ihn erkannte und zurückwich. Er winkte dem Diakon zu, der gerade den Pfarrhof mit dem prächtigen steinernen Chörlein betrat, und eilte an den wohlduftenden Bratwurstständen vorbei. Über den Weinmarkt gelangte er zum Fleischhaus, wo die Metzger ihre Waren feilboten. Hier roch es schon weniger appetitlich. Über den kleinen Steg gelangte er hinüber auf die Pegnitzinsel mit dem Säumarkt. Zwar fand der Handel mit den Tieren von Fastnacht bis Martini vor dem Frauentor statt, doch Schweine gab's hier noch genug. Die Tür zum Henkerturm stand offen. Seltsam. Hoffentlich war kein Patient gekommen, der, des langen Wartens überdrüssig, zum nächsten Bader gehastet war. Frantz stieg die Steinstufen hoch und legte den Kopf in den Nacken. Das Dach des Turms gehörte erneuert, damit sie die Räume da oben auch nutzen konnten, um Vorräte zu lagern. Dort könnte auch die Magd schlafen, wenn es nicht mehr hereintropfte.

Kaum hatte er die Tür geöffnet, begrüßte ihn Kinderweinen.

»Gleich kommst du auch wieder dran, Vitus.«

Frantz nahm das Bild, das sich ihm bot, mit ungläubigem Staunen auf. Maria saß auf der Bank in der guten Stube, einen Säugling an der Brust und Vitus weinend im anderen Arm.

»Was ist denn hier los?«

»Oh, Frantz. Hilf mir mal. Zwei sind wirklich etwas viel, vor allem, wenn sie aufmüpfig werden.«

Verblüfft legte er ihr Vitus an die freie Brust und betrachtete das Neugeborene, das gierig an der anderen saugte. »Franziska! Wie? Was? Wie kommt die denn zu dir?«

Maria lächelte ihn an. »Sie hatte Hunger, da ist Kathi mit ihr hergekommen.«

»Genau«, rief Kathi und brachte eine Suppenschüssel in die Stube.

Frantz ließ sich auf den Stuhl plumpsen. »Klärt mich mal jemand auf, warum sie nicht im Findelhaus ist?«

Da kam auch noch Max mit Schüsseln und Löffeln aus dem angrenzenden Raum. »Oh, Meister Frantz. Kathi hat uns allen Suppe gekocht, damit die Henkerin ... damit Eure Frau sich um Franziska hat kümmern können.«

Frantz schnaubte. Hörte irgendjemand auf ihn? Kathi führte sich schon auf wie seine Magd. Ein zweites Kind hatten sie plötzlich auch.

»Sag mal, Frantz, was hast du denn angestellt? Du bist ja voller Blut!«, sagte Maria, Erstaunen in der Stimme, oder gar Entsetzen.

»Ha, frag die kleine Franzi. Ich glaub, die werd ich nicht mehr los.«

»Was?« Maria starrte ihn an. »*Du* hast sie zur Welt gebracht?«

Er nickte nur.

»Und bei Vitus hast du dich so angestellt?«

Frantz seufzte. »Das war ganz was anderes, da ist es schließlich um dich und unser Kind gegangen.«

Marias Lächeln weckte in Frantz den Verdacht, dass sie sich – wenigstens im Nachhinein – geschmeichelt fühlte, weil er bei ihr keinen kühlen Kopf hatte behalten können, auch wenn sie ihn während der Geburt wüst beschimpft hatte, da er nichts für sie hatte tun können. Jetzt blickte er Kathi an. »Ihr beide wollt doch nicht etwa die kleine Franzi behalten? Ihr werdet bestimmt bald ein eigenes Kind haben.«

Sie schüttelte den Kopf. »Nein, aber ich wollte sie nicht halb verhungert ins Findelhaus bringen. Und ... eigentlich hätte ich ja Zeit, mich um sie zu kümmern.« Sie nahm das nun schlummernde Kindlein von Marias Brust.

Zeit ja, aber keine Milch. Frantz musterte sorgenvoll seine Frau.

Max schöpfte Suppe in die Kumpen, und Frantz kam sich allmählich vor wie ein Gast im eigenen Haus, also stand er auf und ging durch sein Behandlungszimmer in die Küche, um Brot zu holen.

Als er zurückkehrte, verkündete Max: »Im Pflegamt in Gostenhof könnten sie noch jemand brauchen, der rechnen und schreiben kann.«

Kathi schob Franzi höher, bis das Köpfchen auf ihrer Schulter lag, und klopfte ihr sanft auf den Rücken. »Denkst du allen Ernstes, dass die eine Frau anstellen würden?«

»Ich glaub das nicht«, antwortete Frantz, schnitt dicke Scheiben vom Laib und verteilte sie. »Aber du könntest trotzdem dort vorstellig werden. Vielleicht findest du ja interessante Dinge heraus.«

»Aber …« Kathi stand der Mund offen. Sie musterte ihn, als versuchte sie, seine Gedanken zu lesen.

Er lächelte. »Wer würde vor einer hübschen, jungen Maid wie dir aufpassen, was er sagt?«

Max schnaubte. »Der Schreiber bestimmt, denn der ist gleich ganz blass geworden, wie ich erzählt hab, dass Kathi ja für sie arbeiten könnte, wenn sie die Arbeit allein nicht schaffen.«

Das konnte er sich lebhaft vorstellen. »Hm, mit dem kommt Kathi schon zurecht, oder?«

Sie lächelte verschmitzt. »Zur Not stelle ich mich dumm, dann hat er keine Angst mehr vor mir. Aber was soll ich denn herausfinden?«

»Na, wer die Presiglin erschlagen hat.«

Kathi starrte ihn lange an, dann stieß sie ungläubig hervor: »Wer ist tot? Was …? Ich soll …?«

»Eine Frau ist in Gostenhof ermordet worden. Offiziell soll natürlich Max den Täter suchen.« Er zwinkerte ihr zu. »Er kriegt demnächst den Auftrag. Vor allem sollten wir feststellen, ob der Ehemann wirklich die ganze Nacht auswärts war, aber das müssten die Nachbarn mitgekriegt haben. Mit dir reden sie bestimmt viel lieber als mit einem Stadtknecht.«

»Aber was machen wir mit Franzi?« Sie blickte zu Maria.

»Nein. Unmöglich!«, rief Frantz. Das Mädel hatte wirklich keine Ahnung, wie es in der Welt zuging. »Die Henkerin als Amme, wie soll da aus dem Kind noch was werden? Vitus wird's als mein Sohn schwer genug haben, aber Franzi kann unbelastet ins Leben treten, so wie es dir gegangen ist, Kathi.«

Die Kleine sah ihn betrübt an und seufzte. »Ihr habt bestimmt recht, auch wenn es mich immer traurig gemacht hat, dass meine Mutter mich nicht wollte, sondern in einem Körbchen die Pegnitz hat runtertreiben lassen – in ein ungewisses Schicksal.«

Maria legte Vitus in seine Holzkiste und schnürte ihre Bluse ordentlich zu. »Schwer vorzustellen, dass eine Mutter ihr Kind einfach hergeben kann. Da muss große Not herrschen. Vielleicht ist deine Mutter auch gestorben, und dein Vater hat dich weggeben müssen.« Sie blickte zu ihm. »Franziskas Mutter ist gesund?«

Er nickte, ahnte schon, was gleich kommen würde.

»Vielleicht warten wir noch ein paar Tage, bevor wir das Kindlein fortbringen. Sie könnte es sich ja anders überlegen.«

»Sie stammt aus einer Abdeckerfamilie. Da wird die Franzi nicht viele Möglichkeiten im Leben haben.«

Maria lächelte. »Dann kann sie vielleicht mal Vitus heiraten.«

Frantz schmunzelte. »Jetzt schon Heiratspläne?« Dann verzog er das Gesicht bei der Vorstellung von Vitus als nächstem Henker von Nürnberg. Dieses Schicksal würde er ihm gern ersparen, doch Alternativen gab es wenige und kaum bessere.

In diesem Moment wummerte jemand an die Tür. Frantz sprang auf, doch da stürmte schon der Löwe herein. »Sie ist fort!«

»Wer?«

»Die Leich.«

Max bekam einen Hustenanfall, hatte sich wohl verschluckt vor Schreck. Kathi schlug ihm auf den Rücken.

Frantz starrte Augustin an. »Das gibt's doch nicht!« Plötzlich schmerzte sein Zahn wieder, und er löste die angespannten Kiefer.

Keuchend sagte Max: »Ich stell einen Suchtrupp zusammen.«

Frantz fuhr sich mit den Händen durch die Haare. Wer konnte das getan haben? Warum? Leichenteile ließen sich für gutes Geld verkaufen, aber wer besaß schon die Frechheit in *seine* Hütte einzubrechen, das alte Hexenhäusla? »Nein, kein Suchtrupp. Erst schauen wir uns selber um.«

Wer suchet, der findet

Lienhardt Hertl mühte sich nach Leibeskräften ab, die Anna tiefer in den Wald zu schleppen, fort von den dämonischen Schatten. Sie war so schwer und ungelenk, als wehrte sie sich gegen ihn. Dabei wollte er sie doch nur vor schlimmen Dingen bewahren. Er würde sie auf einem Friedhof verscharren, dann läge sie wenigstens in geweihtem Boden. Doch zu welchem sollte er sie bringen? Wie ein Grab schaufeln, wenn er kein Geld hatte, um einen Totengräber zu bezahlen?

Die Arme um ihren Leib geschlungen, ließ er nur ihre Fersen über den Boden schleifen. Wenigstens gab ihm der Wald Schutz vor neugierigen Blicken. Das ja, dafür dräute das Böse in den lichtlosen Ecken. Schneller, er musste fort! Sein Fuß blieb an einem Ast hängen, und er fiel der Länge nach hin, auf die leblose Anna. Sein Gesicht lag an ihrer kalten Brust. Er richtete sich ein wenig auf und starrte sie an. Nur eine tote Hülle. Was trieb er hier eigentlich?

Da fiel es ihm wieder ein: der Teufel, der durfte sie nicht bekommen! Er musste das verhindern. Unbedingt. Er rappelte sich auf, blickte sich um. Keine Schatten verfolgten ihn mehr. Hatte es die überhaupt gegeben?

Das Vogelgezwitscher um ihn herum beruhigte seinen Herzschlag allmählich. Sonnenstrahlen wärmten sein Gesicht, als er zu den hohen Bäumen aufblickte. Eigentlich war es hier fast wie in einer Kathedrale, wenn die Sonne durch die bunten Bleiglasfenster fiel. Er würde sie hier begraben. Deshalb hatte der Herrgott ihn hier straucheln lassen. An diesem Ort wäre sie sicher! Erleichtert wischte er sich mit dem Ärmel über die Stirn. Dann ließ er sich auf die Knie fallen und fegte trockene Nadeln und altes Laub beiseite, rupfte Moos und Gestrüpp aus und begann, mit den Händen zu graben.

*

Kathi wiegte die schlafende Franziska im Arm. »Sie sind so süß, wenn sie noch so klein sind.«

»Später nicht mehr?«, fragte Maria.

»Dann kommt es ganz drauf an, auf jeden Fall machen sie mehr Arbeit, sobald sie rumlaufen.«

Die Henkerin lachte. »Du kennst dich ja gut aus.«

»Natürlich, ich hab mich im Findelhaus viel um die Kleinsten gekümmert.«

»Ach, deshalb redest du wie eine Urgroßmutter.«

Kathi sah sie an und zog einen Schmollmund. »Du machst dich über mich lustig. Was fangen wir denn jetzt mit ihr an? Wenn du recht hast und es sich die Mutter noch mal anders überlegt, dann wird sie froh sein, dass wir ihr Töchterlein nicht ins Findelhaus gebracht haben.«

Maria seufzte. »Wenn sie sehr arm ist, wird sie's vielleicht nie tun. Und du wirst bald selbst Kinder haben.«

Sie nickte langsam. »Außerdem soll ich einen Mörder suchen. Denkst du, dein Mann hat das wirklich ernst gemeint?« Kathi konnte es sich überhaupt nicht vorstellen.

»So was würde er nie einfach so dahersagen. Aber willst du das wirklich tun?«

»Ehrlich gesagt bin ich schon über Maxens Vorschlag verdutzt, ich könnte im Pflegamt arbeiten. Und dann traut mir Meister Frantz auch noch zu, mich umzuhören und herauszufinden, wer die Presiglin umgebracht hat!«

Maria lachte. »Ach Kindchen, nur weil du dir selbst nichts zutraust. Dabei bist du klug und hast eine gute Ausbildung.«

Ihr ging das Herz auf. Klug! Sie erhob sich vorsichtig, damit sie Franziska nicht aufweckte. »Ich bring die Kleine jetzt ins Findelhaus, dann kann sie auch was lernen und klug werden.«

»Mach das.« An der Tür umarmte die Henkerin sie beide.

»Danke für alles, Maria.«

»Ich hab doch gar nichts getan.«

»Doch, du bist meine beste Freundin.« Auch die Einzige, wenn man die Lochwirtin nicht mitrechnete, die sie viel seltener traf. Vielleicht sollte sie die Schallerin mal wieder besuchen. Ob die eine Magd brauchte?

Lächelnd stieg sie die Treppe im Turm hinunter und dachte an die Zahlmeisterin, ihre verstorbene Arbeitgeberin. Früher hatte sie ihre

Herrin immer hierher begleiten müssen und sich schrecklich vor dem Henker gefürchtet, konnte sich gar nicht vorstellen, wie Maria ihn hatte heiraten können. Heute freute sie sich über jeden Grund, bei den beiden vorbeizuschauen. Es war noch kein Jahr vergangen, seit ihre Herrin erschlagen und sie als Mörderin im Loch eingesperrt worden war, unschuldig. Zum Glück hatte Meister Frantz ihr geholfen, und Max natürlich. Seither hatte sich so viel verändert, dass sie sich kaum noch wiedererkannte. Sie, das angeschwemmte Findelkind, verheiratet mit einem Stadtknecht. Da war eine Stelle als Schreiberin im Pflegamt nun auch kein zweiköpfiges Kalb mehr.

*

Max wollte sich ohrfeigen für seine Dummheit. Gestern erst hatte er sich insgeheim über die Langeweile beklagt; geschah ihm recht, dass er jetzt eine Leiche und noch dazu einen Mörder suchen musste. Als er neben Löwen und Henker über die Wiese stapfte, blies der Wind durch seine dünne Joppe. Von Osten zogen finstere Wolken heran. Das fehlte noch, dass es zu schütten anfing.

»Obacht!«, rief Ammon.

Gerade rechtzeitig wich Max einem Igel aus, auf den er sonst getreten wäre.

Meister Frantz lief einige Schritte voraus, erreichte als Erster die Hütte und riss die Tür auf. Max war nun auch dort angelangt und musterte den Boden vor der Schwelle. »Da, Schleifspuren, oder? Und Fußabdrücke.«

Meister Frantz trat heraus. »Sonst wurde nichts gestohlen, nur die Leiche. Eigenartig.«

»Was hätte es denn noch Wertvolles gegeben?«, fragte Max mit übertriebener Unschuldsmiene.

Der Henker grinste. »Verrat ich nicht, aber wer mit Leichenteilen handelt, hätte zugegriffen.«

»Das spricht für persönliche Gründe«, meinte Augustin. »Der Ehemann war recht unglücklich drüber, dass sie verbrannt werden sollte, statt ein christliches Begräbnis zu bekommen.«

»Die Schleifspuren führen dorthin.« Max deutete auf die zwei Furchen auf dem Boden und die niedergedrückten Wiesenblumen.

»Na, dann schnappen wir uns den Leichendieb«, brummte der Löwe.

Max bedeutete ihnen, still zu sein, und ging voraus. Die Samen der Pfaffenröhrlein stoben auf. Ein Blick auf den immer finsterer werdenden Himmel ließ ihn schneller gehen. Am Waldrand blieb er stehen und sah sich um. Die Spur verlief ein Stück geradeaus, dann schwenkte sie nach rechts.

»Der macht's uns einfach«, verkündete Meister Frantz viel zu laut.

»Leise«, zischte Max und ging weiter, wobei er darauf achtete, nicht auf größere Zweige zu treten. Was hatte der Dieb mit der Leiche vor? Er erinnerte sich an Hans Müllner, dessen Gebeine noch immer aufs

Rad gebunden waren. Die meisten Leute glaubten, er hätte seine Schwester geschwängert und dann umgebracht, als es sich nicht mehr verheimlichen ließ, aber andere behaupteten, er hätte sie erschlagen, damit er endlich mit ihr Notzucht treiben konnte, ohne dass sie sich wehrte. Ob der Leichendieb Ähnliches vorhatte? Bei der Vorstellung lief ihm ein kalter Schauer über den Rücken. Gleichzeitig hörte er erste Tropfen auf die Baumkronen über ihnen platschen.

Wieder machte die Spur einen Schlenker, diesmal nach links, und nun hörte er auch Kratzgeräusche und etwas, das nach Stöhnen klang. Er sah sich nach seinen Gefährten um. Meister Frantz nickte. Er hatte es wohl auch gehört. Ammon zuckte die Schultern.

Max zog das Schwert und schlich weiter, bis er jemanden sah. Ein schmutziger Kerl kratzte mit einem Stecken in der Erde; die Tote lag daneben. Er wartete, bis die anderen zu ihm aufgeschlossen hatten, dann trat er vor. »Was machst du da?«

Der Mann sprang auf und hob das Aststück über die Schulter, als wollte er damit zuschlagen.

Flugs richtete Max die Klinge auf ihn. »Mach keinen Unfug.«

Da ging Meister Frantz an ihm vorbei auf den Kerl zu. »Lienhardt Hertl. Hätt nicht erwartet, dich noch einmal zu sehen. Und ganz in der Nähe des Galgens. Passt ja.«

Hertl? Jetzt erkannte Max das Gesicht unter dem Dreck, vor allem die blauen Augen. Dann war er es gestern doch gewesen, den er durch Gostenhof hatte laufen sehen. Diesmal überlief ihn ein Schauer der Befriedigung. Leiche und Mörder gefunden, so schnell konnte es gehen. »Warum hast du die Frau umgebracht?«, blaffte er.

Statt einer Antwort schleuderte der Mistkerl den Ast nach ihm und rannte weg. Der Henker setzte ihm nach, und Max tat es ihm gleich, aber sein Schwertgehänge verfing sich Mal um Mal im Unterholz, durch das der Verfolgte brach wie ein waidwunder Hirsch. Allerdings würde er die Klinge gut gebrauchen können, wenn sie den Hertl erst gestellt hatten. Meister Frantz holte den Flüchtigen ein, stürzte sich auf ihn und warf ihn zu Boden.

*

Frantz drehte den einstigen Schützen um und erhob sich, damit Max dem Halunken die Klinge auf die Brust setzen konnte. Dann fuhr er ihn barsch an: »Warum hast du die Leiche gestohlen?«

Hertl presste die Lippen aufeinander.

»Du hast die Frau gekannt.« Max piekste ihn mit der scharfen Spitze. »Red schon.«

»Ich wollt sie vor euch Leichenschändern schützen«, keuchte er.

»Leichenschänder?« Beinah hätte Frantz gelacht, als ihm dämmerte, was geschehen war. Der Mann musste beobachtet haben, wie sie die Presiglin in die Hütte brachten, und hatte sich wohl allerlei Unsinn zusammengereimt. »Wir wollten sie gerade in die Stadt bringen, weil ich festgestellt hab, dass sie sich nicht selbst umgebracht hat.«

»Dann ... habt Ihr sie nicht abdecken wollen wie ein Viech?«

Was für eine Anschuldigung! Frantz zog sein kleines Messer und hielt es dem unverschämten Kerl vors Gesicht. »Nein, aber das werd ich mit dir gleich machen, bei lebendigem Leib, wenn du uns nicht sagst, was passiert ist.«

Hertl presste die Lider zusammen. »Ich wollt's nur wiedergutmachen.«

»Was wiedergutmachen? Dass du sie umgebracht hast?«

Er schüttelte den Kopf. »Sie war so lieb. Aber ... ich bin schuld.«

»Das ist doch schon mal ein Anfang.« Frantz steckte sein Messer weg, nickte Max zu und packte Hertl am Arm. Gemeinsam zogen sie ihn auf die Beine; jeder Widerstand schien erloschen. »Du kommst erst mal ins Loch, und dann erzählst du uns die ganze Geschichte.«

Da bäumte sich der Kerl auf und trat ihm gegen das Schienbein. Vor Schmerz aufjaulend ließ er den Arm los. Eine Faust sauste durch die Luft, da schrie Max ebenfalls auf, und der Hertl rannte wieder. Eine Hand vor die blutende Nase haltend lief ihm der Stadtknecht nach. Frantz versuchte es gar nicht erst. Der Schmerz ließ nach, also humpelte er zurück zu Augustin, der immer noch neben der ihm anvertrauten Leiche stand, die er wohl nicht aus den Augen lassen wollte.

Augustin blickte von der Toten auf, als Frantz sich näherte. »Nicht erwischt?«

»Doch, aber nicht lang. Hat was gestammelt, dass es seine Schuld war, aber umgebracht will er sie nicht haben. Dann ist er uns wieder entkommen.«

»War das echt der Hertl, den du im Januar ausgestrichen hast?«

»Ja, der Dummbatz hat geglaubt, ich will sie ausschlachten wie ein Abdecker.«

Augustin grinste. »Na, wenn du anatomieren darfst, machst du so was ja auch.«

Jetzt fing der auch noch an. »Das ist ganz was anderes! Ich will mehr über die Anatomie des Menschen lernen. Über Krankheiten.«

»Aber mit den Häuten und dem Fett machst schon ein gutes Geschäft.«

»Die brauch ich für medizinische Anwendungen. Der Apotheker hat auch nichts mehr auf Lager und liegt mir ständig in den Ohren.«

Augustin blickte wieder auf die Leiche. »Vielleicht darfst ja wirklich ihren Mörder aufschneiden, obwohl der Nützel nicht begeistert war.«

»Erst müssen wir ihn erwischen, also ... muss er erwischt werden, von wem auch immer.« Wenn sich Hertl die Schuld am Tod der Presiglin gab, sie aber nicht getötet hatte, dann war er wahrscheinlich ihr Liebhaber und damit der Ehemann höchst verdächtig. Umso wichtiger, dass Kathi bald im Pflegamt vorsprach und sich in Gostenhof umhörte.

»Ja.« Augustin zupfte sich ein paar Blätter aus den schulterlangen, dicken Haaren. »Wenigstens schaut sie noch recht unversehrt aus.«

Beim Geräusch knackender Zweige drehte Frantz sich um und sah den Leinfelder mit gesenktem Kopf daherschlurfen. Eine Hand hielt er immer noch vor die Nase. Kinn und Joppe waren voller Blut.

»Fort?«

Max nickte. »Ist wahrscheinlich schon halb in Schweinau.«

Frantz ging zu ihm und schob die Hand beiseite. Schwer zu sagen, ob der Zinken gebrochen war. »Zähne zusammenbeißen.«

»Was?« Max sah ihn aus weit geöffneten Augen an.

»Mach einfach.« Er legte eine Hand auf die Stirn des Mannes, dann packte er schnell die Nase und zog. Keine Fraktur.

Max stöhnte und keuchte: »Verflucht, wollt Ihr sie mir brechen?«

Das hatte man davon, wenn man sich um das Wohlergehen seiner Mitmenschen kümmerte. Nichts als Undank. »Ich bin fußlahm, ihr zwei müsst den Leichnam zum Karren tragen.«

*

Kathi stand vor der niedrigen Pforte des ehemaligen Barfüßerklosters und drückte die kleine Franziska fester an sich. Sollte sie das Kindlein wirklich hergeben? Wenn es erst mal im Findelhaus wäre, könnte die Mutter es nicht mehr so einfach zurückbekommen.

Da öffnete sich die Tür, und eine der Schafferinnen warf ihr einen missmutigen Blick zu. »Willst deinen Bankert loswerden?«

Kathi schluckte schwer. »Höllerin, ich bin's, die Kathi.« Das war keine besonders freundliche Schafferin.

Die Frau musterte sie über ihre knubbelige Nase hinweg. »Ach freilich, groß bist geworden. Aber Herrgott, dass ausgerechnet du es nicht besser weißt, als dich mit irgendeinem Kerl einzulassen.«

Tränen des Protests wallten in ihren Augen auf. »Was denkt Ihr? Ich bin doch verheiratet! Mein Mann hat das Neugeborene vorm Frauentor gefunden und mitgebracht. Er ist Stadtknecht.«

»Oh, das freut mich, dass aus dir wenigstens was Anständiges geworden ist.« Jetzt lächelte die dickliche Frau, die sich noch genauso krumm wie früher hielt und die Schultern hängen ließ. Dabei konnte sie ordentlich zupacken. Kathi war die Höllerin immer vorgekommen, als würde sie sich gern ganz klein machen, um nicht weiter aufzufallen, bis sie Grund hatte, unartige Kinder zu schimpfen. Dann schien sie plötzlich zu wachsen. Ein Donnerwetter aus ihrem Mund hätte bestimmt auch den frechsten Buben eingeschüchtert, so hatten die Mädels damals untereinander getuschelt. Erlebt hatte es niemand, weil die Findel streng getrennt vom anderen Geschlecht aufwuchsen.

Kathi fasste etwas Zutrauen. »Könnt Ihr vielleicht im Findelhaus noch eine Schafferin brauchen? Ich würde gern etwas Geld dazuverdienen, und hier ist es mir immer gut gegangen.« Natürlich nicht immer, aber welches Kind konnte das schon von sich sagen, wenn es nicht mit einem silbernen Löffel im Mund geboren wurde?

»Tut mir leid, aber Geld ist immer knapp hier, und in der Not gehen die Mägen der Kinder vor.« Mit diesen Worten nahm sie Kathi den Säugling aus den Armen. »Das sieht aus, als wäre es gar erst heut auf die Welt gekommen. Ein Elend.«

»Sie heißt Franziska.«

»Ach ja?« Misstrauisch beäugte sie die Höllerin. »Doch deins?«

»Nein, aber so hab ich sie genannt, weil doch der heilige Franziskus der Schutzpatron des Findelhauses ist ...«

»So, so. Na ja. Gehab dich wohl.« Die Schafferin drehte sich um und stieß die Tür hinter sich mit dem Fuß zu.

Kathi starrte auf das grobe Holz und wollte mit den Fäusten dagegentrommeln. Wahrscheinlich würde sie die kleine Franziska nie wiedersehen! Und Stellung hatte sie auch noch keine.

Mit gesenktem Kopf ging sie über die Barfüßerbrücke, blieb in der Mitte stehen und blickte zum Heiliggeistspital, das vom nördlichen Flussufer über die Pegnitz auf die Insel Schütt ragte, nach der sie benannt worden war. Gleich hinter dem auf zwei Brückenbögen fußenden Sandsteingebäude mit dem hübschen Erker musste der Korb hängen geblieben sein, in den sie als Säugling gelegt und ausgesetzt worden war. Zu schade, dass sie nichts von Krankenpflege verstand, sonst könnte sie sich im Spital verdingen. Dass man sie im Gostenhofer Pflegamt beschäftigen würde, konnte sie sich schon gar nicht vorstellen. Meister Frantz hatte ihr da auch keine große Hoffnung gemacht.

Seufzend ging sie weiter in Richtung Rathaus. Heute stand ihr der Sinn nicht danach, über den Markt zu spazieren und sich die Waren und Köstlichkeiten anzuschauen. Vielmehr suchte sie Trost wegen Franzi, und so zog es sie zur Schallerin. Als sie sich dem Rathaus näherte, wurde ihr allerdings klar, dass sie der Lochwirtin unmöglich von dem Kindlein erzählen konnte. Niemand durfte wissen, dass der Nachrichter es heimlich entbunden hatte! Dabei war ihr Herz so übervoll von der Kleinen, dass sie sicher nichts anderes zu erzählen wüsste. Noch bedrückter ließ sie den Blick über die Tuchläden im unteren Geschoss des Ratsgebäudes schweifen. An der nächsten Ecke spähte sie zum Eingang der Lochhüter-Wohnung, dann machte sie kehrt, um am Fluss entlang nach Hause zu gehen. Erst jetzt gestand sie sich ein, dass es sie einige Überwindung kosten würde, wieder das Lochgefängnis zu betreten.

Ein Pferdegespann polterte ihr entgegen. Hinten auf dem Karren saßen Meister Frantz und der Löwe. Den zufriedenen Gesichtern nach zu urteilen, hatten sie den Leichnam gefunden. Neben dem Kutscher aber thronte Max, der sich mit einer Hand ein Stück Stoff an die Nase hielt. Wegen des Gestanks? Als er sie entdeckte, winkte er ihr zu. Kathi musste lächeln, trat an den Straßenrand und wartete. Da bemerkte sie Blutflecke auf seinem Gewand und rannte zu ihm.

Er hielt eine Hand hoch. »Ist bloß Nasenbluten.«

Das Fuhrwerk bog vor dem Rathaus in die andere kleine Seitenstraße, wo die Schützen ein Stube hatten, damit die Menschen immer Ordnungshüter finden konnten, wenn es Probleme gab. Dort war auch die Seitentür, aus der auch die Verurteilten herauskamen, wenn es zur Hinrichtung ging. Neugierig geworden folgte Kathi ihnen. Kurz hinter der Pforte hielt der Wagen.

Während der Löwe heruntersprang und davonmarschierte, blieb Max auf dem Bock sitzen und wandte sich lächelnd zu ihr um. Ihr Mann kannte sie eben gut genug, um nichts anderes zu erwarten, als sie wie zufällig angeschlendert kommen zu sehen. Sie strich über seinen Arm. »Du siehst aus, als würdest du aus der Schlacht kommen.«

Er grinste. »Hab nur einen Schlag abgekriegt, und gebrochen ist der Zinken auch nicht.«

»Ihr habt sie gefunden.« Sie linste über die Seitenwand des Karrens.

»Psst«, zischte Meister Frantz und flüsterte: »Sie war nie weg.«

Max nickte ihr zu, und Kathi setzte eine verschwörerische Miene auf. »Verstehe. Wo kommt sie jetzt hin?«

»In einen besonderen Felsenkeller, wo sie einigermaßen frisch bleiben wird«, erklärte Meister Frantz. »Ihr Mann wird sich freuen, wenn sie doch noch ein christliches Begräbnis bekommt.« Er furchte die Stirn, dass sich für sein junges Alter beeindruckend tiefe Falten bildeten. »Oder auch nicht. Hilfst du uns morgen, mehr herauszufinden?«

Kathi starrte ihn an. Also war es ihm wirklich ernst gewesen, dass sie wegen einer Anstellung im Pflegamt vorsprechen sollte? Am Ende bekäme sie die sogar. Sie, eine Schreiberin, eine Mördersucherin? Ein Prickeln breitete sich bis in ihre Fingerspitzen aus, und sie nickte. »Aber sicher.« Plötzlich konnte sie es kaum erwarten, sich in das Abenteuer zu stürzen.

Er lächelte und sah auf einmal aus wie ein halbwüchsiger Bengel. »Danke. Und was ist mit Franziska?«

Sie senkte den Kopf. »Ich hab sie ins Findelhaus gebracht.«

»Hmm.«

Das klang nicht erfreut. Schnell sah sie auf. »Hätte ich das nicht tun sollen?«

»Doch, es ist bestimmt das Beste für die Kleine, auch wenn ich sie auf die Welt geholt habe. Oder gerade deswegen.« Er sah traurig aus.

»Vielleicht bleibt sie nicht die Letzte.«

Er stieß ein unterdrücktes Glucksen aus. »Lieber nicht noch einmal, ist ganz schön aufreibend.«

*

Schritte von hinten. Frantz sah sich hastig um, aber es war nur der Löwe, der mit einem Holzbrett zurückkehrte. Max glitt vom Kutschbock und machte Anstalten, mit anzupacken, da schob Frantz ihn weg. »Nicht deine Aufgabe.«

Max warf ihm einen unwilligen Blick zu. »Aber ich hab sie doch vorher auch angefasst.«

»Aber da hat dich niemand gesehen. Wir sind wieder unter abergläubischen Menschen.«

»Verstehe.« Sein Blick huschte hierhin und dorthin. »Aber in Gostenhof hab ich sie auch aus dem Haus getragen.«

Frantz schüttelte den Kopf. Am Anfang der Gasse humpelte gerade eine alte Frau vorbei und beäugte sie neugierig.

»Jetzt bin ich da, um dem Löwen zu helfen. Du darfst uns gern die Türen aufhalten«, schob Frantz noch hinterher, da der Leinfelder doch etwas geknickt aussah. Seufzend sprang der Stadtknecht hinunter, um Platz für die Trage zu machen. Frantz hob den Leichnam unter den Armen an, während Augustin die Knöchel umfasste. Allmählich schien die Totenstarre etwas nachzulassen. Die Hüfte bog sich schon ganz gut durch, als sie den Körper auf das Brett hievten.

Während Augustin die improvisierte Bahre fast ganz vom Wagen zog, sprang Frantz auf die Straße und umfasste das Kopfende. Max hielt ihnen die schwere Holztür der Pforte auf, durch die sonst die armen Sünder ihren Weg zur Hinrichtung antraten.

Frantz schüttelte den Kopf und deutete mit dem Kinn die Gasse hinunter. »Da lang.«

Augustin hielt rückwärtsgehend auf den Holzverschlag zu, in dem sich der Zugang zum Felsenkeller verbarg. Max begriff rasch, rannte voraus, öffnete die Tür und lugte hinein. Hinter einem kleinen Vorraum befand sich die eigentliche Pforte, die mit einem Vorhängeschloss gesichert war, deshalb sagte Augustin: »Der Schlüssel hängt an meinem Gürtel.«

Max sperrte auf. »Darf ich mit rein? Da war ich noch nie.«

»Freilich«, brummte Augustin, »aber erwart dir nicht zu viel.«

Frantz musste grinsen. Die Leute erzählten sich allerlei darüber, was unter dem Rathaus vor sich ging, und der Stadtknecht hatte bestimmt einiges aufgeschnappt. Dabei war es hier nun wirklich harmlos. Und der Lochhüter oder einer seiner Leute hatte ihnen bereits eine Fackel angezündet.

Augustin stieg rückwärts die Treppe hinunter und hielt dabei das Brett so hoch er konnte. »Nimm die Fackel mit«, wies er Max an.

Der zog sie aus der Halterung an der Wand und tappte hinterher. Frantz musste ziemlich in die Knie gehen, damit ihnen die Leiche nicht von der Trage rutschte und auf Augustin fiel.

Endlich unten angelangt atmete Frantz durch. Vom Lochgefängnis aus gab es ebenfalls einen Zugang, aber da wäre der Weg wesentlich länger gewesen und auch nicht einfacher.

Augustin hielt das Brett nur noch mit einer Hand, drehte sich um und lief zügig weiter, sodass Frantz beinah das Holz aus den Händen rutschte. »Ho, Brauner, sonst verlieren wir sie noch mal.«

»Wer hat was verloren?«, brummte der Löwe, ging aber langsamer.

»Hab nichts gesagt.« Darüber war wirklich nicht zu spaßen. Die Tür am Ende des Gangs stand schon offen, und Lochhüter Schaller erwartete sie mit einer weiteren Fackel.

»Wohin?«, fragte Augustin.

»Auf den Tisch«, antwortete Schaller. »Der Stadtarzt schaut sie sich gleich an.«

Hölzerne Bahren standen entlang der Wände, auf denen zwei weitere Leichen lagerten.

»Da seid Ihr ja endlich«, blaffte Nützel aus dem Gang, blieb aber vor der Tür stehen und ließ den vereidigten Wundarzt vorbei. »Leinfelder, mitkommen.«

Vorsichtshalber ging Frantz auch mit, ob es dem Lochschöffen gefiel oder nicht. Er wusste sowieso, zu welchem Schluss der Medicus kommen würde.

Im Gang, der zu den Lochgefängnissen führte, drehte sich Nützel um und sah ihn unter hochgezogenen Augenbrauen an. »Ihr könnt gehen, Meister Frantz, aber demnächst brauchen wir Eure Dienste vermutlich wieder – als Nachrichter.«

Eine klare Abfuhr. Frantz nickte und kehrte um, einen Fluch hinunterschluckend.

»Wie schaust du denn aus?«, hörte er Nützel noch rufen. Er hatte wohl das blutige Gesicht des Leinfelders jetzt erst bemerkt.

»Nasenbluten«, antwortete der Stadtknecht brav.

Frantz durchquerte den Felsenkeller, stieg die buckelige Treppe hinauf und erblickte wieder die schattige Gasse. Beim Karren drückte sich immer noch Kathi herum und kam gelaufen, sowie er hinaustrat. Er wich zurück ins Innere des Verschlags. Zögerlich blieb sie vor der Tür stehen.

»Komm rein«, forderte er sie auf, »wir sollten lieber nicht zusammen gesehen werden.«

»Ihr übertreibt langsam. Alle möglichen Leute sprechen mit Euch, sogar Stadträte.« Trotzdem kam sie seiner Aufforderung nach. Im Halbdunkel wirkte sie geradezu bedrohlich, als sie die Fäuste auf die Hüften stemmte.

Frantz grinste. »Hast recht, aber du sollst schließlich als heimliche Kundschafterin tätig werden, so heimlich, dass nicht einmal der Rat Bescheid weiß.«

»Nur Ihr und Max?« Sie ließ die Arme sinken.

»Und Augustin, falls nötig. Also immer schön unauffällig.«

»Und wie soll ich es anstellen, den Mörder zu entlarven?«

»Fühl dem Pfleger auf den Zahn. Er wollte, dass die Leiche gleich verbrannt wird, dabei hätt er selbst Zweifel an einem Selbstmord haben müssen. Hör dich um, was die Leute so reden. Hat jemand mitgekriegt, wann der Presigl losgefahren ist? War er in der Nacht noch mal zu Hause? Ist ein anderer Kerl um ihr Haus geschlichen?« Mehr fiel ihm auf die Schnelle nicht ein. »Max erhält hoffentlich gerade offiziell den Auftrag, der Sache nachzugehen, aber als Stadtknecht werden die Leute ihm nicht mehr als nötig erzählen.«

Kathi kratzte sich hinterm Ohr. »Aber wenn die Leute mitkriegen, dass ich seine Frau bin, werden sie mit mir auch nicht reden wollen.«

»Das musst du ihnen ja nicht unbedingt auf die Nase binden.« Er bemerkte ihren Blick. »Na, lügen sollst du deswegen auch nicht grad. Der Frau des Ordnungshüters vertrauen sie sich bestimmt eher an, falls sie etwas Verdächtiges bemerkt haben, aber nicht recht wissen, ob sie es melden sollen. Damit können sie die Verantwortung auf dich abwälzen.«

»Oh, verstehe. Ihr wisst viel über die Menschen, dabei geht Ihr ihnen doch meist aus dem Weg.«

Frantz schnaubte. »Zu meinen Aufgaben gehört es, Geständnisse aus Spitzbuben herauszuholen. Dabei lernt man viel über Finten und schlechtes Gewissen, das manchmal ganz andere Gründe haben kann.«

»Gut, dann gehe ich jetzt nach Hause, und morgen früh begleite ich Max nach Gostenhof.«

Frantz hielt sie am Arm zurück. »Noch was, Kathi. Sei einfach du selbst morgen, ein neugieriges, gutmütiges Weib. Sprich frei von der Leber weg mit den Leuten.«

Sie nickte, dann blitzten ihre Augen plötzlich auf. »Die Räuber! Das Gesindel, das sich in der Gegend rumtreiben soll! Könnten die was mit dem Mord zu tun haben?«

Das war natürlich möglich … »Nach denen kann Max ganz offiziell fragen, denn die wird niemand schützen wollen, und deswegen tut er ja da draußen Dienst.«

»Gut. Noch was?«, fragte sie voller Eifer.

Er unterdrückte ein Lachen. »Mir fällt nichts weiter ein, aber dir vielleicht, wenn du erst mal dort bist.«

*

Lienhardt rannte, als wäre der Leibhaftige hinter ihm her, bekam kaum noch Luft. Seine Seite stach. Er lauschte angestrengt auf Geräusche hinter sich, aber niemand schien ihn mehr zu verfolgen. Völlig erschöpft sank er unter einer riesigen Eiche auf den Boden und lehnte sich gegen den Stamm. Er hatte versagt, hatte die Anna nicht vor dem Henker retten können. Aber sie war ja schon tot … Warum hatte er sie überhaupt wegbringen wollen? Nur um sie im Wald zu verscharren? Er konnte nicht recht bei Verstand gewesen sein!

Vorher hätte er sie wegbringen müssen, bevor die Schatten ins Schlafzimmer fielen. Und selbst dann hätte er noch versuchen können, sie zu retten. Er hatte versagt, und nun war alles zu spät.

Plötzlich verstummten die Vögel. Er spitzte die Ohren. Rascheln, Stimmen. Von mindestens drei Männern. Vorsichtig lugte er um den dicken Stamm herum, konnte die Kerle aber noch nicht sehen. Sie kamen in seine Richtung! Möglichst geräuschlos legte er sich hin, drückte sich ganz flach ins alte Laub. Dann sah er drei Gestalten zwischen den Baumstämmen. Ziemlich abgerissenes Gesindel. Räuber? Jedenfalls keine Bauern, Marktleute oder Händler.

Ob er sich ihnen anschließen sollte? Aber er hatte ihnen nichts zu bieten, keine Waffe, kein Geld, nichts von Wert außer seinen bloßen Händen und dazu ein hungriges Maul. Wahrscheinlich würden sie ihm nur den Bauch aufschlitzen. Als sie näherkamen, erkannte er, dass die drei noch halbe Kinder waren, wenigstens zwei von ihnen. Der eine war einen Kopf größer, doch der Bart war auch bei dem noch recht spärlich. So ungefähr wurde die Diebsbande beschrieben, die in der Umgebung ihr Unwesen trieb. Lienhardt beschloss, ihnen nachzuschleichen und sie zu belauschen. Dann konnte er sich immer noch entscheiden, ob er sich ihnen zugesellte oder sie an die Nürnberger Ordnungshüter verriet. Falls das Diebsgesindel war, könnte es eine Belohnung geben, und vielleicht würde man ihn sogar wieder in den Dienst der Stadt Nürnberg nehmen.

So leise wie nur irgend möglich erhob er sich, blieb aber hinter dem Baum versteckt, bis er die Schritte und Stimmen der drei Lumpen kaum noch hören konnte, bevor er ihnen auf leisen Sohlen folgte. Sie marschierten in Richtung Süden durch den Reichswald. An einem groben Holzverschlag kurz vor dem Bauerndorf Eibach hielten sie inne und ließen sich in dessen Schutz nieder. Erst da bemerkte Lienhardt, dass es allmählich dämmerte. Bestimmt wollten die Burschen hier übernachten. Und was sollte er tun? Er kauerte sich hinter einen Haselnussstrauch und beobachtete sie beim Feuerholz Sammeln. Verflucht, die beiden Jüngeren kamen ihm viel zu nahe.

Einer fragte: »Haben wir noch was vom Annerla ihrem Kraut? Wenn wir das ins Feuer werfen, gibt's auch einen schönen Rausch.«

Der andere lachte. »Ist doch viel zu schad dafür.«

Annerla, seine Anna? Waren sie etwa bei ihr gewesen – es gewesen? Saubande, dreckige! Oder meinten sie ein anderes Annerla?

Diebe, Mörder, Amtmänner

Donnerstag, 4. Mai 1581

Diesmal begleitete Kathi Max nach Gostenhof und konnte ihre Aufregung kaum vor ihm verbergen. Sie freute sich auf die neue Aufgabe – Kundschafterin des Rats, das war mal was anderes. Und vielleicht bekam sie ja tatsächlich Arbeit als Schreiberin.

Der Torwächter grinste bei ihrem Anblick. »Hast dein Kind einer Hexe verkauft, Kathi?«

»Das war doch nicht meins«, sagte sie überrascht.

»Hab gedacht, der Max hätt's für dich am Hochgericht pflückt.«

»Dummbartel«, brummte Max. »Hör gar nicht hin, Kathi.«

Sie wisperte ihm zu: »Der hat dich gestern mit Franzi gesehen?«

»Nein, das war ein anderer, aber Nürnberg ist halt ein Dorf. Bestimmt hat's ihm der Geiler brühwarm erzählt und jedem anderen auch, der's hören wollt.«

Sie überquerten den Stadtgraben. »Kann uns auch egal sein«, sagte sie, sobald sie das Ende der Holzbrücke erreichten. Dann aber fragte sie sich, ob seine Kameraden ihren Mann aufzogen, weil er sie noch nicht geschwängert hatte. Nicht, dass er was drauf geben würde, was andere sagten, aber ihn selbst mochte es schmerzen.

Als sie über den Plärrer schlenderten, ein Platz, auf dem Händler unter lautem Geschrei ihre Waren feilboten, nahm Max ihre Hand. »Oft bist du noch nicht aus Nürnberg rausgekommen.«

»Wenn, dann nur bis zum Hochgericht, um für die Zahlmeisterin frisches Blut eines Geköpften zu kaufen.« Kathi reckte den Hals, um zu sehen, was die Leute vor den Stadttoren zu bieten hatten. Auf einem Fuhrwerk waren allerlei hübsch bemalte Tongefäße aufgereiht. Bestimmt für sie unerschwinglich! An einem Stand briet jemand kleine Würste, gleich daneben verkaufte eine ältere Frau Branntwein, und ein weiterer Fuhrmann veräußerte Spiegel.

»Fürther Spiegel und Glasperlen!«, rief er.

Oh, wie schön! Lieber nicht so genau hinschauen, denn leisten konnten sie sich solchen Luxus nicht.

»In einem Wald warst du auch noch nie?«, fragte Max gerade.

Überrascht schüttelte sie den Kopf und kam sich furchtbar unwissend vor.

»Falls du im Pflegamt arbeiten darfst, kannst du vielleicht mal mit zu den Höfen hinausfahren, wenn sie den Zehnten abholen.«

»Das wäre wunderbar!« Auf einem Fuhrwerk übers Land zu fahren ... Während sie in der Vorstellung schwelgte, huschte ihr Blick weiter über die Marktbuden. Etwas abseits standen einige Frauen beisammen, den tiefen Ausschnitten ihrer Kleider nach Huren. Die zeigten ganz schön viel von ihren Auslagen! Max schenkte ihnen kaum Beachtung, stellte sie zufrieden fest. »Warum gibt's an der Stadtmauer eigentlich keinen Wald, sondern nur die kleine freie Fläche und dann gleich das nächste Dorf?«

»Na, damit wir sehen, wenn feindliche Truppen anrücken, und freie Schussbahn haben.«

»Freie Schussbahn?« Verwirrt blickte sie zwischen Nürnbergs steinerner Umwallung und dem Dorf hin und her.

Max lachte. »Na ja, Gostenhof könnte dabei natürlich in Schutt und Asche gelegt werden. Ist schon das eine oder andere Mal vorgekommen.« In seinen Augen blitzte der Schalk.

Kathi schlug ihn auf den Arm. »Das ist nicht witzig. Stell dir vor, wir hätten hier draußen ein Häuschen.«

Max schlang seinen Arm um sie. »Vielleicht werden wir das eines Tages. Hier kostet das Bürgerrecht auch nur halb so viel.«

Kathi strahlte ihn an. »Meinst du wirklich?«

»Wer weiß.« Er drückte sie fester an sich. »Bald zeig ich dir mehr von der Umgebung. Vielleicht fahren wir sogar mal nach Augsburg zu meiner Mutter, auch wenn ich ihren neuen Mann nicht leiden kann.«

»Oh ja, bitte! Und du solltest froh sein, eine Mutter zu haben.«

»Hast recht, aber jetzt müssen wir erst mal einen Mörder finden. Das große Haus da vorne ist das Pflegamt.«

»Sieht stattlich aus.« Aus dem Dach des zweistöckigen Gebäudes ragten straßenseitig zwei Erker, einer davon mit einer Winde. Vielleicht wurde da oben Korn gelagert.

»Im Keller gibt's sogar ein kleines Gefängnis.«

Kathi schmiegte sich an ihn. »Willst du dir mal wieder eine Keuche mit mir teilen?«

»Mit dir jederzeit.« Er küsste sie auf die Nase.

Kathi kicherte, doch dann riss sie sich schnell zusammen, schließlich wollte sie einen guten Eindruck auf die hohen Herren machen. Max öffnete die schwere Holztür und ging voran. Kathi fand sich in einer kleinen Stube mit Tisch und Stühlen wieder, sonst war der Raum leer. Wohl eine Art Vorzimmer.

Max pochte an eine Tür zu ihrer Rechten und trat ein. »Guten Morgen, die Herren. Ich hab meine Frau mitgebracht.« Er zog sie hinter sich in einen Raum, der schon eher wie eine Amtsstube aussah. Zwei Tische, auf denen sich Papierstapel und Schreibzeug den Platz streitig machten und die beiden Männer dahinter fast verdeckten. An den Wänden türmten sich weitere Dokumentenbündel.

»So, so, die junge Frau, die schreiben und rechnen kann«, ertönte eine etwas kratzige Stimme.

Schuldbewusst wegen ihrer unverhohlenen Neugier richtete Kathi ihren Blick auf den glatzköpfigen Mann, der gesprochen hatte. »Die bin ich. Katharina Leinfelderin.«

Der andere trug sein Haar ungewöhnlich lang, ein ganzes Stück über die Schultern hinab – vielleicht, um den Kahlen zu ärgern? Sie unterdrückte ein Grinsen, denn keiner von beiden sah freundlich drein. Da niemand etwas sagte, sprach sie weiter, obwohl es ihr ungehörig vorkam. »Die hohen Herren benötigen einen Schreiber? Oder eine Schreiberin?«

»Nicht wirklich«, sagte der mit dem wallenden Haar. »Ich bin der Schreiber hier. Kauffer heiß ich, und das ist der Fütterer.«

»Pfleger zu Gostenhof«, fügte der Amtmann noch hinzu. »Aber das hat dir dein Mann bestimmt schon erzählt.«

»Ja, hoher Herr«, stammelte sie verunsichert.

»Unterpfleger«, korrigierte der Schreiber seinen Vorgesetzten.

Kathi hatte gar nicht gewusst, dass es verschiedene Pfleger gab.

Fütterer funkelte seinen Mitarbeiter finster an. »Und das bedeutet, dass ich hier die ganze Arbeit mache, während der Oberpfleger im Nürnberger Stadtrat sitzt und wichtig tut.«

Kauffer schaute betreten drein und sagte zu Max. »Du kannst gehen. Hast bestimmt was zu tun, da festgestellt worden ist, dass die Presiglin sich doch nicht selbst entleibt hat.«

»Jawohl.« Max wandte sich um und streifte dabei unauffällig Kathis Hand. Die beiden Amtmänner stierten sie an, als hielten sie Kathi für töricht, weil sie nicht mit ihrem Gemahl verschwunden war. Da konnte sie sich ebenso gut tatsächlich dumm stellen und sich ungeniert im Raum umsehen. In der Ecke hinter ihr befand sich ein kleiner Ofen, neben dem eine weitere Tür in einen angrenzenden Raum führte. Das Feuer wurde bestimmt von dort aus geschürt. Wahrscheinlich gab's da sogar eine kleine Küche. »Wer kocht für Euch?«, fragte sie einer Eingebung folgend.

Fütterer räusperte sich. »Die Magd meiner Frau bringt uns was, aber ja, hier gibt's auch eine Küche.«

Kathi lächelte ihn an. »Ihr könnt Gedanken lesen.«

Der Schreiber schnaubte. »Das tät er gern können.«

Sie erlaubte sich ein kleines Lachen; hier bekam sie sowieso keine Stellung. Da fiel auch der letzte Rest Unsicherheit von ihr ab. »Hohe Herren, ich will Euch nicht von der Arbeit abhalten. Ihr scheint mir keinen Bedarf an einer weiteren Schreibkraft zu haben, sonst hätt ich Euch längst zeigen dürfen, was ich kann.«

Fütterer seufzte. »Du bist bestimmt gut ausgebildet, aber wir haben nicht das Geld für eine weitere Schreibkraft.« Er warf Kauffer einen Blick zu, der Kathi das Gefühl gab, er würde liebend gerne diesen Kerl loswerden und dafür sie einstellen.

»Das verstehe ich natürlich. Da war mein Gatte wohl etwas übereifrig. Ihr wisst ja, wie Ihr mich finden könnt, falls einmal Not an einer Schreibkraft ist.«

Jetzt lächelten beide. »Ja, das könnte schon mal vorkommen«, sagte Kauffer plötzlich ganz eifrig. Um sie loszuwerden, oder weil er wirklich gelegentlich Hilfe brauchte, die seine Stellung nicht gefährdete, das war schwer zu sagen.

Kathi trat einen Schritt näher zum Pfleger. »Darf ich Euch etwas fragen? Ist eigentlich sehr ungehörig von mir, aber als Frau bin ich natürlich neugierig.« Sie neigte verschämt den Kopf.

»Natürlich, schönes Kind.«

Sie senkte ihre Stimme schon fast zu einem Flüstern, weil es ihr wirklich etwas peinlich war. »Wieso habt Ihr geglaubt, die Presiglin hätte sich selbst aufgehängt? So was würde ein Weib doch nicht machen, ich meine, sich auf so grausame Art umzubringen.«

Die Miene des Pflegers verdüsterte sich, aber er wirkte nicht verärgert, faltete die Hände auf dem Tisch und nickte. »Das stimmt schon, wäre ungewöhnlich gewesen, aber das Annerla war anders.« Er blickte zum Schreiber.

Der nickte prompt und fügte hinzu: »Sie hat sich schon einmal beinah aufgehängt. An einem Baum. Hat eine Hose von ihrem Mann angezogen, ist raufgeklettert und hat geschrien, dass sie fliegen kann. Dann hat sie sich einen Schal um den Hals geschlungen und an einem Ast über ihr festgebunden. ›Falls ich doch falle‹, hat sie gerufen und so schallend gelacht, dass wirklich der letzte Gostenhofer angelaufen ist.«

Wenn sie nicht ganz richtig im Kopf war, mochte das natürlich eine Erklärung sein. »Ist sie gesprungen?«

Fütterer nickte. »Wir haben versucht, es ihr auszureden, aber ich glaub, sie hat kaum was mitgekriegt von dem, was wir ihr zugerufen haben.«

»Der Presigl ist raufgeklettert«, fuhr der Schreiber fort. »Aber wie sie ihn gesehen hat, ist sie gesprungen und am Schal hängen geblieben, hat gestrampelt und ist nicht geflogen.«

Kathi hielt sich beide Hände vor den Mund. Was für eine schaurige Vorstellung.

»Die hat so wenig fliegen können wie wir«, warf Fütterer dazwischen. »Der Presigl hat sie am Arm gepackt und hochgezogen. Fast wär er selber runtergefallen.«

»Das ist ja schrecklich!«, hauchte sie. »Da hat's freilich niemanden gewundert, dass sie sich im Schlafzimmer aufgehängt haben sollt, als ihr Mann nicht da war und sie hat retten können.«

Fütterer nickte vor sich hin. »Der Presigl ist ein guter Mann. Als Fuhrmann kommt er in der ganzen Umgebung rum, stammt eigentlich aus Gnotzka, kennt viele Leut. Und wenn man was Besonderes braucht, kann man sich auf ihn verlassen.«

Oh, das war interessant. »Was Besonderes?«

Der Pfleger starrte sie kurz an, dann richtete er seinen Blick auf die Ecke mit dem Ofen. »Ach, irgendwas halt. Schmuck, Spezereien.«

Das ihm rein zufällig vom Fuhrwerk fiel, ging ihr durch den Kopf, doch sie biss sich gerade rechtzeitig auf die Zunge. »Ich geh noch etwas im Ort herum«, sagte sie und bedankte sich für das nette Gespräch.

Die Herren nickten ihr freundlich zu und widmeten sich wieder ihren Papieren.

⁂

Frantz ging diesmal ein ganzes Stück weiter an der Stadtmauer entlang und lenkte dann seine Schritte nach Himpfelshof. Hinter der Ortschaft bog er nach links ab und schlug sich durch Büsche und über Wiesen und Felder zu dem Pfad durch, der zur Abdeckerei führte. Er wollte nachschauen, wie es der Wöchnerin ging, und herausfinden, wo sich ihr Mann herumtreiben mochte. Bei der Gelegenheit könnte er sie fragen, ob sie nicht als Magd und Amme für ihn arbeiten wollte. Seiner

Frau hatte er vorerst noch nichts davon erzählt, damit sie sich nicht zu viel Hoffnung machte. Maria schien allerdings gar nicht so erpicht auf eine Hilfe, solange sie Vitus wenigstens ein oder zwei Stunden am Tag bei ihm lassen konnte, um Wasser zu holen oder auf dem Markt etwas zu besorgen. Doch der jüngste Mord hatte ihm deutlich vor Augen geführt, dass schnell wieder viel mehr Arbeit für ihn anstehen konnte, und da wollte er Frau und Kind versorgt wissen.

Er schritt an einem Weiler vorbei und weiter bis zur Abdeckerei. Vor der alten Kate sprach ein junger Mann angeregt mit der Wöchnerin, die noch etwas blass wirkte, aber ansonsten recht gesund. Ein Karren stand auf dem Hof. Konnte das der Seitzen sein? Letztes Jahr hatte er den alten Reichelt gelegentlich mit einem großen, dürren Kerl mit blonden Haaren gesehen. Der hier war stämmig und hatte einen dunklen Schopf.

Die beiden waren so in ihr Gespräch vertieft, dass sie ihn erst bemerkten, als er schon fast bei ihnen war. Er nickte zum Gruß.

Elsa wurde bei seinem Anblick noch blasser. »Meister Frantz«, keuchte sie.

Der Kerl starrte ihn nun an, aber so kannte Frantz das. Niemand sah den Henker gern. Er wollte die Frau nicht noch mehr in Verlegenheit bringen, deshalb ging er einfach weiter. Da sich der Ehemann laut Elsa davongemacht hatte, war das eventuell der Kindsvater. Hm, eigentlich ging es ihn ja nichts an, trotzdem blieb er stehen, sowie er die ersten Bäume erreicht hatte, stellte sich hinter eine Linde und spähte zur Abdeckerei hinüber.

Der Bursche war anscheinend ein Seifensieder, denn er lud Knochen auf den Karren. Und dann umarmte er Elsa zum Abschied. Sehr innig. Dazu ein Kuss. Hatte er es sich doch gedacht! Nein, das wäre keine gute Magd für ihn und Maria. Er ging weiter und erreichte die Weggabelung. Unschlüssig blieb er stehen. Der eine Pfad führte zur Straße nach Fürth, der andere bot an der Weidenmühle eine Querungsmöglichkeit über die Pegnitz und verlief am anderen Ufer des Flusses zur Stadt. Wenn er den Fürther Weg nahm, könnte er in Gostenhof vorbeischauen. Vielleicht begegnete er dort Max und Kathi. Aber das könnte die Dorfbewohner misstrauisch machen. Er wandte sich in Richtung Mühle, als er hastige Schritte auf dem Pfad hinter sich hörte. Elsa eilte ihm nach, einen Arm um ihren Bauch geklammert. Ging es ihr nicht gut? Er trat auf den Weg, damit sie ihn sah.

Sie wurde sofort langsamer, legte die letzten Schritte nur zögerlich zurück. »Meister Frantz. Danke, dass Ihr nichts gesagt habt.«

Er spähte an ihr vorbei zur Abdeckerei, wo sich ihr Buhler gerade mit dem Karren in die entgegengesetzte Richtung in Bewegung setzte. »Du magst den da«, stellte er fest.

Elsa nickte. »Wir hätten längst geheiratet, wenn wir könnten. Wie geht's Franziska?« Tränen glitzerten in ihren Augen.

»Gut. Sie ist jetzt im Findelhaus. Niemand weiß, wer die Mutter ist. Suchst du Arbeit?«, fragte er nun doch, weil sie ihm nicht mehr so liederlich vorkam.

»Ha, wir haben so viel Arbeit, dass wir gar nicht mehr nachkommen. Wenn uns der Sepp nicht helfen würde …« Sie drehte sich um und blickte dem Karren hinterher, dann holte sie tief Luft. »Er ist Franziskas Vater. Verzeiht, dass ich Euch angelogen hab.«

»Schon gut. Kann nicht einfach sein, wenn einem der Mann davonläuft. Hast du eine Ahnung, wo der sich herumtreiben könnte und wie er jetzt seinen Lebensunterhalt verdient?«

Sie senkte den Kopf. »Bestimmt ist er unter die Räuber gegangen.«

Sieh an, sieh an, unter die Räuber. Das warf ein anderes Licht auf Presigls Frage, ob der Seitzen Jakob um sein Haus geschlichen war. Was hatte den jungen Mann zum Fuhrmannshaus getrieben? Wollte er es ausspähen, um die Anna berauben zu können, wenn sie allein war? Nein, wenn der Presigl den Seitzen kannte, erschien ihm das doch zu riskant. Die Räuber hätten sicher einen geschickt, den niemand in Gostenhof benennen konnte.

Was mochte der Seitzen sonst mit den Presigls zu schaffen haben? Statt Elsa zu fragen, sagte er: »Dann wirst du vielleicht bald Witwe.«

Entsetzt sah sie ihn an. Eine Reaktion, die ihn umso mehr für sie einnahm, da sie den Kerl doch liebend gern los geworden wäre. Aber seine Worte mussten ihr ins Bewusstsein gerufen haben, mit wem sie redete: nicht nur mit dem Heiler Frantz Schmidt, sondern auch mit dem Nachrichter Meister Frantz.

»Sonst geht's dir gut?« Er blickte auf ihren Leib.

Sie nickte. »Muss ja. Ich kann meinem Vater doch nicht die ganze Arbeit allein überlassen, jetzt, wo auch noch meine Schwester nach Zirndorf geheiratet hat.«

Da ging sie hin, seine Hoffnung auf eine andere Magd. Als er sich an die Heimlichtuerei des Abdeckers erinnerte, stahl sich ein Lächeln auf Frantzens Gesicht. »Der alte Fuchs hat gewusst, dass du ein Kind erwartest.«

Sie presste die Lippen zusammen und sah ihn reumütig an.

»Keine Sorge, ich nehm's ihm nicht übel.«

Ihre Gesichtszüge entspannten sich. »Er hat bestimmt Angst gehabt, dass Ihr sonst gar nicht erst ins Haus kommt. Und Hebamme konnten wir auch keine holen. Ihr seid ein guter Mann, und ich bin sehr froh, dass Ihr mir geholfen habt.«

Frantz fragte nun doch: »Hast du die Anna Presiglin gekannt?«

»Ja, schon. Nicht gut, aber schaurig ist's. Wisst Ihr denn, wer sie umgebracht hat?«

Dass es ein Mord gewesen war, hatte sich ja schnell herumgesprochen. »Nein, und ich hab ja sowieso nichts mit der Ergreifung von Verbrechern zu tun. Erst wenn sie verhaftet sind …«

Sie nickte und blickte zu Boden. »Vielleicht hat sie den Mörder ja in ihr Haus eingeladen. Die Leut sagen, dass so was vorgekommen ist, wenn sie in ... ausgelassener Stimmung war.«

Das hörte sich ja sehr geheimnisvoll an. »Wie meinst du das?«

Nun presste sie wieder die Lippen aufeinander. »Man soll nichts Schlechtes über die Toten sagen, aber ...«

»Aber?«

»Der Jakob war auch manchmal bei ihr.« Sie atmete tief durch. »In ihrem Garten hat sie Bilsenkraut angepflanzt.«

»Und davon hat sie sich gelegentlich was gegönnt. Dein Gemahl auch?«

Die Frau nickte. »Ihr Mann hat Bescheid gewusst und ihre Tränke unterwegs verkauft. Der Jakob ist aber meistens zu ihr gegangen, weil der Presigl ja nicht so leicht zu erwischen war.«

Das war ja interessant. »Danke, ich werd's den Zuständigen sagen.«

Ihr Gesicht verdüsterte sich, aber sie nickte. Als sie sich umdrehte und zur Abdeckerei eilte, knirschte Frantz mit den Zähnen und bereute es sofort. Der Schmerz strahlte in den ganzen Kopf aus.

*

Max kam sich vor wie ein Bettler, so von Haus zu Haus gehend, um die Leute zu befragen, was sie gesehen hatten. Keiner wollte recht mit der Sprache rausrücken, und alle sagten mehr oder weniger dasselbe: Guter Mann, der Presigl, hilft immer, wenn nötig. Seine Frau wäre manchmal nicht ganz richtig im Kopf gewesen, aber meistens normal und freundlich. Im Garten vor einem der Häuser traf er auf die Rothaarige, die bei Presigls Haus geweint hatte. Er grüßte und trat näher. »Du hast die Anna Presiglin wohl gut gekannt?«

Röte überzog ihr sommersprossiges Gesicht. Sie beugte sich schnell über die Erbsenranken und fuhr fort, sie am Spalier festzubinden. Max bemerkte, dass ihre Hände zitterten.

»Nun?«

Ihr Blick huschte zu ihm hinüber, schätzte ihn ab, dann zuckte sie mit den Schultern. Während sie sich zu ihm umdrehte, wischte sie sich eine vorwitzige Strähne aus der Stirn. »Wie man sich hier halt so kennt. Ist ja ein Dorf.«

Max zog die Nase kraus. So kam er nicht weiter, also musste wohl eine List her. »Eben. Drum ist's schon eigenartig, dass mir jeder nur sagt, die Anna hätte längst ins närrische Prisaun gehört.«

Da funkelten ihre Augen vor Empörung. »Sagen das die Leut? Dann erzähl ich dir mal was: Ein Segen ist sie gewesen, die Anna, für uns alle hier, und wer was andres behauptet, der lügt!«

Na also. Hatte er doch geahnt, dass die junge Frau mit der Presiglin vertrauter gewesen war. Aber ein Segen? Was hatte die Frau denn Gutes getan, um solches Lob zu verdienen? »Hat sie dir bei was geholfen?«

Schon verschloss sich ihre Miene wieder. Sie zog die Schultern hoch und wandte sich ab. »Ah bah! Jedem hat sie geholfen, der was gebraucht hat, und manchmal gar nix verlangt. Und jetzt schleich dich!«

Das tat Max widerwillig und arbeitete sich weiter durchs Dorf voran, doch überall dasselbe. Wenn er allerdings nach den Räubern fragte, die nur eine halbe Meile außerhalb des Orts in ein einsam stehendes Bauernhaus eingestiegen waren, wurden sie plötzlich gesprächig. Da wollte jeder geheimnisvolle Schatten oder Geräusche wahrgenommen haben, in und um Gostenhof. Es war zum Verzweifeln! Schließlich gab Max es auf und marschierte zu dem Gehöft, das von dem Gelichter überfallen worden war.

Die Bauersfrau schleppte gerade einen Holztrog zum Saustall hinüber, doch als sie ihn bemerkte, blieb sie stehen und stellte ihre Last ab. Misstrauisch musterte sie ihn. »Heute nicht hoch zu Ross?«

Anscheinend weckte seine Stadtknechtstracht kein Vertrauen bei ihr, was aber nicht weiter verwunderlich war. Ihm wurde übel beim Anblick des mit frischen Schnitten verunstalteten Gesichts. Er schluckte. »Nein, heut nicht. Du bist ja schon vom Pfleger und anderen ausgefragt worden, aber weil jetzt auch noch die Presiglin umgebracht worden ist, möcht ich dich bitten, mir mehr über die Räuber zu erzählen.« Er zögerte, doch dann fasste er sich ein Herz. »Was ist genau passiert? Wie haben sie ausgeschaut, was haben sie gemacht und gesagt? Soviel dir nur einfällt.«

Sie schluchzte auf, wischte sich mit einer Hand über die Augen und zog die Nase hoch. »Nicht noch einmal!« Dann seufzte sie resigniert. »Sie haben uns gemartert, die Kinder ins andere Zimmer gesperrt und gedroht, sie umzubringen, wenn wir nicht alles von Wert herausgeben. Geld haben wir nicht viel besessen. Ein Lederband mit einem silbernen Kreuz dran haben sie mir einfach vom Hals geschnitten. Alles durchwühlt und viel kaputt gemacht, unsere besten Kleidungsstücke mitgenommen.« Sie schluckte schwer und wandte den Blick ab. »Meinen Mann haben sie gebunden und mit einer Kerze …« Sie schluchzte auf. »Und mich …« Sie schüttelte den Kopf und drehte sich weg. »Findet die Saubande. Alles junge Kerle. Drei. Einer etwas älter. Das war noch der am wenigsten üble Bursche. Die anderen beiden waren gerade mal so groß wie ich. Noch kein Bart im Gesicht, aber gemein wie … wie der Leibhaftige.«

Der Bauer kam mit einer Mistgabel an. »Weg von meiner Frau!«

Max wollte im ersten Moment das Schwert ziehen, besann sich aber und streckte stattdessen die Arme aus, um dem Mann seine leeren Hände zu zeigen. »Ich will die Räuber finden, die euch das angetan haben.« Er blickte auf die Brandwunden an den Fingern und der linken Wange des Mannes.

Der Bauer funkelte ihn immer noch böse an. Seine Frau floh an seine Seite und klammerte sich an seinen Arm, tat aber nichts, damit er die Mistgabel senkte. Max kam sich vor, als wäre er der Übeltäter, der das Paar bedrohte.

»Ich hab deiner Frau nur ein paar Fragen gestellt«, versuchte er zu beschwichtigen. »Weil's nun auch noch einen Mord in Gostenhof gegeben hat.«

»Du bist doch der, der immer vorm Pflegamt rumhockt und dem Herrgott den Tag stiehlt.« Der Bauer spuckte verächtlich aus.

Max schnaubte. Das war der Dank für seine unermüdliche Pflichterfüllung. »Nein, du meinst den Sundermann, ich bin der Leinfelder Max. Ich stör euch nicht gern, aber jetzt ist auch noch die Presiglin umgebracht worden. Vielleicht waren es dieselben Mistkerle. Wir tun alles, um sie zu erwischen.«

Der Bauer schüttelte den Kopf. »Die Presiglin hat wer anders umbracht. Sonst hätt die Leich nimmer so schön und friedlich ausgeschaut, wie alle Leut erzählen.« Er blickte seine Frau an, als wollte er gleich in Tränen ausbrechen wegen ihrer zerstörten Züge.

Da mochte der Mann recht haben, außer es war ein Unfall, und die Presiglin hätte nicht sterben sollen. Hier würde er jedenfalls nichts mehr erfahren. Na, hoffentlich konnte Kathi mehr aus den Gostenhofern herauskitzeln als er. »Dankschön. Die Räuber suchen wir trotzdem weiter. Die gehören aufgehängt.«

Jetzt nickte das Paar einträchtig.

Max wandte sich ab und marschierte zurück ins Dorf. Schon als er sich dem Haus der Presigls näherte, meinte er die Blicke der Anwohner auf sich gerichtet zu fühlen, verstohlen durch geöffnete Fenster oder durch Türspalten. Ach was, die Leute mussten ihrer Arbeit nachgehen! Nur Presigls Nachbarin, die in ihrem Vorgarten auf ihre Hacke gestützt dastand, musterte ihn ganz offen und voller Misstrauen. Er konnte gar nicht schnell genug über Presigls Schwelle treten. Der Fuhrmann war nicht da, aber er hatte die Tür unverschlossen gelassen, so als wäre er bereits aller Wertsachen beraubt. Ob der Mann die letzte Nacht überhaupt hier verbracht hatte? Er könnte auch beim Pfleger genächtigt haben, wenn sich dessen Frau gestern eh schon um den trauernden Witwer gekümmert hatte.

Zuerst sah Max sich in der Küche um. Zwei Schüsseln standen auf dem Tisch, daneben lag ein Kanten Brot. Hatten Mann und Frau vorgestern gemeinsam gegessen, bevor er losgefahren war? Oder war Presigl erst nach dem Mord aufgebrochen, um am nächsten Morgen zurückzukehren, mit Max oder Sundermann als Zeugen? Jedenfalls war alles ordentlich; kein Zeichen eines Einbruchs. Er stieg die Treppe hoch und ging erst in die Schlafkammer. Unwillkürlich wanderte sein Blick zu dem Balken, an dem die Frau gehangen hatte. Das Bett war zerwühlt, als hätte sich das Paar in der Nacht vor dem Mord ausgiebig seinen ehelichen Pflichten gewidmet – oder die Frau sich außerehelicher Vergnügungen erfreut. Mit diesem Seitzen oder gar dem Hertl?

Meister Frantz hatte gesagt, Presiglins Genick wäre gebrochen.

Konnte sie sich die Verletzung am Bettgestell zugezogen haben – bei einer Rangelei mit einem Einbrecher oder Liebhaber, der sie dann aufhängte, um alles zu vertuschen? Die Schlafunterlage war viel zu dick mit Stroh gefüllt, als dass man sich am Holzrahmen verletzen könnte. Neben dem Lager stand ein einfaches Tischchen, auf dem sich Krug und Waschschüssel befanden. Er hob beides hoch. Konnte man damit jemandem das Genick brechen? Unwahrscheinlich. Er stellte die Sachen ab. Sonst gab es im Raum nur noch einen Stuhl, auf dem getragene Kleidung der Frau lag, und eine Truhe. Er öffnete sie. Ordentlich gefaltete Gewänder, nichts, das als Schlagwaffe zu gebrauchen gewesen wäre. Er kniete sich neben das Bett und schaute darunter. Viel zu duster, obwohl die Läden des großen Fensters wie gestern weit offen standen. Trotzdem meinte, er den etwas dunkleren Umriss eines länglichen Gegenstands zu erkennen, der an die Wand gerollt war. Er legte sich auf den Bauch und rutschte näher, bis er ein Rundholz packen konnte. Ein Knüppel! Vermutlich die Tatwaffe. Er rutschte zurück und richtete sich auf. Zwei Ellen lang und so dick, dass er gerade so seine Finger herumkriegte. Wahrscheinlich hatte die Frau auf dem Bett gesessen oder gekniet, als ihr jemand damit ins Genick schlug. Max stellte die Bewegung nach. Und dann hatte der Mörder sie aufgehängt, um es wie Selbstmord aussehen zu lassen.

Er trat ans Fenster und schaute hinaus auf Felder, Wiesen und Gärten. Dann senkte er den Blick an der Wand hinab und hätte beinah gelacht, als er das Feuerholz an der Hausmauer aufgestapelt sah. Das Fenster war groß genug, um einem Erwachsenen Durchlass zu gewähren. Kurzerhand kletterte er hinaus und landete sanft, wenn auch etwas wackelig. Mühelos kletterte er den Holzstoß hinunter. Genauso einfach wäre es gewesen, ins Haus einzusteigen! Einfach, aber nicht lautlos. Die Frau wäre vom Lärm aufgewacht, und der Schlag hätte sie zum Schweigen gebracht. Nur, warum sollten sich Diebe die Mühe machen, die Leiche aufzuhängen?

Er kletterte auf demselben Weg hinauf, stieg durchs Fenster und betrat den Gang. Der nächste Raum war eine gemütliche Wohnstube mit großem Tisch, zwei einfachen Stühlen und einer gepolsterten Sitzbank. An der hinteren Wand stand ein schlichtes, aber massives Kabinett, das ziemlich kostspielig gewesen sein musste. An den Türen befanden sich beeindruckende Schlösser, doch die oberen waren nicht zugesperrt. Nichts dahinter! Auch die Schublade in der Mitte und die unteren Fächer enthielten nichts von Wert. In Letzteren lagen allerdings leere Beutel und eine Holzschachtel. Waren die Leute doch ausgeraubt worden? Er nahm die Schatulle heraus und öffnete sie. Nichts. Dann bemerkte er eine Metalldose, die unter dem Kabinettschrank hervorblitzte. Max hob sie vorsichtig hoch und klappte den Deckel auf.

»Eine Taschenuhr.«

Max zuckte zusammen und wirbelte herum.

Fütterer hatte unbemerkt das Zimmer betreten. »Die sollte der Presigl einem Kaufmann in Lauf mitbringen. Unter der Hand günstig erworben …«

»Oh, so hat er sich wohl die feinen Sachen hier leisten können.« Er deutete zum Kabinett. »Die Presigls scheinen ausgeraubt worden zu sein. Das hier muss dem Dieb runtergefallen sein. Bestimmt sind sie über den Holzstoß ins Schlafzimmer eingestiegen. Die Fensterläden waren ja offen.«

»Vielleicht.« Der Pfleger nickte. »Du hast den Presigl nicht im Haus angetroffen?«

Max schüttelte den Kopf. »Ich hab gedacht, er hätt vielleicht die Nacht bei Euch verbracht.«

»Nein. Wie ich ihm gestern erzählt hab, dass seine Frau keinen Selbstmord begangen hat, war er gar nicht froh. Ist ganz blass geworden und heimgelaufen. Bald darauf ist er mit seinem Karren losgefahren.«

»Und das kommt Euch eigenartig vor? Er ist doch Fuhrmann.« Auch Max erschien das verdächtig, aber er wollte mehr vom Pfleger hören. Schließlich kannte der den Mann.

»Schon, aber er hat gar nicht gesagt, dass er gleich wieder weg muss. Und das, wo grad seine Frau gestorben ist …« Fütterer schaute besorgt drein.

Keine Trauer, sondern Arbeit wie jeden Tag? Kaum glaubhaft. Hatte sie doch der Ehemann umgebracht, kein Dieb? »Wisst Ihr, für wen er normalerweise gefahren ist? Damit wir rausfinden können, ob er mit einer Ladung unterwegs ist oder … auf der Flucht?«

Der Pfleger verzog das Gesicht, hob dann aber die Schultern. »Schwierig. Er war ja für alle möglichen Kaufleute unterwegs, hat auch selber mit allerlei Kram gehandelt.«

»Dann soll Nützel dem nachgehen. Der ist gerade Lochschöffe und kann die anderen Ratsherren fragen. Sind ja fast alles Kaufleute.«

Fütterer lächelte. »Genau, dann hat der hohe Herr auch was zu tun.«

*

Weil Max bestimmt schon die Bewohner aller Häuser befragt hatte, war Kathi erst einmal ein Stück auf einem Feldweg aus Gostenhof hinausgeschlendert und hatte sogar eine Gruppe Rehe in der Ferne gesehen, Tiere, die sie nur von Bildern und Erzählungen kannte. So frei hatte sie sich lange nicht mehr gefühlt, doch als sie sich dem dunklen Waldrand näherte, kehrte sie um. Lieber wollte sie an einem Sonntag mit Max hierher zurückkehren, denn die verwachsene Natur mit ihren unheimlichen Schatten machte ihr Angst. Auf dem Rückweg nach Gostenhof schalt sie sich für ihre alberne Furcht, aber sie hatte auch Wichtigeres zu tun.

Als sie wieder in das Dorf kam, sah sie Max aus einem Haus treten.

Sie wollte schon winken, dann erkannte sie den Pfleger, der ihren Mann begleitete. Hatten dort die Presigls gewohnt? Sie ging langsamer. Die beiden Männer schlenderten in ein Gespräch vertieft Richtung Pflegamt. Kathi konnte es kaum erwarten, ihre Erkenntnisse mit Max auszutauschen, nur schien der noch beschäftigt. Was hatte sie auch groß herausgefunden? Der Pfleger hatte ihm vermutlich dasselbe erzählt wie ihr. Vor dem Haus, aus dem die beiden gekommen waren, blieb sie stehen. Es war sehr schlicht – das Erdgeschoss bestand aus schmucklosen Sandsteinquadern, nur im ersten Stock gab es gelb bemalte Fachwerkbalken. Ob sie und Max jemals ein eigenes Häuschen haben würden? Wohl kaum.

»Ja, da hat's gewohnt, das Annerla.«

Kathi wandte sich der Stimme zu. Eine ältere Frau auf dem Nachbargrundstück blickte herüber. Kathi gesellte sich zu ihr. »Schlimm, was sie mit ihr gemacht haben.«

Die Frau nickte lange. »Erstickt und aufgehängt. Sachen gibt's! Die Hofmannin haben die Räuber nur gemartert, ihren Mann auch. Wär das erste Mal, dass die wen umgebracht haben. Hab jedenfalls noch nix davon mitbekommen.«

»Ich auch nicht. Da kriegt man schon Angst, wenn man die Geschichten hört.«

»Kommst aus Schweinau?«

Kathi erinnerte sich an die Worte von Meister Frantz: besser nicht lügen. »Aus Nürnberg. Ich geh gerade wieder heim.«

»So, so.« Die Frau musterte ihr schlichtes Kleid aus Leinen. Die dunkelgrüne Farbe des Stoffs war schon ganz verschossen, und auch ihre Haube war nur aus grobem Leinen, von ihr selbst mit ein paar Stickereien verziert. Bestimmt hatte die Frau sie anfangs für eine Bäuerin gehalten. »Bin nur eine einfache Magd, und letztes Jahr ist meine Herrin erschlagen worden.«

»Allmächt, erschlagen? Wer hat ihr das denn angetan?«

»Eine Bürgerin, eine vornehme. Die Beckin.«

»Das sind schlimme Zeiten, nirgends ist man mehr sicher. Aufgehenkt gehörn's, alle miteinander, die Lumpen.«

Kathi nickte. »Der Mann von der Presiglin war nicht daheim, wie's passiert ist?«

»Nein, hat mich auch gewundert, weil der ist ja selten am Abend losgefahren. Hab ihn noch gefragt, wo er hinwill. ›Fort muss ich‹, hat er gesagt, sonst nichts.«

»Da macht er sich bestimmt große Vorwürfe, weil er seine Frau allein gelassen hat. Kinder haben sie keine gehabt, oder?«

Die Frau schüttelte den Kopf. »Nein, aber hätt schon noch was werden können. Die waren erst zwei Jahr verheiratet, und er viel unterwegs. In der Früh ist er wieder heimkommen und hat sie gefunden.« Sie sah sich in alle Richtungen um und beugte sich dann näher zu

Kathi. »Aber wie ich in der Nacht aufs Häusla hab müssen, da hab ich einen Mann drüben was schreien hören. Hab mir gedacht, der Presigl ist wieder da, aber das wird wohl der Mörder gewesen sein.«

Kathi legte sich eine Hand aufs wild pochende Herz. Das war ja schrecklich. Nachts in den eigenen Garten gehen und mitkriegen, wie nebenan jemand ermordet wurde. Was für eine Vorstellung! Da schätzte sie doch ihre Wohnung auf der Stadtmauer gleich viel mehr. Sie schüttelte den Kopf. »Fürchterlich. Bestimmt war er das. Gesehen habt Ihr ihn nicht?«

»Nein, hab auch nicht groß geschaut.«

»Ihr wohnt hoffentlich nicht allein, gute Frau.«

Sie lachte. »Mann und vier Söhne. Und die Oma gibt's auch noch. Der braucht man nicht frech kommen.«

Kathi schmunzelte bei der Vorstellung, wie sich eine alte Frau mit allerlei Strolchen anlegte. »Da traut sich bestimmt keiner einsteigen. Sonst ist Euch nichts aufgefallen, keine fremden Männer, die hier herumgelungert sind?«

Die Frau winkte sie näher. »Bei der Presiglin waren oft Männer.«

»Was?« Kathi sah sie verwirrt an, dann dämmerte es ihr langsam. »Wenn ihr Mann fort war?«

»Genau. Meinen Ältesten hat sie auch mal zum Essen eingeladen, und weil ich krank war und die Oma auch nicht so viel Essen für uns alle hat machen können, ist er rüber zu ihr. Mei, da ist es ihm aber komisch geworden. Ganz deppert war er und hat blödes Zeug geredet, dass blaue Säu über einen grünen Himmel fliegen. Der muss so besoffen gewesen sein.« Sie schüttelte den Kopf.

Fliegende Schweine? Die würde Kathi auch gerne mal sehen. Sie unterdrückte ein Kichern. »Da muss er arg viel gesoffen haben. Na ja, Mannsbilder halt.«

Die Frau nickte. »Da sagst was. Am nächsten Tag hat er nichts mehr davon wissen wollen.«

Kathi lachte, wurde aber schnell wieder ernst. »Meint Ihr, sie hat mit ihren Besuchern …? Ihr wisst schon.« Hitze stieg ihr ins Gesicht.

Die Nachbarin schnaubte und zuckte die Schultern. »Wer weiß. Aber was sagst denn du immer Ihr und Euch. Bist deppert?«

Kathi kicherte, auch wenn ihre Wangen jetzt noch mehr glühten. »Wie heißt du denn?«

»Die Liesl bin ich, Liesl Gruberin.«

»Kathi Leinfelderin. Sag mal, was war denn die Presiglin für eine? War die sonderbar?«

»Mmmh, schon ein wenig, aber sehr nett und immer hilfsbereit. Ihr Mann hat oft seltsames Zeug dahergebracht, wollt's ihr schenken, aber sie hat gar nicht gewusst, was sie mit so einem Tand hätt anfangen sollen.«

»Und wie sie hat fliegen wollen und auf den Baum geklettert ist?«

Die Gruberin seufzte. »Ja, da muss sie der Teufel geritten haben. Ich versteh's auch nicht.«

Kathi nickte. Der Teufel war nie weit. »War interessant, mit Euch … ähm, dir zu reden, aber jetzt muss ich weiter«, verabschiedete sie sich.

»Ja, und ich sollt wieder was arbeiten.«

Als Kathi die Straße entlangschlenderte, fragte sie sich, ob Max schon schon alles erledigt hatte und sie zurück in die Stadt begleiten konnte. Vor dem Pflegamt standen weder er noch der andere Stadtknecht, also ging sie hinein, um sich nach ihm zu erkundigen. In dem kleinen Vorzimmer befand sich immer noch niemand, aber hinter der zweiten Tür hörte sie aufgebrachte Stimmen und spitzte die Ohren.

»Wieso habt Ihr ihm das erzählt? Geht doch niemanden was an.« Das war die Stimme des Schreibers.

Der andere musste der Pfleger sein, der antwortete: »Er hat die Uhr gefunden, da ist es mir rausgerutscht.«

»Ausgerechnet ein Stadtknecht! Der erzählt das doch gleich weiter, dann kann der Presigl einpacken. Und für uns gibt's auch keine günstigen Anschaffungen mehr.«

»Ach, warum soll der Leinfelder das groß herumerzählen? In Nürnberg interessiert doch keinen, was ein kleiner Fuhrmann nebenbei für Geschäfte treibt. Der muss ja auch schauen, wo er bleibt.«

Kathi schlich hinaus, bevor man sie erwischte. Dieses Dorf wurde ihr immer unheimlicher.

Kaum zur Tür hinaus wurde sie von hinten gepackt. »Was machst du hier?«

Kathi zuckte zusammen. »Ach, hast du mich erschreckt, Max. Seltsame Dinge gehen hier vor sich!«

»Oh ja! Komm, lass uns in die Stadt gehen. Ich muss mit Nützel reden.« Er zog sie mit sich zur Straße.

»Weil du eine Uhr gefunden hast?«

Verdutzt sah er sie an. »Woher weißt du das?«

»Die beiden da drinnen streiten deswegen gerade.«

Er grinste. »Erzähl.«

*

Frantz marschierte nun doch auf dem Fürther Weg zurück und machte einen Abstecher nach Gostenhof in der Hoffnung, seine Kundschafterin und ihren Stadtknecht zu treffen, vor allem aber, um einen Blick in den Garten der Presiglin zu werfen. Wenn die Frau sich gerne einen Rausch mit Bilsenkraut gönnte, kamen die Kerle dann nur deswegen zu ihr oder weil sie etwas ganz anderes wollten? Oder beides?

Obwohl er wenig Hoffnung hatte, das Dorf unerkannt durchqueren zu können, zog er seinen breitkrempigen Hut tiefer ins Gesicht. Auf der Hauptstraße sah er zunächst nur einen Hund und eine alte Frau, die bei seinem Anblick gleich ins Haus huschte. Weil sie ihn erkannt hatte oder weil Fremde in Gostenhof momentan nicht wohlgelitten waren? Er könnte ja ein Räuber und Mörder sein. Egal. Beim Färbhaus luden zwei Männer Weinfässer ab, dabei gab es hier doch Wirtschaften, die Wein ausschenken durften. War vermutlich billiger so, und der Rat musste das Einlagern erlaubt haben. Da stand das Haus der Presigls, genau, wie Max es beschrieben hatte. Er ging in den dahinterliegenden Garten, an den sich weitere Gärtlein reihten, die wohl Nürnberger Bürgern gehörten. Sofort fielen ihm die Bilsenkrautsträucher ins Auge, etwa zwei Ellen hoch und schon in Blüte.

Auf dem Weg durch die kleine Blumenwiese hörte er Stimmen zweier Männer und blieb stehen. Er konnte ja schlecht erklären, warum sich der Nachrichter von Nürnberg hier herumtrieb.

»Wie lange streitest du jetzt schon mit der Frau herum?«

Die sonore Stimme hatte Frantz schon andernorts gehört, wusste aber nicht recht, bei welcher Gelegenheit. Er schlich näher zu den Sträuchern, die das Presigl-Grundstück umsäumten.

»Aber werter Jamnitzer, die zahlt mir vermutlich nicht den vollen Preis zurück.«

Frantz erstarrte. Wenzel Jamnitzer? Der Goldschmied seiner Majestät, Geometer, Gassenhauptmann und Mitglied des Inneren Rats? Er schluckte mühsam. Was hatte dieser hoch angesehene Mann im Nachbargarten zu tun, und wer war die Frau, mit der es Streit gab?

»Hast du die Rugsgwandtin überhaupt gefragt?« Jetzt trat der ehrbare Rat in sein Sichtfeld. Der graue Bart reichte ihm weit über die Brust; das Kopfhaar war allerdings kurz geschnitten und schütter.

Frantz wollte sich am liebsten verstecken, aber das hätte erst recht verdächtig gewirkt. Er riss sich zusammen und ging zum Bilsenkraut. Die Bewegung musste den Blick des kaiserlichen Goldschmieds auf sich gezogen haben. Frantz nickte ihm zu. Jamnitzer legte den Kopf schief und betrachtete ihn.

Schnell schnitt er ein Büschel ab, da die Pflanze auch als Medizin taugte, und band es mit einer Schnur an seine Tasche. Das Kraut roch unangenehm, doch sein Zahn schmerzte wieder arg, also zupfte er ein Blatt ab und kaute es, um herauszufinden, wie stark das Gewächs der Presiglin war. Je nach Standort – Beschaffenheit des Bodens, Sonne oder Schatten – konnte die schmerzlindernde Wirkung sehr unterschiedlich ausfallen.

»Mit dem Garten wirst du nicht viel Freude haben, Fölle. Sieh zu, dass du den wieder los wirst.« Jamnitzer klang nun leiser.

Einen irrwitzigen Moment lang fragte Frantz sich, ob der große Wenzel Jamnitzer etwas mit dem Mord an der Presiglin zu tun haben konnte und den Garten deshalb loswerden wollte, schob den Gedanken dann so weit von sich, wie er nur konnte.

Gemächlich, als hätte er nicht gerade einen ordentlichen Schrecken bekommen, begab er sich wieder auf die Straße und schlenderte gen

Nürnberg. Ein Stück vor dem Pflegamt sah er einen Mann in schwarzroter Stadtknechtstracht aus einer Seitengasse kommen. Das war bestimmt Max. Frantz ließ sich trotzdem Zeit, ihn einzuholen, denn wenn der Henker jemanden auf offener Straße ansprach, machte das neugierig. Helles Kinderlachen ließ ihn aufschauen. In den die Straße überwölbenden Zweigen eines blühenden Kirschbaums kletterten einige Gören herum. Bevor sie ihn bespucken konnten, eilte er weiter. Jenseits des Pflegamts sah er Nürnberg aufragen, die Kaiserburg auf dem Hügel und – hinter der Wehranlage für ihn unsichtbar – die Stadt zu ihren Füßen. Etwas Blassgrünes, das aus dem Pflegamt huschte, zog seine Aufmerksamkeit auf sich. Die Gestalt wurde von dem Stadtknecht eingefangen. Ja, das mussten Kathi und Max sein, aber irgendwie verschwammen ihre Gesichter. Er sah nur Farbkleckse.

Während er zu den beiden eilte, wurde ihm auch noch schwummrig. Seltsam. Konnte das Kraut der Presiglin so schnell wirken? »Schön, dass ich euch noch vor dem Tor erwische«, raunte er ihnen im Vorbeigehen zu. »Ich glaube, es gibt einiges zu bereden.«

»Oh ja, wir haben viel herausgefunden!«, flüsterte Kathi und patschte ihre Hände zusammen wie ein aufgeregtes Kind.

Frantz ging unauffällig – wie er hoffte – voraus, bog aber zum Richtplatz ab. Auf seinem Weg tat er so, als betrachtete er immer wieder die Holzröhre, durch die Wasser vom Fischbach ins Färbhaus geleitet wurde. So konnte er sich unauffällig nach dem Pärchen umsehen, auch wenn er sie nur als wabernde Gestalten wahrnahm. Ging da etwa gerade Jamnitzer über den Plärrer? Er meinte, einen wallenden Bart zu erkennen, doch dann verschwamm seine Sicht wieder. Vielleicht bildete er sich das auch nur ein. Herr im Himmel war das Kraut stark! Wer versetzte sich freiwillig in so einen Zustand? Unter einer blühenden Kastanie in Sichtweite zum Rabenstein ließ er sich gegen den Stamm gelehnt nieder.

Max und Kathi gesellten sich nur Augenblicke später zu ihm und erzählten einer nach dem anderen mit Zwischenrufen und Vergleichen die Geschichten, die sie aufgeschnappt hatten.

Frantz schluckte mühsam. Irgendwas war mit seinem Hals. »Dann haben wir immer noch den Ehemann als möglichen Mörder seiner Frau. Wenn sich andere Männer des Öfteren bei ihr Bilsenkraut geholt haben und sogar mehr von ihr bekamen als einen billigen Rausch, könnte er vor Eifersucht außer sich geraten sein.« Jamnitzer, der sich im Nachbargarten herumgetrieben hatte, wollte er lieber gar nicht erwähnen. So einen weithin berühmten Künstler in Verruf zu bringen, könnte ihn die Stelle in Nürnberg kosten. »Anscheinend hat sie selbst gern davon genascht, sonst hätte sie nicht geglaubt, fliegen zu können. Die merkwürdigen Geschäfte des Mannes …« Ihm blieb die Stimme weg. Maxens Gesicht verschwamm völlig, nur dessen Stupsnase wurde immer länger. Frantz schüttelte den Kopf.

»Vergesst nicht die Räuber«, sagte Max. »Der Schrank war leer geräumt, nur die teure Uhr muss jemand fallen gelassen haben.«

Frantz nickte und meinte, auf einem schwankenden Boot zu sein. Die Krähen kreischten viel zu nah an seinem Ohr. Auch Kathis Gesicht sah er nur noch verschwommen. Es war doch nur ein Blatt gewesen! Verfluchtes Bilsenkraut! Gut, dass er gegen den Baumstamm lehnte; zur Sicherheit stützte er sich auch noch mit beiden Händen auf den weichen Boden. Und das ihm, der nicht einmal Wein trank, weil er es hasste, betrunken zu sein und die Kontrolle zu verlieren!

»Was ist Euch?« Kathi beugte sich zu ihm, und ihr Gesicht sah beinah normal aus.

Frantz hob eine Hand. »Muss bald nachlassen. Nab nicht vliel ...« Seine Zunge wollte ihm nicht recht gehorchen. »Blisk ...« Er deutete auf seine Tasche. »Presi –«

»Bilsenkraut von der Presiglin?«, fragte sie. »Ihr habt davon gegessen?« Ihre Augen schienen unendlich groß zu werden.

Er nickte und fürchtete, sein Kopf könnte ihm von den Schultern kullern, ganz ohne Schwertstreich. Dann biss er die Zähne zusammen und spürte keinen Schmerz. Wenigstens etwas. Trotzdem war das Zeug mit großer Vorsicht zu genießen.

»Meister Frantz?« Kathi legte eine Hand auf seine Schulter. »Was starrt Ihr so?«

Der Käfer auf seinem Schuh wurde immer größer – groß genug, um seinen Fuß aufzufressen! In jähem Schrecken brach ihm kalter Schweiß aus. Er stieß die Maid beiseite, rammte sich den Finger in den Rachen und erbrach sich in die andere Richtung. Teufelskraut! Sein Herz klopfte wie wild. Gut, dass er es erst einmal selbst ausprobiert hatte, bevor er es einem Patienten verabreichte. Er zog das Schnäuztuch aus seinem Wams und wischte sich den Mund ab, dann seine Hand, die immer noch klebrig von dem Kraut war, und streckte die andere hoch. »Hleft mif ...«

Max stand auf und zog ihn auf die Beine.

»Stadt«, keuchte er. »Nein. Hütte. Richtplatz.«

»Was wollt Ihr denn dort?«, fragte Max.

»So ... kanni ... Stadt.«

»Also gut.« Sie stützten ihn zu beiden Seiten, und glücklicherweise wussten seine Beine, was sie tun mussten.

Irrungen und Wirrungen

In wachsender Besorgnis fragte sich Max, ob sie nicht vielleicht einen Arzt holen sollten. So hatte er Meister Frantz noch nie gesehen, auch wenn er noch relativ klar bei Verstand schien.

»Maulwaul«, lallte der Henker. »Wul, wurf.«

Doch nicht bei Sinnen? Da sah auch Max den Maulwurfshügel. Meister Frantz stampfte drauf und wäre umgefallen, wenn sie ihn nicht gehalten hätten. »Ist schon besser, er fängt sich erst mal wieder, bevor er sich in der Stadt blicken lässt.«

Kathi seufzte. »Hoffentlich geht das schnell vorbei. So ist er mir unheimlicher, als wenn er einen böse anfunkelt.«

»Bin da«, sagte Meister Frantz, wohl um ihnen klarzumachen, dass er jedes Wort verstand.

Endlich erreichten sie die Hütte. Kathi öffnete die Tür und schrie im nächsten Moment auf.

Max drückte den Nachrichter mit dem Rücken an die Wand und sprang zu ihr. Auf dem Steintisch hockte einer, der noch recht lebendig wirkte und frech grinste. »Du schon wieder, Hertl?« Dieser Galgenvogel konnte nichts Gutes im Schilde führen!

»Herl?«, lallte Meister Frantz und reckte den Hals vor, um durch die Tür zu spähen. Max hielt ihn, damit er nicht umfiel, doch dann straffte sich der Körper des Nachrichters. Er rieb übers Gesicht und ging halbwegs sicheren Schritts in die Hütte. »Herrrl?«

»Meister Frantz? Was ist Euch?« Der Kerl rutschte vom Tisch.

»Bill-billllsenkraut. Du auch«, lallte der Henker.

»Ich auch?«

Max trat vor. Jetzt begriff er es! »In der Nacht, als du bei der Presiglin warst, da hat sie dir bestimmt Bilsenkraut gegeben, deshalb warst du am nächsten Morgen noch ganz durcheinander und wolltest ihren Leichnam stehlen.«

»Oh.« Der Lump kratzte sich den Kopf. »Ja, sie hat nach dem Essen noch einen Kräutertrunk gebracht, und danach sind wir wie wild übereinander hergefallen, konnten nicht genug voneinander bekommen.«

Meister Frantz gluckste, und Kathi, die ihnen leise gefolgt war, rückte ein Stück von ihm ab, als fürchtete sie, er könnte gleich über sie herfallen. Doch der Nachrichter ließ sich auf einen Hocker sinken.

»Was ist in der Nacht passiert?«, fragte Max.

Sein ehemaliger Schützenkamerad ließ den Kopf hängen. »Na, was zuerst passiert ist, hab ich schon gesagt. Irgendwann sind wir in ihrem Bett eingeschlafen. Plötzlich war Geschrei, ein Schatten wie ein Lindwurm, eine Fackel, alles sehr wirr. Die Anna ist auch hochgeschreckt. Da ist was durch die Luft geschwirrt. Hab mich geduckt, bin aus dem Bett geschlüpft, hin zum Fenster und nichts wie raus. Bin gerannt, im Wald herumgeirrt. Auch da waren überall seltsame Gestalten und Geräusche. Irgendwann bin ich hingefallen und nicht mehr aufgestanden. Wie ich die Augen wieder aufgekriegt hab, war ich in der Nähe vom Hochgericht. Da hab ich dich und den Löwen gesehen, mit der Anna. Hab geglaubt, ich könnt sie noch retten.«

Meister Frantz lachte leise.

Hertl musterte ihn. »Er hat was von dem Teufelszeug genommen?«

»Ja, er wollte bestimmt ausprobieren, wie stark das Bilsenkraut von der Presiglin ist.« Max erinnerte sich an die Narbe auf des Nachrichters Stirn. Die sah ganz danach aus, als würde der Mann auch die Folterinstrumente am eigenen Leib testen, in dem Fall eine Drahtschlinge. Ihn schauderte. Schnell konzentrierte er sich wieder auf den Hertl. »Warum bist du zurückgekommen, obwohl du uns entwischt warst?«

Lienhardt Hertl schnaufte schwer. »Wegen der Anna. Damit ihr ihren Mörder findet. Wie ich am Abend vor dem Mord zu ihrem Haus gekommen bin, ist da ein Kerl zur Tür raus, war aber nicht ihr Mann. Groß, blond, dünn, grimmig.«

Max sah Meister Frantz an. »Ihr wisst, wie der Seitzen Jakob ausschaut?«

Der Nachrichter nickte und blinzelte, als hätte er Mühe, die Augen offen zu halten. »Passt«, zischte er.

»Außerdem hab ich die drei gesuchten Räuber bei Eibach gesehen, kann Euch das Versteck zeigen«, plapperte Hertl weiter. »Die waren auf jeden Fall bei der Presiglin, haben sogar noch was von dem Kraut dabeigehabt. Hab sie drüber reden hören, auch von der Anna.«

Meister Frantz erhob sich schwankend und wedelte zur Tür. »Schnellll. Flangen!«

Natürlich, wenn die Kerle letzte Nacht einiges von dem Zeug genommen hatten, wären sie heute noch ziemlich benommen und leicht zu fassen. Max sah seine Frau an. »Kathi, kümmerst du dich um ihn?«

Sie blickte etwas unbehaglich zum Nachrichter. »Vielleicht sollte ich lieber Maria holen?«

Meister Frantz nickte. »Gule Dee.«

Dann liefen sie alle drei los, Kathi zum Spittlertor, Max mit Hertl zum Frauentor. »Drei Kerle sind's?«, fragte er.

»Genau.«

»Wenn wir noch fünf Mann mitnehmen, sollte es reichen.«

Lienhardt verlangsamte seinen Schritt. »Du, Max, wenn wir sie erwischen … Meinst, ich darf dann wieder Schütze sein?«

»Keine Ahnung.« Er sah ihn über die Schulter vorwurfsvoll an. »Wer sich an einem Weib im Bettelstock vergreift, hat eigentlich im Dienst der Stadt nichts mehr verloren.«

»Das hab ich nie getan.« Hertl schnaubte, lief aber wieder schneller. »Die Eva hat mich sauber ausgeschmiert.«

Das überraschte Max. »Dann hat sie dich verleumdet?«

»Ja freilich.« Hertl keuchte allmählich. »Ich muss mich an keiner Wehrlosen vergreifen. Letztens bin ich ihr am Plärrer begegnet, weil sie auch ausgestrichen worden ist. Geht jetzt dort anschaffen und wollt mir gleich wieder an den Hosenlatz.«

»Und die Presiglin hat sich dir auch an den Hals geworfen?«

Hertl grinste. »Erst hat sie mich gefüttert. Gut hat's geschmeckt. Und dann hat sie mir den Kräutertrank gebracht. Ich war schon ganz enttäuscht, weil sie mir keinen Wein eingeschenkt hat, aber den hab ich dann nicht mehr gebraucht.«

Max musterte ihn von der Seite. Der Schürzenjäger schaute wieder ganz ernst drein, als er fragte: »Hast du eine Ahnung, wo sich ihr Mann in der Nacht rumgetrieben hat?«

»Angeblich hat er sich in Stein volllaufen lassen. Dabei hätt er's gar nicht mehr weit nach Gostenhof gehabt.« Das sollten sie unbedingt bald nachprüfen.

»Komisch. Die Anna hat gewusst, dass er nicht heimkommen wollt.«

»Dann war's keine spontane Laune von ihm, einfach weiterzusaufen und auswärts zu schlafen.«

»Falls er das wirklich getan hat.«

»Wir werden's rausfinden.« Sie hatten beinah das Tor erreicht, da fragte Max: »Wieso bist nicht gleich zu einem der Wächter und hast Bescheid gesagt, wo die Räuber sind?«

»Weil ich dann vielleicht als Mörder von der Anna verhaftet worden wär. Aber wenn du und der Nachrichter mir glauben, sieht das anders aus.« Er gluckste und wurde ein ganzes Stück langsamer. »Den hat's sauber zerlegt.«

Da musste auch Max lachen, hoffte aber, dass Meister Frantz nicht irgendwelche Wahnvorstellungen zur Kastanie trieben, um fliegen zu üben. Bei der Brücke über den Stadtgraben angelangt, hielt Hertl ihn am Arm zurück. »Ich darf doch nicht mehr rein.«

»Glaub mir, was du zu erzählen hast, will der Rat wissen.«

Am Tor wurden sie natürlich aufgehalten. »Der nicht!«, rief der Löffelholz.

»Er hat wichtige Informationen«, beharrte Max.

»Bann ist Bann.«

Sturer Hund! Keine Zeit, mit ihm herumzupalavern. »Dann pass auf, dass er nicht abhaut.« Max rannte weiter zur Büttelstube im Rathausgebäude, wo er den Hauptmann Muffel vorzufinden hoffte. Der würde sich freuen: endlich eine Spur zu den Dieben. Ob sie nun was mit dem Mord zu tun hatten oder nicht, die Leuteschinder gehörten aufgehängt. Allzu deutlich sah er die malträtierten Gesichter der Bauersleut vor sich.

*

»Was willst denn du wieder hier?«, fragte der Löffelholz. »Hat dir einmal Ausstreichen nicht gereicht?«

Lienhardt schnaubte verächtlich. »Ich weiß, wo die Diebsbande sich versteckt! Die Schufte, die in einsame Höfe einsteigen und die Leute martern, bis sie ihnen alles geben, und sie dann noch ein bisserl mehr quälen, um sicherzugehen, dass sie wirklich nichts mehr haben.«

»Ui, da gibt's vielleicht sogar eine Belohnung. Aber die kriegt wohl der Leinfelder.«

»Mist!« Lienhardt überlegte nicht lange, sondern rannte los. Er sprang auch am zweiten Wächter vorbei, der innerhalb der Mauer Posten stand. Bald hatte er Max eingeholt. »Die Belohnung gehört mir!«

Der sah ihn überrascht an. »Was für eine Belohnung?«

»Tu nicht so unschuldig!« Er zerrte an Maxens Ärmel, doch der riss sich los und enteilte. Man konnte wirklich niemanden trauen, schon gar keinem Stadtknecht. Die Welt war schlecht. Hätte er sich nur den Räubern angeschlossen, statt sie zu verraten. Aber wenn sie das Annerla umgebracht hatten, wollte er nichts mit ihnen zu schaffen haben. Außerdem wäre dies die Gelegenheit, um in Nürnberg wieder in Ansehen zu kommen. Vielleicht konnte ihm das sogar noch gelingen. Vor der Büttelstube hielt Max ihn zurück. »Bleib lieber draußen, sonst legen sie dich vielleicht gleich in Eisen.«

»Ach was, das können sie nicht machen. Ich war schließlich mal Schütze hier!« Er stürmte hinter ihm hinein, doch in der Stube hockte nur ein weiterer Stadtknecht.

»Der Hauptmann Muffel ist nicht da?«

Oh nein! Ausgerechnet mit dem Muffel wollte der Leinfelder reden?

»Nein, der ist daheim. Was soll er auch hier rumhocken, wenn nichts los ist?«

»Typisch. Wir haben eine Spur, die uns vielleicht zu den Dieben führt.« Er warf Lienhardt einen Blick zu.

»Der Hertl? Den nehmen wir doch gleich in Gewahrsam!«

Max hob beide Hände. »Der soll uns zu dem Gelichter führen. Und jetzt kommt er erst mal mit zum Muffel.«

Der Stadtknecht musterte ihn misstrauisch. »Der Lump da?«

Bevor Lienhardt ihm aufs Maul hauen konnte, zog Max ihn wieder auf die Straße und weiter zum Haus der Muffels.

Lienhardt blieb ein paar Schritte zurück, während der Leinfelder an die Tür trommelte. Der Muffelin hatte er mal geholfen, als sie von zwei Gauklern belästigt wurde. Hernach wäre sie ganz gern von ihm belästigt worden, aber das hatte sie ihrem Mann bestimmt nicht erzählt. Trotzdem zog er den Kopf ein, als die Tür aufging und ein Diener herausschaute.

»Ist dein Herr da?«, rief Max recht barsch. »Ist dringend.«

»Moment.« Der Kerl schloss die geschnitzte Eichentür.

Max stöhnte und drehte sich zu ihm herum. »Vielleicht muss er ihn erst aus dem Bett holen.«

»Patrizier halt«, brummte Lienhardt. »Aber die Muffels stehen nicht mehr recht gut da, seit der alte Nicklas in die Stadtkasse gelangt hat.«

»Ja, das vergisst keiner so schnell, auch wenn's schon hundert oder mehr Jahre her ist.«

Lienhardt sah an der schlichten Fassade hoch. Im Erdgeschoss Sandstein, erst darüber begann das Fachwerk, unten nur hölzerne Fensterläden, oben dann Butzenscheiben. »Vielleicht müssen sie sich sogar Schweine im Haus halten.«

Max gluckste. »Meinst er riecht deswegen manchmal so streng?«

Da kam Simon Muffel persönlich an die Tür. »Leinfelder, was gi –« Er stockte. »Was will denn der da? Der hat hier nichts verloren. Wer gegen den Bann verstößt, wird hart bestraft.«

»Der Hertl weiß, wo sich die Diebe verstecken. Wenn wir uns nicht beeilen, sind die schon weitergezogen. Er kann uns hinbringen.«

Lienhardt grinste, und prompt blähten sich die Nasenflügel des hohen Herrn.

*

Kathi rannte wie ein gehetztes Reh, bis sie den Henkerturm erreichte. Sollte sie Maria wirklich erzählen, was mit ihrem Mann los war? Die musste sich doch um den kleinen Vitus kümmern und sollte sich lieber keine Sorgen machen. Kurz entschlossen klopfte sie beim Löwen. Sie hörte schwere Schritte auf den Holzdielen, doch bevor Augustin Ammon öffnete, schwang die Tür hinter ihr auf, die zur Brückenwohnung von Meister Frantz führte. Als Kathi sich umwandte, begegnete sie Marias überraschtem Blick. Die Schmidtin trug ihr Kindlein auf dem Arm. Da tat sich auch die Tür zur Wohnung des Löwen auf. »Kathi? Was machst denn du hier?«, fragte er.

Sie blickte zwischen den beiden hin und her. »Meister Frantz geht's nicht gut. Er hat Bilsenkraut gegessen.«

»Oh, dieser Narr!«, rief Maria.

Der Löwe grinste. »Wo ist er?«

»In der alten Hütte beim Richtplatz.«

Maria wickelte umständlich einen Schal um ihre Schultern, doch der Löwe hob eine Hand. »Bleib da, ich hol ihn. Wird schon wieder.«

»Aber …« Die Sorge stand der Henkerin ins Gesicht geschrieben.

Kathi legte eine Hand auf ihren Arm. »Er hat recht. Komm, ich erzähl dir alles.« Sie zog sie mit sich in die Wohnung, während Augustin Ammon schon die Treppe hinunterpolterte.

Maria machte sich daran, einen Kräutertrunk vorzubereiten, der ihrem Mann schnell wieder auf die Beine helfen sollte. Währenddessen wiegte Kathi Vitus in den Armen und erzählte Maria alles, was sie heute erfahren hatten.

»Dann hat der Esel wenigstens einen guten Grund gehabt, von dem Kraut zu kosten.«

»Ja, er hat noch was gefaselt, dass es ungewöhnlich stark sei. Der Hertl hat auch Lindwurmer und sonst was an Ungeheuern gesehen.«

»Trotzdem oder gerade deswegen könnte er die Presiglin erschlagen haben.«

Kathi hatte dem Mann seine Unschuldsbeteuerungen geglaubt, aber wenn er so verwirrt gewesen war … »Stimmt schon.«

»Vor der Stadt hat's mal ein Wirtshaus gegeben, das dann zugemacht wurde, weil die Wirtsleut Bilsenkraut ins Bier gemischt haben, das ja sonst recht dünn ist. Deshalb sind die Leut hin: ein schöner

Rausch, und immer noch billiger als Wein. Da hat's mehr Raufereien als sonst wo gegeben.«

»Wegen dem Kraut?«

»Wahrscheinlich. Wie war denn der Frantz beieinander? Hat er randaliert?«

»Nein, gar nicht. Er ist getaumelt und hat gelallt, aber ich glaub, er hat ganz genau gewusst, was mit ihm los ist. Er wollte in die Hütte, damit ihn in Nürnberg niemand so sieht.«

»Na, wenn er noch so bei Verstand ist, bin ich ja beruhigt.« Die Henkerin schüttelte den Kopf. »Da war die ganze Zeit so wenig los, und auf einmal bringt der Frantz Kinder zur Welt, müssen Mörder gefunden und Diebe eingefangen werden … Bald werde ich meinen Mann nicht mehr viel daheim sehen.«

»Dann brauchst du Hilfe im Haushalt.« Kathi lächelte sie schelmisch an.

»Unbedingt. Er wird nicht mal Zeit haben zu schimpfen, weil du mir zur Hand gehst.« Auch die Henkerin grinste jetzt. Da wurde Kathi bewusst, was es bedeutete, wenn Meister Frantz viel Arbeit hatte, und ihre Heiterkeit erstarb.

Marias Gedanken mussten ähnliche Wege eingeschlagen haben. Ernst schaute sie drein, fast betrübt. »Der Aufguss muss noch etwas ziehen. Lass uns in die Stube gehen.«

Kathi legte Vitus in seine Kiste, und ausnahmsweise protestierte er nicht. Kaum hatten sie sich an den Tisch gesetzt, hörte Kathi Schritte die Turmstiege hinaufstampfen. Stimmen erklangen. Maria lief zur Tür und riss sie auf. Der Nachrichter, auf den Löwen gestützt, stolperte in den Raum. »Verfllluchtes Billlsenkraut! Jetzt, wo ich soffso betäub bin, kannst mir auch glllleich den Zieh zahnen«, lallte er und legte die freie Hand auf die Schulter seiner Frau. »'N riesn Mauswurf habch aufr Wiese gsehn.«

»Was? Wo kommt denn so was her?«, fragte Maria mit Besorgnis in der Stimme.

»Waulmurf, mein ich.« Der Henker gluckste. »Vom Kraut.«

Augustin drückte ihn auf einen Stuhl. »Wenn er wieder klar im Kopf ist, muss er ins Rathaus.«

Maria strich ihrem Mann über die feuchte Stirn. »Ich hab dir was gebraut. Und der Zahn wird vielleicht wieder. Den sollten wir noch nicht ziehen.« Sie eilte davon, um den Kräutertrunk zu holen.

Kathi stand auf. »Soll ich für Meister Frantz zum Rathaus laufen? Ich weiß Bescheid.«

Der Henker hob das schweißglänzende, gerötete Gesicht und schien mühsam zu schlucken. »Nach'm Presigl muss gesucht wer'n. Is fort. Unn die Hur brauchn wir. Die ihn beschll … schludigt hat.«

»Den Presigl hat eine Hure beschuldigt?«, fragte Kathi überrascht.

Stöhnend schüttelte er den Kopf. »Den Herrrtl.«

»Warum muss die befragt werden?«

»Was wirrlich passiert is. Könn wir trauen?«

»Dem Hertl?«

Er nickte und ließ den Kopf hängen.

Jetzt konnte Kathi nur mit Mühe schlucken. Wenn sie dem Mann nicht trauen konnten, war Max dann in Gefahr? Nein, warum sollte er ihm was tun? Und warum der Presiglin?

Maria kehrte zurück und stellte einen dampfenden Tonbecher vor ihren Mann auf den Tisch. »Trink das.«

Kathi eilte zum Rathaus. Vielleicht würde sie dort auf Max treffen.

*

Nach einer gefühlten Ewigkeit – Max hatte fünf weitere Stadtknechte holen müssen, während Muffel acht Rösser satteln ließ – brachen sie endlich auf, um die Diebe zu fangen. Jetzt ritt Simon Muffel hoch erhobenen Hauptes voraus durch die Stadt. Max konnte nur hoffen, dass die Strolche noch in ihrem Versteck waren, sonst wäre alles umsonst. Und der Hertl machte sich am Ende gar noch mitsamt dem Pferd aus dem Staub.

Sowie sie durchs Tor und über die Brücke geritten waren, ließ sich Muffel zurückfallen und befahl Hertl vorauszureiten, denn nur der kannte das Versteck. Max unterdrückte ein Grinsen. Wahrscheinlich würde der Hauptmann sich auch bei der Verhaftung zurückhalten. Könnte ja gefährlich werden. Eigentlich wunderte es ihn, dass der Mann überhaupt mitgekommen war. Vermutlich wollte er sich mal wieder mit etwas brüsten können. Auf dem Pfad durch den Wald ritten sie Schritt, einer hinter dem anderen, bis sie die halbe Strecke nach Schwabach zurückgelegt hatten. Da zügelte Hertl sein Pferd, stieg ab und legte einen Finger an die Lippen.

Muffel bedeutete ihnen allen abzusitzen, bevor er, immer noch hoch zu Ross, die Hand ausstreckte. »Ich pass auf die Gäule auf. Zügel her.«

So kannte er den Mann. Max ließ sich seinen Unwillen nicht anmerken und gehorchte; die anderen taten es ihm nach.

»Du hast das Kommando, Leinfelder«, sagte Muffel.

Wenigstens etwas. Zu sechst folgten sie Hertl weiter auf dem Weg, bis der kurz vor einer kleinen, gerodeten Fläche stehen blieb und auf einen Verschlag deutete.

»Da verstecken sie sich?«, flüsterte Michel Hasenbart.

Hertl nickte. »Wenigstens letzte Nacht.«

Sie zogen die Schwerter. Da Hertl unbewaffnet war, gab Max ihm ein Zeichen, zurückzubleiben. Der Mann nickte und grinste. Kam ihm wohl sehr gelegen, seine Haut nicht riskieren zu müssen. Na, mit den drei Halunken sollten sie gut zurechtkommen, auch wenn sie sich in der Gewissheit, dass der Galgenstrick auf sie wartete, vermutlich heftig wehren würden.

»Hütte umstellen?«, fragte Michel, der schon wesentlich länger

Stadtknecht war als er und sich vermutlich nicht gerade freute, dass Max das Kommando hatte.

»Drei gehen rein, die anderen passen draußen auf, dass keiner entkommt.« So konnten sie die Spitzbuben hoffentlich überraschen – ergeben würden die sich nicht freiwillig. Max schlich voraus und bedeutete dem Reuter, die Tür zum Verschlag zu öffnen. Dann nickte er Michel und Erdinger zu, mit ihm hineinzustürmen.

*

Kathi lief extra an der Schützen- und der Büttelstube vorbei, konnte ihren Mann aber nicht entdecken. Vielleicht ganz gut so, denn ihre Sorge hätte sie möglicherweise Dinge sagen lassen, die ihm vor seinen Kameraden peinlich gewesen wären. Er würde sich schon vorsehen, ihr Max. Hoch ragte das Nürnberger Rathaus vor ihr auf. In seinem Schatten fröstelte es sie immer ein wenig. Trotzdem trat sie entschlossen auf die Schildwachen zu. »Ich muss den Lochschöffen Nützel sprechen.«

»Hallo Kathi, hast Sehnsucht nach dem Loch?«, sprach sie einer der beiden vertraulich an.

Als sie in ihm Konrad Rumpler erkannte, fuhr ihr der Schreck in die Glieder. Der hatte sie letztes Jahr in Maxens Kammer im Schützenhof entdeckt und gebunden, sie am Strick ins Loch geführt. Aber immerhin hatte er Max nicht angeschwärzt. Sie hob das Kinn. »Manchmal. Schön war's da.«

Der Kerl feixte. »Anzeige kannst du beim Schreiber machen. Geh nur rein in die Stube.«

»Nein, ich brauche den Lochschöffen. Der Nachrichter schickt mich.«

Die beiden Männer sahen einander an, dann trat Rumpler ins Rathaus und sprach mit jemandem. Als er zurückkam, sagte er: »Wart hier.«

Kathi wollte auf und ab laufen, war aber zu stolz, um den Kerlen ihre Aufgeregtheit zu zeigen. Mit Lochschöffen hatte sie nicht allzu angenehme Erfahrungen gemacht. Allerdings hatten Eisvogel und Stromer sie damals doch gehen lassen und Max zum Stadtknecht gemacht. Das Abenteuer war gut für sie beide ausgegangen, aber lange hatte sie um ihr Leben fürchten müssen. Den Ratsherrn Nützel kannte sie nur vom Sehen. Da merkte sie, dass sie ihre Hände rang, und zwang sich, die Arme hängen zu lassen. Die Tür schwang auf, und ein fein gekleideter, junger Mann schaute heraus. »Wer will den Nützel sprechen?«

»Ich, Katharina Leinfelderin. Meister Frantz schickt mich.« Das ist bestimmt nur ein Amtmann, dachte sie und folgte ihm auf sein Winken hin ins Gebäude.

»Ich bin Geuder und zurzeit gemeinsam mit Nützel als Lochschöffe tätig.«

»Ihr untersucht zusammen mit ihm den Mord an der Presiglin?«

»Ja, allerdings hab ich bisher kaum Zeit gehabt, mich darum zu kümmern. Nützel ist eigentlich mehr mit dem Fall vertraut, aber der ist heute unterwegs.« Er führte sie in eine schlichte Kammer in der Nähe des Eingangs, setzte sich hinter einen kleinen Tisch und wies ihr den Stuhl gegenüber zu. »Was will der Nachrichter?«

»Ihm geht es nicht besonders, sonst wäre er selbst gekommen. Zahnweh ...« Das stimmte zwar nicht ganz, sollte aber als Erklärung überzeugen. Geuders Gesichtsmuskeln zuckten denn auch an allerlei Stellen. Kathi konzentrierte sich darauf, alles möglichst genau und knapp zu schildern, obwohl ihre Hände ganz feucht waren. »Mein Gemahl sucht den Mörder und lässt Euch ausrichten, dass der Ehemann der Ermordeten nicht mehr aufzufinden ist. Gestern, nachdem er erfahren hat, dass seine Frau sich nicht selbst umgebracht hat, ist er losgezogen, ohne jemandem Bescheid zu sagen, wohin er will.«

Der Schöffe rieb sich den Kinnbart. »Sehr verdächtig, aber er ist ein Fuhrmann, oder nicht?«

»Stimmt, deshalb wäre es gut, wenn Ihr herausfinden könntet, ob er im Auftrag von jemandem ... äh, eines Kaufmanns unterwegs ist – oder doch auf der Flucht.«

Geuder rieb sich die Hände und grinste. »Das kann ich schnell in Erfahrung bringen, muss nur zum Herrenmarkt gehen und herumfragen. Wenn er auf der Flucht ist, lasse ich ihn suchen.« Er stand auf und schritt zur Tür.

Herrenmarkt ... Kathi musste ein Kichern unterdrücken. Unter dem Namen stellte sie sich immer einen Markt vor, auf dem Herren gehandelt wurden, die schönsten Exemplare zum besten Preis, doch sie wusste, dort handelten die Herren, und oft genug nicht einmal mit Waren zum Anfassen, Beschauen oder Riechen, sondern einfach mit Zetteln. Als Geuder schon fast zur Tür hinaus war, rief sie: »Da ist noch was.«

»Was denn?«

Verlegen räusperte sie sich. »Es gibt da eine ... Hure, die gefunden werden ... sollte.« Beinah hätte sie ›muss‹ gesagt, aber sie konnte nun wirklich keinem Stadtrat Anweisungen geben. Hitze stieg ihr ins Gesicht.

»Was hast du mit einer Hure zu schaffen?«, fragte er und musterte sie abschätzig.

»Ich? Nichts! Es gibt noch einen Verdächtigen, den ehemaligen Schutzen Lienhardt Hertl, der im Januar ausgestrichen worden ist. Um die Zeit des Mordes an der Presiglin hat man ihn in Gostenhof gesehen.« Über Hertls Begegnung mit dem Opfer wollte sie lieber nichts erzählen. »Das macht ihn natürlich verdächtig. Meister Frantz will feststellen, ob die Hure, die ihn damals beschuldigt hat, den Mann verleumdet haben könnte.«

Das Gesicht des Ratsherrn verhärtete sich. Über dem wohl gestutzten Bart färbten sich seine Wangen rot. »Du willst doch wohl nicht behaupten, dass wir jemanden zu Unrecht bestraft haben?«

Oh, das hatte sie nicht sehr geschickt angestellt. Als ob keine Fehlurteile geschahen! Sie selbst wäre letzten Sommer beinah gefoltert worden, unschuldig, was sicherlich schlimmer als Ausstreichen gewesen wäre. »Nun, Verleumder sind nicht immer leicht zu durchschauen«, sprach sie mit möglichst fester Stimme und hob den Kopf ein Stückchen höher.

Jetzt sah Geuder sie an, als wäre sie nicht ganz bei Sinnen. »Du meinst also, weil der Schurke nun auch noch eines Mordes verdächtigt wird, könnte er damals unschuldig gewesen sein?«

Kathi stöhnte auf. Da hatte sie wirklich ziemlichen Unsinn erzählt. Sie riss sich zusammen. »Es ist ja nur, weil Lienhardt Hertl meinem Mann das Versteck der Diebsbande verraten hat. Die Stadtknechte sind bestimmt schon unterwegs, um sie zu verhaften. Jedenfalls würde der Nachrichter gern herausfinden, wie vertrauenswürdig der Mann tatsächlich ist.« Sie schaute dem Ratsherrn in die Augen.

Seine Züge entspannten sich. »Ach. Die Diebe werden gerade ergriffen?« Der Mann fuhr sich durch die ungewöhnlich kurzen, dunklen Haare. »Davon hat mir niemand was erzählt.«

»Wahrscheinlich musste es sehr schnell gehen.«

Jetzt kratzte er sich am Kopf. »Dann wird's bald einiges mehr an Arbeit für Nützel und mich geben. Diebe, Mörder, Huren. Wer ist das liederliche Weibsbild?«

Kathi erschrak. Woher sollte sie das wissen? Sie zuckte mit den Schultern.

»Dummes Ding! Was faselst du mir von einer Verleumderin vor, wenn du ihren Namen gar nicht kennst?«

»Der muss doch in Euren Akten stehen!«, entgegnete sie trotzig.

Der rechte Mundwinkel des Mannes zuckte, die Augenbrauen zogen sich zusammen. »Hm, da hast du natürlich recht, und jetzt meine ich mich zu erinnern, dass die Anfang des Jahres auch ausgestrichen worden ist, sollte also nicht mehr in Nürnberg sein. Ich werde den Namen rausfinden und mich umhören, ob sie jemand in den Huren- oder Badehäusern der Nachbarstädte gesehen hat.« Er verschränkte die Arme vor der Brust. »Kannst gehen.«

»Danke.« Da wurde ihr bewusst, wie albern es war, ihm zu danken, wenn er sich eher bei ihr für die Informationen bedanken sollte! Doch Geuder nickte nur und verließ den Raum. Nicht einmal ein Wort für den Nachrichter trug er ihr auf.

*

Sowie Erdinger die Tür des windschiefen Verschlags aufzog, sprang Max in den fensterlosen Raum. Im durch die Tür einfallenden Licht erkannte er mehrere Strohsäcke dicht nebeneinander, doch da regte sich nichts. Er bückte sich über einen davon und zerrte an dem unförmigen Ding. Als könnte sich darunter jemand verbergen, verflucht!

»Die Galgenvögel sind ausgeflogen«, meinte Michel. »Schaut aber ganz so aus, als würden sie heut Abend zurückkommen.« Er deutete mit dem Schwert auf einen Leinensack und Becher neben der Tür.

»Gut, fassen wir lieber nichts an, sonst merken sie, dass jemand hier war.« Dabei würde ihn schon interessieren, was für Kostbarkeiten sich in dem Sack befanden. »Wir umstellen die Hütte in einigem Abstand und warten auf das Gelichter.« Sie gingen hinaus, und Maxens Herz schlug allmählich wieder langsamer.

Hertl näherte sich und blickte enttäuscht drein. »Niemand da?«

Er schüttelte den Kopf. »Nein, aber die kommen zurück. Ihr Zeug ist noch drinnen. Wahrscheinlich liegen sie irgendwo auf der Lauer.«

Michel meinte. »Wir verteilen uns im Wald, gerade noch in Sichtweite zur Hütte, und sobald sie kommen, ziehen wir die Schlinge enger um sie.«

»Genau, so machen wir's«, stimmte Max zu. »Ich sag dem Muffel Bescheid. Der will bestimmt wieder zurück in die Stadt.«

Michel lachte. »Darauf kannst du einen lassen.«

»Ich komm mit«, sagte Hertl. »Vielleicht krieg ich ja trotzdem eine Belohnung.«

»Obwohl wir die Lumpen noch nicht gefasst haben?« Max sah ihn ungläubig an, aber der schien es ernst zu meinen. »Du spinnst doch.«

»Wahrscheinlich hast du recht.« Trotzdem hielt sich Hertl weiter neben ihm. »Denkst du, die lassen mich noch mal ausstreichen, weil ich die Stadt betreten hab?«

Das konnte sich Max zwar nicht vorstellen, da Hertl ihnen wichtige Hinweise gegeben hatte, aber ein enttäuschter Muffel konnte launisch sein. »Weiß nicht. Willst du lieber abhauen?«

»Wär vielleicht gescheiter.«

Max grinste ihn an. »Wenn du was über den Presigl hörst, sag Bescheid. Den Kerl suchen wir auch. Du kennst den Fuhrmann?«

»Sowieso.« Hertl schlug ihm auf den Rücken und sprang ins Unterholz.

Max ging missmutig weiter. Muffel kam in Sicht, noch immer hoch zu Ross. Sobald der Hauptmann seiner ansichtig wurde, hob er das Kinn in einer unausgesprochenen Frage.

Max schüttelte den Kopf.

»Dieser verfluchte Hertl!«

Er machte eine beschwichtigende Geste. »Jedenfalls haust jemand in dem Verschlag. Drei Strohsäcke, Kerzenstumpen, Trinkbecher und Holzschalen haben wir gefunden. Spricht dafür, dass der Hertl die Wahrheit gesagt hat. Im Moment suchen die Burschen vielleicht nach neuer Beute. Ich schlag vor, dass wir auf sie warten.«

»Ah, gut, ja, dann lauert den Strolchen auf. Ich sollte einstweilen in die Stadt zurückkehren.« Er hob die Hand mit den Zügeln. »Die Gäule binde ich da drüben fest, hinter dem mannshohen Felsbrocken.«

Max blickte in die Richtung, in die der Hauptmann deutete. Zu nah an der Hütte! Die Tiere konnten schnauben, die Kerle warnen. Am Ende preschten sie auf den Pferden davon. Schöne Blamage wäre das! Wenn sie die Räuber erst mal hatten, müssten die sowieso zu Fuß in die Stadt laufen. »Nehmt sie lieber mit zurück, dann …«

Muffel sah ihn unwirsch an. »Die ganze Strecke durch den Wald mit sieben zusätzlichen Pferden? Ihr seid später wahrscheinlich froh drum, vor allem, wenn das Gelichter nicht auftaucht.« Er stieg ab und drückte Max die Zügel seines Pferdes in die Hand, bevor er die anderen ein Stück in den Wald führte, wo sie vom Weg aus zwar nicht gesehen, aber gehört werden konnten.

Max war gar nicht wohl, denn sie konnten keinen Mann zu den Tieren abstellen, ohne zugleich auf ein Augenpaar und einen Schwertarm an der Hütte zu verzichten.

Muffel brach auch ohne die Pferde durchs Unterholz wie eine Wildsau. Max schloss gequält die Augen – hoffentlich kamen die drei Halunken nicht gerade jetzt zurück!

»Dann viel Glück bei der Räuberhatz!«, rief der Hauptmann auch noch überlaut, während er sich in den Sattel schwang. »Ich schick vor Einbruch der Dunkelheit Ablösung. Sonst schlaft ihr mir ein.«

»Wie Ihr wollt.« Beleidigt wandte Max sich ab. Als ob einer von ihnen auf dem kalten, feuchten Waldboden einschlafen könnte!

*

Lienhardt spähte zwischen den Bäumen hindurch und belauschte, was Leinfelder mit dem Muffel redete. Da war er doch froh, nicht mitgegangen zu sein, so wie der Muffel ihn gleich verflucht hatte, ohne auch nur nach ihm zu fragen. Eigentlich wäre es nur gerecht, wenn er sich eins der Pferde stibitzte – als Entschädigung für die entgangene Belohnung, und überhaupt. Jetzt war die Gelegenheit günstig: Der Leinfelder ging gerade zu den anderen zurück, die Gäule waren unbewacht. Lienhardt schluckte. Sie würden wissen, wer das Pferd genommen hatte, und Rossdiebe endeten am Galgen … Besser nicht.

Wohin sollte er gehen? Wenn er sich weiter hier herumdrückte, lief er am Ende noch einem der Räuber in die Arme, und das ohne Waffe. Vielleicht konnte er in Schwabach was zu essen auftreiben – und mehr? Da musste er wieder an die schöne Anna denken. Was für ein Weib! Er war wie verzaubert von ihr gewesen. Na ja, er hatte heute selbst gesehen, was ihr Kraut beim Nachrichter angerichtet hatte. Fauler Zauber war's wohl eher gewesen; er sollte sie einfach vergessen. Trotzdem, ihr Mörder war eine Bestie.

Er trottete über den weichen Waldboden in Richtung Schwabach. In dem Flecken war man vielleicht freundlicher zu ihm als in der großen Reichsstadt, der er doch treu gedient hatte. Ein ungerechtes Gesindel, diese Nürnberger. Nachdem er ein paar Fischweiher passiert hatte, erreichte er einen einsam stehenden Hof. Hier vielleicht schon mal nach

Essen und einem Nachtlager fragen? Lienhardt näherte sich dem Gehöft.

Der Bauer kam aus dem Stall, die Mistgabel in der Hand. Bei Lienhardts Anblick streckte er diese wie eine Hellebarde vor. »Was bist'n du für einer?«

Lienhardt hob beschwichtigend beide Hände. »Nur ein einsamer Wanderer. Hast was zu essen für mich?«

Der Mann schüttelte den Kopf. »Schleich dich.«

»Ich kann auch arbeiten.«

Er schnaubte. »Du willst uns doch bloß ausspionieren, und dann kommst in der Nacht wieder und klaust uns alles.«

Lienhardt seufzte. »Ich gehör zu keiner Diebsbande. Im Gegenteil. Hab das Gelichter in der Nähe gesehen und den Nürnberger Stadtknechten Bescheid gegeben. Die lauern ihnen jetzt auf.«

Da breitete sich ein Grinsen über das Gesicht des Mannes. »Wirklich? Komm rein, dir geb ich freilich was zu essen. Hast gehört, was die dem Adlhofer Bauern und seinem Weib angetan haben?«

»Nein, erzähl.« Er folgte dem Mann in die Stube, wo die Hausfrau ihm einen misstrauischen Blick zuwarf. Donnerwetter, nicht übel, das Weib! Er setzte sein gewinnendstes Lächeln auf.

»Greta, der Bursch hier hat das Diebsgesindel gesehen und die Stadtknecht hingeschickt. Gib ihm a bisserl was vom Mittagessen.«

Auch ihr Gesicht hellte sich auf. »Ja, gern. Setz dich.«

Er hockte sich auf die einfache Holzbank, und alsbald brachte die Frau einen Kumpen Getreidebrei. Der Bauer blieb stehen, stützte sich aber mit beiden Händen auf den Tisch und beugte sich zu ihm herunter. »Gefesselt haben's den Adlhofer und mit der Kerze gebrannt. Geschrien hat er, aber nix gesagt. Da haben sie sich sein Weib vorgenommen, einer nach dem andern. Vor seinen Augen.«

Lienhardt schlug mit der Faust auf den Tisch. »Das hat der Sauhund zugelassen? Wollt lieber sein Geld behalten, statt seine Frau zu schützen?« Er warf einen Blick zur schönen Bäuerin, dann packte er ihren Mann am Hemd. »Du bist hoffentlich nicht auch so ein vermaledeiter Geizhals.«

Schnell schüttelte der Kerl den Kopf. »Nein, meiner Gretel darf niemand was tun.«

Lienhardt ließ ihn los und nickte. »Gut. Was wären wir ohne Weiber? Nichts als Tiere!«

Verwirrung stand dem Bauern ins Gesicht geschrieben. »Ich muss wieder in den Stall.« Er warf seiner Frau einen kurzen Blick zu, dann stapfte er zur Tür.

Gretel lächelte Lienhardt an und brachte ihm ein Glas Milch. »Das hast du schön gesagt.«

Er strahlte sie an und fragte: »Magst dich zu mir hersetzen? So schöne Gesellschaft hab ich selten beim Essen.«

Lachend setzte sie sich. Zu dumm, dass der Bauer ganz in der Nähe war. Dieses süße Geschöpf könnte ihn bestimmt seinen Kummer wegen der Anna für kurze Zeit vergessen lassen.

*

Frantz saß gemeinsam mit Maria und Kathi um den Tisch in der guten Stube. Er war nun schon ein Weilchen wieder daheim, aber er konnte sich noch immer kaum auf etwas konzentrieren, schon gar nicht auf das, was das Mädel von ihrem Gespräch mit Geuder berichtete. Lieber wäre es ihm gewesen, wenn sie Nützel angetroffen hätte. Der Mann wusste besser über die Vorgänge Bescheid, aber daran war nichts zu ändern.

»Du gehörst ins Bett«, sagte Maria und tätschelte seine Hand.

Er nickte schwach. »Danke, Kathi. Hoffen wir, Max erwischt die vermaledeiten Räuber.«

»Die sind sehr gefährlich?«, fragte sie und blickte besorgt drein.

»Bösartig. Sie quälen Menschen, um an ihr Hab und Gut zu kommen.« Ein bitteres Lachen entfuhr ihm. »Ich martere Leute für Lohn.« Machte ihn das zu einem besseren Menschen?

»Das stimmt doch gar nicht«, protestierte Maria.

»Nein.« Er schüttelte so sehr den Kopf, dass ihm wieder schwindelig wurde. »Nein, für die Gerechtigkeit.« Er ließ seine Pranke auf Kathis zierliche Hand fallen. »Sonst hätte ich dich auch einfach torquiert.«

»Genau, Ihr seid nicht bösartig!«, rief nun auch Kathi.

»Nein, aber bald muss ich wieder grausame Dinge tun.« Er erinnerte sich an Hans Müllner, den er im Herbst mit dem Rad hatte richten müssen, an die Schreie, den gequälten Gesichtsausdruck. Doch was der Mistkerl seiner schwangeren Schwester angetan hatte! Allein der Gedanke daran hatte ihm die Kraft gegeben, seine Arbeit zu verrichten.

»Ich bring dich jetzt ins Bett. Bist ganz blass«, sagte Maria.

Frantz erhob sich schwankend. »Aber dann musst du dich zu mir legen, sonst träum ich schauderhaftes Zeug.«

Kathi verabschiedete sich hastig, und Frantz musste grinsen.

»Was?«, fragte Maria.

»Die Kleine hat mich mit ihrer Schamhaftigkeit auf eine Idee gebracht, Weib.«

»Hmm«, Maria legte den Kopf schief und stemmte die Hände in die Hüften. »Und was soll das für eine Idee sein?«

Er zog sie an sich. »Zeig ich dir, wenn du mich ins Bett bringst.«

»Dann komm ich nicht mit.«

»Gut, dann schlaf ich hier auf dem Boden.« Er tat, als wollte er sich sinken lassen.

»Damit ich dauernd über dich stolpere? Nichts da.« Sie zog ihn durch sein Behandlungszimmer, in dem der Gestank des vermaledeiten Bilsenkrauts alle anderen Gerüche überlagerte. Maria hatte seine Ernte bereits zum Trocknen aufgehängt. Der Weg erschien ihm endlos, erst die Küche, dann endlich das Schlafgemach. Beim Bett angelangt schubste sie ihn auf die Schlafmatte und blieb in sicherem Abstand stehen. Frantz lächelte sie an und schlug sanft auf den Platz neben sich.

Sie schüttelte den Kopf, und Franz wurde schwindlig davon. »Ich hab zu tun, und Vitus wacht bestimmt auch bald wieder auf.«

»Ja, du hast zu tun«, sagte er so ernst, wie es ihm möglich war. »Musst mir bei einem medizinischen Experiment helfen und dabei auch noch zur Aufklärung eines Mordes beitragen.«

»Ach?« Zwar klang da Spott in ihrer Stimme mit, doch ihr halb offener Mund und die hochgezogenen Augenbrauen verrieten ihre Neugier. »Wie denn?«

Noch einmal patschte er neben sich. »Ich muss herausfinden, ob der Hertl tatsächlich mit Bilsenkraut im Leib noch seinen Mann hat stehen können.«

Schmunzelnd trat sie ans Bett. »So, so, das ist natürlich wichtig.« Dann blickte sie über die Schulter. »Ich sollte allerdings dringend waschen.«

Frantz packte ihr Handgelenk und zog sie zu sich. Lachend ließ sich Maria auf ihn fallen. »Sechs Wochen sind seit Vitus' Geburt vergangen. Hast du ein Glück.«

»Viel länger hätte ich auch nicht mehr warten können«, keuchte er.

Diebsgesindel

Max saß auf dem trockenen Laub recht gemütlich; Müdigkeit und Langeweile ließen seine Lider schwer werden. Im Zwielicht meinte er schon, die Bäume bewegten sich, dabei war es nur das Spiel aus gelegentlich durch die dichten Kronen fallenden Lichts und Schatten, das ihn narrte. Er drückte seinen Rücken gegen den knorrigen Stamm einer Hainbuche, und der Schmerz belebte ihn ein wenig. Auch wenn er die Diebe selbst fangen wollte, sehnte er die von Muffel versprochene Ablösung herbei. Zum Glück brachte die Dämmerung Kühle mit sich, sodass ihm die Augen nie lange zufielen.

Was war das? Ein Rascheln! Tier oder Mensch? Er erhob sich geräuschlos und spitzte die Ohren. Ja, Schritte und leise Stimmen, noch fern. Er wandte den Kopf lauschend hierhin und dorthin. Sie kamen von links, wohl eher aus Richtung Feucht, wenn er nicht völlig die Orientierung verloren hatte. Ein Ast knackte vernehmlich unter seinem Fuß, und er verfluchte die hereinbrechende Nacht, die ihn die Gefahr hatte übersehen lassen. Er tastete sich nun behutsamer auf die Lichtung zu und spähte dabei immer wieder in alle Richtungen.

Plötzlich wurden die dunkleren Schatten dreier Gestalten zwischen den Bäumen sichtbar. Sie gingen nur etwa vier Klafter entfernt an ihm vorbei. Max stand still, hielt den Atem an. Jetzt wurde es ernst. Sie hielten tatsächlich auf die Hütte zu. In einigem Abstand schlich er hinter ihnen her. Da ließ ihn ein Geräusch zu seiner Linken zusammenzucken. Er verharrte bewegungslos. Hoffentlich einer der Stadtknechte, nicht ein vierter Räuber, von dem bisher nichts berichtet worden war. Als niemand schreiend auf ihn sprang, atmete er auf.

»Dann nehmen wir uns heute Nacht den Hof kurz hinter den Fischweihern vor?«

Die Stimme vor ihm dröhnte so laut in der Stille, dass Max fast das Herz stehen blieb.

»Ja, hat doch gut ausgeschaut, schön einsam. Wenn die Leut schreien, kriegt keiner was mit. Eine hübsche Bäuerin gibt's auch.«

Die Drecksäcke lachten aus vollem Hals, und Max wagte, schneller zu gehen.

»Was war das?«, rief da einer, und sie verstummten.

Max erstarrte und hielt wieder den Atem an. Sein Herz schlug ihm bis in den Hals. In einiger Entfernung meinte er, auf der anderen Seite des Pfads eine Bewegung zwischen den Bäumen auszumachen. Jetzt verhielt die Gestalt. Das musste einer seiner Kollegen sein. Gleich fühlte Max sich viel sicherer. Wenn die Kerle nur nicht merkten, dass sie langsam umzingelt wurden!

»Da ist nichts.«

Bald setzte das Geräusch ihrer Schritte erneut ein. Jetzt tappten sie schweigend voran. Max setzte sich so leise wie möglich in Bewegung, und der Schatten zu seiner Linken tat es ihm nach. Hoffentlich ging alles so, wie sie es geplant hatten: Sie wollten die Diebe vor der Hütte stellen. Das Gesindel sollte gar nicht erst hinein, sonst könnten sie sich verschanzen. In dem engen Raum wären die Schwerter der Stadtknechte nutzlos. Einfach niederstechen durften sie die Halunken schließlich nicht, mussten sie möglichst unversehrt nach Nürnberg bringen, damit ihre Schuld bewiesen werden konnte. Wenn ihnen nur keiner entkam! Sein Herzschlag klang immer noch viel zu laut in seinen Ohren, übertönte fast das leise schabende Geräusch, als er die Klinge zog. Hoffentlich hatten seine Kameraden alle mitbekommen, dass die drei im Anmarsch waren. Er sah sich schon allein voranstürmen. Wie die Hasen würden die Halunken davonspringen, kannten sich bestimmt hier aus und waren es gewohnt, sich im Halbdunkel des Waldes zurechtzufinden.

Er schaute nach links, wo der Schatten ebenfalls vorrückte, und jetzt konnte er die Gestalt besser ausmachen. Ein Mann, mehr ließ sich nicht sagen. Wirklich erkennen konnte er nicht einmal die Stadtknechtstracht, nur erahnen. Hoffentlich blieben sie unentdeckt, bis die Kerle auf die Lichtung traten.

Ein dreckiges Lachen ertönte, das in einen prahlerischen Ausspruch mündete: »Die erwischen uns nie!«

»Musst nicht so rumschreien, Adam. Irgendwann endest noch am Galgen.«

»Wie denn? Um meinen Kopf durch die Schlinge zu stecken, müssen die Nürnberger mich erst mal kriegen.«

Max konnte jetzt die Hütte ausmachen und warf einen Blick gen Himmel, dessen leuchtende Orangetöne vom Sonnenuntergang zeugten. Vielleicht noch eine halbe Stunde, dann würde nur noch der Mond diffuses Licht durch die spärlichen Wolken senden. Sie mussten die Kerle vorher überwältigen, sonst könnten sie Freund und Feind nicht mehr unterscheiden. Er hob das Schwert an. Gleich würde er keine Deckung mehr haben. Die drei Lumpen überquerten bereits die kleine Freifläche vor dem Verschlag und waren gut zu erkennen: zwei Kleinere und ein etwas Größerer. Worauf warteten die anderen? Sie sollten doch – Da betrat der Lange auch schon die Hütte. Max unterdrückte ein Stöhnen. Genau das hatten sie vermeiden wollen!

In dem Moment schlug die Tür hinter dem Spitzbuben zu, und eine Klinge blitzte vor den Nasen der anderen beiden auf. »Halt! Ihr seid verhaftet.« Eindeutig die Stimme von Michel Hasenbart, der sich direkt neben der Tür versteckt haben musste. Sein Rücken versperrte dem Langen den Ausgang.

Die Räuber zogen blitzschnell ihre Dolche. Bevor sie sich auf seinen Freund stürzen konnten, brüllte Max: »Ihr seid umstellt. Zehn Stadtknechte gegen euch drei Lumpen. Gebt auf!«

Als hätten sie nur darauf gewartet, stürmten seine Kameraden aus dem Unterholz auf sie los. Ein Handgemenge brach aus. Max rannte auf das unförmige Knäuel verkeilter Leiber zu. Wer rang da mit wem? Weitere Stimmen geboten Einhalt. Michel war mit einem der Diebe zu Boden gegangen und hatte damit die Tür zum Verschlag freigegeben. Ein weiterer Stadtknecht warf sich auf die beiden Raufenden, während drei von Maxens Kameraden mit dem anderen Halunken beschäftigt waren. Das Kampfgeschehen verlagerte sich immer mehr von der Hütte weg. Als die Tür behutsam aufgeschoben wurde und der dritte Räuber vorsichtig aus dem Verschlag trat, sprang Max hinzu und hielt ihm die Klinge an die Kehle. »Ganz ruhig, Bursche. Du bist verhaftet.«

Der Lange starrte ihn einen Moment lang an, dachte aber gar nicht ans Aufgeben. Max nahm gerade noch eine schattenhafte Bewegung vor sich wahr und wich zurück. Trotzdem lähmte glühender Schmerz seinen rechten Arm und zog bis in die Schulter hoch. Er schrie auf, ließ das Schwert fallen und ging in die Knie. Der Strolch musste ihn mit einem Messer geschlitzt haben. Was war er auch in die Reichweite seines Arms gekommen, wenn er ihn mit dem Schwert hätte auf Abstand halten können, bis ihm jemand half. »Da haut einer ab!«, rief er.

Der Lange rannte wie ein Hase und war schon bald ins Unterholz eingetaucht. Verflucht, das durfte doch nicht wahr sein, immerhin waren sie sechs gegen drei! Dabei hätte er nur zustoßen müssen, statt auszuweichen, dann läge der Schuft jetzt in seinem Blut. Im Krieg wäre Max vermutlich unter den ersten Gefallenen. Er fasste sich an den Arm und fühlte warme Feuchtigkeit. Wenigstens war der Arm noch dran – hoffentlich blieb das auch so. Gab genug Krieger, deren Wunden brandig wurden ... Er schluckte und hob mit der Linken das Schwert auf, dessen Griff ihm allerdings aus der glitschigen Hand rutschte.

*

Lienhardt hatte das Angebot des Bauern, die Nacht unter seinem Dach zu verbringen, nur zu gern angenommen. Hätte er nur keine so großen Töne gespuckt, er könne auch arbeiten! Nun tat sein Rücken weh vom Saubohnen Setzen und Heumachen. Mit welcher Leichtigkeit der Bauer dagegen die Sense geschwungen hatte!

Trotz schmerzender Glieder lag er zufrieden in der Küche auf dem Strohsack und dachte an die schöne Gretel, mit den feisten roten Wangen, den strammen Wadeln und dem glänzenden schwarzen Haar, dessen Löckchen sich vereinzelt aus der Haube befreiten. Er stöhnte wohlig. Ob er jemals ein Weib zum Heiraten fand, und wenn ja, würde die ihm dann Hörner aufsetzen? Könnte er ihr treu sein? Er musste an Anna denken. Eine verheiratete Frau, die genau wusste, was sie wollte, und es sich nahm. Seine trüben Erinnerungen an sie und die gemeinsam verbrachte Nacht wurden einfach nicht klarer. Konnte es sein, dass er die Anna in seinem Wahn umgebracht hatte? Lienhardt wollte es nicht glauben, hatte doch noch nie einer Frau etwas zuleide getan.

Er dachte an seine Mutter, die immer lieb zu ihrer Kinderschar gewesen war. Von den sieben Geschwistern hatten drei Mädel und er als einziger Junge überlebt, und dann war sie selbst im Kindbett gestorben. Sein Vater, der alte Grantler, hatte so eine Frau gar nicht verdient. Jedes liebe Wort musste sie aus ihm herauskitzeln, aber das konnte sie gut. Nach ihrem Tod gab es zu Hause nicht mehr viel Freude. Er musste dem Vater in der Hammermühle helfen, seine Schwestern dagegen wurden so schnell wie möglich verheiratet, ob sie nun wollten oder nicht. Aber fast jeder Bräutigam war besser, als mit dem Alten weiter unter einem Dach zusammenzuleben. Als auch seine jüngste Schwester langsam zur Frau wurde, warf der Vater ihr immer öfter lüsterne Blicke zu. Sie war am meisten nach der Mutter geraten, sah ihr nicht nur sehr ähnlich, sondern war auch genauso fröhlich. Lienhardt wurde immer unbehaglicher, wenn er die beiden zusammen sah. Und als ihm Klara erzählte, dass der Vater sie im Suff berührt hatte, wo es nur ihr Ehemann tun dürfte – na ja, oder ein Geliebter –, da wurde es Lienhardt zu gefährlich.

Am nächsten Abend überredete er den Alten, mit ihm in die Stadt zu gehen. Er brachte ihn ins Badehaus, wo sich die Huren um ihn kümmerten. Der Alte musste aus dem Weg. Dann lief er mit seiner

Schwester fort zu Tante und Onkel in Rothenburg. Sie nahmen die Klara gern auf, nur ihn konnten sie natürlich nicht auch noch durchfüttern, also zog er weiter. Lienhardt lernte Diebe und Betrüger kennen, die ihn unter ihre Fittiche nahmen, und schließlich landete er auf der Galeere. Eine schlimme Zeit war das gewesen, aber dann befreite er sich mühsam aus dem Sumpf, wurde rechtschaffen und bekam die schöne Stellung als Schütze in Nürnberg. Und dann hatte Evas falsche Bezichtigung alles zunichte gemacht! Vermaledeites Weib. Und nicht einmal ihr könnte er etwas tun, obwohl er ihretwegen aus der Stadt ausgestrichen worden war.

Das erinnerte ihn wieder daran, was der Bauer über die Diebesbande erzählt hatte. Hoffentlich hatten Max und die anderen das schändliche Gelichter inzwischen festgesetzt. Notzucht war für Lienhardt das abscheulichste aller Verbrechen. Wie konnte es einem Mann gefallen, eine Frau zu zwingen? Wenn ihn kein Weib wollte, nahm Lienhardt die Nudel lieber selbst in die Hand und stellte sich eine wunderbare Geliebte vor, die sich nach ihm verzehrte. Er lächelte, und schon schwoll er an. Aber mit der Gretel im Haus genierte er sich. Da müsste sie schon bei ihm liegen und mitmachen. Ob der Bauer überhaupt wusste, was für ein Glück er hatte? Einen Hof, eine Frau, Schweine, Kühe, Hühner, Felder. Für Essen war gesorgt und für ein warmes Bett auch. Was wollte ein Mann mehr?

*

Max wischte sich die blutige Hand an der Hose ab, packte das Schwert und kämpfte sich auf die Beine. Immer finsterer wurde der Wald, doch auf die Lichtung fiel etwas Mondlicht. In dessen Schein sah er einen Dolch aufblitzen, geschwungen von einem der Schurken. Dessen Gegner brach in den Bauch getroffen zusammen und stieß schrille Schreie aus, die schnell zu einem Röcheln erstarben. Mit großen Sprüngen wollte der Lump sich davonmachen, doch Max stellte ihm ein Bein, dass er mit dem Gesicht voran in den Dreck fiel. Wilde Mordlust wallte in Max auf. Tot, er wollte das Schwein tot sehen! Mühsam beherrschte er sich und drückte dem Mistkerl die Schwertspitze in den Rücken. »Wenn du dich rührst, bist du erledigt.« Lauter rief er: »Einer ist außer Gefecht!« Aufblickend sah er zwei dunkle Gestalten am Boden, beides Stadtknechte. Den zweiten Dieb fesselte gerade der Reuter – Max erkannte seinen markanten Zinken im Profil. »Den Langen haben wir nicht erwischt?«, rief er ihm zu.

»Der Michel ist ihm in den Wald nachgelaufen.«

»Hoffentlich erwischt der ihn! Kannst du den hier ebenfalls binden? Meinen rechten Arm hat's getroffen.«

Reuter kam gelaufen und fesselte dem Burschen die Hände auf den Rücken. Max kniete sich neben den ersten Verwundeten. »Erdinger, halt durch! Wir bringen dich zu einem Wundarzt.« Er riss einen Fetzen Stoff aus dem Futter der Pluderhose des Verletzten und drückte ihn auf die Bauchwunde.

Erdinger stöhnte auf. Wo blieb eigentlich die Ablösung, die ihnen Muffel versprochen hatte? Bestimmt war sich der Hauptmann zu fein, nach dem Abendmahl noch einmal vor die Tür zu gehen und sie hierher zu führen, und so fanden sie den Weg nicht.

Doch halt, näherten sich da nicht Pferde? Wortlos leistete er Muffel Abbitte und reckte den Hals. Ja, das Geräusch kam eindeutig aus Richtung Nürnberg. »Hierher!«, rief er. »Hilfe! Hier sind wir!« Lädiert, wie sie waren, konnten sie kaum Verwundete und Gefangene zugleich in die Stadt schaffen.

Der gemächliche Hufschlag wurde lauter. Gott sei Dank, die Ablösung kam. Max führte eine von Erdingers Händen zu dessen Wunde. »Drück auf den Stoff, damit du uns nicht verblutest.« Um den anderen reglos Daliegenden kümmerte sich inzwischen Kuffner, der dritte seiner Kameraden, neben ihm und Reuter, der noch stehen konnte. Hoffentlich war Michel nichts passiert. »Wie sieht's aus?«, erkundigte er sich beklommen.

»Tot. Gerade hat er noch geatmet ...«

»Wer ist es?«, fragte er.

»Der Fetschner.«

»Mist.« Ein junger Kerl, der erst seit ein paar Wochen dabei war. Wenigstens klangen jetzt die Hufschläge schon ganz nah. Wieder rief er, um seinen Kameraden die Richtung zu weisen. »Hierher!« Wo der Weg in den Wald führte, konnte er dunkel die Umrisse von Pferden ausmachen. Moment mal, die waren ja reiterlos! Zwei Gestalten schritten neben den Tieren her, die eine hielt die Zügel und blieb stehen, die andere winkte und rief: »Wir kommen!«

Das waren keine Stadtknechte. Max machte sieben Pferde aus. Das mussten ihre sein! »He, was macht ihr mit unseren Gäulen?«, rief er.

In diesem Moment schwang sich einer der Strolche in den Sattel des vordersten Pferdes und preschte los; die anderen Tiere waren mit den Zügeln eins ans andere gebunden und folgten. Wo der Weg wieder in den Wald bog, musste der verfluchte Dieb seine Geschwindigkeit drosseln. Kuffner setzte ihm nach, erreichte schon fast das letzte Pferd, als sie alle miteinander aus seiner Sicht verschwanden. Den Geräuschen nach verfielen die Rösser wieder in langsamen Galopp. Der Spießgeselle des Rossdiebs stand reglos da und starrte seinem Kumpel hinterher. Das Diebsgesindel allerdings feuerte den Flüchtigen an.

Max rief: »Nehmt den da fest, dann finden wir schon raus, wer die Pferde gestohlen hat.«

»Mach's selber«, rief Reuter. »Uns gehen die Leut aus.«

Max sah sich um. Natürlich, Reuter bewachte ihre anderen Gefangenen, Michel und Kuffner rannten den Flüchtigen nach, und der Rest lag verwundet oder tot am Boden. Wenigstens blieb dieser Lump stehen. Max bezweifelte, dass er ihm hätte nachsetzen können. Langsam ging er auf den Mann zu und richtete unbeholfen mit der Linken das Schwert auf ihn. »Los, zu den anderen.« Er trieb ihn zu Reuter, der den Neuen ebenfalls fesselte, während Max die anderen mit dem Schwert bedrohte. Dann riss er den aufgeschlitzten Ärmel seines Hemdes ab und wandte sich seinem letzten Mitstreiter zu. »Verbind mir den Arm.«

»Freilich. Die Rösser sind wir wahrscheinlich los. Der Kuffner holt sie bestimmt nicht mehr ein. Hoffentlich bringt Michel den dritten Dieb mit.«

»Ja.« Hoffentlich kam der überhaupt zurück. Diese Burschen fackelten nicht lange. Er blickte zum toten Fetschner, dann keuchte er, als Reuter den Stoff um seinen Arm festknotete. Am besten ließ er die Wunde von Meister Frantz versorgen, der bis zu ihrer Rückkehr – wann das wohl sein würde ohne Pferde und ohne Ablösung? – wieder klar im Kopf sein sollte. »Danke.« Er wandte sich an den zurückgebliebenen Rossdieb. »Wie heißt du? Wer ist der andere Kerl, und was hat er mit den Gäulen vor?«

Der Mann zog den Kopf zwischen die Schultern. »Der Wolf Utschenreuter bin ich. Hab den andern heute erst kennengelernt. Jackl heißt er. Wir sind gemeinsam von Lauf hergekommen, wollten grad unser Nachtlager aufschlagen, weil der Jackl von der Hütte da gewusst hat.« Er nickte zu dem dunklen Verschlag hinüber. »Am Morgen wollt er weiter nach Fürth und ich nach Schwabach. Hätten wir bloß nicht die blöden Pferde gehört!«

Max lachte höhnisch. »Da habt ihr euch gedacht: Wie gelegen, da kommen wir schneller voran und haben reiche Beute gemacht.«

Wolf schüttelte den Kopf. »Wir haben doch gleich gesehen, dass die Rösser dem Nürnberger Kriegsamt gehören. So dämlich bin ich nicht.«

»Dein Kumpel schon. Wie heißt er?«

»Jackl, also Jakob, hab ich doch schon gesagt.«

Mühsam beherrschte Max seine Ungeduld. »Und weiter?«

»Mehr weiß ich nicht, aber er hat versprochen, die Rösser unterwegs in Stein abzugeben.«

Der Kerl log doch! Um ihm die Zunge zu lösen, sagte er: »Mitgefangen mitgehangen.«

»Nein, bitte. Wir haben die Rufe gehört, und da wollt ich nachschauen, wie ich helfen kann. Ich schwör's. Der Jackl ist brav mit, bis zur Wiesen … bis er gesehen hat, wer ihr seid.«

»Da ist er mit den Gäulen auf und davon, obwohl hier die Leut verrecken, wenn sie nicht bald versorgt werden. Schönen Freund hast dir da angelacht!« Er blickte zu Erdinger und mahlte mit den Zähnen.

»Da, der Hasenbart!«, rief Reuter.

Max drehte sich um und sah seinen Freund den dritten Delinquenten auf die kleine Rodung stoßen. »Hab den Schurken.«

Sie jubelten ihm zu, doch in Maxens wilde Genugtuung mischte sich alsbald Sorge. Einer mehr, den sie nach Nürnberg schaffen mussten, und zwar möglichst schnell, bevor der Erdinger ihnen abkratzte. Den mussten sie zu zweit tragen. Solange der Kuffner diesem Jackl nachsetzte, blieb nur einer von ihnen, um auf die vier Lumpen aufzupassen – und zwar er selbst. Mit seinem verletzten Arm konnte er niemanden schleppen, und ein ernst zu nehmender Gegner für vier entschlossene Galgenstricke war er so auch nicht! Außer ... »Sperrt das Gesindel in die Hütte, den hier auch, dann kann ich die Tür bewachen. Als Nächstes brauchen wir eine Trage«, rief er und lief zum Erdinger hinüber. Noch atmete er. »Schaut nach, ob's in der Hütte Bretter gibt.«

»Da ist nix drin«, rief Michel kurz darauf, »aber der Verschlag besteht ja aus Brettern.«

Erleichtert musste Max lachen. Daran, die zu zerlegen, hatte er gar nicht gedacht. »Am besten hebt ihr die Tür aus den Angeln, die schaut am stabilsten aus.« Als provisorisches Gefängnis taugte die Hütte dann jedoch nicht mehr. »Binden wir halt die Lumpen an aneinander, dann können's uns nicht so leicht auskommen.«

»Ui, das Gesindel hat Schmalz!«, rief Michel.

»Wunderbar!« Reuter klaubte am Waldrand ein paar trockene Äste zusammen, die mit fettgetränktem Sackleinen umwickelt passable Fackeln abgaben. In deren Licht machten er und Michel sich an der Tür zu schaffen.

Bald kam Michel mit der improvisierten Trage und legte sie neben den Erdinger. Max hielt eine der Fackeln, so blieb Michels Blick an seinem Arm hängen. »Mensch, du bist ja auch verletzt.«

»Ja, ist aber nicht so schlimm, muss halt wer anders tragen.«

»Genau, reit du mal lieber zurück«, sagte der Hasenbart.

Max schnaubte verächtlich. »Ach, das weißt du ja noch nicht. Die Gäule hat uns einer gestohlen. Blöde Idee, sie hier zu lassen! Ich wollte, dass Muffel sie mitnimmt, aber der hatte keine Lust, sieben Pferde durch den Wald zu zerren.«

»So ein Scheißdreck. Und wer ist der vierte Gefangene?«

»War mit dem Rossdieb unterwegs.«

»Oh-ha, dann wird er uns schon verraten, wo die Missgeburt ist.«

Max brummte Zustimmung. In diesem Moment glaubte er, erneut Hufe zu vernehmen. »Hörst du das auch? Vielleicht kommt jetzt unsere Ablösung.«

»Wäre ja mal wieder typisch, wo wir schon die ganze Arbeit gemacht haben.«

»Oder der Kuffner hat den Rossdieb doch noch erwischt. Aber den Erdinger können wir sowieso nicht zu Pferd transportieren, oder?«, fragte Max.

Michel ging neben dem Verletzten in die Hocke und legte eine Hand an dessen Hals. »Schwacher Herzschlag, aber recht schnell. Weiß nicht recht. Glaub nicht, dass er das überleben würde.« Er erhob sich. »Dich sollten wir aufsitzen lassen, damit dein Arm schneller versorgt wird.«

Ein verlockender Gedanke, jedoch … »Wenn's die Ablösung ist, können die dem verfluchten Rossdieb nachsetzen. Zu Fuß hat das eh keinen Sinn. Kuffner hat sich wahrscheinlich im Wald verlaufen.«

Michel nickte. »Schon, aber zwei Gäule sollen sie uns dalassen. Auf einen setzt du dich drauf. Den toten Fetschner legen wir auf das andere. Den müssen wir schließlich auch heimbringen. Das Tier musst du dann führen.«

»Gute Idee, dann bin ich nicht ganz so nutzlos.« Max hatte das Gefühl, ziemlich viel Blut verloren zu haben. Jetzt, wo die Aufregung nachließ, wurde ihm schwindlig.

»Hast dich gut gemacht heute«, lobte Michel. »Dabei hab ich mich noch geärgert, dass der Hauptmann dir das Kommando überlassen hat, obwohl ich schon viel länger dabei bin.«

Reuter hatte unterdes die vier Strauchdiebe gut verschnürt und zündete eine frische Fackel an. Feuerschein fiel auf Michels grinsendes Gesicht. »Es werde Licht, wie der Pastor sagen würde. Vielleicht wäre ich dem dritten Dieb gar nicht nachgelaufen, wenn ich nicht euch allen hätte beweisen wollen, was ich für ein tapferer Kerl bin.«

Max lachte. »Das hast du geschafft. Wer weiß, vielleicht hat mich der Muffel deswegen ernannt. Nur um dich anzuspornen.«

»Hältst du den für so gescheit?«

»Eigentlich nicht, aber wer weiß.« Max sah sich um. Reuter entzündete immer mehr Fackeln; der Hufschlag wurde allmählich lauter. »Ich geh mal lieber der Ablösung entgegen.«

Michel hielt ihn zurück. »Du hockst dich hin, nicht dass du uns noch umfällst.« Dann stieß er einen Ruf aus: »Stadtknechte. Hierher!«

Verdutzt kam Reuter angetrabt. »Was ist?«

»Dich mein ich gar nicht, sondern unsere Ablösung.«

»Wird auch Zeit«, brummte Reuter.

Max ließ sich erleichtert zu Boden sinken. Sie hatten es geschafft! Die Diebe waren in Gewahrsam, und es war Muffels Schuld, dass die Ablösung zu spät kam und ihnen die Rösser gestohlen worden waren. Er dagegen hatte sich bewährt, ein schönes Gefühl. Vielleicht bekam er sogar eine kleine Sonderzahlung wegen seiner Verletzung. Da fiel ihm Fetschner ein, der nicht so viel Glück gehabt hatte, mit einer Fleischwunde davonzukommen.

Reuter zerrte einen Sack aus der Hütte bis vor Maxens Füße. »Schau dir mal an, was die Burschen zusammengestohlen haben.«

Neugierig öffnete Max den Beutel und wühlte darin herum. Abgetragene Kleidung, ein hölzerner Kerzenständer, eine Kerze aus echtem Bienenwachs, die war wenigstens wertvoll. In einem Holzkästchen fand sich eine Kette mit einem Kruzifix daran. Vielleicht war das sogar aus Silber, aber reiche Beute machten die Halunken anscheinend nicht.

Immer wieder ertönten Michels Schreie, die den heranreitenden

Stadtknechten die Richtung wiesen.

In diesem Moment keuchte Kuffner heran. »So ein Scheißdreck! Fort ist er. Aber gut, dass ihr so ein Geschrei gemacht habt, sonst hätt ich euch vielleicht nicht mehr gefunden.«

Als endlich die Reiter herankamen, sah Max zu seiner Überraschung, dass Muffel ihnen den Weg wies. Mit neuer Achtung vor dem Mann erhob er sich.

»Ihr seid spät dran«, sagte Michel. »Die Diebe sind dingfest gemacht, aber wir haben zwei Verwundete und einen Toten.«

Muffels Miene war schwer zu deuten.

»Bravo! Sehr gute Arbeit. Dann holt Eure Pferde.«

Keine Nachfrage, wer sein Leben im Dienst der Stadt hatte lassen müssen. Enttäuscht sagte Max: »Die wurden uns gestohlen. Ihr wolltet sie ja nicht mitnehmen.«

Im Fackelschein war dem Muffel kaum anzusehen, ob er sich über Max ärgerte oder über sich selbst, doch die Grimasse zeugte von Unwillen. »Wieso habt Ihr die Strolche nicht aufgehalten?«

»Weil wir einige Verluste hatten und mit den Dieben beschäftigt waren«, antwortete Michel in mühsam beherrschtem Ton. »Wieso lasst Ihr uns nicht zwei Pferde da und verfolgt den Kerl mit den Gäulen? Lange ist es noch nicht her.«

Einer der Stadtknechte stieg ab, ohne auf Muffels Befehl zu warten, und brachte Michel sein Pferd. »Ich helfe euch, die Verwundeten zurückzutragen.«

Ein Kamerad folgte seinem Beispiel, Muffel einen verächtlichen Blick zuwerfend. »Ist das etwa der Fetschner? Scheiße!«

Max nickte und schluckte den Kloß im Hals hinunter. »Ist nur einer, der getragen werden muss«, sagte er und wies auf seinen Arm. »Mich hat's nur hier erwischt.«

Muffel nickte. »Gut. Wohin ist der Pferdedieb geflüchtet?«

Max deutete in die ungefähre Richtung. »Weiter dem Pfad nach.« Ganz sicher war er sich nicht, doch Kuffner nickte ihm zu. Da ritt der Hauptmann mit seinen vier verbliebenen Männern los. Max stieg mühsam aufs Pferd. Gar nicht so einfach mit dem lahmen Arm. Seine Kameraden brachten Fetschner und hoben ihn über den Rücken des zweiten Rosses.

Geständnisse und Erkenntnisse

Freitag, 5. Mai 1581

Frantz war in dieser Nacht öfter aufgewacht als der kleine Vitus, aber wenigstens hatte die Wirkung des Bilsenkrauts bald nach Einbruch der Dunkelheit aufgehört. Ein Glück, dass er sich übergeben hatte. Er mochte sich gar nicht vorstellen, wie Hertl beieinander gewesen sein musste. Allerdings wusste er nicht, wie viel ihm die Presiglin verabreicht hatte.

Als Vitus in seiner Kiste anfing, glucksende Laute auszustoßen, holte er ihn heraus und wiegte ihn in seinen Armen, trat mit ihm ans Fenster und öffnete einen Laden. Maria schlief noch tief und fest, obwohl sie gestern Nachmittag mit ihm ein Schläfchen gehalten hatte – unter anderem. Er musste beim Gedanken an seinen wissenschaftlichen ›Versuch‹ grinsen. Maria hatte sich wie eine Pflegerin im Spital benommen, die jede seiner Reaktionen genau beobachtete. Allerdings hatte sich das Kraut kaum auf seine Lust ausgewirkt, weder hemmend noch enthemmend. Ob das beim Hertl und der Presiglin anders gewesen war? Auch Alkohol wirkte sehr unterschiedlich auf die Leute, manche wurden still, andere lustig und einige rauflustig. Hatte Hertl im Rausch die Frau erschlagen, weil er glaubte, sie wäre ein Lindwurm? Der hatte ja nicht gewusst, was mit ihm los war, im Gegensatz zu Frantz. Dieser Käfer! Er hätte beinah seinen Augen getraut, als das Insekt größer und größer zu werden schien. Wäre er ahnungslos gewesen, hätte er vielleicht wie ein Blöder auf seinen Fuß eingedroschen.

Der Türmer von Sankt Sebald schlug eine Stunde in den Tag hinein. Frantz streichelte das flaumige Köpfchen seines Sohnes.

Vitus begann zu weinen, also brachte er ihn zu Maria, die auch schon die Augen aufschlug. Er setzte sich aufs Bett, legte ihr das Kindlein an die Brust und streichelte ihr übers Haar.

»Frantz, geht's dir wieder gut?«, erkundigte sie sich halb besorgt, halb belustigt.

»Ja, der Spuk ist vorbei.« Wenigstens hatte niemand außer ihr, Augustin und den Leinfelders etwas von seinem Zustand mitbekommen. Da erinnerte er sich an die Begegnung mit Wenzel Jamnitzer. Himmel, wenn der ehrbare Goldschmied von Kaisern und Königen – nebenbei Mitglied des Stadtrats – ihn so gesehen hätte! Nicht auszudenken …

Maria sah ihn nachdenklich an. »Soll ich den Rest des Bilsenkrauts nicht besser verbrennen?«Er nickte. »Tu das bloß nicht in der Wohnung, sonst bekommt ihr beide einen ordentlichen Rausch.«

Sie lachte und rückte Vitus zurecht, der sich davon nicht beim Trinken stören ließ. »Gut, dass du's sagst. So wie du gestern will ich mich nicht fühlen. Und Vitus soll's noch weniger so ergehen.«

»Mir hat das auch gereicht, aber vielleicht kann ich's doch noch mal als Schmerzmittel brauchen. In sehr geringen Dosen.«

»Wie geht's deinem Zahn?«

»Pocht etwas, aber nicht schlimm.«

»Gut, vielleicht musst du ihn doch nicht ziehen lassen.«

Loswerden wollte er den Zahn nicht unbedingt, aber die Schmerzen waren kein Vergnügen gewesen. »Ich stell unser Frühstück auf den Tisch.«

»Du, ich glaube, da klopft jemand.«

Frantz stand auf und durchquerte im Nachthemd die Wohnung. Bis zur Eingangstür im Henkerturm war es ein Stück zu gehen. Schon im angrenzenden Raum hörte er das Klopfen auch und ging schneller. »Ich komme.« Ob er ins Loch gerufen wurde um diese frühe Stunde? Nein, vor der Tür stand Kathi, die gar nicht glücklich aussah.

»Ist was mit Max?«, fragte er sofort.

»Sein Arm ist verletzt, und der sture Kerl will nicht zum Bader.«

»Was für eine Verletzung?«

»Ein Schnitt von einem Dolch am Oberarm.«

»Gut.« Frantz lief in sein Behandlungszimmer und packte einiges zusammen. »Ich muss weg, Maria. Ein Kranker.«

Ihre Antwort konnte er nicht verstehen. Seit sie Mutter war, vermied sie es zu schreien, um Vitus nicht zu erschrecken. Bestimmt wollte sie wissen, wer ihn rief, doch es war besser, wenn sie es nicht erfuhr, dann brauchte sie sich keine Sorgen zu machen. Halt, er musste sich noch anziehen. »Sollte nicht lange dauern«, sagte er zurück im Schlafzimmer und schlüpfte ins Gewand.

»Wer ist es denn?«

Nun musste er doch mit der Sprache herausrücken. »Max hat letzte Nacht einen Kratzer am Arm abgekriegt. Ist nicht schlimm.«

»Gib ihm nur kein Bilsenkraut.«

Lachend drückte er ihr einen Kuss auf den Mund und eilte zurück zu Kathi. Noch eben in die Kuhmaulschuhe geschlüpft, dann trat er gefolgt von ihr in den Turm. »Ist Max jetzt erst zurückgekommen?«, fragte er, während sie die Treppe hinunterstiegen.

»In der Nacht, aber er wollte nicht, dass ich Euch wecke, weil …«

»Weil?« Sie traten ins Freie.

»Na ja, weil es Euch gestern nicht gut ging.«

Er schmunzelte. »Das stimmt natürlich. Ich hätte mir auch zweimal überlegt, ob ich einen irren Heiler hole.«

Kathi lachte. »Ihr wart schon noch bei Sinnen.«

»Freut mich zu hören.«

Sie eilten über die Brücke unter Augustins Wohnung und hasteten weiter zum Turm in der inneren Stadtmauer, in dem das junge Paar hauste.

Kathi lief nun voraus und öffnete ihm auch gleich die Tür. Im Erdgeschoss hielt jemand Schweine, an denen sie sich vorbeidrücken mussten. Eins entwischte durch die Tür. »Die Sau kommt von allein wieder«, sagte Kathi nur, als er sich nach dem Vieh umschaute.

Beim Aufstieg zur obersten Wohnung blickte Frantz hinauf zu den Dachsparren des finsteren Treppenhauses, konnte aber keine der dort oben montierten Kanonen erkennen. Die hielten der Stadt jeden näher rückenden Feind mit Eisen und Schießpulver vom Leib. In der kleinen, aber behaglichen Wohnung sah er weder Max noch eine Tür zu einem weiteren Zimmer. Kathi zog einen Vorhang beiseite und gab so den

Blick auf den Invaliden frei. Der lag auf einem Bett, das den gesamten hinteren Teil der Behausung ausfüllte, und schlief. Frantz lächelte Kathi an. »Bist wohl absichtlich los, bevor er aufgewacht ist, damit er dich nicht zurückhält?«

Verhaltene Belustigung milderte die Sorge in ihrem Gesicht. »Hab mir gedacht, nach Tagesanbruch kann ich los.«

Da er nicht anders an den Verletzten herankam, zog Frantz die Schuhe aus und kletterte aufs Bett.

Max lächelte, doch sobald er die Augen aufschlug, schrie er entsetzt auf.

»Schon gut!«, rief Kathi. »Ich hab Meister Frantz geholt.«

Der Schreck wich aus Maxens Gesicht, aber er blickte weiterhin verwirrt drein. Vielleicht Fieber? Frantz legte eine Hand auf die Stirn. Feucht und warm, aber nicht ungewöhnlich heiß. Sanft berührte er mit zwei Fingern den Hals des Mannes. Das Herz raste. Grinsend fragte er: »Was hast du denn gedacht, was ich hier mache?«

Max schnaubte. »Wacht Ihr mal mit einem Henker im Bett auf!«

»Schon gut, ich nehm's nicht persönlich.« Er wickelte das blutige Tuch von Maxens Arm. »Gibt's heißes Wasser?«, fragte er in Kathis Richtung.

»Kommt sofort.« Sie brachte Schüssel und Lappen, und er reinigte erst einmal die Wunde, bevor er eine Tinktur aus Arnika, Beinwurz und Königskerzen auftrug.

Max stöhnte auf und keuchte. »Folterknecht.«

»Nichts da, Knecht! Ich bin der Meister, wie du weißt.« Und zu Kathi sagte er mit einem Augenzwinkern: »Wenn er mich beschimpft, sollte ich ihm vielleicht den Arm amputieren.«

Sie gluckste.

»Bloß nicht!«, rief der tapfere Stadtknecht.

»Keine Sorge, du hast ziemliches Glück gehabt, kein großes Blutgefäß verletzt, sonst wärst du heut gar nicht mehr aufgewacht.« Frantz holte die Nadel und Schweinesehne aus der Tasche. »Jetzt wird's noch mal ziemlich wehtun. Ich hätt da noch was vom Bilsenkraut übrig.«

»Bloß nicht!«, rief jetzt Kathi.

Als auch Max mit weit aufgerissenen Augen den Kopf schüttelte, musste Frantz lachen. »Ich war wohl gestern eine rechte Abschreckung. Erzähl mir von den Dieben. Haben sie geleugnet? Dann werde ich die nämlich auch bald verarzten müssen.«

»Wir haben sie gar nicht gefragt«, stieß Max zwischen zusammengebissenen Zähnen hervor. »Sollte aber genug Zeugen geben. Und sie haben – aaah! – darüber geredet, welchen Hof sie sich als Nächstes vornehmen wollten.«

»Gut, dann sollte ich wenig Arbeit mit ihnen haben.« Frantz machte den letzten Stich. »Gleich bin ich fertig. Warum bist du nicht sofort zu einem Wundarzt? Die Stadt hätte doch dafür bezahlen müssen.«

Kathi antwortete an seiner Stelle: »Weil wir sowieso mit Euch sprechen wollten. Jedenfalls war das Maxens Ausrede letzte Nacht.«

Frantz schmunzelte, während er ein sauberes Tuch um die Wunde wickelte. Sich einem bewaffneten Räuber stellen, aber Angst vor Nadelstichen haben, das war gar nicht so selten.

»Schaut nicht so, das hab ich ernst gemeint«, empörte sich Max.

»Also dann, was gibt's zu besprechen?« Frantz lehnte sich gegen die Wand neben dem Kopf seines Patienten.

Jetzt kroch auch Kathi aufs Bett. »Der Hertl hat Max erzählt, dass er die Eva Druckmüllerin auf dem Plärrer gesehen hat, weil sie auch nicht mehr in die Stadt darf. Das ist die Hure, die ihn beschuldigt hat.«

»Genau«, pflichtete Max ihr bei.

Seine Frau fügte noch hinzu: »Heute geh ich noch mal zum Geuder und sag ihm, wo er sie finden kann. Der lässt sie nämlich in allen möglichen Badehäusern suchen, und ich konnte ihm gestern nicht einmal ihren Namen sagen, aber den wird er hoffentlich inzwischen selbst herausgefunden haben.«

»Sehr gut, dann werden wir bald mehr darüber wissen, was der Hertl für einer ist. Auch wenn er die Diebe verraten hat, kann er trotzdem ein Haderlump sein und unter dem Einfluss von Bilsenkraut doch die Presiglin erschlagen haben.«

Max räusperte sich. »Den Hertl hab ich übrigens laufen lassen.«

»Oh, wieso das denn?« Überrascht beugte Frantz sich vor und musterte das Gesicht seines Patienten. »Hast du einen Schlag auf den Kopf bekommen?« Er betastete den Schädel. »Nein, keine Beule«, befand er, und trotzdem wirkte Max alles andere als schuldbewusst.

»Damit der Muffel ihn nicht noch mal ausstreichen lässt, nur weil er uns geholfen hat, die Diebe zu finden.«

»Das hätte er nicht einfach anordnen können.«

»Na ja, der Hertl ist mit mir in die Stadt zum Muffel gegangen, trotz Verbannung.«

»Ja, dann …« Dann hätte er ihn vielleicht auch laufen lassen, aber das musste er ja nicht unbedingt zugeben. »… ist die Aussage der Hure umso interessanter«, sagte er stattdessen. »Vielleicht brauchen wir den Hertl nach der Befragung der drei Lumpen gar nicht mehr. Auch wenn die Presiglin nicht gemartert worden ist, könnte das Diebsgesindel sie umgebracht haben. Der Hertl meinte ja, dass sie vom Annerla geredet haben, richtig?«

»Richtig«, sagte Max. »Ich wundere mich, dass Ihr Euch in Eurem Zustand das alles habt merken können.«

Frantz nickte. »Ich auch.« Er wandte sich an Kathi. »Nach dem Presigl wird gesucht?«

»Denk schon. Geuder wollte rausfinden, ob er grad eine Fuhre hat. Falls niemand weiß, was er treibt, lässt er ihn suchen. Von diesem Seitzen hab ich ihm allerdings noch nichts erzählt.«

»Der soll ja auch schon weg gewesen sein, als der Hertl daherkam. Natürlich könnte er in der Nacht zurückgekehrt sein, weil er wusste, dass der Presigl die ganze Nacht unterwegs war …«

»Traut Ihr ihm zu, die Presigls zu berauben?«, fragte Max. »Der Schrank war ja vollständig ausgeräumt. Wenn etwas so Kostbares wie eine Uhr übersehen worden ist, muss der Fuhrmann dort viel Wertvolleres aufbewahrt haben. Ist nur die Frage, wer das Zeug eingepackt hat, die Diebe, ein Liebhaber oder der Ehemann. Der Presigl hätt was so Auserlesenes wie eine Taschenuhr bestimmt nicht vergessen.«

»Wahrscheinlich schmoren die Mörder längst im Loch«, sagte Frantz und dachte: Der Tag fängt gut an. »Na, dann überlasse ich das Bett mal wieder euch beiden.« Er stand auf.

»Und was sollen wir machen?«, fragte Kathi.

Frantz grinste. »Was man halt so im Bett tut.« Er schlang den Riemen seiner Tasche um die Schulter und ging.

*

Max war nach dem Frühstück wieder eingeschlafen, und Kathi nutzte die Gelegenheit, um nach ihrem kurzen Besuch im Rathaus im Sonnenschein einen kleinen Spaziergang zu unternehmen, der sie wie von selbst nach Gostenhof führte. Und da sie schon mal dort war, betrat sie das Pflegamt, vor dem diesmal kein Stadtknecht saß. Sie klopfte an und trat ein. »Guten Morgen, wünsch ich.«

Schreiber und Pfleger blickten auf. »Du schon wieder«, sagte Fütterer. »Und wo bleibt dein Mann? Ist der von Nürnberg aus losgeritten?«

Das war ja mal eine unfreundliche Begrüßung. »Max wurde letzte Nacht bei der Festnahme der Diebe verwundet.«

»Oh, sind sie endlich dingfest gemacht?« Das Gesicht des Pflegers heiterte sich auf, und auch der Schreiber sah sie nun neugierig an.

»Ja«, sagte sie stolz erhobenen Hauptes.

Fütterer nickte. »Schön, dann brauchen wir hier keinen zusätzlichen Stadtknecht mehr, um übers Land zu reiten. Der Sundermann reicht uns wieder.«

Was für ungehobelte Klötze! Die fragten nicht einmal, wie es Max ging, obwohl er nun schon die zweite Woche hier Dienst getan hatte. »Ich dank Euch für Eure Anteilnahme, hohe Herren.« Zornig wirbelte sie herum und verließ die Amtsstube. Sie wandte sich in Richtung Nürnberg, als ihr einfiel, dass sie ja eigentlich hatte nachschauen wollen, ob der Karren des Fuhrmanns vor dessen Haus stand. Falls nicht, konnte sie die Nachbarin fragen, ob er zwischendurch nach Hause gekommen war.

Presigls Haus wirkte verlassen, und die Gruberin werkelte an diesem Morgen leider nicht im Garten. Kurz entschlossen ging Kathi zu ihrer Tür und klopfte an.

»Herein, wenn's nicht der Schnitter ist«, rief eine Frauenstimme.

Sie öffnete und trat in den finsteren Vorraum. »Bestimmt nicht«, antwortete sie.

»In der Küche bin ich«, schallte es durch die Tür zu ihrer Rechten.

Kathi ging hinein und sah die Frau an der Feuerstelle stehen und in einem großen Kessel rühren. »Guten Morgen.«

Keine Haube bedeckte heute den im Nacken gebundenen Knoten aus grausträhnigen braunen Haaren. Die Gruberin wandte den Kopf in Kathis Richtung. »Ach, du bist es wieder.« Sie wischte sich den Schweiß von der Stirn.

Heiß war's hier drin! Wie bei der Zahlmeisterin in der Küche, wenn sie Marmelade gekocht hatte. »Ja, ich will auch gar nicht lang stören.«

»Du störst nicht, ist langweilig genug, wenn die Mannsbilder auf den Feldern sind.« Sie griff nach der am Spülstein liegenden Haube und bedeckte ihr Haar. Einladend wies sie auf die Küchenbank.

Kathi lächelte erfreut und setzte sich. Das versprach einen Schwatz. »Habt ... hast du den Presigl noch mal gesehen oder gehört?«, fragte sie direkt heraus.

»Nein. Stell dir vor, nicht ein Gostenhofer weiß, wo er hin sein könnt. Hat niemandem was verraten. Wird schon gemunkelt, dass er vielleicht selbst seine Frau umgebracht hat, weil sie so ... unstet war.«

Eigenartiger Ausdruck, doch Kathi nickte. »Ja, das wär schon möglich. Der Seitzen Jakob hat auch zu ihren Besuchern gehört?«

Die Gruberin legte den Kopf schief und schob mit einer Hand die Haube zurecht. »Der Name sagt mir nichts.«

»Ein großer junger Kerl mit langen blonden Haaren. Und ziemlich dünn soll er sein.«

Jetzt nickte sie. »Ja, so einen hab ich manchmal bei ihr gesehen. Mit dem Presigl hat er sich auch gelegentlich auf der Straße unterhalten.«

Das musste der Seitzen gewesen sein, dachte sie, wechselte aber angesichts der neugierigen Blicke ihres Gegenübers lieber das Thema: »Übrigens bringe ich gute Nachrichten. Die Diebsbande ist gefangen worden.«

Die freundliche Frau strahlte sie an. »Wirklich? Das ist eine Freud. Na, dann gibt's bald mal wieder eine Hinrichtung.«

»Ich schau mir das nicht gern an«, rutschte Kathi heraus.

»Ich steh auch immer ganz hinten, damit ich's nicht so genau seh', aber es ist schon beruhigend, wenn man weiß, da baumeln jetzt die Strolche.«

»Stimmt schon.« Mit Schaudern dachte sie daran zurück, wie die Zahlmeisterin immer etwas vom Blut der geköpften armen Sünder hatte trinken wollen, um sich deren unverbrauchte Lebensenergie einzuverleiben. Geholfen hatte es der halblahmen Frau allerdings nie lange.

*

Als er nach dem Mittagsläuten immer noch nicht ins Gefängnis gerufen worden war, hielt Frantz es nicht mehr länger zu Hause aus. Da hockte eine Reihe Verdächtiger im Loch, und er durfte nicht mit ihnen sprechen. Nicht, dass er erpicht darauf gewesen wäre, die Leute zu torquieren, aber auf den Zahn fühlen wollte er ihnen schon. Sein eigener Zahn machte auch wieder Ärger. Vielleicht sollte er auf dem Heimweg noch beim Bader vorbeischauen, bevor es wieder schlimmer wurde. Maria würde den Quälgeist vermutlich erst ziehen, wenn er wimmernd vor ihr auf dem Boden lag und sie anflehte.

Als er sich dem Rathaus näherte, grinsten die Schildwachen. »Ihr habt schon von unserem dicken Fang gehört?«, fragte einer.

»Ja. Gibt wieder Arbeit. Sind die Lochschöffen im Gefängnis?«

»Alle beide, nehmen sich die Diebe vor.«

»Dann brauchen sie mich vielleicht zur Einschüchterung.« Er ging um das Rathaus herum zum Eingang des Verlieses, dessen Tor offen stand. Der Wache schiebende Lochknecht streckte beim Klang seiner forschen Schritte die Pike vor, erkannte ihn dann aber und ließ ihn anstandslos passieren.

Bevor er die kleine Verhörkammer erreichte, lief ihm der Lochwirt über den Weg. »Meister Frantz. Hat man Euch schon gerufen?«

»Nein, die Neugier treibt mich her.«

»Ja, auf einmal ist das Loch gut gefüllt. Meine Frau ist schon ganz aus dem Häuschen, weil sie nicht mit so vielen hungrigen Mäulern gerechnet hat. Na, dann schaut Euch Eure zukünftige Kundschaft an.«

»Mach ich.« Mit einem Lächeln im Gesicht ging er weiter. Letztes Jahr noch hatte Schaller seine Einmischung in eine laufende Ermittlung gar nicht gutgeheißen, doch nur so konnte der wahre Mörder der Zahlmeisterin gefunden werden. Sonst wäre Kathi vermutlich zum Tod durch sein Schwert verurteilt worden, und Max gleich mit, das wusste auch der Schaller.

Er nickte den beiden Lochknechten zu, die links und rechts der Tür zum Verhörraum standen. Unschlüssig, ob er es wagen durfte zu stören, hielt er trotz ihrer verwunderten Blicke sein Ohr an das Holz. Nichts zu hören außer den ungehaltenen Fragen der Lochschöffen. Anscheinend waren die Diebe wenig gesprächig. Er pochte mit der Faust.

»Was ist?«, rief Nützel.

Frantz setzte eine finstere Miene auf und trat ein. »Darf ich bei der Befragung anwesend sein?«

»Bitte, Meister Frantz.« Nützel wies auf einen Schemel in der Ecke. »Lernt die Galgenvögel gleich kennen. Jorgen Hiss aus Sulzkirchen.« Er deutete auf einen der Knirpse mit dunklen langen Haaren, dann zum Rotschopf. »Hansen Humbser aus Lambertshofen.«

»Adam nennt man mich«, meinte er trotzig, obwohl er der kleinste von ihnen war.

Nützel ignorierte ihn und deutete auf den größten Burschen. »Martin Herdegen aus Schwabach. Alles Diebe und Landzwinger.«

Frantz musterte die den Schöffen gegenübersitzenden Delinquenten unter zusammengezogenen Brauen. Das waren ja noch Kinder! Dann rief er sich ins Bewusstsein, dass diese drei Lumpen Unschuldige gemartert hatten. Als Frantz sich hinter ihren Rücken vorbeizwängte, verdrehten sie die Hälse, um ihn im Auge zu behalten. Offensichtlich kannten sie ihn.

»Darf ich sie torquieren?«, fragte er in gespielter Vorfreude. »Die sind bestimmt zäh. Da kann ich alles einsetzen, was die Kapelle hergibt.«

Nun starrten ihn fünf Gesichter entsetzt an; der Schreiber allerdings, der neben der Tür an der schmalen Seite des Tisches saß, warf ihm lediglich einen verdutzten Blick zu.

»Oder sind sie geständig?«, sprach er weiter und gab sich enttäuscht. »Das ist gut für sie, wenn auch wenig erbaulich für mich. Aber ich hätte da noch eine Frage.«

Der größte der drei Diebe, der Herdegen, schaute zuerst weg, doch nun musste er in die Gesichter der Lochschöffen starren, was vermutlich auch nicht viel beruhigender war, denn sie hatten sich von ihrem Schreck erholt und gaben sich nun ähnlich arglistig wie Frantz. Hastig senkte er den Blick auf seine schmutzigen Fingernägel.

»Was für eine Frage?«, wollte Geuder wissen.

»Anna Presiglin. Was hat die denn für ihr Bilsenkraut verlangt?«

Beinah erleichtert schaute ihn der Rotschopf an: »Nur zwei Pfennig für ein großes Büschel, aber ihr Trank war teurer.«

Nun dämmerte es den Lochschöffen wohl, worauf Frantz hinauswollte, denn ihre Mienen verrieten kaum noch eine Regung. Er fragte weiter: »Wann habt ihr denn das letzte Mal bei ihr eingekauft?«

Derselbe antwortete: »Am Dienstag, da hat sie einen Topf frisch angesetzt.«

Somit waren sie kurz vor dem Mord bei ihr gewesen, schienen aber keine Bedenken zu haben, das zuzugeben. Vielleicht wussten sie gar nicht, dass die Frau tot war. »Habt ihr gleich im Haus bei ihr was getrunken, oder hat sie euch vom dem Zeug was abgefüllt?«, fragte er weiter.

Jetzt antwortete der Große, der am wenigsten frech wirkte. »Einen Schluck gibt uns das Annerla immer gleich, und dann füllt sie uns noch was in unser Krügerl ab für später, wenn's nachlässt, oder zum ins Bier schütten.«

Frantz nickte, als wäre das für ihn das Selbstverständlichste der Welt. »Und hat sie auch was anderes verkauft, ihren Körper zum Beispiel?«

Die drei grinsten, dann antwortete der plötzlich so geschwätzige Jungspund: »Einmal hat's der Adam bei ihr probiert, aber sie hat gemeint, wenn er nicht seine dreckigen Pfoten von ihr lässt, dann mischt sie uns nächstes Mal was ins Kraut, dass uns die Schwänz abfaulen.«

Frantz schmunzelte, enthielt sich aber jeden Kommentars.

Adam fügte hinzu: »Sie hat auch gesagt, sie hätt auch was, dass er ewig steht, aber das hat sie nur verheirateten Männern gegeben und sie wieder heim zu ihren Weibern geschickt.«

Das war ja mal interessant. Deshalb hatte sich wohl nie jemand über ihr Geschäft beschwert. Von der kräuterkundigen Frau hätte er einiges lernen können; schade, dass sie tot war. Und eine Hure war sie scheinbar nicht gewesen. »So ein … erfreuliches Mittel – da haben ihr bestimmt auch die Weiber die Tür eingerannt.« Er grinste dreckig, um die Bengel in Sprechlaune zu halten.

»Nein, die sollen ja nicht wissen, dass ihre Männer sonst keine so strammen Kerle sind.« Der Rotschopf kicherte und wirkte noch jünger.

Seltsam, dass Anna diesen Burschen ihre Geheimnisse preisgegeben hatte. Sie musste ihnen vertraut haben. Wahrscheinlich ahnte sie nicht, dass die Kerlchen jene berüchtigten Diebe waren, die ihre Opfer gnadenlos quälten. Selbst er musste sich immer wieder daran erinnern, mit wem er sprach. »Wann genau wart ihr bei ihr?«

Der Rotschopf machte weiter. »Bald nach dem Mittagsläuten. Haben uns hinten reingeschlichen, durch die Gärten der Städter, damit uns niemand sieht. In Gostenhof gibt's ja auch einen Stadtknecht.«

Zu früh, um den Mord begangen zu haben. Dafür musste er sie wohl oder übel lossprechen, wenn es denn stimmte, nicht aber für ihre anderen Schandtaten. Die Gärten … Wenzel Jamnitzer … Konnte der bedeutende Mann ebenfalls Kunde der Presiglin gewesen sein, der sich rasch noch etwas von ihrem Bilsenkraut holen wollte, nachdem die Frau keine Tränke mehr zubereiten konnte? Schnell verdrängte er den Gedanken und konzentrierte sich darauf, dem Gesindel vor ihm den Todesstoß zu versetzen. »Habt ihr das Kraut auch genommen, wenn ihr bei den Leuten eingestiegen seid?«

Alle drei schüttelten den Kopf, dann sagte der Große: »Immer erst hinterher, da muss man schon klar im …« Er stockte, als ihm schwante, was er da redete. »… Kopf sein.«

Auch den Knirpsen verging das Grinsen.

»Danke, Meister Frantz«, sagte Nützel und feixte. »Wenn Ihr keine weiteren Fragen habt, machen wir weiter.«

Lächelnd erhob sich Frantz und drängte sich erneut an den drei Bürschlein vorbei zu Tür.

»Also kein Rausch bei euren Einbrüchen, und trotzdem wart ihr so brutal«, sagte Geuder. »Warum?«

Plötzlich schluchzte der eine auf, sein Kumpan warf Frantz einen Blick zu, der voller Angst war und zugleich um Gnade flehte. Nur Herdegen, hielt den Blick gesenkt. Schon erstaunlich, wie harmlos die Bürschlein wirken konnten. Deshalb hatte ihnen die Presiglin wohl auch so viel anvertraut.

Frantz schüttelte den Kopf. Wenn's an die eigene Haut ging, wurden sie empfindsam. »Erzählt einfach, wie es war, dann müsst ihr nicht so leiden wie eure Opfer, auch wenn ihr's verdient hättet.« Damit verließ er den Raum.

Denen müsste er sein Handwerkszeug wohl nicht zeigen. Wer gerne Schmerzen zufügte, erduldete meist ungern selbst welche. Er stapfte an der Tür zur Kapelle, wie die Folterkammer genannt wurde, vorbei. Ob Nützel die drei weiter über die Presiglin ausfragen würde? Wenn sie diesen Mord ebenfalls gestanden, womöglich vor lauter Angst, sonst torquiert zu werden, hätten er und die Herren weniger Arbeit. Aber nein, da kannte er den Nützel besser. Dieser Ratsherr wollte vor allem die Wahrheit herausfinden und Gerechtigkeit walten lassen.

Wie so oft blieb Frantz beim Brunnen stehen, der das unterirdische Gewölbe mit Wasser versorgte, und setzte sich auf die Umfassungsmauer. Wenn die drei es nicht gewesen waren, blieben Presigl und Hertl als Verdächtige. Oder einer der Kunden der Toten? Ein Kerl, der mehr von ihr wollte als einen billigen Rausch und mitgekriegt hatte, dass ihr Mann weggefahren war. Derjenige könnte über den Holzstoß zu ihr ins Schlafzimmer eingestiegen und vor Eifersucht durchgedreht sein, weil Hertl bei ihr gelegen hatte. Vielleicht gar Elsas Mann?

Oh, er wollte ja noch die Hure, diese Druckmüllerin befragen.. Vielleicht hatte man die Frau schon ins Loch gebracht. Bei Verdacht auf Verleumdung wollten die Schöffen bestimmt selbst mit ihr reden, aber dazu würden sie sich nicht unter das Gelichter am Plärrer mischen. Er ging zur Küche und fand die Lochwirtin am Ofen. Sie murmelte vor sich hin, was sie selten tat.

»Na, Schallerin, neue Gäste für die Lochwirtschaft?«

Sie wirbelte herum. »Meister Frantz! Euch hab ich ja schon ewig nicht mehr gesehen. Wie geht's Euch?«

»Gut genug.« Er lächelte. »Und Euch?«

»Auch, aber jetzt muss ich schauen, dass ich wieder eine Magd kriege, wo mir doch der Rat die letzte entlassen hat, weil's nicht genug zu tun gegeben hat.«

Ein Problem, mit dem sie nicht allein war. »Hmm. Ich kenn da eine, die Arbeit sucht.«

Die Schallerin seufzte. »Taugt die denn auch was?«

»Ihr kennt sie.«

Jetzt sah sie ihn neugierig an. »Wer?«

»Katharina Leinfelderin.«

Sie legte eine Hand an die Wange. »Wirklich? Ach, das wär schön. Das ist ja eine ganz Liebe, und die weiß auch, wie's hier zugeht.«

Ja, lange genug war sie eingesperrt gewesen. Vielleicht würde ihr davor grausen, ins Verlies zurückzukehren. »Ich kann sie ja mal fragen, wenn ich sie seh. Sie hat sich mit Maria angefreundet.«

»Oh ja, macht das, bitte!«

Da fiel ihm die Hure ein. »Habt Ihr Eva Druckmüllerin zu Gast?«

»Freilich, die haben sie gestern Abend noch gebracht.«

»Wunderbar.«

»Die Schöffen haben sie auch gleich befragt.«

Erstaunlich! Ob sie wohl etwas Interessantes erzählt hatte? »Ihr habt der Frau danach bestimmt Essen gebracht.«

»Natürlich. Die Reste von unserm Abendbrot. Ich hab ja nix anderes mehr dagehabt.«

»Hat sie was gesagt?«

»Dankschön.«

Da musste er lachen. »Ich glaub, ich red mal selber mit ihr.«

Sie zog eine Augenbraue hoch. »Geht das wieder los?«

»Was?« Er schaute sie so unschuldig wie möglich an.

»Schleicht Euch und tut, was Ihr nicht lassen könnt.«

Schon an der Tür fragte er: »Der Augustin ist nicht da, oder?«

»Nein, den hab ich nicht mehr gesehen, seit er den Leichnam von der Presiglin gebracht hat.«

»Bald seht Ihr ihn auch wieder öfter.« Er trat in den Gang und begegnete einem Lochknecht bei der kleinen Schmiede. »Bringt mich zur Keuche der Druckmüllerin«, sagte er im Befehlston, damit der Bursche gar nicht anfing, Fragen zu stellen.

Der Mann schritt prompt mit einer Fackel vor ihm her und entriegelte eine Tür für ihn.

»Wartet hier, falls sie mir an die Wäsche will.«

Der Wächter lachte und reichte ihm die Fackel. Allmählich schienen sich die Lochknechte weniger vor ihm zu fürchten.

Die Gefangene lag auf der Pritsche, welche die Stirnwand einnahm, und drehte den Kopf in seine Richtung. Dann ruckte sie hoch. »Meister Frantz! Ist es schon so weit, werd ich wieder ausgestrichen?«

Er hockte sich auf die Holzbank entlang der Wand. »Nein, aber ich möcht dich was fragen.«

»Was denn?« Sie warf ihm einen ängstlichen Blick zu.

»Der Lienhardt Hertl, den hast du gut gekannt, oder?«

Jetzt lächelte sie. »Ja, der ist manchmal zu mir gekommen, wenn er keine gefunden hat, die's umsonst mit ihm getrieben hat, was selten vorgekommen ist.«

»Die Frauen mögen ihn?«

»Ja, das ist aber auch ein ganz Netter.«

»Und doch hast du gesagt, er wollt dich im Bettelstock zwingen?«

Sie seufzte. »Das hab ich nur gesagt, weil ich so wütend auf ihn war. Er wollt mich ums Verrecken nicht rauslassen. Ich hab doch extra nach ihm geschickt, weil ich mir gedacht hab, ich könnt ihn um den kleinen Finger wickeln.«

»So, so!«, dröhnte es von der Tür, so laut, dass sogar Frantz zusammenzuckte. Nützel kam herein. »Das hast du uns gestern nicht erzählt. Wegen dir ist ein Unschuldiger ausgestrichen und aus dem Dienst entlassen worden.«

Die Druckmüllerin sprang auf. »Von wegen unschuldig! Der war doch sieben Jahre auf der Galeere. Wegen Diebstahl und Betrügereien. Hat er mir selbst erzählt.«

Oh verflucht, wenn das stimmte, war es peinlich für die Stadt, so einen als Ordnungshüter beschäftigt zu haben. Na ja, bei der schlechten Bezahlung waren gute Männer kaum zu kriegen.

»Davon weiß ich nichts«, brummte Nützel unbehaglich.

»Aber umgebracht hat er nie jemanden?«, fragte Frantz beiläufig.

»Nein, wenigstens hat er nichts davon erzählt. Kann ich mir auch nicht vorstellen.«

»Aber Notzucht traust du ihm zu?«

»Nein, er wollt's immer sanft haben. Seine Mutter hat ihn gut erzogen.« Sie grinste.

Er bohrte nach. »Dann glaubst du nicht, dass er einer Frau was antun könnte?«

Ihre Züge wurden ernst. »Nein, wahrscheinlich nicht einmal mir, obwohl ich ihn so angeschmiert hab.«

Der Hertl tat Frantz schon beinah leid. Eigentlich hatte der Mann als Schütze gute Arbeit geleistet, aber nachdem die Eva nun auch noch seine Galeerenstrafe ausgeplaudert hatte, konnte er nicht auf Wiedereinstellung hoffen.

»Meister Frantz, ich wollt eigentlich mit *Euch* reden, nicht mit dieser Hure«, blaffte Nützel und ging voraus zur Tür.

Frantz folgte ihm. Der Lochknecht schob hinter ihnen wieder den Riegel vor und nahm Frantz die Fackel ab.

Während er dem Ratsherrn hinterhertrottete, fragte er sich, was er aus Druckmüllerins Aussage schließen sollte. Einer, der zu sieben Jahren auf einer Galeere verurteilt worden war, konnte auch zu Mord fähig sein. Aber warum hätte er die Presiglin umbringen sollen, wenn er sich Frauen so leicht ins Bett schmeicheln konnte? Nun, das Leumundszeugnis einer Hure war nicht viel wert.

Beim Brunnen angelangt, wirbelte Nützel zu ihm herum. »Was war das gerade? Wie könnt Ihr die Frau ohne uns verhören?«

»Ich wollte nur herausfinden, was damals im Bettelstock wirklich passiert ist.« Er zuckte die Achseln.

»Die versuchte Notzucht haben wir ihr sowieso nicht recht geglaubt, denn dazu hätte er ihr nicht die Fesseln lösen müssen – ganz im Gegenteil. Ausgestrichen worden ist er, weil er bei einer Hure im Bettelstock gelegen ist.« Nützel lächelte. »Von Unschuld kann bei dem keine Rede sein. Aber jetzt sagt schon, zu welchem Schluss seid Ihr gekommen, was den Hertl betrifft?«

Tja, wenn er das nur wüsste. »Er ist ein Schuft und Schürzenjäger, aber selbst zu Huren ist er nett. Warum sollte er also die Presiglin umbringen?«

Nützel nickte. »Passt nicht recht. In Verdacht ist der sowieso nur geraten, weil er in Gostenhof gesehen worden ist, oder?«

»Nicht nur. Er hat zugegeben, bei der Presiglin gelegen zu sein. Und dann wär ein Schatten ins Zimmer gekommen und hätt sie gemeuchelt.«

Der Lochschöffe blähte die Brust auf und blaffte: »Und das erzählt Ihr mir erst jetzt?«

»Er hat uns auch das Versteck der Diebe verraten, die dingfest zu machen erst einmal dringlicher erschien.« Zerknirscht wegen seiner Nachlässigkeit, berichtete er von der Begegnung mit Hertl, verlagerte sie aber von der alten Hexenhütte direkt auf den Richtplatz. Den Leichendiebstahl verschwieg er, damit der Löwe keine Schwierigkeiten bekam. »Allerdings hat die Presiglin ihm Bilsenkraut gegeben, und das bringt den Kopf ordentlich durcheinander.«

Der Ratsherr schnaubte verächtlich. »Davon hat uns auch keine Menschenseele was erzählt.«

»Ihr wart ja auch fort«, fiel Frantz als willkommene Entschuldigung für seine Versäumnisse ein. »Gibt's was Neues vom Presigl?«

Nützel rieb sich mit der Hand über die Stirn. »Nichts. Wie vom Erdboden verschluckt. Und keiner der Kaufleute hat ihn beauftragt.«

»Dann schaut es ganz so aus, als wär er auf der Flucht.«

»Ja, höchst verdächtig. Der Fütterer, Unterpfleger in Gostenhof, meint jedoch, der Mann könnt einfach nur durcheinander sein, weil der Anblick seiner erhängten Frau so grauslig war.«

Das war möglich, auch wenn die Leiche nicht grausig ausgesehen hatte. Aber die Presiglin war nicht seine Frau gewesen. Schwer zu sagen, wie es in ihm ausschauen würde, wenn es Maria getroffen hätte. »Stadtknechte und Schützen halten Ausschau nach ihm?«

»Sowieso. Und nach dem zweiten Rossdieb wird auch noch gesucht.«

»Rossdieb?«

Nützel schnitt eine Grimasse. »Dem Trupp, der die Diebsbande eingefangen hat, haben zwei Halunken die Pferde gestohlen. Einer war zu blöd, wegzulaufen. Der hockt schon im Loch.«

Frantz versuchte, ein Grinsen zu unterdrücken, aber es wollte ihm nicht recht gelingen. Das hatte Max vergessen zu berichten.

»Übrigens, das war gute Arbeit mit den Burschen eben. Bei uns haben sie kaum das Maul aufgekriegt.«

»Danke.«

Nutzel kratzte sich die Stirn. »Wenn Mannsbilder bei der Presiglin aus- und eingegangen sind, haben die Leute sie vielleicht für eine Hure gehalten, und ihr Ehemann auch. Aus Eifersucht ist schon oft einer zum Mörder geworden.«

Frantz wiegte den Kopf hin und her. »Nur hat sie wohl keinen ihrer Kräuterkunden erhört. Der Hertl hat nicht mal gewusst, was sie verhökert, sie hat's ihm ohne sein Wissen gegeben. Den hat sie wohl ins Bett genommen, weil …« Frantz rieb sich den Nacken und zuckte mit den Schultern. »Der muss einen Schlag bei den Weibern haben.«

Nützel blickte einen Moment träumerisch drein, dann blaffte er: »Wenn man den Bürschlein glauben darf. Welche Frau holt sich schon solche Milchbubis ins Bett?«

Frantz erlaubte sich ein Schmunzeln. »Stimmt auch wieder. Wie alt ist denn der Presigl?«

»Nicht einmal vierzig. Wird schon noch seinen Mann gestanden haben.« Nützel räusperte sich. »Kennt Ihr so ein Kraut, von dem die Burschen gesprochen haben?«

»Nein, keins, das den Schwanz abfaulen lässt.«

Noch einmal räusperte sich der Ratsherr. »Und das andere?«

Nun froren Frantz die Gesichtszüge ein. Bloß nicht grinsen! »Oh, angeblich gibt's da allerlei, aber die Quacksalber versprechen ja viel und verlangen noch mehr.«

*

Als Kathi nach Hause zurückkehrte, schlief Max immer noch, wachte allerdings vom Geräusch ihrer Schritte auf.

»Wie spät ist es?«, fragte er mit matter Stimme.

»Schon nach Mittag«, antwortete sie und ging zu ihm. »Du hast fast den halben Tag verschlafen. Ich bring dir eine Schüssel Grütze, dann fühlst du dich bestimmt besser.«

»Mmmh.«

Sie legte eine Hand auf seine Stirn. »Kein Fieber. Das ist gut.«

»Wo warst du?«

»Na, erst im Rathaus. Und dann hab ich einen Spaziergang gemacht. Nach Gostenhof.«

Er setzte sich auf. »Warum ausgerechnet dort hin?«

»Warum nicht?« Sie küsste ihn und grinste.

»Was hast du rausgefunden, neugieriges Weib?«

»Ach, eigentlich nichts. Du, der Fütterer scheint nicht traurig, dass ab heute nur noch der normale Stadtknecht dort herumlungert.«

»He, ich bin da nie herumgelungert! Ich bin übers Land zu den Weilern geritten. Hab die Leut beschützt.«

»Da wäre ich ja gern mal dabei gewesen.« Sie seufzte. Eines Tages wollte sie auch mehr von der Welt sehen, wenigstens von der näheren Umgebung.

»Ja, so einen Tag lang kann das Spaß machen, aber am zweiten wird's schon langweilig. Lass uns was essen. Vielleicht schaue ich dann auch noch in Gostenhof vorbei.«

»Ach was, du hast schon genug getan, bist verletzt.«

Max hob den Arm und verzog das Gesicht. »Wird schon wieder.«

»Das sehe ich.« Sie packte seine Beine und stellte sie auf den Boden. »Ohne mich könntest du doch gar nicht aufstehen.«

Er zog sie mit seinem gesunden Arm an sich. »Da hast du natürlich recht. Dann hilf mir mal auf.«

»Jetzt übertreibst du aber!« Trotzdem schlang sie seinen gesunden Arm um ihre Schulter und mühte sich ab, ihn auf die Beine zu ziehen, bis er lachend aufstand.

»Du bist aber auch schwer!«

»Und trotzdem willst du mich schon wieder füttern?«

»Eigentlich dumm von mir, ich weiß, aber Hunger leiden sollst du auch nicht.« Sie ließ ihn allein zum Tisch gehen und war froh, dass er nicht mehr wankte. Dann löffelte sie Grütze in zwei Holzschalen und schnitt für jeden ein Stück Brot ab.

Da klopfte es sanft an der Tür. Kathi eilte hin. Meister Frantz stand draußen, seinen breitkrempigen Hut tief in die Stirn gezogen. Sie gab den Weg frei. »Kommt herein. Der Patient ist wohlauf.«

Der Nachrichter und Heiler lächelte und trat ein. »Das freut mich.«

Kathi informierte ihm, dass Presigl in Gostenhof immer noch nicht gesehen worden war. »Obwohl dessen Nachbarin immer ein Auge auf sein Grundstück zu haben scheint.«

Meister Frantz lächelte anerkennend. »Du machst dich gut als Kundschafterin, Kathi.«

»Setzt Euch zu uns«, rief Max. »Was gibt's Neues?«

Er wirkte verlegen. »Auf einen Stuhl?«

Kathi lachte. »Tut mir leid, wir haben keinen dreibeinigen Hocker wie der Neubauer in der Fetten Gans. Ihr müsst schon mit einem normalen Stuhl vorliebnehmen.« Sie besaßen zwei Stück und waren stolz darauf. Für sich selbst holte Kathi eine Holzkiste, die ihr prompt der Henker abnehmen wollte. »Nichts da«, protestierte sie »Auf unserem Bett seid Ihr schließlich auch schon gehockt. Ihr seid unser Gast, und jetzt setzt Euch.«

»Zu Befehl.« Mit einem Lächeln im Gesicht hockte er sich Max gegenüber und erzählte vom Geständnis der drei Diebe und was die Hure über Hertl gesagt hatte. Es klang wirklich nicht so, als würde der ehemalige Schütze seine Gespielinnen umbringen. Wenn da nicht das Rauschkraut wäre … Nach dem, wie Meister Frantz darauf reagiert hatte, war Kathi nicht neugierig, es zu probieren.

»Und da wir schon vom Lochgefängnis sprechen …« Meister Frantz musterte sie eingehend.

Wie eine Verdächtige! Sie rückte mit ihrer Kiste näher zu Max.

Der Mann schmunzelte. »Die Schallerin braucht eine Magd.«

»Oh, wirklich?« Ihr Herz tat einen Hüpfer, als sie an die freundliche Frau dachte, die ihre Haft so viel angenehmer gemacht hatte. Aber dann drängten Bilder des dunklen Verlieses auf sie ein, die engen schiefen Gänge, nur spärlich von Fackeln beleuchtet. Sie schluckte, blickte zu Max.

Sein Lächeln verschwand schlagartig. Er nahm ihre Hand und sagte: »Ich verstehe, wenn du da nicht mehr hinwillst. Wir kommen schon um die Runden.«

Verstohlen musterte sie den Nachrichter. Wie es wohl wäre, dort zu arbeiten. Würde sie nicht mitbekommen, was er den Häftlingen antun musste? Bestimmt mehr, als ihr lieb wäre.

Meister Frantz schien ihre Gedanken an ihrem Gesicht abzulesen, denn er winkte ab und meinte: »Die Lochwirtin findet bestimmt auch eine andere.«

Als sie den Spitznamen hörte, musste Kathi doch wieder lächeln. Ja, die Schallerin benahm sich ihrer nicht immer angenehmen ›Kundschaft‹ gegenüber wie eine Wirtin. »Ich werd sie morgen besuchen und mal schauen, wie es sich anfühlt, wieder das Loch zu betreten.«

»Gute Idee.« Meister Frantz nickte zufrieden. »Morgen ist Samstag, da wird nicht viel passieren.«

Max kratzte sich den Bart. »Vielleicht sollte ich die Nachtwache in Gostenhof übernehmen, schließlich hab ich fast den ganzen Tag verschlafen und weiß, wie der Presigl aussieht.«

»Nein!«, rief Kathi. »Du bist doch verwundet.«

Der Nachrichter legte den Kopf in den Nacken und starrte die Decke an. »Schlecht wäre das nicht, aber für Euch ist es noch zu früh. Es gibt bestimmt andere Stadtknechte, die den Fuhrmann kennen.«

Kathi atmete erleichtert auf.

*

Als die Sonne schon recht tief stand, verabschiedete sich Lienhardt Hertl von den Bauersleuten. Mit schmerzenden Gliedern, denn sie hatten einen weiteren Tag Arbeit für ihn gefunden, mit der er sich sein Essen verdienen konnte – und ein Stück Schinken und Brot für den Weg. Sie hatten ihm auch wieder einen Schlafplatz angeboten, aber es zog ihn weiter. So nah bei Nürnberg fühlte er sich nicht länger wohl, da übernachtete er lieber im Wald.

Trotzdem wollte er wissen, wer die Anna ermordet hatte. Noch immer konnte er sich kaum an die Nacht erinnern, und so blieb der quälende Verdacht, er selbst könnte die Hand gegen sie erhoben haben. Inzwischen hatte sich herumgesprochen, dass die Diebe gefasst worden waren. Die Menschen entlang seines Wegs wirkten offener, weniger misstrauisch. Ob die Strolche auch seine Anna umgebracht hatten? Leuteschinder, das waren sie, aber Mord? Und warum hätten sie die tote Anna hernach aufhängen sollen, als hätte sie sich selbst entleibt? Er hätte das allerdings auch nicht getan, wäre nicht einmal auf die Idee gekommen, schon gar nicht im Rausch. Erleichtert stieß er den angehaltenen Atem aus. Also Annas Mann … oder der blonde Schlaks.

Als Schütze war er dem Presigl ein paar Mal begegnet. Aber auch nach seiner Verbannung, während seines Vagabundendaseins, hatten sich ihre Wege gelegentlich gekreuzt. In Lauf und in Fürth etwa, wo der Presigl gern bei jüdischen Händlern einkaufte, deren Waren wohlfeil waren. Den Nürnberger Bürgern war es verboten, bei Juden einzukaufen, aber der Fuhrmann musste niemandem auf die Nase binden, woher er seine Waren bezog, und konnte den Kram dann um einen hübschen Batzen anbieten. Hatte der Leinfelder nicht erzählt, der Presigl wär in jener Nacht in Stein gewesen? Ja, wenn er wüsste, ob der Mann gelogen hatte … dann könnte er den bösen Verdacht gegen sich selbst ausräumen. Stein könnte er noch erreichen, bevor es finster wurde. Er sollte sich erkundigen, ob der Mann wirklich dort gesoffen und genächtigt hatte. Vielleicht begegnete er dem Presigl sogar unterwegs und könnte ihn sich vorknöpfen.

Und so hielt er in jeder Wirtschaft entlang des Wegs unter den Gästen Ausschau. Kein Presigl, und auch sein Fuhrwerk sah Lienhardt nicht. In Gedanken bei den verschiedenen Handelswegen um die Freie Reichsstadt herum erreichte er die ersten Gehöfte vor der Ortschaft Stein, die wegen der Steinbrücke über die Rednitz so hieß. Da sah er zwei Knechte einen Karren in eine Scheune schieben. Neben dem zugehörigen Haus blieb er grinsend stehen. Das war offensichtlich eine Wirtschaft, in der Fuhrleute günstig nächtigen konnten … Da kannte man gewiss den Presigl und schenkte einen nicht allzu kostspieligen Wein aus. Den Bauch hatte er sich ja schon vollgeschlagen, aber gegen eine hübsche Schankmagd hätte er nichts einzuwenden. Von derlei Gedanken beflügelt ging er auf die schwere Eichentür zu, die einladend offen stand.

In der Gaststube waren die meisten Tische besetzt, dem Anschein nach vor allem von Händlern, aber auch von einfachen Leuten in Handwerker- oder Bauernkleidung. In einer Ecke war noch etwas frei. Er näherte sich zwei Männern, die ganz nach einheimischen Bauern aussahen, und fragte: »Darf ich mich zu euch hocken?«

»Freilich, setz dich nieder«, sagte der junge Kerl.

»Wo kommst her?«, fragte der Ältere mit dem grau melierten Bart.

Er blieb bei seiner Antwort lieber vage. »Von überall, eine Arbeit such ich.«

»Dann hast bestimmt viel zu erzählen, wenn du so weit rumkommst«, meinte der Jüngere.

»Kann sein«, antwortete Lienhardt unverbindlich und rief dem Wirt zu: »Wein!«

»Jetzt red schon, dann zahl ich dir den Wein. Der Vater und ich kriegen nicht viel mit von dem, was in der Welt draußen vorgeht.«

Hertl grinste, legte seine Arme auf den Tisch und beugte sich vor. »Die Räuber, die die Leut so geschunden haben, sind erwischt worden.«

Der Vater brummte: »War auch höchste Zeit. Das Gelichter gehört an den Galgen!«

Hertl nickte zustimmend und sagte: »Und kennt ihr den Presigl? Dem sein Weib hat wer erschlagen.«

»Wirklich?«, fragte der Alte und ließ den Mund offen stehen.

»Freilich kennen wir den«, sagte der Sohn. »Der kommt öfter hier vorbei. Erschlagen? Ja, wo denn?«

Hatte er es sich doch gedacht, dass der Presigl hier kein Unbekannter war! »Daheim. Er hat sie gefunden. Hat er nichts davon erzählt?«

»Nein, der war schon ein paar Tag nicht mehr da«, murmelte der Alte.

»Doch, Vater, Anfang der Woche hat er die halbe Nacht hier gehockt. Hat gesagt, dass er nicht heimwill. Montag oder Dienstag war's.«

»Was? Dann bist du auch so lang im Wirtshaus blieben, unter der Woch'n?«, schimpfte der Vater.

Der Bursche zog ein wenig den Kopf ein. »Ja mei, aber meine Arbeit hab ich trotzdem gemacht.«

»So find'st kein Weib, Bub! Und wer kümmert sich dann um mich, wenn ich alt und schwach bin?«

Hertl grinste. »Ein Weib hat auch noch andere Vorteile.«

Der Alte gluckste wie ein Hahn, während sein Spross die Magd anglotzte, die einen Becher Wein vor Hertl hinstellte. »Wollt ihr auch noch was?«, fragte sie.

Der Vater schüttelte den Kopf. »Nein, uns reicht's, aber den Wein da zahl ich.«

Hertl bedankte sich und nahm einen großen Schluck. Ganz schön sauer, aber nicht übel. Er blickte sich in der Stube um. Wenn der Presigl in der Nacht des Mordes hier gewesen war, hätte er auch schnell auf seinem Zugpferd nach Gostenhof reiten können. Um nachzuschauen, ob seine Frau ihm treu war. Wusste er, dass sie Bilsenkraut verkaufte und sich auch gern selbst damit berauschte? Lienhardt glaubte nicht, dass die Anna jeden ihrer Kunden in ihre Schlafkammer gelassen hatte. Der Schlaks, den er aus dem Haus hatte kommen sehen, war offensichtlich nicht ihr Liebhaber gewesen – oder ein ganz lausiger, sonst hätte sie sich bei Lienhardt nicht zu holen brauchen, was sie vom Blondschopf nicht kriegte. Da musste schon seiner Mutter Sohn daherkommen, um ihren Schoß zu entflammen. Mit zufriedenem Grinsen blickte er in die Runde und in verwunderte Gesichter. Schnell riss er sich wieder zusammen und fragte: »Hat euch der Presigl manchmal ein Kraut verkauft, das einen schönen Rausch macht?«

Der Alte grinste. »Meinst Bilsenkraut? Das wächst bei uns auch, aber die Presiglin hat daraus einen Trank gebrüht, der hat's in sich gehabt. Und man hat genau gewusst, wie viel man trinken darf, ohne dass man sich vergiftet oder ganz narrisch wird.«

Hertl grinste. »Oh ja, geschmeckt hat er obendrein.«

»Und gewirkt.« Der Jüngere schüttelte die rechte Hand.

»Der Presigl hat Krüglein davon mitgebracht?«

»Freilich«, sagte der Alte. »Schau dich um, da hocken schon ein paar Leut und warten auf Nachschub. Morgen ist Samstag, da sollt er wieder vorbeikommen, weil man sich dann einen Rausch erlauben kann. Macht die Sonntagsmesse auch gleich schöner.« Er gluckste erneut.

»Besonders wenn der Pfaff von der Höll redet.«

Lienhardt lachte, obwohl ihm die Vorstellung gar nicht behagte, die Dämonen der Hölle leibhaftig zu sehen. »Da tät ich ihm auch was abkaufen. Morgen, meinst, kommt er wieder?«

Der Sohn zuckte die Achseln. »Was er halt grad für eine Fuhre hat. Verlassen kann man sich nicht drauf. Und jetzt wo seine Frau tot ist, ist er ja in Trauer.«

Lienhardt nickte ernst. »Natürlich.« Von wegen Trauer …

Begegnungen

Samstag, 6. Mai 1581

Heftiges Pochen an der Tür ließ Frantz zusammenfahren, und Vitus begann in seiner Kiste zu schreien. »Recht hast du, mein Sohn, das geht auch leiser.« Er klappte das Feldbuch der Wundarznei zu und stapfte zur Tür. Ein Stadtknecht stand im Turm. »Ihr sollt zum Rathaus kommen, Meister Frantz. Gibt Arbeit.«

»Sofort?« Er konnte sich nicht recht vorstellen, wozu er gebraucht wurde, nachdem die Diebe gestern gestanden hatten.

»Der Druckmüllerin sollt Ihr wegen Meineid die Finger abhacken.«

»Oh, na dann. Ich komm gleich.«

Der Mann nickte und lief die Treppe hinunter. Frantz rieb sich übers Gesicht. Schade eigentlich. Wenn er nicht zu ihr in die Zelle gegangen wäre, um sich unter vier Augen mit ihr zu unterhalten, hätte sie vermutlich weiter geleugnet und wäre unversehrt geblieben. Dem Hertl half das jetzt auch nicht mehr, nachdem sie von seiner Galeerenstrafe erzählt hatte.

Maria kam zu ihm und spähte in den Turm. »Wer war's denn?«

Er drehte sich zu ihr um. »Stadtknecht. Ich muss zum Rathaus. Die Druckmüllerin haben sie wegen mir für Meineid drangekriegt.«

»Finger?«, fragte sie und kniff die Augen zusammen, wie um unliebsame Bilder auszusperren. Sie hob Vitus auf den Arm und drückte ihn sanft an sich.

»Wenn uns der Nützel nicht belauscht hätte, wär sie bestimmt nach einer zweiten Befragung heimgeschickt worden. Anzeige gab's ja keine, aber es trifft nicht die Falsche. Die Hure hat den Hertl verleumdet.«

Maria küsste ihn. »Du musst tun, was du tun musst.«

Da ging die Tür zu Augustins Wohnung auf, und der Löwe streckte den Kopf heraus. »Arbeit?«

»Ja. Finger abhacken.«

»Bin gleich fertig.«

Frantz holte seine Medizintasche und rupfte ein Blatt vom Bilsenkraut ab, das immer noch am Fenster hing.

»Das willst du ihr geben?«, fragte Maria ungläubig.

»Nur, wenn sie mag.« Auch er betrachtete das Blatt misstrauisch.

Gemeinsam mit Augustin schlenderte er in Richtung Rathaus. »Schon blöd.«

Der Löwe sah ihn von der Seite an. »Was und warum?«

»Da sagt die Hure endlich die Wahrheit und wird dafür bestraft.«

Der Löwe lachte. »Du meinst, nächstes Mal ist sie nicht mehr so dumm?«

»Kann schon sein.« Frantz seufzte. »Auf einmal ist jede Menge los. Die Diebe werden wir wohl auch bald aufhängen müssen.«

»Um die ist es nicht schade«, brummte Augustin wie so oft, wenn sie einer Hinrichtung entgegenblickten.

Vor dem Rathaus warteten schon der Bannrichter und die Lochschöffen. Zwei Stadtknechte brachten die Delinquentin.

»Ich hol das Werkzeug«, murmelte Augustin und ging zum Gefängniseingang.

Der Bannrichter trat zu Frantz. »Das Weib ist bereits aus der Stadt ausgestrichen worden, deswegen bringen wir sie vors Tor, und da hackt Ihr der Verleumderin die Schwurfinger ab.«

Die Eile überraschte Frantz. Wahrscheinlich wollte der Rat sie rasch loswerden, damit sie nicht herumtratschte, wie sie die Stadtobersten genarrt hatte.

Die Druckmüllerin funkelte Frantz böse an. Er trat zu ihr. »Tut mir leid. Du hast das Richtige getan. Heute wirst du für dein Vergehen vom letzten Winter bestraft.«

Sie senkte den Blick, schaute beinah reumütig drein. »Schon recht, Meister Frantz. Ist ja nur, als Hure mit abgehackten Fingern hat man's bestimmt nicht leicht.«

Ja, Kunden mochten fürchten, sie könnte sie ebenfalls verleumden.

Doch sie nannte einen anderen Grund: »Da betrügen einen die Kerle gern ums Geld, weil sie meinen, so einer glaubt eh keiner.«

Daran hatte er gar nicht gedacht. Er zog bedauernd die Schultern hoch.

Einer der Stadtknechte raunte hinter ihr: »Manch einer findet das vielleicht aufregend, wenn du ihn mit deinen Stumpen anfasst.«

Da hellte sich das Gesicht der Hure auf, und sie blickte sich zu ihm um. »Meinst wirklich, Kuntz?«

Er antwortete mit einer vagen Kopfbewegung. »Wo arbeitest du denn jetzt?«

Kurz flog ein kokettes Lächeln über ihre Züge, die sich jedoch schnell wieder verdüsterten. »In letzter Zeit auf dem Plärrer, aber ich werd mir wohl was anderes suchen müssen. Vielleicht gibt's einen Frauenwirt, bei dem Männer einkehren, die was Absonderliches wollen.« Sie blickte bedauernd auf ihre rechte Hand. »Kennst du einen?«

Frantz räusperte sich und ging zum Bannrichter zurück. So was musste er ja nun wirklich nicht hören.

Da kam auch schon Augustin mit der Hacke am Gürtel gelaufen, und sie zogen los. Ein paar Leute blieben am Straßenrand stehen und glotzten. Sie mochten sich ihren Teil denken. Zum Frauentor hinaus folgte ihnen allerdings niemand, abgesehen von den beiden Stadtknechten. Auch die Lochschöffen kehrten um. Hier draußen warfen ihnen nur noch die Schweine in ihren Pferchen neugierige Blicke zu.

Nahe dem Birkenhain brachten sie die Frau zu einem Baumstumpf, auf dem Augustin ein grobes Leintuch ausbreitete. Überrascht sah ihn die Hure an. »Jetzt wird's aber vornehm.«

»Dann können wir die Finger gleich einpacken«, brummte der Löwe.

»Darf ich die mitnehmen?« Sie fasste sich an den Hals, als überlegte sie, sich wenigstens einen als Glücksbringer umzuhängen.

»Funktioniert nur mit fremden Fingern«, flunkerte Frantz, der nicht an den Unfug glaubte, aber durchaus gern die abgetrennten Glieder an abergläubisches Volk verkaufte.

Der Bannrichter trat heran. »Eva Druckmüllerin, du hast einen Meineid geleistet. Leg deine Schwurhand auf den Baumstumpf.«

Sie tat es, ohne zu murren.

Frantz ließ sich die kleine Axt reichen und umfasste das Handgelenk der Hure. Er nahm Maß und schlug zu. Ihr gellender Schrei scheuchte die Vögel auf und ließ sogar Augustin zusammenzucken, der schnell die Finger einsteckte und die Frau stützte. »Hock dich hin, sonst fallst uns vielleicht um.«

Frantz nahm ihre Hand und hielt die blutenden Stümpfe so, dass sie ihr Kleid nicht befleckten. Sauber abgetrennt. Er zog ein Tuch aus der Tasche seines Wamses und umwickelte damit die Wunden, dann holte er das Blatt des Bilsenkrauts heraus, zerteilte es und hielt ihr die Hälfte hin. »Gegen die Schmerzen, aber Obacht. Das Zeug ist ziemlich stark.« Weil er während der Prozedur die Zähne zusammengebissen hatte, pochte sein Backenzahn von Neuem, doch er war nur kurz versucht, selbst ein Stück zu kauen.

Als sie zu ihm aufblickte, hingen Tränen an ihren Wimpern. Sie schluchzte, doch dann fragte sie: »Von der Presiglin?«

Er nickte, und sie nahm es, biss aber wiederum nur die Hälfte ab und steckte den Rest in den Ausschnitt.

»Ich seh schon, du kennst das Zeug.«

Sie wimmerte und starrte auf ihre verbundene Hand. »Bei meiner Arbeit kommt einem das Teufelszeug manchmal ganz recht, wenn so ein grober Lackel da war.«

Frantz trat einen Schritt zurück, bevor sie ihm Geschichten aus ihrem Arbeitsleben erzählen konnte. Wenn es in Nürnberg noch ein städtisches Bordell gäbe, müsste er sich um die Huren kümmern. Er schauderte. Gut, dass das Hurenhaus mit der Reformation abgeschafft worden war. Er wollte bestimmt kein Verwalter eines Sündenpfuhls sein und sich mit den Beschwerden von Huren und Hurenböcken herumschlagen. Aber vielleicht blieb tatsächlich manches Weib von räudigen Kötern unbehelligt, weil es Huren gab. Womöglich dienten sie einem ähnlich wichtigen Zweck wie er selbst und die Straßenreiniger.

*

Lienhardt Hertl hatte eine unruhige Nacht in einem Heustadl verbracht und zum Frühstück das restliche Essen verschlungen, das ihm die Bauersleute mitgegeben hatten. Jetzt lungerte er in der Nähe des Gasthofs herum und hielt Ausschau nach Fuhrwerken. Vielleicht versteckte sich der Presigl, weil er seine Frau umgebracht hatte, oder war längst unterwegs in eine andere Stadt, gar ein anderes Herrschaftsgebiet, um dort ein neues Leben anzufangen. Eigentlich war es hoffnungslos, ihn ausgerechnet hier treffen zu wollen, aber Lienhardt wusste auch nicht, was er sonst mit sich anstellen sollte. Wenn der Mann vor seiner Flucht noch etwas Geld mit dem Verkauf von Annas Bilsenkrauttränken verdienen wollte, waren die Aussichten in Stein nicht schlecht, denn hier hatte er anscheinend schon eine Stammkundschaft, die genau wusste, was sie an dem Trank hatte.

Die Sonne stand schon hoch am Himmel, als Lienhardt eine junge Frau die Straße entlangschlurfen sah, und ihm stockte der Atem. Das war doch die Eva, das kleine Miststück! Aber so verhuscht – konnte das wirklich die sonst so stolze Hure sein? Da entdeckte er den blutigen Verband um ihre Hand und ahnte, was geschehen sein musste. Ob sie seinetwegen bestraft worden war? Er trat hinter der Hausecke hervor und verstellte ihr den Weg. Als sie ihn bemerkte, blieb sie abrupt stehen und glotzte ihn an wie ein Karnickel angesichts des Jägers. Um sie nicht noch mehr zu erschrecken, hob er beim Näherkommen beide Hände. »Eva, was hat man dir getan?«

Da quollen Tränen aus ihren blauen Augen. »Die Schwurfinger abgehackt, weil ich dich falsch bezichtigt hab.« Sie schluchzte auf.

Lienhardt nahm sie in die Arme. »Das tut mir leid.« Sie fühlte sich warm und weich an.

»Mir auch.« Sie schniefte. »Ich hab mich über dich geärgert, damals, aber ich wollte dir nichts Böses.«

»Ich weiß«, hauchte er und rieb seine Wange an ihrem strähnigen Haar. Heute Morgen hatte sie wohl keine Gelegenheit gehabt, sich zurechtzumachen. »Wohin gehst du jetzt?«

»Ich weiß nicht.« Sie löste sich aus seinen Armen und hob die verstümmelte Hand. »So brauche ich nicht auf Arbeit in einem Badehaus hoffen. Vielleicht kann ich ja in Schwabach bei einem Frauenwirt unterkommen, als die verruchte Hure von Nürnberg.«

Lienhardt lachte. »Das mögen bestimmt viele Kerle.«

Ein Lächeln stahl sich auf ihr Gesicht. »Meinst du?«

»Bestimmt, und du bist noch so schön wie in meinen Träumen.«

Das Lächeln wurde schelmisch. »Du träumst von mir?«

Er nickte. »Meistens wache ich allerdings schreiend auf, weil man mich mit dir erwischt hat.«

Betreten senkte sie den Blick. »Vielleicht kann ich's ja wiedergutmachen und dabei auch für einige Zeit die Schmerzen vergessen.«

»Das hört sich an, als könnten wir beide was davon haben.« Grinsend nahm er ihren Arm und führte sie zum Heustadl. »Keine Sorge, ich bin auch ganz sanft.«

Sie lehnte sich an ihn. »Ach Lienhardt, du bist süß.«

Da schubste er sie auch schon ins Heu, dass sie quiekte. »Süß? Ich werd dir zeigen, wie süß ich bin.«

*

Da Max trotz seiner Verletzung zur Büttelstube gegangen war, machte Kathi sich zum Lochgefängnis auf. Schließlich musste sie diesen düsteren Erinnerungen irgendwann die Stirn bieten, und sie freute sich darauf, endlich die Schallerin wiederzusehen. Nun pochte sie entschlossen mit der Faust gegen das schwere Holztor, während ihr Herz gegen die Rippen hämmerte.

Der Lochwirt öffnete selbst, blickte erst verwirrt drein, dann lächelte er. »Du bist doch die … Braut, die wir hier verheiratet haben!«

»Genau, Katharina Leinfelderin. Ich hab mir gedacht, ich besuche mal Eure Frau. Ist sie da?« Die Lochwirtin war in jenen Tagen ihr einziger Lichtblick gewesen, und Max natürlich, nachdem sie ihn zu ihr gelassen hatten.

»Freilich, komm rein. Die freut sich bestimmt.«

Zögerlich ging sie an ihm vorbei ins finstere Verlies und stieg die enge Treppe hinunter. Als hinter ihr das Tor geschlossen und der Riegel vorgeschoben wurde, zuckte sie zusammen, fühlte sich wieder eingesperrt. Stell dich nicht so an, dumme Gans, schalt sie sich und ging weiter. Beim Brunnen wartete sie auf den Lochhüter und sah sich um. Letzten Sommer hatte sie einige Tage hier verbracht und kannte sich doch nicht aus, weil sie nur in ihrer dunklen Keuche oder im Verhörzimmer gewesen war. Hier irgendwo ging es zu der Kammer, wo die Lochschöffen ihre Befragungen durchführten.

»Da lang«, sagte Schaller und wies auf einen etwas breiteren Gang.

Essensgerüche stiegen ihr in die Nase, während sie den Klappergeräuschen folgte. Die Schallerin bereitete bestimmt schon das Abendmahl zu. Kathi lugte in die Küche und sah eine vertraute Gestalt am Ofen stehen. »Schallerin«, sagte sie zaghaft und ging hinein.

Die Frau drehte sich um und strahlte sie an. »Kathi! Schön, dass du mal vorbeischaust.« Sie wischte sich die Hände an einem Lappen ab und umarmte sie. »Wie geht's dir, Kind? Gut schaust aus.«

»Mir geht's auch gut.« Jetzt erst konnte sich Kathi über das Wiedersehen freuen und ihre Umgebung vergessen. »Euch hoffentlich auch.«

»Freilich, jetzt rührt sich auch wieder was hier unten. Hat dir Meister Frantz gesagt, dass ich eine Magd brauchen könnt?«

»Ja, deswegen bin ich da, aber so recht weiß ich nicht, ob das was für mich ist.«

Die Schallerin rückte ihre Haube zurecht und schob lose Strähnen darunter. »Ja, das kann ich mir gut vorstellen, dass du dich nicht gerade freust, wieder hier zu sein. Du kannst es ja einfach mal ausprobieren.« Sie stieß einen Pfiff aus und schaufelte Grütze in eine Holzschüssel. »Magst du unserem Pferdedieb sein Essen bringen?«

Kathi musste lachen. Unser Pferdedieb? Die Lochwirtin behandelte hier unten wohl jeden halbwegs Anständigen wie Familie. »Gut, ich geh Euren Pferdedieb füttern …« Sie nahm die Schale, zögerte und drehte sich noch einmal um. »Kann ich da allein reingehen?«

»Der ist harmlos, aber du nimmst trotzdem immer einen Lochknecht mit, der an der Tür bleibt, bis du wieder rauskommst.«

Da näherten sich auch schon Schritte. Deshalb hatte die Schallerin wohl gepfiffen. Kathi fühlte sich daran erinnert, wie sie in ihrer Zelle immer darauf gelauscht hatte, ob jemand zu ihr kam, um sie zur peinlichen Befragung zu holen … Sie schluckte – grauslig! – und wandte sich zur Tür. Ein Lochknecht kam ihr entgegen, Fackel in der Hand, und sie erkannte ihn als einen der Wächter, die sie immer wieder vor die Lochschöffen gezerrt hatten. Stolz hob sie das Kinn. Heute war sie als freie Frau hier.

»Erinnerst dich noch an die Kathi, Ferdl? Die hilft mir heut. Das Essen ist für den Pferdedieb.« Sie lächelte Kathi aufmunternd zu, dann fragte sie den Knecht: »Geben die anderen drei wieder Ruh?«

»Ja, jetzt schon«, brummte Ferdl und würdigte Kathi kaum eines Blickes. Im Befehlston sagte er: »Komm mit!«

Sie folgte ihm einen anderen Gang entlang und fragte sich, ob der Nachrichter vielleicht auch hier war und den anderen Häftlingen schlimme Dinge antat. Sie erschauerte, und nicht nur wegen der muffigen, kühlen und feuchten Luft hier unten.

Der Lochknecht blieb vor einer Tür stehen und schob den Riegel zurück. Ein allzu vertrautes Geräusch. Er öffnete und steckte die Fackel innen in eine Halterung. Fröstelnd ging Kathi hinein, und sofort stieg ihr der Geruch eines ungewaschenen Körpers in die Nase.

»Was?«, keuchte ein Mann, der auf der Pritsche an der gegenüberliegenden Wand lag.

Kathi räusperte sich. »Ich bring Euch was zu essen.«

Er gluckste und setzte sich auf. »Euch? Für wen hältst du mich denn?«

Kathi überwand sich, das ehrfürchtige Milchmädchen aus dem Findelhaus abzulegen. »Na gut, dir Strolch bringe ich was zu essen!«

»Strolch bin ich zwar keiner, aber das klingt schon besser. Und dazu gibt's einen Augenschmaus. Wer bist denn du?«

»Die Kathi, ich helf heut der Lochwirtin.« Eigentlich sollte sie einfach die Schüssel abstellen und gehen, aber sie erinnerte sich nur allzu gut daran, wie einsam sie sich hier gefühlt hatte.

Der Mann versuchte vergeblich, sein zerzaustes blondes Haar zu glätten. Auch der Bart stand in alle Richtungen. Sie reichte ihm die Schüssel, und er schnupperte. »Ist die Atzung wert, die sie mir hier drin abgeknöpft haben. Mit Petersilie und allem.« Jetzt lächelte er sie an. »Du sollst mich wohl aushorchen, schöne Maid.«

»Aushorchen? Nein. Ich weiß nur, dass du ein Pferdedieb bist.«

Er schnaubte. »Ah geh, ich doch nicht! Ich hab noch zum Jackl gesagt, er soll die Gäule stehen lassen, aber er hat gemeint, dass die sonst nur ein anderer mitnimmt, und wir könnten sie ja im nächsten Ort abgeben.«

Oh, dann war das der Kerl, den Max und die anderen geschnappt hatten, als sein Kumpan mit den Rössern abhaute. Wahrscheinlich war der Lump noch auf freiem Fuß. Nun freute sie sich doch, dass Max zum Muffel gegangen war. Vielleicht brachte er Neuigkeiten über den Flüchtigen mit. »Hat man dich schon verhört?«, fragte sie. Wäre doch schön, wenn sie ebenfalls etwas herausfände!

Der Mann stöhnte. »Nur kurz, aber geglaubt haben mir die hohen Herren wahrscheinlich kein Wort. Mitgefangen, mitgehangen.« Nun nahm er einen ersten Bissen. »Mmh, wirklich nicht schlecht, dann wird die Henkersmahlzeit bestimmt was ganz Feines.«

»Aber wenn du gar kein Strolch bist …«

Er lachte bitter. »Wen interessiert das schon?«

Kathi setzte sich auf die Holzbank, die sich an der Längswand erstreckte. »Ich war auch schon mal unschuldig hier eingesperrt. Lass den Kopf nicht hängen.«

Nun starrte er sie überrascht an. »Du? Hier eingesperrt?«

Sie nickte. »Die haben geglaubt, ich hätte meine Herrin erschlagen.«

»Dann warst du bei der Folter bestimmt ein zähes Luder, wenn sie dich wieder freigelassen haben.« Er maß sie mit ehrfürchtigen Blicken. »Dafür schaust aber sehr gesund aus.«

»Nein, ich bin zum Glück nicht torquiert worden, weil rechtzeitig die echte Mörderin gefunden worden ist. Wie heißt du eigentlich?«

»Ich bin der Wolf Utschenreuter aus Lauf.«

»Wolf, du musst den Schöffen alles über den anderen Kerl erzählen, der mit den Rössern abgehauen ist. Wenn sie den finden, dann lassen sie dich frei.«

»Hmm, meinst wirklich?«

»Bestimmt. Der Rat will keine Unschuldigen hinrichten, der Nachrichter noch weniger.«

Da lachte der Mann schallend und schlug sich mit der freien Hand auf den Schenkel. Empört sprang Kathi auf. »Wenn du mir nicht glaubst, sehen wir uns eben am nächsten Richttag am Rabenstein wieder.«

Sofort verstummte das Gelächter. »Warte, ich erzähl dir alles.«

*

Es wurde allmählich finster. Lienhardt küsste noch einmal Evas Brüste, bevor er ihr Kleid wieder zuschnürte. »Ach Eva, bleiben wir noch eine Zeit zusammen? Wir wissen ja alle beide nicht, was wir jetzt anstellen sollen.«

»Geh, du verscheuchst mir höchstens die Kundschaft. Kannst aber gern morgen mit mir nach Schwabach laufen.«

»Gute Idee, und hier im Heu übernachten wir.« Erst jetzt fiel ihm wieder ein, dass er in der Wirtschaft dem Presigl auflauern wollte. »Hast du Durst? Trinken wir noch ein Bier oder drei?«

»Hast du Geld?«

Er verzog das Gesicht und suchte alle Taschen ab. »Fünf Pfennig.«

Sie lachte. »Ich hab wenigstens noch drei Groschen. Na, komm.«

Lienhardt nahm ihre unversehrte Hand und zog sie auf die Beine. Arm in Arm gingen sie zur Wirtschaft hinüber, wo er als Erstes die Anwesenden musterte. Die beiden Männer vom Vortag entdeckte er nicht, aber alle Tische in der Gaststube waren besetzt. Wer sah so aus, als könnte er ihm mehr über den Fuhrmann erzählen? Da blieb sein Blick an einem Mann hängen. Das war er doch, der Presigl! Der schaute ja wild aus, die kurzen dunklen Haare standen in alle Richtungen, und der Schnauzer musste dringend gestutzt werden. Der wuchs ihm ja schon ins Maul. Er stieß Eva an. »Setzen wir uns zu dem.«

»Oh ja!« Eva strich sich das Haar aus dem Gesicht und ging voraus zu dem Tisch, an dem außer Presigl nur zwei weitere Männer hockten. »Darf sich ein durstiges Paar zu euch setzen?«, fragte sie keck und hockte sich auch schon auf einen Stuhl.

Lienhardt ließ sich neben ihr nieder. »Guten Abend miteinander.« Er erhielt Nicken und Brummen zur Antwort.

»Ja, da schau her, die Eva«, sagte der Presigl und grinste sie an. »Und was hast du für einen dabei?«Der Kerl erkannte ihn gar nicht? Na ja, als Fuhrmann traf er ständig fremde Leute, und ihre letzte Begegnung war schon einige Wochen her.

»Ach, das ist nur der Lienhardt«, sagte sie, als wäre damit alles klar.

Der Mann nickte auch sofort und sagte: »Ich bin der Presigl Georg.«

»Das Jorgerla.« Eva kraulte ihm das bärtige Kinn.

Erst jetzt fiel Lienhardt auf, dass ihre verstümmelte Hand in ihrem Schoß lag. Ihre Tischgenossen hatten sie wohl trotzdem bemerkt, denn sie murmelten etwas Unverständliches und standen auf. Bald darauf setzten sie sich zu anderen Leuten.

»Mach dir nichts draus, Everla«, sagte Presigl. »Die haben Angst vor ihren Weibern, wenn die erfahren, dass sie bei einer Hur gehockt sind.«

Eva grinste. »Was machen die Weiber dann erst, wenn ich auf ihren Männern hocke?«

Presigl lachte schallend und bestellte Wein für sie drei. Er wirkte nicht gerade wie ein gramgebeugter Witwer. Nun lehnte er sich über den Tisch ganz nahe zu Eva. »Brauchst du was, oder dein Verehrer?«

Da legte sie ihre verbundene Hand auf den Tisch. »Brauchen könnt ich schon was, aber Geld hab ich keins.« Mit gesenktem Kopf sah sie ihn durch die dichten Wimpern an.

Welcher Mann kann diesem Blick widerstehen?, fragte sich Lienhardt.

Presigl wirkte jedoch mehr erschüttert als lüstern. »Was haben sie denn mit dir gemacht?«

»Die Finger abgehackt. Tut ganz schön weh.«

»Du Arme.« Er kramte einen großen Beutel aus grobem Leinen unter dem Tisch hervor und wühlte darin herum, bis er einen kleinen Tonkrug fand.

Da stellte der Schankknecht die Weinbecher auf den Tisch. »Zum Wohl.«

Presigl grinste, wartete, bis der Mann sich entfernt hatte, und goss einen Schluck des Trunks in Evas Becher, dann in seinen eigenen, bevor er Lienhardt anschaute.

Er schüttelte den Kopf, wollte lieber bei Verstand bleiben. Ein wenig fühlte er sich auch schuldig, weil der Mann ihn freihielt, wo er ihm doch Hörner aufgesetzt hatte.

»Wie du willst. Gibt nimmer viel davon«, sagte Presigl und wirkte zum ersten Mal traurig.

Freilich, jetzt wo seine Frau tot war … Nein, Lienhardt musste kein schlechtes Gewissen haben.

»Danke«, hauchte Eva und streichelte die Hand des Fuhrmanns, dann stießen sie miteinander an und tranken. Sie leckte sich die Lippen. »Mmmh, gut. Ist aber wirklich schade, was mit deiner Frau passiert ist. Hast keine Ahnung, wer das gemacht haben könnt?«

Der Witwer presste die Lippen aufeinander und zog die Augenbrauen zusammen. »Ich zermartere mir schon die ganze Zeit den Kopf, aber sie hat doch niemandem was getan. Mein Annerla war zu allen nett und immer anständig.« Er rieb sich die Augenlider, als weinte er, aber Lienhardt sah keine Tränen.

Anständig, die Anna …? Ihn hatte sie ganz schnell ins Bett gezerrt, was er natürlich sehr anständig von ihr fand, aber ihr Ehemann hätte da sicherlich widersprochen.

»Ach, ich hab Hunger«, sagte Eva. »Aber bezahlen kann ich grad nix.«

Presigl lächelte sie an, alle vermeintliche Trauer wie weggeblasen. »Ich kauf dir was, und danach gehst mit mir naus.«

Lienhardt hätte gerne protestiert, aber Eva war schließlich eine Hure. Sie sah den Mann schelmisch an. »Auf deinem Karren?«

Presigls Miene verdüsterte sich. »Nein, denn hab ich verkauft. Ich geh weg von hier. Muss nur noch ein bisserl Zeug loswerden.«

»Was denn für Zeug?«, fragte Lienhardt und versuchte, nicht allzu interessiert zu klingen.

Der Fuhrmann grinste. »Nichts, das ihr zwei Hungerleider euch leisten könnt.«

»Puh!« Eva fächelte sich mit der unversehrten Hand Luft zu. »Ich spür das Kraut schon.« Ihre Wangen waren gerötet und der Blick leicht glasig.

»Wirt!«, rief der Presigl. »Bring uns was zu essen.« Dann neigte er sich zu Lienhardt und lachte dreckig. »Nicht, dass sie gleich nimmer weiß, was sie mit mir anstellen soll.«

Eva fiel in sein Lachen ein, aber so lustig war der Spruch nun auch wieder nicht. Lienhardt sah sich in der Gaststube um. Einige Leute schauten zu ihnen herüber, grinsten und tuschelten. Am liebsten hätte er sich verdrückt; die Aussicht auf ein freies Essen und vielleicht mehr Wein ließ ihn ausharren. Womöglich bekam er heraus, wohin der Fuhrmann als Nächstes wollte, und erhielt dafür die Belohnung, die ihm bei den Dieben verwehrt geblieben war.

Presigl griff wieder in den Sack, den er unter den Tisch gelegt hatte, und erhob sich. »Passt auf mein Zeug auf, ja?«

»Sowieso«, sagte Lienhardt. Wahrscheinlich hatte der Mann noch einige von Annas Tränken zu verhökern. Tatsächlich ging er von Tisch zu Tisch, und manch einer winkte ihn heran.

Netter Beifang

Frantz wiegte seinen weinenden Sohn in den Armen und schritt mit ihm in der guten Stube auf und ab, während Maria in der Küche das Abendessen bereitete. Sein verfluchter Zahn tat auch wieder weh. Den konnte er sich einfach ziehen lassen, dann hätte es ein Ende damit, nur was mochte dem Kleinen fehlen? Vielleicht eine Kolik. Maria hatte ihn erst vorhin gestillt, also sollte er nicht schon wieder Hunger haben.

Da klopfte es an der Tür. Seufzend öffnete Frantz und sah sich Kathi und Max gegenüber. »Ihr schon wieder? Da sieht man euch monatelang nicht, und plötzlich lauf ich euch täglich über den Weg oder finde euch bei mir zu Hause.«

»Was hat denn der Kleine?«, fragte Kathi und streckte verlangend die Hände nach Vitus aus.

Frantz wollte ihn erst gar nicht hergeben, reichte ihr das Kind aber doch. Sowie sie Vitus' Köpfchen gegen ihren Busen legte, beruhigte sich der kleine Verräter, und Kathi strahlte ihn an.

»Hmm.« Frantz strich sich über die Brust. »Vielleicht muss ich mich auspolstern.«

Die beiden lachten und hockten sich auf die Bank, als wären sie hier zu Hause. »Ihr wart noch nicht bei dem Pferdedieb, oder?«, fragte Kathi.

»Bin nicht gerufen worden.« Er setzte sich ihnen gegenüber. »Was ist mit dem?« Auch wenn es nichts mit dem Mord an der Presiglin zu tun hatte, seine Kundschaft interessierte ihn natürlich schon.

»Er ist nur zufällig mit dem andern unterwegs gewesen und auch nicht geflohen, als Max und die anderen den Pferdediebstahl entdeckt haben. Ihr dürft ihn nicht foltern.«

»Ha, was du nicht sagst.« Seine Kiefermuskeln spannten sich. Er bereute es sofort und verzog das Gesicht vor Schmerz.

»Verzeiht.« Immerhin blickte das Weib schuldbewusst drein. »Ich meine nur, wir … also eigentlich Max und die anderen Stadtknechte … sollten den anderen Kerl fangen, der mit den Gäulen auf und davon ist. Er soll die Tochter eines Abdeckers hier bei Nürnberg geheiratet haben.«

Das konnte doch kein Zufall sein. »Wie heißt er?«, fragte er mit heiserer Stimme.

»Jackl, also Jakob«, antwortete Kathi. »Den Familiennamen kennt sein Begleiter nicht.«

Nun presste Frantz die Kiefer zusammen, bis der Schmerz in seine Schläfe hinaufzog. Also war Elsas Mann tatsächlich unter die Diebe gegangen. Andererseits war der Name Jakob sehr verbreitet … auch unter Abdeckern.

»Was schaut Ihr so?«, fragte Max.

»Das könnte Franziskas Vater sein. Oder vielmehr der Mann ihrer Mutter.«

Kathi nickte. »Jakob Seitzen. Das würde erklären … Ähm, nein, nicht wirklich. Ich meine nur.«

Jetzt musste Frantz grinsen. Verlegenheit stand ihr gut, vor allem, nachdem sie so frech gewesen war, ihm zu sagen, was er zu tun und zu lassen hatte.

Max kratzte sich das bärtige Kinn. »Glaubt Ihr, der Kerl versteckt sich und die Pferde bei seiner Frau?«

Er dachte kurz nach. Wahrscheinlich würde weder der alte Reichelt noch Elsa den Jakob wegjagen, selbst wenn er mit Diebesgut bei ihnen auftauchte, und hübsch abgelegen war die Abdeckerei auch. Morgen könnte er vorbeischauen, auch wenn niemand gern am Tag des Herrn einen Henker zu Gesicht bekam.

»Was grübelt Ihr, Meister Frantz?«, fragte Kathi.

Er atmete tief durch. »Wär nicht schön, wenn der alte Reichelt und seine Tochter Schwierigkeiten kriegen würden wegen diesem Taugenichts.«

Kathi senkte den Kopf. »An die Familie hab ich gar nicht gedacht. Die haben es bestimmt schwer genug, wenn die Frau ihr Kindlein weggegeben hat.«

Das Kindlein. Die Tochter des Seifensieders ... Wahrscheinlich wären Reichelt und Elsa nicht allzu betrübt, wenn der Seitzen gefasst würde und seine gerechte Strafe bekäme. So könnte sie wieder heiraten. Die kleine Franzi würde die Mutter wohl trotzdem nicht zurückbekommen. Er fuhr sich mit der Zunge über den schmerzenden Zahn. »Ich werd morgen einen Spaziergang machen und mich umschauen. Falls Elsas Mann sich bei der Abdeckerei herumtreibt, kann ich ihn vielleicht aufscheuchen.« Er sah Max an. »Wenn du ihm mitsamt ein paar Stadtknechten auf der Straße auflauerst, könnt ihr ihn verhaften, ohne dass die Familie mit reingezogen wird. Am besten postiert ihr in beiden Richtungen Männer, dann erwischt ihr ihn, egal ob er nach Nürnberg oder Fürth will.«

Kathi strahlte ihn an. »Ich wusste, dass Euch etwas einfällt.«

Ihr Mann blickte allerdings zweifelnd drein. »Wie soll ich am Sonntag an Stadtknechte kommen, ohne sie beim Kriegsamt anzufordern? Muffel würde nur blöde Fragen stellen.«

»Redet mit denen, die dabei waren, als euch die Pferde gestohlen wurden. Die haben bestimmt eine Stinkwut auf den frechen Dieb. Wer nicht zum Dienst eingeteilt ist, begleitet dich sicher gern. Vielleicht kommt auch der eine oder andere Schütze mit. Das Kriegsamt muss gar nichts davon erfahren. Wenn hinterher jemand fragt, was ihr da draußen zu suchen hattet, lasst euch was einfallen.«

»Das könnt gehen. Einige Stadtknechte wollen schon lang mal wieder dem Branntwein der Deutschherren beim Fischhäusla zusprechen.«

Frantz machte ein ernstes Gesicht. »Aber haltet euch bloß zurück, ich brauch euch nüchtern, falls der Seitzen dort herumlungert.«

»Freilich, den Branntwein gibt's höchstens hinterher, um die Verhaftung zu feiern.«

Die Verhaftung feiern ... Die Stadtknechte hätten auch allen Grund dazu. Für ihn bedeutete so ein Ereignis jedoch, dass er erneut jemanden vom Leben zum Tode bringen müsste, das wären dann schon vier, wenn nicht gar fünf oder sechs in nächster Zeit: die Diebsbande, die beiden Pferdediebe und den Mörder der Presiglin.

»Was schaut Ihr so, Meister Frantz?«, fragte Kathi mit Besorgnis in der Stimme.

Ihm waren wohl die Gesichtszüge entglitten. »Zahnschmerzen.«

Beide warfen ihm mitleidige Blicke zu. Da kam Maria herein und begrüßte die Gäste freudig. »Du hättest mir aber auch sagen können, dass wir Besuch haben, Frantz.«

Er blickte zu seiner Frau auf. »Hast du nicht mitgekriegt, dass Vitus zu schreien aufgehört hat?«

*

Ging die Eva doch tatsächlich mit dem Kerl nach draußen, ganz ausgelassen von dem Trunk, schien sich regelrecht darauf zu freuen, mit dem Presigl sonst was anzustellen! Die Bratwürste mit Sauerkraut und Brot begannen in Lienhardts Bauch zu rumoren; ihm wurde speiübel. Er sollte alleine losziehen und die Hure vergessen.

Doch da stellte der Schankknecht einen neuen Krug auf den Tisch. »Das dauert bestimmt nicht lang bei dem, und dann haben die beiden einen Durst.«

Schon etwas versöhnt mit seinem Schicksal schenkte Lienhardt alle drei Becher voll. Bezahlen würde hoffentlich der Presigl, sonst müsste er die Beine in die Hand nehmen. Eigentlich überraschend, dass die Bedienung nicht im Voraus kassierte. Die kannten den Presigl hier offensichtlich recht gut.

Da kamen Vater und Sohn vom Vortag herein und setzten sich zu Lienhardt. »Oh, sitzt hier schon jemand?«, fragte der Jüngere und schielte in die anderen Becher.

»Das ist dem Presigl seiner und der von einer … Freundin.«

»Ach, sind das die zwei, die draußen hinterm Haus so einen Radau machen?«, fragte der Bursche weiter. »Hört sich wild an.«

Lienhardt funkelte ihn böse an und brachte ihn zum Verstummen.

Der Vater grunzte: »Dabei ist der Mann doch frisch verwitwet.«

Genau, dachte Lienhardt, so was gehört sich nicht. Er hatte seinen Becher schon fast wieder geleert, als Eva mit ihrem Kunden zurückkehrte. Er bemühte sich, nicht allzu finster dreinzuschauen, und freute sich, dass der Presigl arg wankte.

»Weg von meinem Platz!«, raunzte er den Vater an.

Der schnappte zurück: »Da passen wir doch alle her.«

Presigl beugte sich vor. »Hast Geld? Kaufst mir was ab?«

Der Alte schüttelte den Kopf; der Sohn senkte den Blick.

»Dann schleicht euch.«

Murrend taten sie es. Lienhardt kratzte sich den Bart. Der Mann machte sich nicht gerade beliebt. Anscheinend vertrug er Annas Trunk nicht so gut wie Eva, die immer noch beseligt lächelte und gar nichts mitgekriegt zu haben schien. Im Raum gab es einige Männer, die ihr lüsterne Blicke zuwarfen, trotz der verbundenen Hand. Jetzt trat der Sohn zu ihr und flüsterte in ihr Ohr. Freudestrahlend sprang sie auf, tätschelte Lienhardts Schulter und verschwand mit dem Hurenbock. Das konnte er sich wirklich nicht länger mit anschauen. »Ich geh jetzt«, sagte er zum Presigl.

Der packte seinen Arm. »Hast du Geld?«

»Freilich. Einen Haufen«, antwortete er trotzig. »Aber nicht dabei.«

Jetzt feixte der Mann. »Brauchst du was?«

»Kein Rauschkraut.«

Presigl schüttelte den Kopf, beugte sich vor und flüsterte: »Was Wertvolles.« Er tätschelte den Sack unterm Tisch, auf den Lienhardt hatte aufpassen sollen, während der Kerl sich mit Eva vergnügte. Hätte er mal reingeschaut, dann wüsste er, um was es ging! Ob Presigl die

Bauern verscheucht hatte, damit sie ihm nichts klauten? Eigenartig, dass der Mann ausgerechnet ihm vertraute, obwohl er sich ihrer früheren Begegnungen nicht erinnerte.

Presigl wühlte in dem Sack herum und zog die Figur eines merkwürdigen Tiers heraus. Es war weiß, trug mitten im Gesicht einen zweiten Schwanz, der bis zum Boden reichte, und hatte riesige Ohren. Lienhardt lachte. »Was soll denn das sein?«

»Ein Elefant aus Elfenbein.«

»Hmm, was auch immer das ist.«

»Riesige Viecher, die gibt's in Afrika.«

Jetzt nahm Lienhardt die geschnitzte Figur in die Hand. »Ach komm, so was kann's doch gar nicht in echt geben.« Seltsames Material war dieses Elfenbein. Eine Art Holz?

»Doch, wirklich, und die Figur ist aus den Zähnen vom dem Vieh gemacht.« Presigl fuhr über die absonderlichen Hörner, die dem Tier aus dem Mund ragten.

Lienhardt schüttelte den Kopf. Wer auch immer die Figur geschnitzt hatte, musste zu viel Bilsenkraut genascht haben.

»Ich hab noch ganz viele besondere Sachen, die man auch in Nürnberg nicht leicht kriegt. Ich tät's dir billig verkaufen, weil ich jetzt einen Batzen Geld brauche.«

Da horchte Lienhardt auf. »Warum?«

»Ich will weg, ins Elsässische oder nach Burgund. Jetzt, wo mein Annerla tot ist ...« Er war noch genug bei Verstand, um eine traurige Miene aufzusetzen, aber gleich darauf brach der Mistkerl in Gelächter aus.

Lienhardt schob ihm den Weinbecher zu. »Trink noch was.« Wenn er dem Fuhrmann den Sack abjagte, könnte er selbst die Kleinodien verkaufen und dazu wundersame Geschichten erfinden.

Presigl nahm einen kräftigen Schluck und grinste. »Du könntest für mich als Krämer umherziehen.«

Er nickte und bemühte sich, eifrig dreinzublicken. »Wie viel Geld brauchst du denn?«

Nach einem erneuten Blick in seinen Sack ließ Presigl die Zunge zwischen den Lippen hervorblitzen und murmelte tonlos vor sich hin. »Hmm, dreihundert Gulden«, sagte er schließlich.

Lienhardt lachte. »Geh weiter, so viel ist der Krempel doch niemals wert.«

»Doch«, flüsterte der Fuhrmann. »Komm mit nach draußen.«

Wo sich Eva noch immer vergnügte? Er wollte sie bestimmt nicht mit einem anderen Kerl sehen. Mit Geld ließen sich viele Frauen kaufen, vielleicht sogar eine finden, die ihn zum Ehemann nehmen würde. Presigl hatte unterdes den Sack gepackt, warf ihn sich über die Schulter und eilte voraus zur Tür.

Da rief der Wirt: »He, zahl erst mal deine Zeche!«

»Wir kommen ja wieder«, knurrte Presigl ihm zu.

»Vielleicht auch nicht«, warf Lienhardt ein, nahm den Sack an sich und grinste den Fuhrmann an. »Falls wir gleich das Geld holen.«

»Hast auch wieder recht.« Er machte seinen Geldbeutel auf. »Was schuld ich dir?«

»Für euch alle drei?«

»Freilich.«

»Einen halben Gulden.« Der Wirt wischte sich sein zufriedenes Feixen mit einer Handbewegung aus dem Gesicht, aber nicht schnell genug, als dass es Lienhardt entgangen wäre.

Das war aber auch ein saftiger Preis. Presigl zahlte anstandslos, ging dann jedoch zum Tisch zurück und schenkte sich den restlichen Wein aus dem Krug ein. Verkommen lassen wollte er wohl nichts. Erneut gab er etwas aus seinem Tongefäß dazu und kippte alles auf einen Zug hinunter. Das würde er morgen bitter bereuen. Lienhardt freute sich, noch so nüchtern zu sein. »Packen wir's«, sagte er und öffnete dem schwankenden Mann die Tür. Der würde bestimmt bald umkippen bei so viel Wein und mehr.

Schnell vergewisserte sich Lienhardt, dass sich niemand auf der Straße herumtrieb, und von Eva war auch nichts zu sehen. Vielleicht hatte der Bursche sie mit nach Hause genommen. Sein Bett war bestimmt behaglicher als der Heustadl, in dem Lienhardt sich mit ihr vergnügt hatte. Hm, am Ende wälzten sich die beiden doch dort herum. Da sollte er den Presigl lieber nicht hinbringen, um seine Waren zu begutachten. »Gehen wir ein Stück«, sagte er. »Muss ja nicht jeder mitkriegen, was du alles dabeihast.«

Die Talglampe am Kirchplatz war noch nicht gelöscht worden und beschien ein menschenleeres Pflaster. Das war doch ein guter Ort, um sich seine künftige Beute zu besehen. Sie gingen die Dreckstraße entlang zum alten Kirchlein. Vor der Laterne setzte Lienhardt den Sack ab und öffnete ihn. Auf den ersten Blick nur Krimskrams. Einige kleine Tonkrüglein, bestimmt gefüllt mit Annas Trank, klapperten aneinander. Er ging in die Hocke und wühlte weiter. Ein kunstvoll gearbeitetes Kruzifix und, in Stoff eingeschlagen, ein seltsames Ding wie ein Schneckenhaus, aber mit komischen Zacken.

»Muschel«, wisperte Presigl.

Ein Stein in leuchtendem Blau. Lienhardt hielt ihn dem Mann hin.

»Lap … Laps … Laspuli.«

Lienhardt hatte keine Ahnung, was das Zeug wert sein mochte, aber es würde sicherlich was einbringen. »Ich geb dir zweihundert Gulden und keinen Groschen mehr.«

»Haff«, schnaubte Presigl, dem das Teufelskraut deutlich auf die Zunge schlug.

»Da müssen wir aber zu meinem Bruder gehen, der das Geld für mich aufbewahrt.«

Der Betrunkene nickte und wiegte sich hin und her. Dann blickte er in den Himmel und deutete hinauf.

»Ja, schöne Sterne«, sagte Lienhardt und fragte sich, was der Kerl sonst noch da oben sehen mochte. Er schnürte den Sack wieder zu und schulterte ihn. »Gehen wir.« Konnte nicht lange dauern, bis der Fuhrmann zusammenbrach. Er würde ihn einfach liegen lassen und weitergehen. Zunächst aber mussten sie raus aus dem Ort, also hakte er ihn unter und setzte sich mit ihm in Richtung Schwabach in Bewegung. Nur weg von Nürnberg. »Komm, gehen wir, machen wir eine schöne Krämerei auf mit deinem Zeug.«

»Anna«, hauchte der Mann. »Nein. Wollt nicht. Leid. Unz …«

»Was sagst?«

Presigl gestikulierte mit dem freien Arm herum.

Als er das sah, dämmerte es Lienhardt allmählich. »Hast du deine Frau erschlagen?« Oder plagte ihn das schlechte Gewissen, weil er so kurz nach Annas Tod Unzucht mit einer anderen getrieben hatte?

Der Mann nickte, dann schüttelte er wild den Kopf.

»Die Anna, hast du sie mit einem Kerl im Bett erwischt?« Mit ihm …

Presigl wandte ruckartig den Kopf ab. Das mochte Ja oder Nein heißen, schwer zu sagen. Lienhardt wollte es genau wissen. »Und dann hast du einen Stock genommen und zugeschlagen?«

»Leid«, murmelte der Witwer und riss die Arme hoch, wie um sich zu schützen.

»Ja, bestimmt tut dir das jetzt leid.« War ja auch schlecht fürs Geschäft, wenn niemand mehr Tränke braute.

»Auf … auf …«

»Aufgehängt hast du sie?«

Wie von unsichtbaren Geistern bedrängt, fuchtelte der Betrunkene herum. »Weg. Weg!«

Geschähe dem Schwein recht, wenn ihn die Anna heimsuchte. Nur weshalb? Weil ihr Mann sie ermordet hatte oder weil er bei einer anderen gelegen war? Da ließ ihn ein Gedanke so abrupt stehen bleiben, dass der untergehakte Presigl halb um ihn herumlief. Wenn er dem Kerl einfach seine Kuriositäten abknöpfte und sich davonmachte, würde Presigl ebenfalls das Weite suchen, und der Mord an Anna bliebe ungesühnt – ein Mord, an dem er Mitschuld trug, weil er in jener Nacht bei ihr gelegen hatte. Und er könnte sich nie gewiss sein, ob ihr Mann es getan hatte. »Ich bin ein Depp«, sagte er. »Wir müssen ja in die andere Richtung zu meinem Bruder mit dem Geld.«

Presigl grunzte und ging brav mit ihm. Als sie wieder an dem Wirtshaus vorbeikamen, hielt er nach Eva Ausschau und schalt sich einen Narren. Der Krempel vom Presigl würde ihm genug einbringen, um sich in Ruhe irgendwo Arbeit zu suchen und vielleicht sogar eine Frau zum Heiraten. Womöglich nahmen ihn die Nürnberger wieder in ihre Dienste, wenn er ihnen Annas Mörder brachte, nachdem die Eva ihre falsche Bezichtigung gestanden hatte.

Zum Glück war der Nachthimmel klar, und der Halbmond machte es nicht allzu schwierig, den Weg zu finden. Den Weg zurück nach Gostenhof.

Da stolperte Presigl, und er konnte ihn nicht halten. Als er dem Mann aufhelfen wollte, spürte er den Geldbeutel am Gürtel und griff hinein. Etliche Gulden! Er schob sich das Geld in die Tasche, zog den Betrunkenen hoch und legte sich dessen Arm um die Schultern. »So geht's besser.«

»Weit?«, fragte Presigl.

»Nein, wir sind bald da.«

Der Marsch schien den Mann zu ernüchtern. Seine Schritte und Zunge waren nicht mehr ganz so schwerfällig. »Nicht nach Nürnberg«, sagte er plötzlich.

Erkannte er den Weg? Dann würde er Lienhardt vielleicht ausbüxen.

»Keine Angst. Mein Bruder, der mit den zweihundert Gulden, der wohnt kurz vor der Stadt.«

Ein Grunzen antwortete ihm.

»Warum willst denn nicht nach Nürnberg?«, fragte er unschuldig.

»Erstochen.«

»Was?« Lienhardt blieb wieder stehen, besann sich aber schnell und ging weiter. »Warum?«

»Äuber. Mich.«

»So, ja dann.« Sollte sich der Nachrichter darum kümmern, mehr aus dem Meuchelmörder herauszuholen. Lienhardt zuckte zusammen. Und wenn der Presigl auch jetzt ein Messer bei sich hatte? Sobald der merkte, wohin es ging, könnte er Lienhardt an den Kragen wollen. Reichte ja schon, dass er den leeren Geldbeutel bemerkte. Lienhardt tat, als würde ihm des Fuhrmanns Arm aus der Hand rutschen. Wie erwartet fiel Presigl erneut auf die Schnauze und jaulte auf.

»Tut mir leid.« Lienhardt half ihm hoch und tastete ihn dabei ab. Kein Dolch. Vielleicht sprach er auch nur wirr. Dieses Teufelskraut! Hatte nicht er selbst in seinem Wahn noch Stunden später eine Leiche stehlen wollen? Diesmal legte er sich den anderen Arm seines taumelnden Weggefährten um die Schulter. Mühsam ging's voran; der Marsch dauerte scheinbar ewig. Heute Nacht würde er kaum noch ein bequemes Lager finden.

Endlich meinte er, durch die Bäume Lichter schimmern zu sehen, womöglich der anheimelnde Schein von Talglampen hinter Butzenscheiben. Konnte das schon Gostenhof sein, oder war es ein Weiler?

»Wohin?«, fragte Presigl.

»Zu den zweihundert Gulden.«

»Ah, gut. Ins Elsäschische. Bischt mein Kramer.«

»Genau.«

Tatsächlich, das mussten Häuser sein. Im Unterholz neben dem Weg raschelte etwas. Lienhardt konnte in der Dunkelheit nichts erkennen. Bestimmt ein Fuchs. Da fiel ihm ein, dass er Presigls Preziosen lieber außerhalb Gostenhofs verstecken sollte, sonst würden sie ihm noch abgenommen. »Wart mal schnell.« Er hielt, ließ den Riemen des Sacks von der Schulter gleiten und warf ihn schwungvoll ins Dickicht rechts der Straße.

»Was ist?«, fragte Presigl, der immer noch geradeaus starrte.

»Passt schon. Gehen wir weiter.« Angestrengt hielt Lienhardt nach Wegmarken Ausschau, um die Stelle wiederfinden zu können, doch um ihn gähnte finstere Nacht. Verflucht, morgen müsste er das ganze Stück absuchen. Brennnesseln, Dornen, das würde ein Spaß! Hauptsache, der Pfleger von Gostenhof nahm ihm nicht die Beute ab.

»Nürnberg!«, rief die Rauschkugel und verhielt den Schritt. Weil Lienhardt ihn weiterzog, wären sie beinah beide gestürzt.

»Dahin gehen wir nicht. Bloß noch ein Stück, dann sind wir bei meinem Bruder mit dem Geld.«

Zu seiner Erleichterung sträubte sich der Mann nicht mehr. Zu versessen aufs Geld! Dabei war der Tand kaum mehr wert als eine Handvoll Gulden, schätzte er, sicher keine zweihundert. Wenigstens musste er kein schlechtes Gewissen haben, weil er den Gierhals bestahl.

Presigls Schritte wurden immer langsamer. Im Schein der ersten Lampe sah Lienhardt, dass er den Kopf gesenkt hielt und zu Boden starrte. Umso besser. Da vorne war schon das Pflegamt mit dem kleinen Gefängnis nebendran. Vor dem Gebäude lief jemand in der schwarzroten Pluderhose und den aufgepufften Ärmeln der Stadtknechte herum. Als sein Blick in ihre Richtung fiel, musterte er sie kurz und schlenderte ihnen entgegen. Da erkannte Lienhardt den Sundermann Alois. Nicht verkehrt, der Mann. Bestimmt wartete er, bis die letzten Besoffenen heimgegangen waren, falls doch einer das Raufen anfangen wollte. Da könnte sogar der Stockmeister noch auf sein.

Sie waren schon fast beim Gefängnis angelangt, als Sundermann ihn erkannte. »Der Hertl. Was machst denn du hier?«

»Grüß dich, Bruder. Ich will das Geld holen, das du für mich aufhebst.«

»Was?«

Als Presigl den Kopf hob, schien Alois auch ihn zu erkennen, denn er blickte verwirrt vom einen zum anderen. »Ist das nicht der …?«

Schnell unterbrach er seinen früheren Kumpan. »Genau, ich bin's, der Lienhardt, dein Bruder.« Er nickte in Richtung Gefängnis.

Alois klappte den Mund auf und wieder zu, dann sagte er: »Das ist ja schön, dass du dich auch mal wieder sehen lässt. Ich hol uns schnell einen Krug Wein.«

»Das wär gut. Gell, Presigl, einen Schluck täten wir schon noch mit meinem Bruder trinken?«

Der Fuhrmann stöhnte.

Alois rannte los. Hoffentlich holte er den Stockmeister *und* einen Krug! Sobald der Presigl hinter Schloss und Riegel saß, würde er schon gern einen großen Schluck trinken.

»Geld?«, fragte Presigl.

»Gleich kommt er mit dem Wein und gibt uns dann das Geld.«

Als sich zwei Gestalten näherten, drehte er den Presigl herum, damit er den Stockmeister nicht erkannte, aber das war vermutlich unnötig. Dem war ja nicht einmal die Stadtknechtstracht vom Sundermann aufgefallen. Der ältere Mann sperrte bereits die schwere, mit Eisen verstärkte Tür auf.

»So, jetzt gehen wir rein und trinken einen Schoppen, dann kann uns der Loisl das Geld geben.«

Brav folgte ihm der Gierhals ins finstere Verlies. Auf der Treppe nach unten legte sich eine Hand auf Lienhardts Schulter. Alois sagte: »Und du bleibst auch gleich da, *Bruder*.«

Ihm wurde schon wieder speiübel. Das hatte er nun davon! Sollte er versuchen, an den beiden Kerlen vorbeizukommen. Er blickte über die Schulter. Alois füllte den schmalen Gang aus und grinste. Oben auf der Treppe stand der Stockmeister mit gezogenem Schwert. Verfluchte Saubande! Er tappte weiter hinunter. Was konnten sie ihm schon vorwerfen? Er hatte doch nichts getan. Im Gegenteil, er brachte ihnen womöglich Annas Mörder!

Häscher

Sonntag, 7. Mai 1581

Max schlenderte in Begleitung von Michel und Kuffner zum Spittlertor, wo sie der Geiler ansprach. »Wo wollt ihr denn hin? Den Presigl holen?«

»Was?« Max starrte ihn verdutzt an.

»Na, der ist doch letzte Nacht erwischt worden und jetzt in Gostenhof im Gefängnis.« Er nickte über den Plärrer hinüber zum Dorf.

Das war mal eine Nachricht! Max tauschte Blicke mit seinen Kumpanen. Michel grinste. »Schau halt vorbei, wir gehen derweil voraus.«

Richtig, sie hatten Dringenderes zu tun. Reuter sollte inzwischen mit Konrad Rumpler, einem Schützen, den Max gut kannte, den Fürther Weg langgehen, um dem Rossdieb gegebenenfalls in der anderen Richtung den Weg abzuschneiden. Stadtknechte hatte er auf die Schnelle nicht genügend aufgetrieben, um alle Fluchtwege zu sichern, aber er hatte einen ehemaligen Schützenkollegen überreden können. Max kamen inzwischen Zweifel, dass Seitzen sich bei seiner Familie verkrochen hatte – falls der Schwiegersohn vom Reichelt überhaupt der Rossdieb war. Überhaupt – war die Sache mit dem Presigl nicht wichtiger? »Gut, ich komm bald nach.«

Er lief über den Plärrer, der am Sonntag ausnahmsweise fast wie ausgestorben dalag, nach Gostenhof. Dort herrschte dafür umso mehr Aufregung. Leute standen vor dem Pflegamt herum und tratschten.

Max verstand mehrfach den Namen Presigl und irgendwas von einem Schützen. Was hatte ein Schütze mit der Sache zu tun?

Vor dem kleinen Gefängnis stand der Sundermann, die Hand am Schwertknauf. Max ging sofort zu ihm. »He Alois, habt ihr wirklich den Presigl verhaftet?«

Sundermann nickte. »Den Schützen haben wir auch gleich eingesperrt.«

»Wo war denn der Presigl? Und welcher Schütz?«, fragte Max.

»Also der Schütz, das ist der Lienhardt Hertl, den der Nachrichter im Winter ausgestrichen hat. Der hat uns den Presigl daherbracht.«

»Und warum habt ihr den Hertl auch gleich eingesperrt?«

»Vorsichtshalber. Man weiß ja nie. Vielleicht wird er als Zeuge gebraucht. Könnt ja sein, er hat uns den Presigl geliefert, damit er nicht verdächtigt wird. Weil er die Presiglin selber umgebracht hat.«

Max schwirrte der Kopf. Hertl hatte ihnen geholfen, die Diebe zu fangen, und jetzt brachte er auch noch den Presigl an? Der mauserte sich ja zum Helden. Nachdem die Sache mit der Eva geklärt war, haftete nur noch der Verdacht an ihm, den Mord an der Presiglin begangen zu haben. Den wollte er anscheinend ebenfalls ausräumen. »Ach geh, deswegen müsst ihr ihn doch nicht gleich einsperren.«

Sundermann feixte. »Wieso nicht? Platz haben wir genug, und dem Stockmeister sein Weib füttert ihn gut.«

Da musste Max lachen. Vielleicht gefiel dem Hertl die Unterbringung ja. »Darf ich mit ihm reden?«

»Mit dem Presigl?«

»Nein, mit dem Hertl.«

»Warum?«

Max stöhnte. »Damit er mir erzählt, wie er den Presigl gefunden hat.«

Der Stadtknecht kratzte in seinem Bart herum. »Das ist Aufgabe vom Pfleger oder von den Lochschöffen.«

»Jetzt stell dich nicht so an, ich will doch bloß mit ihm reden. Zwei ehemalige Schützen und so. Vielleicht erzählt er mir ja mehr.«

Sundermann zuckte die Schultern. »Na gut, dann geh halt rein zu ihm.«

»Dankschön.« Er zog die schwere Tür auf und musste einen Anflug von Unbehagen abschütteln, während er in das Verlies stieg. Als er zuletzt ein Gefängnis betreten hatte, wäre es ihm beinah an den Kragen gegangen.

Die Stockmeisterin musste dem Presigl gerade Essen gebracht

haben, denn sie unterhielt sich angeregt mit ihm über einen Gewandstoff, den der Mann ihr besorgt hatte. Na ja, zumindest redete sie; von ihm drangen vor allem Stöhnlaute in den Gang hinaus – keine wohligen. Was war wohl mit dem passiert? Die nächste Tür war verriegelt. Gerade wollte er sie öffnen, als der Wächter um die Ecke kam. »Was machst'n du da?«

»Ich muss mit dem Hertl reden. Du kennst mich doch.«

Der Mann lachte. »Freilich, bist ja lang genug auf dem hohen Ross hier rumgeritten.«

»Genau.« Max schob den Riegel auf. In der Zelle brannte sogar eine Talglampe.

Hertl hockte über eine dampfende Schüssel gebeugt auf der Pritsche. Als er hochblickte, grinste er. »Servus, Max. Holst mich ab?«

Hm, ja, er könnte den Burschen vermutlich hier rausholen … aber dann bekäme er Schwierigkeiten, und falls Lienhardt den Mord am Ende doch begangen hatte, würde er sich dafür verfluchen. »Nein, noch nicht. Heut ist Sonntag, da passiert sowieso nichts. Vielleicht morgen.«

Hertl hob seine Schüssel an. »Bis dahin lass ich's mir gut gehen.«

Max setzte sich auf einen Hocker neben ihn. »Erzähl, wo hast'n du den Presigl aufgetrieben? Hat er gestanden?«

Hertl rieb sich die Nase. »Irgendwie schon, aber auch nicht. Ich hab ihn gefragt. Mal hat er genickt, dann wieder den Kopf geschüttelt, in der Luft herumgefuchtelt … hat davon geredet, dass er in Nürnberg einen erstochen hätt. Vielleicht war's bloß der Trank von der Anna, der ihm alles Mögliche vorgegaukelt hat. Davon hat er nämlich noch was gehabt und verkauft. In Stein hab ich ihn erwischt, im selben Gasthaus, wo er in der Nacht gewesen sein wollt, in der … weißt schon.«

*

Frantz schlich in einigem Abstand um die Abdeckerei herum, konnte aber nichts Verdächtiges entdecken. Nur ein Esel stand auf der Wiese, an einen Pflock gebunden, keine Pferde. Es half alles nichts, er musste mit Reichelt und seiner Tochter reden. Zuerst ging er zurück auf den Weg, um keinen Verdacht zu erregen. Schließlich wollte er vorgeben, lediglich nach seiner Patientin zu sehen.

Kaum kam er in die Nähe der Kate, trottete auch schon der alte Reichelt heraus. »Meister Frantz, kommt Ihr nach der Elsa schauen?« Er blickte den Weg auf und ab. Fürchtete er, Frantz hätte Stadtknechte in seinem Gefolge, oder sollte der Nachrichter von Nürnberg nicht in seinem Haus gesehen werden? Als er nickte, winkte der Mann ihn heran. »Kommt. Sie ist wohlauf. Na ja, sehr trübselig wegen dem Kind. Oft wacht sie in der Nacht auf und schreit, dass man's gestohlen hat.«

Frantz folgte ihm. »Kann nicht leicht sein, wenn sie's neun Monate im Bauch gehabt hat, und dann kann sie das Kleine nicht behalten.«

Elsa stand plötzlich in der Tür, das ungekämmte Haar offen und strähnig. Sie sah ihn ängstlich an. »Was wollt Ihr hier?«

Hm, so viel Feindseligkeit? Vielleicht versteckten die beiden doch den Jakob, und der hatte viel zu verlieren, wenn er erwischt wurde. Frantz hätte mal lieber seinen Dolch mitbringen sollen. Er zwang sich zu einem milden Lächeln. »Ich wollte nur nachschauen, ob's dir gut geht, Elsa.«

Da wurden ihre Züge weicher. »Das ist sehr freundlich von Euch, aber ich bin wohlauf.«

Der Alte schob sich an ihr vorbei. »Ich hab drin was zu schaffen.«

Ihn luden sie immer noch nicht ins Haus ein. Weil sie etwas oder jemand zu verstecken hatten? »Was ist los? Dich bedrückt etwas.« Er trat einen Schritt näher.

Sie wich nicht zurück, beugte sich sogar leicht zu ihm. »Geht's Franziska gut?«

»Bestimmt, aber ich hab sie seitdem nicht mehr gesehen.«

Tränen glitzerten in ihren Augen. »Ich hätt sie nicht hergeben sollen. Ich fühl mich so leer.« Sie rieb sich über den Bauch.

Frantz nickte. Vielleicht hatte er vorschnell gehandelt, das Kindlein mitzunehmen. War ja nur aus Furcht geschehen, Elsa werde es töten, wie es so viele andere verzweifelte Frauen taten. Vielleicht könnte die Mutter das Kleine zurückbekommen. Wenigstens war Elsa verheiratet, wenn auch nicht mit dem Kindsvater. Was ihn wieder an den eigentlichen Grund seines Besuchs erinnerte. »Willst mich nicht reinbitten?«

Sie presste die Lippen aufeinander, dann flüsterte sie: »Der Sepp ist da. Wär ihm bestimmt unangenehm, wenn Ihr ihn bei mir seht.«

Das mochte ihre Reaktion auf sein Erscheinen erklären. Den Mann wollte sie vermutlich nicht vergraulen, wenn er gut zu ihr war und ihr bei der Arbeit half. Dann maß er ihre ungepflegte Erscheinung mit Blicken, und Misstrauen machte sich in ihm breit. Wenn es mal nicht doch ihr Ehemann war, dem er nicht begegnen sollte! Dann müsste die ganze Sippschaft von dem Pferdediebstahl wissen. »Wollen wir ein Stück gehen?«

Sie lief sogleich voraus, als wäre sie froh, vom Haus wegzukommen. Angst, mit ihm gesehen zu werden, hatte sie offensichtlich keine, aber die Abdeckerei war auch sehr abgelegen.

»Hast du deinen Mann in den letzten Tagen gesehen?«, fragte er nun direkt.

Sie sah ihn überrascht an. »Den Jakob? Komisch, dass Ihr fragt. Der war vor zwei Tagen da, ist aber bald wieder weiter.«

Das war der Tag nach dem Rossdiebstahl. »Hat er Pferde dabei gehabt?«

Wieder warf sie ihm einen verwunderten Blick zu. »Nein, also nur eins und einen Karren. Der ist jetzt unter die Fuhrleute gegangen.«

Na so was! »Hat er gesagt, woher er Karren und Gaul hat?«

Sie zuckte die Achseln. »Wollt er nicht verraten, nur, dass alles rechtmäßig ihm gehört.«

Nun, sieben Reitpferde konnte man leicht gegen einen Wagen und ein Zugtier tauschen und noch Geld dazubekommen.

Elsa hielt sich eine Hand vor die Augen und strich sich dann übers Gesicht. »Beinah hätt er den Sepp bei uns erwischt, der ist grad rechtzeitig zum Fenster raus. Seitdem ist er etwas unruhig, wenn er die Nacht bei mir verbringt.«

Alle Achtung, der Seifensieder wollte ihr auch nah sein, während der Wochenfluss sie unrein machte.

»Der Jackl ist auch gar nicht über Nacht geblieben, hat nur was gegessen, im Schuppen was gesucht, ist mit einem Sack wieder rausgekommen und weitergefahren. Er hat gesagt, er weiß nicht, wann er heimkommt. Mein Vater hat geschimpft wie ein Kesselflicker, weil er ihm Werkzeug geklaut hat.«

Das klang doch alles sehr verdächtig. »Hast du irgendeine Ahnung, wo ich ihn finden kann?«

»Warum? Hat er was angestellt?« Sie sah ihn besorgt an.

Frantz atmete tief durch. Wenn er ihr die Wahrheit sagte, würde sie ihren Mann entweder verraten oder schützen wollen. Wenn er sie anlog, brachte ihn das auch nicht weiter. »Schaut ganz so aus, als hätt er sieben Pferde von Nürnberger Stadtknechten gestohlen.«

Elsa schlug sich die Hand vor den Mund und starrte ihn aus weit geöffneten Augen an, dann entfuhr ihr ein Glucksen. »Ich glaub's einfach nicht. Aber … ein frecher Hund war er schon immer. Zutrauen tät ich's ihm.« Jetzt lachte sie.

Wahrscheinlich war sie gerade wegen seiner Dreistigkeit auf den Kerl hereingefallen. »Willst du mir jetzt verraten, wo ich ihn finden kann?«, fragte er sanft. Er hoffte, dass sie lieber schwieg, als ihn anzulügen.

Sie nickte, dann schüttelte sie den Kopf. »Wenn ich wüsste, wo er steckt, würde ich's Euch sagen.«

»Selbst wenn es seinen Tod bedeutet?«

Ihr Gesicht verdüsterte sich. Sie zog die Nase hoch. »Dann wär ich frei.« Wieder glänzten unvergossene Tränen in ihren Augen. »Verachtet Ihr mich jetzt?«

Er schüttelte den Kopf. »Du hast niemandem etwas Böses getan.« Jedenfalls soweit er wusste. Und ihre Liebe zu einem anderen Mann konnte er nicht verurteilen, wenn der eigene nichts taugte. Er rieb sich übers Kinn. »Hat er noch irgendwo Verwandte? Auswärtige Freunde vielleicht, die ihm Unterschlupf gewähren könnten?«

»In Lauf hat er einen Vetter, den er manchmal besucht.«

Seitzens im Loch verhafteter Mittäter hatte Kathi erzählt, er wäre mit dem Jakob aus Lauf gekommen. Vielleicht handelte es sich bei ihm sogar um den Vetter. »Wie heißt der denn?«

»Ulrich … Den Nachnamen hab ich vergessen. Mein Vater weiß ihn vielleicht noch.« Sie blickte zurück zum Haus und presste wieder die

Lippen aufeinander. »Wenn ich ihn frag, wird er wissen wollen, warum.«

Wenn er jetzt noch wüsste, wie der Mann im Loch hieß. »Was arbeitet denn der Ulrich?«

»Bauer ist er.«

»Warst du schon mal auf seinem Hof?«

Sobald ihr klar wurde, dass sie ihren Vater nicht bitten müsste, sich am Verrat an seinem Schwiegersohn zu beteiligen, lächelte sie wieder. »Ja, er liegt an der Straße von Lauf nach Hersbruck. Auf der linken Seite. Etwa drei oder vier Meilen hinter Lauf.«

Frantz lächelte. »Danke. Ich werd dich hier nicht mehr belästigen.«

»Ach was. Ich muss Euch danken. Für alles.« Sie senkte den Kopf und die Stimme. »Der Jackl war nur froh, dass ich das Kind los war. Hat gar nicht gefragt, was damit passiert ist.«

Er legte eine Hand auf die Schulter. »Dann ist es umso besser, dass Franziska im Findelhaus ist.«

Elsa sah ihn aus tränenfeuchten Augen an, nickte und lief zurück zum Haus.

Grübelnd schlenderte Frantz weiter den Weg entlang. Sowie ihm der Wald etwas Deckung bot, konnte er nicht widerstehen, zur Abdeckerei zurückzublicken. Nichts rührte sich. Elsa musste wieder ins Haus gegangen sein. Er glaubte, dass sie die Wahrheit gesagt hatte, was Jakob und Sepp betraf, aber vielleicht würde es sich lohnen, das Haus zu beobachten. Doch wenn Seitzen jetzt als Fuhrmann unterwegs war und nur alle paar Wochen hier auftauchte, konnten sie lange warten. Da wär's besser, erst einmal den Vetter zu befragen, ob er nun bereits im Loch steckte oder nicht.

Frantz sah sich um. Bald sollte er auf Stadtknechte treffen. Kurz vor der Gabelung, wo es entweder zum Fürther Weg oder zur Weidenmühle ging, trat zu jeder Seite des Pfads eine Gestalt zwischen den Bäumen hervor, ein Stadtknecht und ein Schütze. Letzteren erkannte er als einen, der oft vor dem Rathaus Wache stand. Seine Mutter litt an der Schüttelkrankheit und hoffte auch schon länger darauf, dass Frantz sie mit Menschenfett und Häuten behandeln könnte. Die Männer hielten Enden eines Stricks in den Händen, der schlaff auf der Straße lag. Über den Weg gespannt, hätte er den Dieb zu Fall gebracht, falls der berittenen die Flucht ergriffen hätte. Gar nicht dumm. Er schüttelte den Kopf. »Hier sind sie nicht, weder Dieb noch Pferde.«

»Dafür haben sie in Gostenhof den Presigl festgesetzt«, sagte der Stadtknecht. »Hat uns der Torwächter erzählt.«

»Oh, das ist gut.« Sobald er sich um eine Sache *nicht* kümmerte, lief alles wie von selbst. »Dann wandere ich über Gostenhof zurück.«

Schütze Rumpler grinste. »Wollt Ihr ihn ein wenig erschrecken?«

Frantz zuckte die Schultern und setzte eine Unschuldsmiene auf. »Warum sollte der sich vor mir fürchten?«

Beide Männer lachten, und Frantz musste nun ebenfalls lächeln. Ihre Unbefangenheit tat ihm wohl, nachdem die Ordnungshüter ihn anfangs alle gemieden hatten wie der Teufel das Weihwasser. Immerhin war er nun schon drei Jahre in Nürnberg als Henker tätig. Unterwegs erzählte er ihnen von Seitzens Vetter in Lauf und wo sich dessen Hof befand.

»Wir sagen Nützel Bescheid, dass er jemanden hinschickt. Die Gäule brauchen wir dringend zurück.«

»Wenn der Jackl sie nicht schon verkauft hat. Vor zwei Tagen war er daheim, mit Karren und Zugtier. Er ist jetzt als Fuhrmann unterwegs, sagt sein Weib. Nur wie hat er sich das leisten können?«

Der Schütze nickte. »Im Tausch gegen gestohlene Pferde.«

»Dann sammeln wir mal den Leinfelder und die anderen ein«, sagte der Stadtknecht.

Frantz grinste. »Trinkt nicht zu viel Branntwein.«

Die beiden hatten den Anstand, ein wenig schuldbewusst dreinzuschauen, bevor sie in Richtung Deutschherrenbleiche liefen.

Als Frantz das kleine Gefängnis neben dem Pflegamt erreichte, wollte ihn der Stadtknecht am Eingang aufhalten, zog aber schnell den Arm zurück, sowie Frantz den breitkrempigen Hut lupfte und dem Mann sein Gesicht zeigte.

»Mmmeister Frantz.« Er schluckte sichtlich angestrengt.

Hier kannte man ihn nur von Hinrichtungen, und schon war er wieder das Schreckgespenst. »Ich möchte den Gefangenen sprechen.«

»Welchen?«

Er zog verwundert die Stirn kraus. »Wie viele habt ihr denn hier eingesperrt?«

»Zwei. Den Presigl und den Hertl.«

»Wieso den Hertl?« Der hatte sich nichts zuschulden kommen lassen, abgesehen von seinem versuchten Leichenraub, doch davon wusste sonst keiner.

»Der hat den Presigl hergebracht.«

Frantz musste mühsam ein Lachen unterdrücken. »Ist das in Gostenhof ein Vergehen?«

»Nein, nur, weil ... er ist doch ein Zeuge und soll nicht weglaufen.«

»Das stimmt natürlich. Ein Zeuge wovon?«

Der Mann zog die Schultern hoch und sah ihn zerknirscht an.

»Schon gut, ich werde jetzt mit dem Presigl sprechen.«

Er ging an dem Zurückweichenden vorbei und stieg die Steinstufen hinunter ins Verlies. Zwei Fackeln beleuchteten den düsteren Gang nur dürftig. »Presigl?«, rief er, dass es hallte.

Zwei Holztüren öffneten sich. Aus einer Keuche trat eine Frau und strich sich den Rock zurecht, aus der anderen Max Leinfelder, der fragend die Augenbrauen hob. Was machte der denn hier? Er hätte doch helfen sollen, den Pferdedieb zu fangen. Frantz schüttelte auf dessen fragenden Blick hin den Kopf – kein Seitzen.

Die Frau drückte sich an die Wand und hielt die Tür auf. »Hier drin ist der Georg.«

»Ihr kennt ihn gut?«, fragte er.

Sie nickte. »Freilich, hier kennt jeder jeden, ist nicht wie in Nürnberg.«

Frantz lächelte sie an und stellte fest, dass die Züge des Weibs sich entspannten. In der Stadt erschreckte es die Leute eher, wenn der Nachrichter lächelte. Er betrat die Zelle.

Der Gefangene hockte auf einer schmalen Pritsche, die Ellbogen auf die Knie gestützt, den Kopf zwischen den Händen. Schließlich blickte er auf. »Meister Frantz. Ich kann nicht behaupten, dass es schön ist, Euch zu sehen, aber habt Ihr was gegen einen Brummschädel?«

»Wenn Ihr vom Kraut Eurer Frau genommen habt, kann ich Euch nicht helfen.«

Presigl nickte. »Warum bin ich eingesperrt?«

Tat der nur so, oder wusste er das wirklich nicht? »Ihr steht unter Verdacht, Euer Eheweib umgebracht zu haben.«

Der Mann schnaubte, schüttelte den Kopf und griff sich stöhnend an die Schläfen. »Warum hätt ich das machen sollen?«

»Das wisst nur Ihr.« Wäre auch zu schön gewesen, wenn der einfach gestanden hätte. Frantz sah wenig Sinn darin, Presigl hier und jetzt weiter zu verhören, und das am heiligen Sonntag. Er sagte: »Ihr werdet bestimmt bald nach Nürnberg ins Loch gebracht.«

Presigl warf ihm einen verächtlichen Blick zu. »Und dort wollt Ihr mich dann martern, bis ich gestehe?«

»Nur, falls es notwendig sein sollte.« Damit wandte er sich um und ging zur Tür, wo Max Leinfelder stand und jedes Wort gehört haben dürfte. Auch die Frau lungerte noch im Gang herum. Nun, da Presigl Zeit gehabt hatte, sich zu entspannen, drehte Frantz sich noch einmal um. »Wo finde ich den Jakob Seitzen?«

Dem Fuhrmann klappte der Unterkiefer herunter, seine Augen weiteten sich, dann verschränkte er die Arme. »Kenn ich nicht.«

Das war eindeutig gelogen, aber hier würde er nichts mehr aus dem Mann herausbekommen. Er trat in den Gang. »Passt gut auf ihn auf«, ermahnte Frantz die Stockmeisterin. »Wenn er entkommt …«

Sie schüttelte heftig den Kopf. »Wir lassen niemanden ohne Anweisung des Rats oder des Pflegers laufen.«

»Bei Mord hat der Pfleger nichts zu sagen.«

»Richtig.«

»Dann haben wir uns ja verstanden.« Diesen Dörflern traute er durchaus zu, einen aus ihrer Gemeinschaft davonkommen zu lassen.

»Meister Frantz?«, flüsterte sie und winkte ihn etwas beiseite.

»Ja?«

»Einen Mörder wird hier niemand decken«, sagte sie mit festerer

Stimme. »Aber noch wissen wir nicht, ob der Georg schuldig ist, deshalb werde ich ihn auch weiterhin anständig behandeln.«

Er lächelte sie wieder an. »Ihr sollt jeden Gefangenen anständig behandeln. Auch den in der nächsten Zelle. Der hat vermutlich gar nichts verbrochen.« Irgendwie nagte es immer noch an ihm, dass er den Hertl zu Unrecht ausgestrichen hatte – zumindest für das falsche Vergehen. Bei einem einvernehmlichen Beilager mit einer Hure im Bettelstock hätte er nicht so hart zugeschlagen.

»Das freut mich.« Nun strahlte sie. »Das ist ein ganz Netter.«

Er konnte sich gerade noch ein Grinsen verkneifen. Hertl kam anscheinend wirklich gut bei Frauen an.

Auf dem Rückweg nach Nürnberg erzählte Frantz dem Leinfelder von Jakob Seitzens Kommen und Gehen. »Falls Presigl tatsächlich unschuldig ist, wie er behauptet, sollten wir schnell den wahren Täter finden, und der Seitzen scheint mir durchaus infrage zu kommen.« Dem Stadtknecht musste er nicht erklären, was es bedeutete, unschuldig im Loch zu hocken.

Der Leinfelder rief: »Der hat ganz frech gelogen, als er behauptet hat, den Seitzen nicht zu kennen! Dabei hat er mich noch gefragt, ob ich ihn gesehen hab, bevor er seine Frau tot aufgefunden hat.«

Frantz nickte, konnte sich aber keinen Reim darauf machen, warum Georg Presigl so offenkundig die Unwahrheit sagte. Gut, er hatte Max vermutlich im finsteren Gang nicht stehen sehen oder ihn nicht erkannt, aber weshalb die Bekanntschaft mit dem Eidam des Abdeckers verschweigen?

»Und was sagen wir dem Nützel, warum der Seitzen verdächtig ist und gesucht werden soll?«

»Weil er Jakob heißt und vermutlich der Pferdedieb ist. Der andere Rossdieb hat Kathi doch gesagt, dass seine Zufallsbekanntschaft mit der Tochter eines Abdeckers verheiratet wär. Wie heißt der eigentlich? Könnte das Seitzen's Vetter sein?«

»Wolf Utschenreuter. Ich schätze, wenn er der Vetter wäre, hätte er uns einen falschen Namen gegeben und sonst eine Mär über ihn erzählt.«

»Stimmt, und das hat er anscheinend nicht getan. Alles deutet auf Seitzen. Immerhin hat der Bursche sich ein Fuhrwerk zugelegt, muss also zu Geld gekommen sein. Außerdem hat er die Ermordete gekannt und ist bei ihr gesehen worden. Das dürfte reichen.«

Max schnaubte. »Und was sag ich, wenn der Lochschöffe wissen will, woher ich das alles über den Seitzen weiß? Von Franzi und ihrem ungewöhnlichem Geburtshelfer sollte ich ihm wohl nichts erzählen.«

Frantz schluckte schwer. Verflucht, darüber hatte er noch gar nicht nachgedacht. »Nein, das wär nicht gut.«

Grapschendes Gelichter

Montag, 8. Mai 1581

Auf dem Weg zum Rathaus war Max immer noch unschlüssig, wie er den Schöffen seinen Verdacht gegen Jakob Seitzen erklären sollte, ohne den Nachrichter in Schwierigkeiten zu bringen. Vielleicht reichte es, möglichst selbstsicher aufzutreten. Und da war ja auch Kathis Unterhaltung mit dem Weggefährten des Rossdiebs, auf die er sich beziehen konnte. Hm, Kathi ging ungewöhnlich schweigsam neben ihm her, deshalb fragte er: »Bist du sicher, dass du noch einmal im Loch aushelfen willst?«

»Ja, mir tut der Wolf leid, der unschuldig dort festsitzt. Vielleicht kannst du den Nützel fragen, ob er ihn nicht freilässt. Er war doch nur mit dem Schurken unterwegs.«

Max nickte. »Ich werd's versuchen.«

»Viel Glück.«

Er lächelte sie an. »Wünsch ich dir auch.«

Sie blieben an der Rathausecke stehen, wo sich ihre Wege trennen mussten. Kathi spähte in Richtung der Tür zum Loch und schüttelte den Kopf. »Auf die Dauer ist das keine Arbeit für mich. Zu viele Erinnerungen.«

»Das glaub ich dir. Mich hat's schon in dem kleinen Gefängnis in Gostenhof gegruselt.«

»Aber irgendwie schön war's auch, nachdem uns der Diakon getraut hat.«

Grinsend drückte er ihr einen Kuss auf die Wange. »Sehr.«

»Doch nicht vor allen Leuten!« Sie schob ihn ein Stück weg.

»Na, wir sind doch verheiratet.«

»Trotzdem. Das gehört sich nicht.«

Gern hätte er sie fest in die Arme genommen, nur um sie schelten zu hören, doch das traute er sich denn doch nicht. Schließlich war er selbst Ordnungshüter.

Kathi lächelte ihm zum Abschied zu und ging zum Gefängniseingang. Max marschierte zum Hauptportal und grüßte die Schildwachen. »Sind die Lochschöffen da?«

»Nur der Nützel.«

»Einer reicht mir. Wo finde ich ihn?«

»Frag in der Amtsstube nach, die holen ihn dann schon.«

Er betrat den schlicht gehaltenen Vorraum des wuchtigen Gebäudes. Hier durfte das gemeine Volk noch verkehren. Hinter den schweren Türen sah es bestimmt prunkvoller aus, aber dorthin gelangten nur die Pfeffersäcke.

Durch die offene Tür sah er in der Amtsstube einen Mann am Tisch sitzen, den Kopf über Papiere gebeugt. Max blieb im Türrahmen stehen. »Guten Morgen. Ich möcht den Lochschöffen Nützel sprechen.«

Der Mann sah ihn trotz seiner Stadtknechtstracht misstrauisch an, dann hob er ein Glöckchen und klingelte. »Name?«

»Max Leinfelder.«

»Platz da«, blaffte jemand hinter Max, der erschrocken zur Seite sprang. Ein schmächtiges Kerlchen drängte sich an ihm vorbei und fragte den Schreiber: »Was gibt's?«

»Sag dem Schöffen Nützel Bescheid, dass ihn ein Stadtknecht namens Max Leinfelder sprechen will. Vielleicht hat er ja Zeit.« Der Blick des Beamten verhieß, dass die Aussicht darauf schlecht stand.

Umso breiter musste Max grinsen, als der Lochschöffe bald darauf herbeieilte. »Leinfelder! Gibt's was Neues?«

Max grüßte erfreut und fragte dann: »Ihr wisst bestimmt schon, dass der Presigl in Gostenhof eingesperrt ist?«

»Ja, eben erfahren. Den holen wir morgen her. Im Moment haben wir mit der Diebsbande genug zu tun. Deswegen hast du mich aber nicht kommen lassen?« Das gehetzte Gebaren des Mannes schlug in Unmut um.

»Nein.« Max winkte ihn ein paar Schritte fort vom Eingangsbereich, damit nicht jeder erlauschte, was er zu sagen hatte. »Es geht um den Pferdedieb.«

Nützel kam naher. »Weißt du, wer es ist und wo wir ihn finden?«

Er schüttelte den Kopf. »Nur ein Verdacht. Meine Frau hilft gerade im Loch als Magd aus, und wie sie dem andern Pferdedieb das Essen gebracht hat, hat er ihr erzählt, dass der Flüchtige Jakob heißt und Schwiegersohn eines Abdeckers hier bei Nürnberg ist. Das dürfte der Seitzen Jakob sein. Die beiden sind zusammen von Lauf Richtung Nürnberg marschiert, und der Seitzen hat dort einen Vetter.«

»Sehr interessant.« Der Schöffe schmunzelte. »Ein hübsches Weibsbild löst eine Zunge leichter als manche Quetsche.«

Max musste schlucken, als er an die Instrumente in der Folterkammer dachte, freute sich aber, dass der Schöffe nicht groß nachfragte.

»Bei seinem Weib ist der Seitzen nicht, sonst hättet ihr ihn gleich verhaftet, oder?«

»Genau. Ich bin gestern, nachdem die Kathi mir davon erzählt hat, zum Abdecker Reichelt und hab mich umgeschaut. Seitzen hat seine Frau sitzen lassen, aber am Tag, nachdem er uns die Rösser gestohlen hat, war er dort. Mit einem frisch erworbenen Fuhrwerk! Woher sollte er das Geld dafür gehabt haben, wenn er es nicht gegen gestohlene Pferde getauscht hat?«

»Oh-ha, der Schwiegersohn eines Abdeckers besitzt plötzlich Fuhrwerk und Zugtier? Den Hurensohn erwischen wir!« Nützel grinste. »Gute Arbeit, Leinfelder. Wie geht's deinem Arm?«

»Danke, gut. Ich kann ihn schon fast wieder normal benutzen.«

»Sehr gut. Dann reite nach Lauf und rede mit dem Vetter. Kann ja sein, du erwischt den Schurken dort. Wenn nicht, geh zum dortigen

Pfleger und sagt ihm, dass er nach dem Seitzen Ausschau halten lassen soll. Beschreib ihm, wie der Mann aussieht, und auch auf den Vetter soll er ein Auge haben. Was ist der von Beruf?«

»Bauer.«

»Ha, auf seinem Hof kann der ein Fuhrwerk und Zugtiere unterbringen und natürlich seinem Vetter ein Nachtlager bieten. Bei dem kommt der Seitzen bestimmt bald wieder vorbei, vor allem wenn er merkt, dass wir nach ihm suchen. Los, mach dich auf den Weg!«

Max nickte erfreut und zögerte dann. »Ähm, eins noch: Soll der andere Kerl im Loch bleiben?«

Nützel zog die buschigen Augenbrauen zusammen. »Warum nicht? Der könnte bloß zu blöd oder ungeschickt gewesen sein, um schnell aufzusitzen und rechtzeitig abzuhauen. Dummheit entschuldigt kein Verbrechen.«

Max meinte, unter dem finsteren Blick des Lochschöffen zu schrumpfen. »Jawohl, ich mach mich sofort auf den Weg.«

*

Kathi war diesmal schon weniger bang, ins Verlies hinunterzusteigen, und den Weg zur Küche fand sie auch gleich.

Die Schallerin begrüßte sie freudig. »Schön, dass du dich doch noch mal hertraust.«

Sie seufzte. »Aber oft werde ich wohl nicht mehr kommen. Ich hab mir gedacht, ich könnte dem Wolf noch etwas Gesellschaft leisten. Der ist bestimmt kein Rossdieb.«

»Ach Kathi, du darfst hier unten nicht gleich jeden ins Herz schließen. Bei den meisten hat es schon seinen guten Grund, dass sie verhaftet wurden.«

»Aber Ihr wart zu mir auch so freundlich und gut.«

Nun lachte die Schallerin. »Schau nicht so zerknirscht drein. Wenn du magst, kannst du dem Diebsgesindel das Frühstück bringen.«

»Nicht dem Wolf?«

»Dem hab ich's schon gebracht, aber den kannst ja danach besuchen.« Die Schallerin pfiff, und wieder kam ein Lochknecht gelaufen wie ein gut abgerichteter Hund. Diesmal allerdings ein anderer.

Kathi flüsterte der Lochwirtin ins Ohr. »Ist das nicht sehr grob, wie Ihr die Kerle behandelt?«

Sie winkte ab. »Seit der Simmerl hier arbeitet, verständigen wir uns alle mit Pfiffen. Das eben war das Signal, dass ich einen Wächter brauch. Nach der Magd pfeife ich so.« Sie stieß einen kurzen, melodischen Pfiff aus.

Der Knecht namens Simmerl grinste und gab einen schrillen Ton von sich. »Das heißt, ich kann nicht weg. Und wenn ich die Lochwirtin oder ihre Magd brauch, klingt's so.« Wieder der kurze, melodische Pfiff.

Kathi sah die Schallerin an. »So, wie Ihr nach mir gepfiffen habt?«

»Genau. Du lernst schnell.«

»Und woher weiß ich, wo ich dann hin soll?«

»Das hört man doch, woher der Pfiff kommt«, brummte der Lochknecht.

»Aber ich bin ja noch gar nicht überall gewesen!«

»Bring erst mal den Dieben ihr Essen, hab sie schon ein Weilchen warten lassen, weil die so frech sind, doch jetzt langt's.« Sie reichte Kathi ein Brett mit drei Schüsseln Grütze und drei Stück Brot darauf.

»Mhm, riecht gut.«

»Pass auf sie auf, Simmerl!«, ermahnte die Lochwirtin den Knecht.

»Freilich.« Er ging mit der Fackel voraus.

Der nächste Gang war so eng, dass sie aufpassen musste, sich beim Tragen des Bretts nicht die Knöchel an den groben Steinen aufzuschürfen.

Simmerl öffnete eine Zellentür, und sofort drangen Stimmen heraus. »Gibt's endlich was zum Fressen? Wo bleibt die Lochwirtin?«

Kathi schrak zurück. Ja, es wurden nicht nur nette Menschen wie Wolf, Max und sie selbst eingesperrt! Simmerl hatte die Fackel schon in die Halterung im Innern der Zelle gesteckt. Scheu spähte sie hinein. Zwei Diebe teilten sich die Keuche. Ihre Pritschen standen zu beiden Seiten der Tür, an der gegenüberliegenden Wand gab es eine schlichte Holzbank.

Der Lochknecht nahm ihr eine Schüssel mitsamt Brot ab. »Die ist für den Herdegen.«

»Aber du wartest hier?«, fragte sie mit wachsendem Unbehagen.

»Freilich.«

Kathi ging hinein.

»Ja, schau, Adam. Heut serviert ein junges Weib.« Der eine Bursche wischte sich die Hände an der schmutzigen Kniebundhose ab und strich sich die dunkeln Haare über die Schultern. »Wer bist'n du?«

»Die Kathi«, wisperte sie und sah sich die beiden genauer an. Die waren ja viel jünger als sie, das machte sie etwas ruhiger. Der Rotschopf hatte auch noch lustige Sommersprossen im Gesicht.

Der Langhaarige rutschte vom Lager, nahm ihr die Schüsseln ab und stellte sie auf die Holzbank. Kathi ließ das Brett sinken und wandte sich zum Gehen. Da fasste er sie mit einem Arm um die Hüften und griff ihr an den Busen. Bevor sie schreien konnte, presste der andere Kerl eine Hand auf ihren Mund, entriss ihr das Brett, das polternd zu Boden fiel, und legte die andere auf ihren Hintern. »Bleibst bei uns. Viel Weiber werden wir nicht mehr in die Finger kriegen. Wir lassen auch was springen.«

Kathi schüttelte den Kopf, soweit es ihr möglich war. Wo blieb Simmerl? Er musste doch den Krach gehört haben.

»Aber gern!«, rief der andere mit verstellt hoher Stimme. »Was zahlt ihr denn?« Er umklammerte ihre Handgelenke.

Kathis Entsetzen schlug fast augenblicklich in Wut um. Sie trat um sich, erwischte auch irgendwas, doch dann packte der Rotschopf ihr Bein und riss es hoch. »Mmmmhhhmmng!«, stöhnte sie verzweifelt und wand sich, doch der Bursche hinter ihr hielt sie fest umklammert. Warum tat der Lochknecht nichts? Hatte ihn die Fistelstimme des Jünglings wirklich getäuscht oder war Simmerl mit dem verfluchten Gesindel im Bunde? Die mochten in ihrer Kleidung noch Geld versteckt und ihm angeboten haben.

»Du bist ja eine ganz Freche«, sülzte das Bürschchen vor ihr und versuchte, ihren Rock zu raffen.

Kathi schrie aus vollem Hals, doch zu hören war nur ein dumpfer Laut, den man auch für ein wohliges Stöhnen halten konnte. Verzweiflung ergriff sie.

*

Frantz zog den Kopf auf der niederen Stiege ins Lochgefängnis ein und betrat das unterirdische Gewölbe. Beim Brunnen traf er auf den Lochwirt. »Ist der Presigl schon hier?«, wollte er wissen.

Schaller verneinte. Frantz musste seine Enttäuschung anzusehen sein, denn der Lochwirt fuhr fort: »Kommt wohl erst morgen. Aber die Kathi ist wieder da. Meiner Frau wär's schon sehr recht, wenn die bei uns als Magd anfangen würd.«

Frantz grinste. »Dann sollt ich mal schauen, wie's ihr hier gefällt, wenn sie mir begegnet.«

Der Lochwirt gluckste. »Na, die wird sich weniger vor Euch fürchten als alle anderen, die hier herunten einsitzen.«

»Wahrscheinlich.« Trotzdem könnte sie ihn im Loch mit anderen Augen betrachten, obwohl sie sich bei ihm zu Hause schon recht heimisch fühlte. Eigentlich sollte es ihm egal sein, aber die Vorstellung, Schrecken in den Augen eines Menschen zu sehen, dessen Zutrauen er erworben hatte, gefiel ihm gar nicht. »Wo ist sie denn?«

»Bringt wahrscheinlich gerade dem Diebsgesindel das Essen. Die Kleineren sind ganz schön unverschämte Burschen.«

»Hm, vielleicht benehmen sie sich besser, wenn ich sie ein wenig erschrecke.« Er setzte eine ernste Miene auf und schritt als Furcht einflößender Nachrichter die Gänge entlang. Noch bevor er die Küche erreichte, hörte er aus einem anderen Gang Stimmen. Eine klang nach einem jungen Kerl, die andere weiblich, war aber weder die von Kathi noch die der Schallerin.

Neugierig ging er den Lauten entgegen. Aus einer der Zellen fiel Lichtschein, und an der Wand daneben lehnte einer der Lochknechte, die Hände über sein Gemächt gelegt. Beim Klang von Frantzens Schritten zuckte er zusammen und beeilte sich, seine Hände anderweitig zu beschäftigen, doch dann erkannte er ihn. Der Kerl wurde leichenblass, obwohl er an den Anblick des Henkers gewöhnt sein müsste, und verstellte ihm doch tatsächlich den Weg.

»Geht lieber nicht rein«, raunte er.

Unterdrückte Laute drangen aus der Keuche. Der Lochknecht hatte den Schurken wohl eine Hure besorgt – na wartet! Er schob den Burschen beiseite, stürmte hinein und sah – Kathi! Halb entblößt in den Fängen dieses Gelichters. »Nehmt eure dreckigen Finger von ihr!«, rief er. Als er einen der Schurken von der Maid wegriss, erinnerte sich der Lochknecht seiner Aufgabe und griff sich den anderen. Bald zappelten die Bürschlein in ihrem Griff.

Frantz sah Kathi am ganzen Leib zittern; sie mühte sich, ihre Brüste mit dem zerrissenen Mieder zu bedecken. Ihm schwoll der Hals. Er stieß den Rotschopf gegen die Wand hinter der Bank und drückte ihm mit einer Hand die Kehle zu, gerade fest genug, dass er nur noch wenig Luft bekam. »Ich hoffe, du ziehst dein Geständnis zurück, du Saukerl, dann nehme ich dich mir in der Folterkammer vor. Schön langsam.«

Augen und Mund weit aufgerissen, umklammerte der Lump Frantzens Arm, aber sein Widerstand erlahmte bereits im Kampf um jeden Atemzug. Frantz blickte ihm noch einen Moment in die rehbraunen Augen, die so gar nicht zu diesem Schurken passten, dann ließ er ihn los. Keuchend und hustend sank er auf die Bank. Der Lochknecht hielt dem anderen die Arme auf den Rücken. Frantz wandte sich nun jenem zu und lächelte. »Für dich gilt dasselbe, Adam.« Dann legte er einen Arm um die bebende Kathi und schob sie hinaus.

Im finsteren Gang zog er sie an seine Schulter. Sie klammerte sich an ihn und schluchzte hemmungslos. »Danke, danke.«

»Schon gut. Das sind Bestien, du kannst nichts dafür«, flüsterte er ihr ins Ohr, und langsam beruhigte sie sich. In diesem Moment wurde Frantz klar, wie wenig Menschen er in seinem Leben umarmt hatte. Maria, seine Schwester Kunigunda, seine früh verstorbene Mutter, deren Bild längst verblasst war, und die Stiefmutter. Er konnte sich nicht erinnern, ob sein Vater, der Henker von Bamberg, ihn je an sich gedrückt hatte. Plötzlich wollte er nur noch nach Hause und seinen Sohn im Arm halten. Vielleicht könnte er ihm eines Tages ein besseres und von Liebe erfülltes Leben bieten, als ebenfalls Henker zu werden.

Schabend glitt der Riegel in die Krampe. Frantz fing den verstohlenen Blick des Lochknechts auf, der gesenkten Kopfes die Hände vor dem Schritt übereinanderlegte. Dass dem auch noch gefallen hatte, was er mit anhören durfte! Nicht noch einmal, dafür würde er sorgen.

Frantz schob Kathi ein Stück von sich, ließ aber seinen Arm um ihre Schultern gelegt. Als er sie am Simmerl vorbeiführte, raunte er dem zu: »Das erfährt der Lochhüter. Und die Schallerin auch. Die wird dir Feuer unterm Arsch machen, dass du eine Woche nicht sitzen kannst.«

»Aber das Weib hat's doch gewollt«, stammelte der unverschämte Kerl.

Da trat Kathi ihn so fest gegen das Schienbein, dass der Simmerl aufjaulte. »Du Sauhund hast genau gewusst, dass es nicht meine Stimme war!«

Frantz packte ihn an der Kehle. »Das habt ihr drei Euch schön ausgedacht. Du kannst dich dummstellen, und die haben sowieso nichts mehr zu verlieren.«

Die Augen des Strolchs weiteten sich immer mehr, doch er tat nichts, um seinen Griff abzuwehren. Nur Kathi klammerte sich an seinen Arm und hauchte: »Wegen dem dürft Ihr Euch nicht versündigen.«

*

Wegen der Wunde an seinem Arm fühlte sich Max weniger sicher auf dem Pferd als sonst. Erst als Stadtknecht hatte er reiten gelernt. Welcher einfache Mann konnte sich schon ein Ross leisten, das kein Ackergaul war? Doch er wusste es zu schätzen, dass Michel und er nicht zu Fuß gehen mussten. Für die Strecke nach Lauf hätten sie den halben Tag gebraucht.

»Wir wissen überhaupt nicht recht, wie der Seitzen ausschaut«, sagte Michel aus heiterem Himmel.

»Doch, der Hertl hat ihn beschrieben, und seine Frau hat's bestätigt. Ist ziemlich groß, blonde Haare, die über die Schultern reichen, hager. Vielleicht sogar dünner als ich.« Max klopfte sich auf den leeren Bauch.

»Füttert dich die Kathi so schlecht?« Michel feixte.

»Depp. Viel Geld haben wir halt nicht. Seit Kurzem verdient sie sich was im Loch dazu, hilft der Schallerin.«

»Na, da kennt sie sich ja schon aus.«

»Eben, und wenn du mal eingesperrt wirst, kümmert sie sich bestimmt besonders gut um dich.«

Michel lachte. »Das will ich auch hoffen, aber pass auf, dass sie nicht einer von den Gefangenen vernascht.«

»Was? Spinnst jetzt?«

»Na ja, das weiß man doch, dass die Mägde im Loch gern auch mal ein bisserl was nebenher verdienen. Letzte Ölung für die armen Sünder und so.«

Max wurde übel. »Was? Und das sagst du mir erst jetzt!«

»Wieso, hättest dir sonst letztes Jahr auch eine kommen lassen, statt gleich zu heiraten?«

Er lehnte sich hinüber, um Michel in den Arm zu knuffen, aber dabei fiel er fast vom Pferd und ließ es lieber bleiben. »Dann darf Kathi nicht mehr hin. Weiß die Schallerin davon?«

»Keine Ahnung. Möglich. Auf dein Weib wird sie schon aufpassen.«

Wenig beruhigt schwieg Max. Seine Kathi war doch keine, die sich Kerlen anbieten würde, solchem Gelichter schon gar nicht, wobei sie diesen Wolf ja schon irgendwie mochte.

Sie ritten durch das Tor nach Lauf hinein und zogen in ihren Nürnberger Stadtknechtsuniformen einige Blicke auf sich. »Weißt du, wo das Pflegamt ist?«, fragte Max.

Michel deutete nach rechts. »Da, im Wenzelschloss.«

Max blickte zu Burg. »Nobel. Dann hat der Pfleger bestimmt ein paar Leute zur Verfügung, um den Hof vom Vetter zu beobachten.«

»Hoffen wir's.«

Nach der ländlichen Ruhe unterwegs schien ihm das Hämmern, das aus den zahlreichen Schmieden drang, viel lauter als der Trubel in Nürnberg. Leute eilten geschäftig durch die Gassen, in denen sich stattliche Fachwerkhäuser aneinanderreihten, gelegentlich sah Max welche komplett aus Sandstein. Das große Gebäude vor ihnen, das sich an den belebten Marktplatz anschloss, musste das Rathaus sein. Eine Kirche gab es auch, die allerdings nicht so prächtig war wie die Gotteshäuser in Nürnberg. »Hier kann man bestimmt gut leben«, sprach er seine Gedanken laut aus.

»Ja, schaut recht friedlich aus, aber der Schein kann trügen.«

Bald hatten sie das Städtchen durchquert und verließen es durch ein anderes Tor. Max fragte den Wächter: »Geht's hier nach Hersbruck?«

»Freilich, wohin sonst?«

Er ritt weiter, ohne den Flegel einer Antwort zu würdigen. Einige Höfe säumten die Straße. »Drei oder vier Meilen außerhalb der Ortschaft sollen es sein. Ulrich heißt der Vetter, Nachname unbekannt.«

»Finden wir schon. Auf der linken Seite, oder?«

»Ja.« Eigentlich genoss Max es, durch die Natur zu reiten. Die ersten Kirschbäume fingen schon an zu blühen. Alles stand im Saft und roch ganz anders als in der Stadt.

Nach ungefähr zwei Meilen hielt er bei einem Gehöft an und fragte die dem Schweinepferch zustrebende Bäuerin. »Wir suchen den Hof vom Ulrich. Ist noch ein Stück weiter, oder?«

Sie stellte den Eimer ab und blickte verdutzt zu ihnen herüber. »Meint ihr den Seitzen Ulli?«

Beinah hätte Max laut gelacht. Ein Vetter väterlicherseits, das war natürlich praktisch. »Genau den«, antwortete er dann auch.

»Drei Höf weiter, auf der linken Seite.«

»Dankschön.« Sie ritten weiter und erreichten schließlich ein altes Bauernhaus. Fünf Kühe standen auf der Weide, Hühner liefen im Hof herum, ein Kettenhund bellte. »Das müsste es sein.« Sie lenkten die Pferde zum Haus. Kaum waren sie abgestiegen, kam eine Frau heraus und machte bei ihrem Anblick große Augen.

»Was führt die Herren hierher?«, fragte sie unterwürfig.

»Wir sind keine Herren«, sagte Michel und grinste. »Den Ulrich Seitzen hätten wir gern gesprochen.«

»Mein Mann ist auf dem Feld«, sagte sie und wischte sich die Hände an der Schürze ab, bevor sie in Richtung Hersbruck deutete. »Noch ein Stück die Straße runter.«

»Vielleicht kannst du uns auch helfen. Wir suchen seinen Vetter, den Jakob Seitzen. Der war doch die Tage bei euch.«

»Ja, schon, aber der ist nimmer da. Ist zurück nach Nürnberg gegangen.«

Max lächelte sie freundlich an. »Wissen wir. Er war bei seiner Frau, aber nicht lang. Ein Kerl, mit dem er unterwegs war, hat gemeint, dass er nach Fürth wollte. Weißt du, was er dort zu schaffen hat?«

Die Frau blickte erst nach rechts, dann nach links und schließlich zu Boden. »Hat er was ausgefressen?«

»Wir wollen nur mit ihm reden«, sagte Max rasch, bevor Michel sich verplapperte.

Der aber fragte: »Du tät'st ihm allerlei Schandtaten zutrauen?« Klar, der Michel war ja nicht dumm.

Tatsächlich wirkte die Frau wenig angetan vom Vetter ihres Mannes. »Weiß nicht recht, der Jackl will immer was Besseres sein. Mein Ulli hat ihm angeboten, hier auf dem Hof mitzuarbeiten, aber das war ihm zu gering.«

»Hat er gesagt, was er sonst machen will?«

Sie schüttelte den Kopf. »Nein, er hat nur rumgedruckst. Bei einem Händler oder Handwerker wollt er wegen Arbeit vorsprechen.« Sie schnaubte. »Der und Arbeit. Als ob!«

Nachdem ihm die Pferde in den Schoß gefallen waren, konnte er seine Pläne geändert haben. Oder auch nicht. »War das gar ein Vieh- oder Pferdehändler?«

»Nein, so was wie ein Krämer. Vielleicht weiß es mein Mann noch, aber der wird nicht unbedingt wollen, dass der Jackl ... gefunden wird, falls er was ausgefressen hat.«

Verständlich, wer hängte schon gern seinen Vetter hin. »Wir reden trotzdem mit ihm.«

Die Frau nickte und huschte mit dem Eimer zu den Schweinen.

Sie stiegen auf. »Die kann ihn nicht recht leiden«, meinte Michel.

»Glaub ich auch. Was erzählen wir dem Vetter, warum wir den Jackl suchen?«

»Hm.« Michel kratzte sich den Bart. »Vielleicht, dass er in Nürnberg vorgesprochen hat und Schütze werden wollte? Grad haben wieder zwei aufgehört, und es werden dringend Leut gebraucht.«

»Das kauft er uns nie ab, das ist doch der Schwiegersohn von einem Abdecker.«

»Stimmt, ein Unehrlicher ist noch nie Schütze geworden. Aber vielleicht könnt er Lochknecht werden?«

Max lachte. »Sehr gute Idee. Das glaubt jeder. Am Ende könnt er gar Henkersknecht werden. Der Ammon ist auch nicht mehr der Jüngste.«

»Lieber nicht gleich übertreiben.« Sie ritten die Straße entlang und blickten über die Felder. Zwei Frauen rupften Unkraut zwischen den

Furchen. »Siehst du ihn irgendwo?«

»Vielleicht ist er das.« Michel wies auf einen großen Kerl mit einem Leinensack über der Schulter, der ihnen entgegenkam.

»Fragen wir ihn.«

Als sie den Mann erreichten, sagte Michel: »Heda! Bist du der Ulrich? Wir suchen den Seitzen Jakob.«

Sofort verengten sich die Augen. »Hat er was angestellt?«

Das sollte wohl ein Ja bedeuten, und auch der traute seinem Vetter anscheinend allerhand zu. Max überließ seinem Kumpel das Reden.

»Wir wissen von keinem Verbrechen, aber sprechen müssen wir mit ihm. Dein Weib hat gesagt, er wollt für einen Händler arbeiten.«

Seitzen zog die Augenbrauen hoch und legte den Kopf schief. »Nein, Fuhrmann wollt er werden.«

Michel ließ sich nichts anmerken. »Mit eigenem Wagen und Zugtieren?«

»Ja, den Karren wollt er vom Presigl übernehmen.«

Max sah Michel an. Sehr aufschlussreich.

»Ähm, der Presigl aus Gostenhof?«, hakte Michel nach. »Der will nicht mehr als Fuhrmann arbeiten?«

»Aus Gnotzka ist der. Aber ja, ich glaub, der hat eine aus Gostenhof geheiratet und wohnt jetzt dort, weil sie ein schönes Haus geerbt hat.« Ulrich Seitzen grinste. »Soll aber auch ein rassiges Weib sein, wenn man dem Jakob glauben darf.«

Max nickte vor sich hin. Der Jackl wurde immer verdächtiger.

»Dein Vetter hat auch die Presiglin gekannt?«, fragte Michel.

»Zumindest hat er sie mal gesehen.«

»Und sie hat ihm gefallen, die Anna.« Max grinste, als stellte er sich lüsterne Dinge vor. Ob der Seitzen auch was mit der Presiglin gehabt hatte? Der Nachrichter wirkte seit dem Gespräch mit Elsa Seitzin in der Hinsicht unschlüssig. Wenn der Jakob die Anna mit dem Hertl im Bett erwischt hatte ... »War da was zwischen den beiden?«

Der Vetter kratzte sich den Bart und verzog den Mund. »Da müsst Ihr ihn schon selber fragen. Er ist ja verheiratet, allerdings nur selten daheim ... Die Tochter von einem Abdecker. Ich glaub, er hat's immer bereut, dem Reichelt seine Elsa geheiratet zu haben. Nur war er halt richtig verschossen in sie, und der Alte hat aufgepasst, dass keiner über sie gekommen ist. Nicht ohne Hochzeit.«

»Wird schon gewusst haben, warum. Kennst du den Kerl, mit dem der Jackl neulich von hier nach Nürnberg gegangen ist?«, fragte Max.

Der Bauer zog die Mundwinkel nach unten und hob die Schultern. »Dem wird halt irgendwer übern Weg gelaufen sein.«

Da auch Michel anscheinend nichts mehr einfiel, was sie noch fragen könnten, sagte er: »Danke, wir finden ihn bestimmt.«

Sie wendeten und ritten zurück. »Schau an, schau an«, meinte Max. »Denkst du, der Jackl könnt unser Mörder sein?«

Michel grunzte. »Weiß nicht recht. Unser Rossdieb wird er schon sein, aber warum hätt der die Presiglin umbringen sollen?«

»Vielleicht, weil er mit ihr was gehabt hat, und dann hat er den Hertl bei ihr erwischt.«

Michel kratzte sich den Kopf. »Oder er wollt eigentlich den Presigl umbringen und ihm sein Fuhrwerk stehlen. Wie er gesehen hat, dass er die Anna erschlagen hat, ist er davongerannt und hat sich ein anderes Fuhrwerk besorgt.«

»Oder der Presigl hat dem Seitzen sein Fuhrwerk versprochen, wenn der dafür sein unkeusches Weib umbringt.«

»Du meinst, sie hat's so wild getrieben?« Der Hasenbart lachte dreckig. »Dann hätt ich auch mal bei ihr vorbeischauen sollen.«

»Hm, eigentlich glaub ich das nicht. Die Leut in Gostenhof sagen, dass sie keine Hure war. Na ja, zumindest, dass sie nichts mit den Männern im Dorf angefangen hat«, widersprach Max.

»Ja, eben!«, trumpfte Michel auf. »Wenn du einer Frau nichts zahlst, damit sie bei dir liegt, dann erwartest du auch, dass sie nur bei *dir* liegt, und natürlich bei ihrem Mann, aber sonst keinem.«

Max warf ihm einen Seitenblick zu. »Du musst dich ja auskennen.«

»Freilich, in meinen Träumen funktioniert's so. Dann schauen wir jetzt noch beim Pfleger vorbei.«

»Genau, und die Torwächter in der Umgebung sollen auch erfahren, dass wir den Seitzen suchen.« Hoffentlich mussten sie nicht alle Städte, Ortschaften und Marktflecken in der Gegend abreiten. Er wollte sich nie wieder über Langeweile beschweren! Aber das Rätseln, wer's gewesen sein könnte, war schon spannend, und das Auflauern neulich auch. Doch da fiel ihm ein, wie schlecht die Sache dem Fetschner bekommen war. »Hast du was gehört, wie's dem Erdinger geht?«

Michel atmete tief durch. »Liegt im Spital. Die Ärzte meinen, es schaut nicht gut aus.«

Der Wahrheit ein Stück näher

Dienstag, 9. Mai 1581

Auf ein Klopfen an der Tür hin löste sich Kathi von Maxens Seite, krabbelte aus dem Bett und öffnete. »Michel! Was treibt dich denn schon wieder her?«, rief sie aus.

Der Stadtknecht zog den Hut und trat ein. »Der Rat hat beschlossen, den Presigl zur Befragung ins Loch bringen zu lassen. Wenn er nicht gesteht, sein Weib ermordet zu haben, wird der Nachrichter schon die Wahrheit aus ihm herausholen.«

»Ich komm mit!«, rief Max sofort aus und setzte sich auf.

Kathi protestierte. »Du musst dich noch schonen. Wenn dir der Muffel schon einen Tag freigibt, solltest du das auch ausnutzen.« Er war gestern von dem anstrengenden Ritt über Land mit blutendem Arm nach Hause gekommen, weil die Wunde wieder aufgeplatzt war.

Ihr holder Gatte schüttelte den Kopf. »Weiber! Immer wollen sie uns daheim haben. Kann mir gar nicht denken, dass die Schallerin heut nix für dich zu tun hat. Aber morgen solltest schon wieder hingehen, vielleicht erfährst du dann mehr als wir.«

Kathi wurde schwindlig. Sie sank auf einen Stuhl. Da er gestern so erschöpft und lädiert heimgekehrt war, hatte sie es nicht über sich gebracht, ihm von dem Vorfall zu erzählen. Am Ende wäre er noch losgerannt und hätte den Lochknecht verprügelt, der sie den Mistkerlen einfach überlassen hatte. Schlimm genug, dass der Nachrichter ihretwegen beinah zum Mörder geworden wäre.

Max strich ihr übers Haar. »Mensch, Kathi, ich hab's doch gar nicht böse gemeint. War nur ein Spaß.«

»Ich weiß, aber Max … Vielleicht will ich gar nicht mehr im Loch arbeiten. Sind nicht alle Gefangenen so nett wie der Wolf.«

Beide Männer brachen in Gelächter aus. »Was, Diebe, Räuber und Mörder sind keine netten Leute?«, frotzelte Michel.

Max, immer noch grinsend, küsste sie. »Meine Frau glaubt halt, dass alle Menschen so gut sind wie sie. Und wenn sie mal was Böses tun, dann aus Versehen.«

Da kochte Zorn in ihr hoch. »Ich bin kein dummes Ding mehr, aber man möcht doch glauben dürfen, dass man einem Lochknecht vertrauen kann! Die Zahlmeisterin hat recht gehabt. Schützen und Stadtknechte sind das schlimmste Gelichter! Raus mit euch!«, schrie sie.

Die beiden starrten sie an. Michel erholte sich zuerst von dem Schock und blickte Max an. »Was ist mit der los?«

»Ich weiß nicht.« Ihr Mann schüttelte den Kopf und kniete vor ihr nieder. »Was ist passiert, Kathi?«

Sie biss sich auf die Lippe. Wie konnte sie ihren Ausbruch erklären, ohne ihm alles zu sagen? Mit einem Aufschluchzen brach die Wahrheit aus ihr heraus. »Wenn Meister Frantz nicht rechtzeitig dahergekommen wär …«, endete sie. Ihre Stimme versagte.

Während ihrer gestammelten Schilderung hatte sich Maxens Miene immer mehr verfinstert. Schon wollte er aufspringen, doch sie packte ihn am Ärmel. »Lass! Ein andermal.«

Ihr Mann rang mit sich, aber zum Glück nicht mit ihr. Hasenbart scharrte unbehaglich mit den Füßen. Sie wünschte ihn zum Teufel, den blöden Kerl. Merkte er nicht, dass er störte? Endlich nahm Max sie in die Arme und drückte sie fest an sich.

»Oh Kathi. Es tut mir so leid.« Er strich ihr übers offene Haar und küsste ihre tränenfeuchte Wange. »Du gehst da nicht mehr hin.«

Sie schüttelte den Kopf und schniefte. »Das entscheide ich selbst.«

Er fasste sie an den Schultern und schob sie ein Stück weg. Zu ihrer Überraschung schaute er sie ganz lieb an, nicht zornig. »Aber du sagst mir vorher Bescheid und passt besser auf dich auf.«

Sie nickte. »Wahrscheinlich geh ich sowieso nicht mehr hin.«

Max begann zu schmunzeln, da musste auch Kathi lachen, weil sie ihm eben noch erklärt hatte, er könne es ihr nicht verbieten.

Michel stand grinsend und mit verschränkten Armen an die Tür gelehnt. »Ihr seid zwei komische Vögel.«

Kathi schlang die Arme um Maxens Hals. »Deswegen haben wir uns auch so gern. Ich komm mit nach Gostenhof.«

»Gut, dann kann ich wenigstens auf dich aufpassen«, meinte Max.

Sie flüsterte ihm ins Ohr: »Der Lochwirt kümmert sich bestimmt um den Simmerl. Lass die Finger von ihm.«

Er sagte nichts, verzog keine Miene.

*

Auf dem Weg nach Gostenhof wünschte Max sich sehnlichst, irgendjemand würde ihm blöd kommen, um ihn verdreschen zu können. Wann immer er im Zorn seine Rechte ballte, erinnerte ihn der stechende Schmerz daran, dass er dabei heute nur verlieren könnte. Wieso hatten die Schallers nicht besser aufgepasst? Sie waren doch für die Leute im Loch verantwortlich, Gefangene, Wächter und Mägde! Kathi ging schweigend an seiner linken Seite. Er mochte ihre Hand einfach nicht loslassen, und sie schien es zu spüren, versuchte gar nicht erst, sie ihm zu entziehen. Himmel, wenn der Nachrichter nicht rechtzeitig dazwischengegangen wäre … Er hatte mit eigenen Augen die Narben dessen gesehen, was diese Kerle den überfallenen Bauersleuten angetan hatten. Vor ihnen liefen der Hasenbart und zwei Stadtknechte, die den Presigl auf dem Rückweg bewachen helfen sollten. Sie redeten auch nur dummes Zeug, das seine finsteren Gedanken nicht verscheuchen konnte.

Sie näherten sich bereits dem Pflegamt. Kathi hob ihrer beider Hände und drückte seine Finger einen nach dem anderen auf. »Du wirst deine Hand gleich wieder brauchen, und ich lauf nicht weg.« Sie lächelte ihn an.

Was für eine wundervolle Frau sie doch war. Als hätte sie seine Gedanken erraten, küsste sie ihn flüchtig auf die Wange. Endlich konnte er zurücklächeln.

Vor dem Gefängnis sagte Michel zu den anderen beiden Stadtknechten: »Der Leinfelder und ich gehen rein, ihr zwei wartet hier.«

»Warum denn das schon wieder?«, fragte der eine, den Max kaum kannte. Der war neu, hatte bisher wohl nur die langweiligen Arbeiten zugewiesen bekommen.

»Na, da unten ist es ziemlich eng, und wenn er uns auskommt, fangt ihr ihn hier ab.«

Da schaute der Kerl gleich viel wichtiger drein. Max konnte sich noch gut erinnern, wie sie ihn behandelt hatten, als er letzten Sommer vom Schützen zum Stadtknecht befördert worden war, und nickte ihm aufmunternd zu. Zum Sundermann sagte er: »Wir sollen den Presigl abholen.«

Alois pochte an die schwere Tür des kleinen Verlieses. Hinter demselben Wächter wie letztes Mal lugte der Stockmeister hervor. »Na endlich. Holt ihr den Presigl und den Hertl?«

»Nur den Presigl«, antwortete Michel.

»Was sollen wir mit dem Hertl?«, fragte Max. »Was wird ihm angelastet?«

Der Stockmeister schaute verunsichert drein. »Der hat den Georg hergebracht. Wahrscheinlich wird ihm jemand Fragen stellen wollen.«

»Wahrscheinlich. Irgendwann.« Michel grinste. »Lasst ihn bis dahin nicht verfaulen.«

Sie folgten dem Wächter hinunter ins Gefängnis. Als er die Tür zu Presigls Keuche öffnete, sprang der Verhaftete auf, als wäre auch er froh, hier herauszukommen. Hoffte er etwa, freigelassen zu werden? Verständlich, wenn er seine Frau nicht umgebracht hatte.

»Georg Presigl, wir sollen Euch zum Verhör ins Loch bringen«, verkündete Michel.

»Ja, ja, gehen wir. Ich halt's hier nicht mehr aus.« Er streckte seine Hände vor.

Michel legte ihm auch sofort die Eisen um die Handgelenke. »Na dann, packen wir's.«

Erst jetzt fiel Max auf, dass es hier nicht mal übel roch. Anscheinend hielt die Stockwirtin ihre *Gästezimmer* schön sauber. Grinsend folgte er den anderen die Treppe hinauf.

*

Lienhardt Hertl presste sein Ohr an die Tür und nickte. Sie holten Annas Mann ab. Die Schritte entfernten sich wieder, niemand kam zu ihm. Dann mussten die Gostenhofer ihn bald laufen lassen. Schade eigentlich, er hätte dem Rat gern erzählt, wie heldenhaft er den Verdächtigen in die Falle gelockt hatte. Doch im Wald wartete seine Beute. Zum Glück hatte der Presigl kein Geschrei wegen seines fehlenden Krams gemacht und wohl auch nicht gemerkt, dass Lienhardt ihm den Geldbeutel ausgeleert hatte, bevor ihm der vom Stockmeister abgenommen worden war. Die Gulden steckten sicher in Lienhardts Hosenlatz. Da griff auch kein Lochknecht gerne hin. Vielleicht hatte der Presigl nach der Zecherei alles vergessen, was in der Nacht passiert war. Jedenfalls sollte er sich beeilen, den Krempel in Sicherheit zu bringen.

Draußen wurde es allmählich ruhig. Eine Tür schlug zu. Lienhardt seufzte. Er wollte endlich mal wieder hinaus in die Sonne. Doch halt, leichte Schritte draußen. Er zupfte sein Hemd zurecht, das ihm die Stockmeisterin gestern gewaschen hatte. Eine nette Frau. Bei der Gelegenheit hatte er auch im Waschzuber baden dürfen und sich schon gefragt, ob das Weib ihn verführen wollte. Leider war er erst nach dem Presigl dran gekommen, da war das Wasser schon nicht mehr recht warm gewesen, und allein hatte er auch planschen müssen. Trotzdem nicht schlecht. Durch einen Schlitz oben in der Wand drang immerhin etwas Licht herein, und sein Eimer wurde jeden Morgen geleert.

Nun öffnete sich die Tür, und die Stockmeisterin brachte zwei Holzschüsseln herein. »Fort ist er, der Presigl, dann kannst du jetzt doppelt so viel essen.«

Grinsend strich Lienhardt mit seinen Fingern über ihre Hand, bevor er ihr eine Schüssel abnahm. Durch die offen gelassene Tür konnte er den Wächter im Gang stehen sehen. »Das ist aber lieb von Euch. Wollt Ihr nicht mitessen? In Gesellschaft einer schönen Frau schmeckt's gleich viel besser.«

»Du bist mir so einer«, sagte sie, setzte sich aber zu ihm auf die Pritsche. »Ich weiß gar nicht, was wir jetzt mit dir machen sollen.«

»Wieso?« Vielleicht war das schon die Gelegenheit ... »Holen sie mich nicht nach Nürnberg zur Befragung?« Er löffelte sich Haferbrei in den Mund. Mmmh, da war sogar etwas Honig drin.

Sie schüttelte den Kopf. »Die wollen dich anscheinend nicht. Der Unterpfleger weiß auch nicht, was er mit dir soll. Hast ja anscheinend nichts verbrochen.«

»Hab ich nicht. Aber mir würd's ja schon fast leidtun, nicht mehr hier bei Euch zu wohnen, auch wenn ich Euch viel zu selten seh.«

Sie kicherte wie ein junges Mädchen. »Du kannst schön daherreden. Bestimmt hast du schon vielen Frauen den Kopf verdreht.«

»Nur manchmal«, sagte er und grinste. »Bei Euch würde ich's aber gern probieren, auch wenn mir dann Euer Mann den Hals umdreht.«

Nun lachte sie schallend. »Ich glaub, dich werfen wir raus. Das gibt sonst noch Mord und Totschlag.« Sie stand auf und stellte die zweite Schüssel auf den Holzrahmen der Pritsche.

»Was, Ihr verlasst mich schon?«

»Das Leben ist grausam. Ich red jetzt mit meinem Mann.«

Sowie sie verschwunden war, leerte er schnell die zweite Schüssel. Was man im Bauch hatte, konnte einem niemand mehr wegnehmen. Er machte sich auf der Pritsche lang und wünschte sich beinah, noch einen Tag auf der faulen Bärenhaut liegen zu dürfen, aber die Beute lockte. Schon komisch, dass der Presigl niemandem von dem Sack mit Wertsachen erzählt hatte, außer der Krempel gehörte gar nicht ihm. War das Diebesgut? Vielleicht gar von der Bande, die Lienhardt im Wald entdeckt hatte? Aber die waren ja vor allem in Bauernhäuser eingestiegen. Welcher Bauer stellte sich schon ein Fabeltier, das aus dessen eigenem Zahn geschnitzt worden war, aufs Fenstersims? Wer würde Lienhardt so etwas überhaupt abkaufen?

Ah, polternde Schritte auf der Treppe. Das war bestimmt der Stockmeister. Er blieb liegen, um dem Mann zu zeigen, dass es ihn nicht nach draußen drängte.

Und schon flog die Tür auf. »Raus mit dir, du Hallodri. Wir sind doch hier kein Gasthof. Und meiner Frau machst du gefälligst keine schönen Augen mehr.«

Seufzend schwang er die Füße auf den Boden. »Schade, muss ich wieder losziehen und was arbeiten gehen.«

»Du hast wahrscheinlich in deinem ganzen Leben noch nichts Gescheites gearbeitet«, sprach er und warf ihm seinen Beutel zu.

»So ein Gschmarri, ich war sogar mal Schütz in Nürnberg.«

»Sag ich doch.«

Schnaubend stapfte Lienhardt die Treppe hoch. Warum nur hatten die Ordnungshüter der Freien Reichsstadt einen so schlechten Ruf? Dabei hatte er selbst nie etwas Unrechtes getan, also ... nicht wirklich, nicht im Dienst. Nur etwas Unzüchtiges. Schnell fummelte er zwei Groschen aus seinem Hosenlatz. Übers ganze Gesicht grinsend drückte er beim Hinausgehen der Stockmeisterin die Münzen in die Hand. »Für die köstliche Atzung.«

»Oh! Dankschön! Sehr großzügig.« Sie strahlte ihn an, als würde sie am liebsten mit ihm losziehen.

»Adieu, famme belle.« Etwas Französisch hatte er auf der Galeere aufgeschnappt.

Die Frau errötete, doch ihr Mann grummelte: »Was ist denn eine Fambel? Hat der dich beleidigt?«

»Denk ich nicht«, murmelte sie.

Noch breiter grinsend marschierte Lienhardt mit schnellen Schritten Richtung Stein, um den Sack zu suchen, und überhaupt: weg von Nürnberg. Doch vor dem Presigl-Haus konnte er nicht anders, als einen Moment stehen zu bleiben und auf das Fenster zu schauen, durch das er zu Anna in die Küche geklettert war. Dabei hätte sie ihm auch die Tür geöffnet. Mit einem wehmütigen Lächeln im Gesicht ging er weiter. Wirklich schade um die Anna. Konnte es der Presigl wirklich über sich gebracht haben, so ein schönes Weib zu meucheln? Wäre er so ein Glückspilz, eine wie die Anna zu haben ...

*

Frantz wurde von einem Stadtknecht zum Loch begleitet. Als das wuchtige Rathaus in Sicht kam, beschied dieser ihn: »Ihr sollt Euch nur zur Verfügung halten.« Dann setzte er mit verschwörerischer Stimme hinzu: »Momentan wird der Presigl im Rathaus verhört!«

Im Rathaus? So eine Sonderbehandlung war äußerst ungewöhnlich. »Der Mann ist im Stadtrat gut bekannt?«

»Schaut ganz danach aus. Wahrscheinlich hat der Fuhrmann mit manch einem hohen Herrn Geschäfte gemacht.«

»Hm.«

Vor dem Rathaus lungerte Max herum. Als er Frantz erblickte, kam er gerannt und scheuchte seinen Kollegen fort. »Hast sonst nichts zu tun? Ich müsst mal mit dem Nachrichter reden.«

Der Mann nickte und stapfte davon. Frantz ahnte, was Leinfelder umtrieb, dass er keine Zeugen wünschte. So grimmig, wie der dreinblickte …

»Danke, dass Ihr gestern die Kathi …« Max schluckte mühsam.

»War doch selbstverständlich.«

»Wisst Ihr, ob der Sauhund da unten seine Schweinereien weitertreibt?«

»Nein, aber ich werd's bestimmt gleich herausfinden.« Gemeinsam schritten sie zum Eingang des Verlieses. Frantz legte ihm eine Hand auf die Schulter. »Du solltest lieber nicht mitkommen.«

Der Stadtknecht presste die Lippen aufeinander, nickte aber und trat einen Schritt zurück.

Frantz stieg die Steinstufen hinunter und fragte sich, wie lange er untätig ausharren müsste, bis der Presigl gebracht wurde. Er ging an der kleinen Schmiede vorbei, blickte kurz in die Küche, wo die Schallerin Schüsseln wusch, und schlich weiter. Hoffentlich hatten sie den Simmerl rausgeworfen, oder noch besser in eine Zelle geworfen. Den Kerl würde er nur allzu gern aus der Stadt ausstreichen. Wenn er dem Schuft jetzt hier begegnete, könnt es passieren, dass er ihn eigenhändig in die Kapelle schleifte.

»Meister Frantz!« Die Lochwirtin hatte ihn wohl doch gehört.

Er kehrte um.

»Wie geht's Kathi?«, fragte sie, als er in der Türlaibung stand.

Er zuckte mit den Schultern. Was wusste er schon davon, wie sich eine Frau fühlte, wenn sie von solchem Gesindel begrapscht wurde und fürchten musste, dass die Kerle Notzucht mit ihr trieben?

»Ihr habt sie nicht mehr gesehen?«

Er schüttelte den Kopf.

»Warum seid Ihr heut so maulfaul? Ich weiß, wir hätten den Simmerl früher rauswerfen sollen, aber wir haben ihn nie dabei erwischt, wenn er eine Hure zu den Gefangenen geschmuggelt hat. Und das wär ja auch nicht so schlimm, nur ein anständiges Mädel wie die Kathi … einfach den räudigen Kötern zu überlassen, weil sich jede Hur für das Gesindel zu gut ist.« Ihr blasses Gesicht bekam rote Flecken. »Ich hab ihn selbst mit dem Schürstock aus dem Loch gejagt! Seit dem ist er nirgends mehr gesehen worden, dabei hätt er's verdient, von Euch aus der Stadt ausgestrichen zu werden. Seinen Sold für die letzte Woche kann er aber vergessen. Stellt Euch vor: Die kleinen Schufte haben versprochen, ihm ein Versteck mit Geld zu verraten, und der Dummbatz hat's geglaubt. Hätt die Kathi nicht ausgholfen, hätten's sich sogar an mir vergriffen, sagt der Eugen. Nie hätt ich so was vom Simmerl gedacht!« Atemlos nach dieser Tirade schnappte sie nach Luft.

»Schon gut, Schallerin. Ihr könnt Euch die Leute auch nicht aussuchen, mit denen Ihr arbeiten müsst.«

»Euch würde ich mir immer wieder als Nachrichter aussuchen.«

Da lächelte er doch. »Freut mich zu hören.« Um ihn musste es ja arg bestellt sein, wenn man ihm nur zu schmeicheln brauchte, damit sich seine Laune besserte!

Aus Richtung des Brunnenraums drangen Stimmen und Schritte. Brachten sie den Presigl? »Ich werd mal schnell …« Ja was? Spionieren? Eigentlich sollte er warten, bis er gerufen wurde.

»Geht nur«, sagte sie und ersparte ihm eine Rechtfertigung.

Und er ging – auf leisen Sohlen und mit gespitzten Ohren. Hinter sich meinte er ein Kichern zu hören, vor ihm hingegen eine barsche Männerstimme: »Ihr könnt bis morgen nachdenken, was Ihr uns als Nächstes auftischen wollt, dann werdet Ihr eingehend von mir und Nützel verhört. Hier unten.«

»Aber ich hab der Anna doch nichts getan, bin einfach nur in der Gegend herumgefahren, hab den Karren verkauft und bin nur noch umhergeirrt, bis ich diesem Schützen begegnet bin. Die Trauer um mein Annerla, sie bringt mich um.«

Das war doch mal ein gutes Stichwort. Frantz trat in den Fackelschein und nickte Geuder und Presigl zu, denen ein Stadtknecht folgte.

Der Lochschöffe schmunzelte, als er ihn sah, und meinte lapidar: »Das kann Meister Frantz etwas beschleunigen.«

Presigl hatte ihn in der Dunkelheit wohl noch nicht erkannt. Auf diese Worte hin weiteten sich seine Augen, sodass das Weiße seiner Augäpfel leuchtete.

»Immer zu Diensten«, sprach Frantz, und der frischgebackene Witwer krümmte sich. Sollte der Mann doch unschuldig sein, tat es ihm leid, ihn so erschreckt zu haben.

»Schaller!«, rief Geuder.

Der stämmige Lochwirt kam angelaufen. »Ist das der Presigl Georg?«, fragte er.

»Ja. Übernehmt den Gefangenen.«

Während er und der Stadtknecht den Fuhrmann davonzerrten, gesellte sich Geuder zu Frantz und raunte: »Wir werden ihn morgen Vormittag noch einmal verhören. Kann nicht schaden, wenn Ihr dabei seid. Hat bei den Dieben ja auch sehr gut gewirkt.«

Frantz lächelte den Mann an. »Gern. Drohen ist mir lieber, als einen Verdächtigen zu torquieren.«

»Das finde ich sehr beruhigend.«

»Wieso?« Er wischte sich das Lächeln aus dem Gesicht. »Habt Ihr vor, demnächst in Verdacht zu geraten?«

Geuder trat einen Schritt zurück, dann brach er in Gelächter aus und schüttelte den Kopf.

Ja, doch, Frantzens Laune hatte sich erheblich gebessert. »Wisst Ihr schon, wann die drei Diebe gerichtet werden sollen? Die sind ja wohl voll geständig?«

Geuder strich sich übers samtene Wams. »Kann noch etwas dauern, denn da haben sich interessante Verbindungen gezeigt.«

»Zur Presiglin, ja, aber nicht zu ihrem Ableben, oder doch?«

»Mal abwarten, was ihr Mann zu sagen hat, wenn er endlich das Maul aufmacht.« Er schnappte sich die Fackel, ging wieder hinauf ins Rathaus und ließ Frantz einfach stehen. In jeder Hinsicht im Dunkeln, Unverschämtheit! Autsch, er sollte sich wirklich den Zahn ziehen lassen oder aufhören, mit den Kiefern zu mahlen. Andererseits versetzte ihn der Schmerz stets in grimmige Laune, die ihm helfen würde, falls er den Presigl torquieren müsste ... Um eine Ecke biegend kam ihm der Stadtknecht entgegen und zuckte bei seinem Anblick leicht zusammen. »Meister Frantz.«

Er nickte ihm zu.

»Ich muss hier Dienst schieben, bis ein neuer Lochknecht gefunden ist. Der Ferdl allein reicht ja nicht. Gerade jetzt ...«

»Schön. Ich hoffe, du machst deine Sache besser als der Schuft, den sie grad rausgeworfen haben.«

»Was ... ähm, muss ich denn tun?«

Nun erlaubte er sich ein Lächeln. Der Mann schien seine Arbeit anständig machen zu wollen. »Sprich mit dem Schaller oder seiner Frau.« Er deutete in Richtung des Ganges, der zur Küche führte. »Die erklären dir alles.«

Ein Hehler

Mittwoch, 10. Mai 1581

Am nächsten Morgen beim Ankleiden blieb Frantzens Blick an seiner roten Pluderhose hängen, die er an Richttagen trug. Wenn er die heute anzöge, würde es dem Presigl einen gehörigen Schreck einjagen. Aber bei einer peinlichen Befragung, die der Rat durchaus anordnen konnte, wäre das Gewand unpraktisch. Er schlüpfte in seine übliche graue Kniebundhose. Außerdem gestand der Fuhrmann sicher eher, wenn er nicht vor Augen hatte, was ihn danach erwartete. Er öffnete den Schrank in der guten Stube, in dem wohl verwahrt sein Richtschwert hing, seit Langem nicht mehr benutzt. Bald wäre es wieder so weit. Er fuhr mit den Fingern über die einfache Scheide aus Leder und Holz.

Da kam Maria ins Zimmer, und er schloss schnell die Schranktür.

Sie trat hinter ihn, schlang die Arme um seinen Bauch und lehnte ihren Kopf an seinen Rücken. »Du bereitest dich schon darauf vor, was kommen wird?«

»Ja, wenigstens sollte ich mich langsam an den Gedanken gewöhnen, bald wieder Menschen vom Leben zum Tode bringen zu müssen.«

Sie ließ ihn los und rieb ihm die verspannten Schultern. »Jemand muss es tun. Für uns alle.«

Er drehte sich zu ihr herum und nahm sie in die Arme. Wenn er

Maria nicht hätte, wäre sein Leben trostlos. Maria – und nun auch Vitus. Er lächelte sie an. »Ich bin froh, dass du's immer noch nicht bereust, mich geheiratet zu haben.«

Sie küsste ihn auf den Mund. »Wieso sollte ich?«

Weil Blut an mir klebt, dachte er, sprach es aber nicht aus. »Mal sehen, was Presigl zu sagen hat. Vielleicht ist er ja doch unschuldig.«

Maria strich ihm die Haare zurecht. »Die sollte ich dir mal wieder stutzen.«

Sie wussten beide, warum: Damit sie nicht den weiten Kragen berührten, den er bei Hinrichtungen trug. »Bald«, sagte er und ging hinaus in den Henkerturm.

Er hatte schon die Faust erhoben, um bei Augustin an die Tür zu klopfen, besann sich dann aber anders. Der Rat würde frühestens in der heutigen Sitzung die peinliche Befragung anordnen. Bis die vorbei war, hätte sein Knecht ausgeschlafen. Der gute Mann sah immer noch gerne nachts in der Stadt nach dem Rechten, obwohl er die Pappenheimer nicht länger beaufsichtigen musste. Frantz hatte nie herausgefunden, warum die Straßenreiniger in Nürnberg so genannt wurden. Augustin grinste immer nur wissend, wenn er danach fragte. Frantz machte sich allein auf den Weg.

Auf der anderen Seite der Pegnitz ging es im Fleischhaus und dem daneben liegenden Schlachthof schon recht geschäftig zu. Niemand schenkte ihm Beachtung; hier war man seinen Anblick gewöhnt. Erst als er weiter in die Sankt Sebalder Seite der Stadt vordrang, warfen die Leute ihm ängstliche Seitenblicke zu, wenn sie nicht gleich davonhuschten. Ein Schwein blieb mitten auf der Straße stehen und schaute ihn an, grunzte und senkte dann doch wieder die Schnauze in den Straßenschmutz, wo es nach Essensresten wühlte. Als ihm beißender Geruch aus den Gerbereien in die Nase stieg, fragte er sich, ob er glücklicher wäre, wenn er Tag für Tag Leder gerben müsste. Wahrscheinlich nicht. Dieses Handwerk bescherte ihm als Heiler gute Kundschaft: wunde Hände, angegriffene Lungen …

Die Schildwachen vor dem Rathaus schienen schon nach ihm Ausschau zu halten, denn sobald er hinter der Sebalduskirche hervorkam, huschte einer von ihnen ins Gebäude, tauchte ein paar Augenblicke später wieder auf und nickte ihm zu. Der hatte wohl den Lochschöffen Bescheid gegeben, dass er kam.

Frantz ging weiter zum Gefängniseingang. Schaller öffnete ihm sogleich, als hätte auch er ihn bereits erwartet. »Ihr sollt im Verhörzimmer auf die Schöffen und den Verdächtigen warten.«

»Gut.« Er stieg hinunter, betrat die kleine Kammer mit dem schmalen, langen Tisch und setzte sich auf den Hocker in der hinteren Ecke. Dann überlegte er es sich anders, stand auf und baute sich neben dem Tisch auf. Wenn Presigl gebracht wurde, sollte er ihn sofort sehen: Meister Frantz, das Schreckgespenst.

Als die Tür aufschwang, schob der Stadtknecht, der den Simmerl vorübergehend ersetzte, den Fuhrmann herein. Bei seinem Anblick erstarrte Presigl.

»Guten Morgen«, sagte Frantz.

Presigl zuckte zusammen wie unter einem Rutenstreich. »Ihr … Ihr werdet mich befragen?«, keuchte er.

»Erst werden die Lochschöffen mit Euch reden, und wenn sie Zweifel an Eurer Aussage haben, darf ich mich mit Euch unterhalten.« Er zwang sich zu einem Grinsen, auch wenn er nur ungern so tat, als genieße er es, anderen Schmerzen zuzufügen.

Als Presigl schwankte, packte Frantz seinen Arm. »Setzt Euch, sonst fallt Ihr mir noch um.« Er zog ihn zu dem einzeln stehenden Stuhl, denn die gepolsterte Bank auf der gegenüberliegenden Seite war für die Schöffen gedacht und der Lehnstuhl am schmalen Ende für den Schreiber. Frantz blieb neben dem Fuhrmann stehen und merkte erst jetzt, dass der Aushilfslochknecht immer noch in der offenen Tür lehnte und sie neugierig beobachtete. Er lächelte ihm zu, und der Mann huschte außer Sicht.

Frantz setzte sich auf seinen Hocker und betrachtete das Profil von Presigl, der auf die grobe Wand aus Sandstein starrte. Was ging dem wohl durch den Kopf? Überlegte er sich, wie er seinen Hals vor Frantzens Richtschwert retten konnte? Er sollte ihn lieber nicht zu lange nachdenken lassen. »Eure Frau war eine Hure«, behauptete er ruhig.

Ein Muskel zuckte unter Presigls linkem Auge. »Das ist nicht wahr!«, keuchte er. »Sie hat sich nicht verkauft.«

»Dann hat sie Euch rein zum Vergnügen Hörner aufgesetzt?«

Presigl schnaubte und schüttelte den Kopf. »Wo sind die Schöffen?«

»Kann nicht mehr lange dauern.«

Als hätten sie draußen gelauscht, kamen die Herren herein. Nützel voran, gefolgt von Geuder und dem Schreiber. Sie nahmen ihre Plätze ein, und Presigls Schultern senkten sich etwas. Der Mann hatte doch wohl nicht etwa geglaubt, Frantz würde ihm hier an den Kragen gehen, solange sie allein waren.

Nützel legte die Arme auf den schlichten Holztisch. »Georg Presigl, geboren in Gnotzka, erzählt uns, was in jener Nacht passiert ist, als Eure Frau, Anna Presiglin, ermordet wurde.«

Der gehetzte Blick kam einen Moment zur Ruhe. »Ich weiß es nicht. Ich war nicht zu Hause, hab eine Fuhre gemacht.«

»Für wen, wohin?«, fragte Geuder mit schneidender Stimme. »Niemand hat Euch einen Auftrag erteilt.«

Presigl schluckte mühsam, sah zu Frantz, dann der Reihe nach in die anderen Gesichter. »Auf eigene Rechnung. Hab ein paar Sachen ausgeliefert, die ich für Freunde und Bekannte besorgt hab.«

Nützels Mund zuckte nach rechts, eine seltsame Angewohnheit von ihm, wenn er sich seinen Unwillen nicht anmerken lassen wollte. »Sagt uns die Namen, dann lassen wir das nachprüfen.«

Presigl senkte den Kopf, schien eingehend die Tischplatte zu mustern, während er im Schoß seine Hände knetete.

Frantz stand auf und trat einen Schritt auf den Mann zu. »Er kann uns keine Namen nennen, weil er zwar weggefahren, aber dann heimlich zu seinem Haus zurückgekehrt ist. Er wollte herausfinden, ob ihm seine Frau treu war. Sie hat nämlich aus Bilsenkraut einen Rauschtrank zubereitet, mit dem beide Presigls einen schwunghaften Handel betrieben haben. Ist doch so?« Frantz erzwang Blickkontakt mit dem Verhafteten. »Ein und aus sind die Kerle bei ihr gegangen, die ihr was abgekauft haben. Bisweilen hat sie selbst davon genommen, und das Mittel machte sie wild und leichtsinnig. Das wusstet Ihr!«

Presigl sog vernehmlich Luft durch die Nase und schüttelte den Kopf. »In Stein war ich.«

Die Feder des Schreibers flog über das Papier.

»So nah und Ihr seid nicht mehr heimgefahren?«, fragte Geuder.

Der Verdächtige konnte ihnen nicht in die Augen sehen. »Ich war zu besoffen, hab auf dem Karren geschlafen.«

»Die ganze Nacht?«

Presigl nickte. »Bin erst am Morgen zurückgefahren.«

Frantz dachte an die Räuber, die gut mit Anna Presiglin bekannt waren, und erinnerte sich daran, was Max über den leer geräumten Schrank erzählt hatte. Er kratzte sich den Bart und zog mit dem Geräusch alle Blicke auf sich. Auf gut Glück sprach er seinen aufkeimenden Verdacht aus: »Verkauft Ihr in Stein und anderswo mehr als nur den Trunk Eurer Frau? Gar Diebesgut?«

Presigl schnappte nach Luft. »Wie kommt Ihr darauf? Das ist Unsinn!«

Schuldiger konnte einer kaum aussehen als der Fuhrmann jetzt. Doch war er auch ein Mörder? Nun, wenn sie ihn als Dieb und Hehler überführt hatten, worauf der Strang stand, würde er wohl auch den Mord gestehen.

»Wir haben drei Diebe hier im Loch verhaftet …«, sagte Frantz geheimnisvoll.

Zum Glück sprang Presigl auf und starrte ihn an, so konnte er nicht die überraschten Gesichter der Schöffen sehen. »Diese vermaledeiten –« Er verstummte abrupt. Bis er wieder auf den Stuhl sank, trugen die Ratsherren wissende Mienen zur Schau, Geuder gar eine besonders selbstgefällige. Aus dem Mann konnte was werden.

»Redet!«, befahl Nützel.

»Die drei Sauhunde wollten mich ausrauben, auf der Strecke nach Augsburg.« Presigl schnaubte ein verächtliches Lachen, und Frantz setzte sich wieder, nun da der Kerl redete. »Noch so jung und dumm sind die, meinen aber, die ganze Welt gehört ihnen. Dolche haben sie mir unter die Nase gehalten! Ich hab sie gefragt, ob sie nicht jemanden bräuchten, der ihre Beute verkauft. Da haben sie meine Fuhre in Ruhe gelassen. Ich hab ihnen was vom Kraut meiner Frau gegeben und sie im Rausch liegen lassen, bin einfach weitergefahren und hab gedacht, die seh ich nie wieder. Einige Tage später haben sie mir noch mal aufgelauert, wollten tatsächlich, dass ich ihr Zeug verkaufe. Die Deppen! Die haben ja nur einsame Höfe beraubt, da war selten was Wertvolles dabei, und oft genug wollten's als Bezahlung was vom Kraut. Ich hab sie mir doch irgendwie vom Leib halten müssen. Das meiste von der gestohlenen Kleidung hab ich an arme Leut verschenkt.«

Nützel bohrte weiter: »Und sobald sie wussten, wo Ihr wohnt, haben sie sich das Kraut auch selbst abgeholt. Einer von denen ist bei Eurer Frau gelegen, als Ihr in der Nacht zurückgekommen seid.«

Presigl runzelte die Stirn, als überlegte er, ob es eins der Bürschlein gewesen sein könnte, bevor er aufbegehrte: »Nein! Ich bin erst am Morgen zurückgekommen. Ein Stadtknecht hat mich gesehen.«

Geuder übernahm. »Kam Euch wohl sehr gelegen, diese Begegnung, aber der hat nicht gesehen, dass Ihr die ganze Nacht weg wart.«

»War ich aber!«

»Nun, dann müssen wir uns in Stein umhören.«

Frantz kratzte sich nun absichtlich den Bart. Wieder wandte Presigl ihm den Kopf zu, doch die Schöffen schielten nur herüber. »Für wen habt Ihr denn sonst noch Diebesgut verschachert?«, fragte er.

Presigls Adamsapfel hüpfte ein paar Mal auf und ab. »Für niemand. Ich mach so was nicht. Hab nur ab und zu für Freunde und Bekannte Waren von auswärts besorgt, die man hier nur schwer oder um viel Geld bekommen kann.«

Frantz feixte. »In Nürnberg kriegt man kaum was zu kaufen. Arme Stadt.«

Das nahm Nützel zum Anlass, die Nürnberger Uhr aus einem Beutel zu fischen. »Allerdings ist so was hier in anderen Städten sicherlich sehr gefragt.«

Presigl starrte die Dose an und erkannte sie offensichtlich, wollte schon seine Hand danach ausstrecken, verharrte aber in der Bewegung. »Die sollt ich für einen jüdischen Händler verkaufen, weil die Leut ja immer gleich meinen, was von so einem kommt, muss gestohlen sein.«

»Ach, woher hat ein Jud denn eine Nürnberger Uhr? Bei uns gibt's schließlich keine Juden mehr.«

»Der wohnt in Fürth. Da geht's den Juden gut, dürfen ehrliche Geschäfte machen.«

Frantz legte den Kopf schief. Konnte das stimmen? Wieso sollte ein Fürther Händler – ob nun Jude oder nicht – einen Zwischenhändler wie den Fuhrmann brauchen?

Der Schreiber sagte: »Dann verratet uns doch mal den Namen, damit wir das überprüfen können.«

Alle Farbe wich aus dem Gesicht des Kerls, und damit verstärkte sich Frantzens Verdacht: Presigl handelte unter der Hand mit gestohlenem Gut.

»Redet, sonst müssen wir Euch für einen Dieb und Hehler halten.« Nützel blickte auffällig zu Frantz. »Dann wartet der Galgen auf Euch.«

Presigl wischte sich den Schweiß von der Stirn. »Na schön. Vom Valtin Lang hab ich die, das ist ein Kandelgießer-Gesell.«

Geuder grinste. »Klingt nicht nach einem jüdischen Namen. Lebt der Lang in Nürnberg?«

»Ja, ich weiß aber nicht, wo. Der ist zu mir gekommen. Doch das meiste Zeug, mit dem ich auf eigene Rechnung handle, kommt von jüdischen Krämern, weil ich mehr Ansehen hab als solche Leute.«

Ja, dachte Frantz, der Presigl musste ziemlich gute Verbindungen nach oben haben. Das erste Verhör im Rathaus statt im Loch hatte schon arg nach Sonderbehandlung gerochen.

»Aber in der Mordnacht wart Ihr in Stein und nicht bei einem Eurer jüdischen Freunde?«

»Ich hab nur geschäftlich mit denen zu tun, sind keine Freunde«, brummte Presigl. »Ja, im Wirtshaus war ich, der Schankknecht wird's bezeugen können.«

Frantz fluchte im Stillen vor sich hin. Was den Mord betraf, waren sie noch kein Stück weiter. Stattdessen musste jetzt jemand nach Stein reiten, und der Kandelgießer musste auch gefunden werden.

Nützel beugte sich vor und blickte dem Verdächtigen in die Augen. »Wo habt Ihr Euch verkrochen, nachdem bekannt geworden ist, dass sich Eure Frau nicht selbst entleibt hat?«

»Ich war ... überall und nirgends, bin einfach herumgefahren, dann hab ich das Fuhrwerk stehen lassen und bin in der Gegend herumgelaufen. Ich hab's einfach nicht fassen können, dass mir jemand das Annerla erschlagen hat.«

Frantz hätte beinah gelacht. Welcher Fuhrmann ließ seinen Wagen einfach stehen? Sollte er jetzt schon nach dem Seitzen fragen?

Geuder war schneller. »Und weil die mal an die frische Luft mussten, habt Ihr zu diesem Anlass die schönen Sachen aus Eurem Kabinett eingepackt?«, fragte er mit Hohn in der Stimme.

»Nein!«, schrie Presigl. »Die Sachen muss mir jemand gestohlen haben. Und meine acht Gulden sind auch fort.« Er fasste sich an den Gürtel, aber seinen Beutel hatte man ihm abgenommen.

»Werdet nicht unverschämt«, blaffte Geuder. »Ihr wollt doch wohl nicht den Pfleger von Gostenhof oder den Rat von Nürnberg als Diebe bezeichnen?«

»Nein, natürlich nicht.« Presigl sackte in sich zusammen und schielte zur Uhr. »Heißt das, ich krieg sie wieder?« Der Mann hoffte anscheinend immer noch, hier heil herauszukommen.

Nützel schnaubte und befingerte die Dose. »Erst stellen wir fest, ob sie gestohlen ist.«

Frantz fragte nun doch: »Was habt Ihr mit dem Seitzen zu schaffen?«

Presigl sah ihn verdutzt an. »Mit wem?« Seine Augenbrauen zuckten kurz zusammen.

»Jakob Seitzen.«

»Keine Ahnung, wer das ist.«

Was für eine steinerne Miene! Der Mann war eine harte Nuss. »Ihr habt nicht vielleicht Euer Fuhrwerk gegen sieben Pferde eingetauscht?«

Presigl gab ein Lachen von sich, aber Frantz nahm ihm den Unglauben darin nicht recht ab, deshalb legte er nach: »Ihr habt doch den Stadtknecht Max Leinfelder gefragt, ob er den Jakob Seitzen bei Euch gesehen hat, am Morgen, als Ihr aus Stein heimgekommen seid. Da habt Ihr den Namen und Beruf des Mannes noch recht gut gekannt.«

Der Fuhrmann schüttelte langsam den Kopf. »Na gut, ich geb's zu! Das ist ein Kunde, der mir noch Geld schuldet. Ich wollt ihn nur nicht anschwärzen.«

»Mir reicht's jetzt!« Nützel stand abrupt auf und bellte: »Knecht, bring den Verhafteten zurück in seine Keuche. Nein, Ihr bleibt noch hier, Meister Frantz.«

Frantz ließ sich wieder auf den Schemel sinken. Das Ende des Verhörs war überraschend gekommen. Was nun? Sobald der Stadtknecht Presigl Eisen angelegt und ihn weggeführt hatte, schloss der Schreiber die Tür, was Frantz sehr verblüffte. Er sollte zu einer Besprechung mit den hohen Herren bleiben?

Geuder äußerte sich zuerst. »Ich bin mir ziemlich sicher, dass der Presigl ein Hehler ist, aber ich weiß nicht, ob er auch seine Frau umgebracht hat. Was meint Ihr?« Er blickte ratlos von einem zum andern.

Nützel murmelte: »Einen Mörder, einen Stehler, einen Wäscher, einen Hehler … aller Laster einen Täter …«

Der Schreiber stöhnte und führte das Sinngedicht fort: »… hat in dem man zu erkennen, den man kann versoffen nennen. Ich glaub nicht, dass der Presigl recht versoffen ist. Im Gegenteil, das ist ein ganz Raffinierter. Ausgerechnet jüdische Händler als Lieferanten zu nennen, ist gar nicht blöd. Falls wir bei ihm Diebesgut finden, kann er behaupten, die hätten's ihm verkauft. Einem Jud glaubt niemand.«

Geuder schürzte die Lippen, dass sich die Barthaare aufstellten. »Bloß scheint er keinen von ihnen benennen zu können, sonst hätt er wohl Namen ausgespuckt. Ich befürchte eher, seine Handelspartner sind alle so jüdisch wie jener Valtin Lang.«

Nützel wiegte den Kopf hin und her. »Oder er hebt sich die Namen auf, bis wir ihm tatsächlich Diebesgut unter die Nase halten können.«

Vermutlich waren die Juden nicht so dumm, sich in die Machenschaften eines Georg Presigl hineinziehen zu lassen. Ein vertriebenes

Volk auf ewiger Wanderschaft. Für einen jüdischen Händler musste der gute Ruf noch wichtiger sein als für einen Henker, trugen sie doch wie er an schwerer Schuld. Dieses barbarische Volk hatte von den Römern verlangt, den Heiland hinzurichten. Frantz rief sich die Passagen in der Bibel in Erinnerung. Er besaß eine lutherische Übersetzung, sein ganzer Stolz. Doch hätten sie die Freilassung Jesu gefordert, statt die des Schurken Barnabas, hätte der Heiland nicht die Sünden der Menschen auf sich nehmen und sie erlösen können. Der Gedanke, dass all dies gottgewollt gewesen war, gab ihm Trost. Frantz sah sich als einen der römischen Soldaten, die den Messias ans Kreuz schlugen. Ja, auch diese Aufgabe hätte er gewissenhaft erledigt. Erschrocken schüttelte er den Kopf, um die Bilder zu verscheuchen, und musterte die drei Männer, die ebenfalls gedankenverloren vor sich hinstarrten. Niemand schien seine seltsame Anwandlung bemerkt zu haben.

Geuder sprach zu erst wieder. »Warum hat er nicht vorgegeben, bei einem seiner Kumpane gewesen zu sein, als seine Frau umgebracht wurde? Die hätten gewiss Stein und Bein für ihn geschworen. Vielleicht ist er doch ein Säufer.«

Nützel atmete tief durch. »Ich werd auch nicht schlau aus dem Mann. Vorerst haben wir nichts gegen ihn in der Hand, und Eure Anwesenheit hat auch wenig bewirkt, Meister Frantz.«

»Tut mir leid. Vielleicht hätte ich finsterer dreinschauen müssen.«

Geuder schmunzelte, die anderen beiden verzogen keine Miene.

Da fragte der Schreiber: »Hat eigentlich schon jemand mit dem Lienhardt Hertl geredet?«

Die Lochschöffen sahen einander an, dann schüttelten sie gleichzeitig den Kopf. Den hatten sie wohl ganz vergessen, also sagte Frantz: »Der Leinfelder war kurz bei ihm.«

Jetzt blickten alle drei ihn überrascht an.

»Ich war draußen bei einem Patienten und hab zufällig mitgekriegt, dass die Gostenhofer neben dem Fuhrmann auch den Hertl verhaftet haben.« Und das war nicht einmal gelogen, schließlich war er bei Elsa gewesen. »Der Leinfelder ist zum Hertl rein, und ich war so frei, schon mal beim Presigl reinzuschauen.«

»Und?«, blaffte Nützel. »Was hat er dem Stadtknecht erzählt?«

»Der Hertl hat gewusst, dass wir nach dem Fuhrmann Ausschau halten, und als er dem Presigl in Stein begegnet ist, hat er sich an seine Fersen geheftet. War stockbesoffen, unser Hehler. Da hat der Hertl ihn nach Gostenhof gelockt.« In diesem Moment fiel Frantz wieder ein, dass Presigl jemanden in Nürnberg erstochen haben wollte. Er erzählte den Schöffen davon, nicht ohne zu erwähnen, dass Presigl im Bilsenkrautwahn Unfug geredet haben mochte.

Geuder rieb sich mit beiden Händen übers Gesicht. »Immer dieses Teufelskraut! Wir müssen den Hertl herholen lassen und jemanden nach Stein schicken, um herauszufinden, ob der Presigl in der Mordnacht wirklich dort war. Und diesen Kandelgießer brauchen wir auch.«

Falls Hertl überhaupt noch eingesperrt war, dachte Frantz, hielt aber lieber den Mund.

»Dumm, dass ausgerechnet der Leinfelder verwundet worden ist«, brummte Nützel. »Der weiß am meisten über die Sache.«

»Ist ja nur der Arm«, sagte Frantz. »Nach Gostenhof kann er schon laufen.«

»Richtig, und der Hasenbart geht mit, denn ein Schwert kann der Leinfelder noch nicht wieder führen.«

Frantz setzte sich auf. Da er heute offenbar nicht mehr gebraucht wurde, konnte er die beiden vielleicht sogar begleiten.

*

Max machte sich mit Michel auf den Weg. »Ich glaub ja nicht, dass die ihn immer noch festhalten«, brummte er.

Michel lachte. »Ist trotzdem ein schöner Spaziergang. Besser, als dumm in der Gegend rumzustehen.«

»Stadtknechte schauen doch immer wichtig aus«, ertönte da eine allzu bekannte Stimme hinter ihnen.

»Meister Frantz! Wollt Ihr etwa auch den Hertl besuchen?«, fragte Michel frech.

Der Nachrichter lächelte. »Den haben die Schöffen ganz vergessen. Bis heute.«

»Dabei war der doch in der Mordnacht bei der Anna und hat mit ihr … Na ja. Ich kann mir aber nicht vorstellen, dass der sie umgebracht hat«, meinte Max.

»Warum nicht?«, fragte Michel.

Max blickte Meister Frantz fragend an, und als der nickte, erzählte er, wie der Hertl versucht hatte, die Leiche zu stehlen. »Der war noch völlig wirr im Kopf, und von Schatten hat er gefaselt, die ins Schlafzimmer gekommen wären.«

Michel lachte, wurde aber schnell wieder ernst. »Schade, dass er den Schattenwerfer nicht erkannt hat. Die gehen ja selten allein spazieren.«

»Hm, da hab ich doch gleich eine Idee«, murmelte der Nachrichter.

»Was denn für eine?«, fragte Max neugierig.

»Mal abwarten, ob der Hertl noch zur Verfügung steht. Da sind wir auch schon.«

Diesmal stand kein Stadtknecht vor dem Pflegamt. »Wo ist denn der Sundermann?«, brummte Max. »Wird hoffentlich nicht noch was passiert sein.«

»Ach was. Hier sagen sich wieder Fuchs und Hühner Gute Nacht.« Michel hämmerte mit der Faust an die Gefängnispforte. »Wahrscheinlich hat er gestern bis spät in die Nacht die Besoffenen heimscheuchen müssen.«

Max rieb sich unbehaglich den Nacken, weil der Nachrichter hinter ihm stehen geblieben war. Auch wenn er den Mann inzwischen schätzte … Als niemand öffnete, sagte er: »Ich frag mal im Pflegamt.«

Dort schauten ihn Fütterer und der Schreiber überrascht an. »Was willst du denn wieder hier, Leinfelder?«

»Zum Stockmeister. Wo ist denn der?«

»Daheim. Das Gefängnis ist leer, was soll er da unten seine Zeit vergeuden?«

»Der Hertl ist freigelassen worden?«, fragte er überflüssigerweise.

»Freilich, den wollt ja keiner haben, und bei uns hat er auch nichts angestellt.«

»Dankschön.« Max lief wieder hinaus und musste lachen, als er die Gesichter seiner Begleiter sah. Michel grinste wissend, und auch der Nachrichter zeigte den Anflug eines Lächelns.

»Ist fort«, verkündete er trotzdem. »Was jetzt?«

»Jetzt gehen wir zurück«, sagte Meister Frantz. »Es muss aber außer den Lochschöffen niemand wissen, dass der Hertl fort ist.«

»Wieso nicht?«, fragte er verblüfft.

»Mal schauen, was der Presigl sagt, wenn er …« Er schüttelte den Kopf. »Erst müssen die Schöffen zustimmen.«

»Ihr macht's ja wieder geheimnisvoll.«

»Ist manchmal besser so.« Kurz grinste er unverhohlen, dann wurde er wieder ernst. »Vom Seitzen noch keine Spur? Der Presigl wollte ihn gestern immer noch nicht kennen und hat dann doch zugegeben, dass er mit ihm Geschäfte gemacht hat. Der Mann soll ihm Geld schulden. Sein Fuhrwerk will er einfach stehen gelassen haben aus lauter Verzweiflung über den Tod seiner Frau.« Der Nachrichter schnaubte verächtlich. »Sehr betrübt kommt mir der nicht vor.«

Max nickte. »Mir auch nicht. Bestimmt nutzt der Seitzen sein Fuhrwerk und seine Routen. Den sollten wir bald erwischen.«

»Dem Hertl hat der Presigl doch angeblich noch einen Mord in Nürnberg gestanden«, erkundigte sich Meister Frantz. »Habt ihr darüber was rausgefunden?«

»Nein, niemand weiß was von einem Erstochenen, wo der Täter noch nicht gefasst ist, und der Hertl war auch ganz vage, hat's dem Presigl nicht recht geglaubt.« Hätten die Gostenhofer den Kerl nur etwas später laufen lassen! »Vielleicht ist diese Tat schon länger her?«

Meister Frantz nickte. »Kann sein. Wenn er erst den Mord an seiner Frau gestanden hat, wird er sich auch nicht scheuen, von dem anderen zu erzählen. Falls der Fuhrmann nicht nur auf Trugbilder eingestochen hat. Dieses Kraut ist wahrlich ein Teufelszeug.«

»Und was, wenn doch der Seitzen unser Mörder ist?«, fragte Max.

Der Nachrichter zuckte die Schultern. »Sucht den Kerl.«

Pah, der machte es sich einfach.

*

Frantz wartete am Brunnen auf den Lochschöffen. Endlich kam

Nützel fluchend die Treppe zum Loch hinuntergestiegen. »Wieso hat man den Schützen einfach laufen lassen? Einen, der dieses Jahr erst ausgestrichen worden ist, bekannt für seine Liederlichkeit?«

Frantz legte einen Finger auf den Mund und flüsterte: »Das soll der Presigl nicht wissen, dass uns der Hertl entschlüpft ist. Wir könnten ihm erzählen, dass der Hertl bei seiner Frau gelegen ist und ihn erkannt hat. Vielleicht gesteht er dann ja.«

»Eine Lüge im Verhör? Das gehört sich nicht!«

Frantz zuckte die Schultern. »Lieber eine peinliche Befragung?«

Der Lochschöffe verengte die Augen. »Um die anzuordnen, haben wir nicht genug Beweise, nur die Aussage eines übel beleumundeten, flüchtigen Zeugen gegenüber einem Stadtknecht. Niemand weiß was von einem, den der Presigl erstochen haben könnte. Da stimmt der Rat sicher nicht zu. Wo kämen wir denn da hin, wenn jeder erst einmal torquiert werden würde, bevor man ihm irgendwas glaubt?«

Er nickte. »Dann bräuchte ich noch einen zweiten Henkersknecht. Ohne Beweise und Geständnis werdet Ihr den Presigl wohl gehen lassen müssen.«

Nützel schnaubte, kratzte sich den Kopf mit beiden Händen, drehte sich einmal im Kreis herum und stützte sich dann gegen die Wand. »Gott bewahre! Tut, was Ihr für richtig haltet, aber ich will nicht dabei sein, wenn hier solche Methoden angewandt werden.«

Frantz überlegte. Wenn sich der Lochschöffe so zierte, hatte Presigl sicher im Stadtrat einige Kunden, die ihn schätzten und schützten. Vielleicht tat er den hohen Herren auch unrecht. Frantz wusste es sehr zu würdigen, dass man sich hier an das Gesetz hielt, die Auslegung der *Carolina* aber durchaus milde gestaltete. Woanders müsste er viel häufiger Delinquenten rädern oder bei lebendigem Leib verbrennen, statt sie schnell und schmerzlos enthaupten zu dürfen. Etwas qualvoller war das Hängen, dem Rad allerdings immer noch vorzuziehen. »Dann schleiche ich mich jetzt zum Presigl in die Keuche …«

»Was? Wieso schleichen?«

»Weil ich dem Fuhrmann einen heimlichen Hinweis geben werde.«

Nützel sah ihn verdutzt an, blieb aber beim Brunnen stehen. Lauschen wollte er anscheinend nicht.

Frantzens Herz schlug schneller, während er noch seine Gedanken sortierte. Dummer Einfall oder nicht? Er musste es einfach versuchen: sehen, wie der Mann reagierte, und dann entsprechend handeln.

Im Korridor zu den Zellen kam ihm der Stadtknecht entgegen. »Braucht Ihr was?«

Frantz schüttelte den Kopf und scheuchte ihn zurück, doch der Kerl rührte sich nicht. Auch recht, wenn er seine Arbeit gewissenhaft erledigen und aufpassen wollte. Frantz hatte hier unten auch nur Anweisungen zu befolgen, nicht selbst Befehle zu erteilen. Er legte einen Finger an den Mund, und nun nickte der Mann. Frantz ging weiter bis zu

Presigls Zellentür und blickte zurück. Am Ende des Gangs entdeckte er den Lochschöffen, dessen Anwesenheit seinem Tun wenigstens halbwegs den Segen des Stadtrats verlieh.

Er schob den Riegel auf und nahm eine Fackel von der Wand, dann trat er ein. Presigl starrte ihm von der Mitte der Zelle aus entgegen, war wohl auf- und abgelaufen, auch wenn die Strecke zwischen Tür und Pritsche gerade einmal vier Schritte maß. Er steckte die Fackel in eine Wandhalterung und schloss die Tür, dann setzte er sich auf die Holzbank entlang der Längswand. Mit einem Nicken bedeutete er dem Gefangenen, neben ihm Platz zu nehmen. »Presigl, hört mir zu.«

Der Mann zögerte, musterte ihn misstrauisch, doch dann ließ er sich nieder.

Frantz sagte halblaut: »Ihr fragt Euch doch bestimmt, wer bei Eurer Frau gelegen ist. Ich hab's grad erfahren: Der Lienhardt Hertl war's, dieser schändliche Nichtsnutz.«

»Aber …« Presigl verstummte, bevor er sich verraten konnte.

Frantz senkte seine Stimme noch mehr. »Er hat Euch erkannt, als Ihr ins Schlafzimmer gestürmt seid. Eure Frau ist hochgeschreckt, und Ihr habt der Ehebrecherin mit einem Stock ins Genick geschlagen. Bestimmt wolltet Ihr sie nicht töten, aber der Hieb saß genau an der richtigen Stelle. Dorthin schlag ich mit dem Schwert, wenn ich jemanden köpfen muss.« Vielleicht hätte er den Mann besser nicht an seinen Beruf erinnert. Er wollte doch ein Geständnis, keine weiteren Lügen!

Presigl rückte ein Stück von ihm ab, Befremden in Blick und Stimme. »Was redet Ihr da?«

Frantz sprach weiter. »Hertl ist geschwind durchs Fenster raus und abgehauen. Später hat es ihn geplagt, dass er nichts unternommen hat. Er wusste ja nicht, dass die Anna sofort tot gewesen ist.«

Presigl senkte den Kopf, als trauerte er um seine Frau.

»Dann hat er Euch in Stein gesehen und als ihren Mörder erkannt. Deshalb hat er Euch nach Gostenhof gelockt und einsperren lassen.«

Der Fuhrmann plusterte sich auf. »Den Schuft haben sie doch auch gleich eingesperrt. Der war's, der hat meine Frau umgebracht! Erst Notzucht mit ihr getrieben und sie dann erwürgt.«

Frantz schüttelte den Kopf. »Ihr wisst genau, dass sie nicht erwürgt worden ist. Ihr habt Euer Weib aufgehängt. Hertl ist nicht länger eingesperrt; er hält sich als Zeuge zur Verfügung. Heute Nachmittag wollen sie ihn offiziell befragen, und in der morgigen Sitzung wird der Rat eine peinliche Befragung für Euch anordnen.«

Presigl schnaubte verächtlich. »Wieso erzählt Ihr mir das, Henker?«

»Weil ich es bin, der Euch Schmerzen wird zufügen müssen. Und ich werde es sein, der Euch vom Leben zum Tode bringt. Mir macht es nichts aus, Euch zu torquieren, bis Ihr schreit und um Gnade fleht, doch für Gnade wird es dann zu spät sein. Euch droht der Tod durchs Rad, wenn Ihr Euch nicht als reuiger Sünder zeigt.«

»Ach, Ihr werdet höchstens meinen Leichnam aufs Rad binden.«

»So wie bei Hans Müllner?« Den Mann hatte er im Dezember bei lebendigem Leib rädern müssen wegen des brutalen Mordes an seiner schwangeren Schwester. Frantz schauderte es noch immer, wenn er daran dachte. Immerhin hatte er ihm nicht jeden Knochen im Leib brechen müssen, bevor er ihn mit einem gezielten Stoß töten durfte.

Presigl schluckte, atmete schneller. Schwer zu sagen, ob er Zeuge jener Hinrichtung gewesen war oder nur davon gehört hatte, doch er wusste offensichtlich, wie der Müllner ums Leben gekommen war.

»Denkt darüber nach. Ich schätze, morgen werdet Ihr noch einmal von den Lochschöffen befragt, noch vor der Ratssitzung. Wenn ihr nicht gesteht ... dürfte die peinliche Befragung beschlossen werden.« Mit diesen Worten stand er auf, um den Gefangenen seiner Vorstellungskraft zu überlassen.

»Wartet!«

Na endlich! Er blieb stehen und sah auf das Häuflein Elend hinab.

Presigl hob den Blick. »Der Hertl war's! Er hat sie umgebracht und mir meine acht Gulden gestohlen. Bestimmt hat der mir auch das Kabinett ausgeräumt.«

Frantz ließ sich seine Enttäuschung nicht anmerken, nahm die Fackel und ging. Möglichst geräuschvoll schob er den Riegel hinter sich zu. Wahrlich eine harte Nuss, der Kerl. Maxens Frage hallte in seinem Kopf wider: ›Und was, wenn's doch der Seitzen war?‹ Er seufzte. Hoffentlich hatte er den Mann nicht so sehr erschreckt, dass er eine Tat gestand, die er nicht begangen hatte. Verflucht, was musste er sich schon wieder in eine Ermittlung einmischen? Dummbartel, der er war, hatte er Presigl auch noch alles verraten, das er wissen musste, um glaubhaft ein falsches Geständnis abzulegen. Nächstes Mal würde er es wieder den Lochschöffen überlassen, Täter zu überführen. Nützel, der schön Abstand gehalten hatte, schaute ihn jetzt erwartungsvoll an.

Frantz sagte nur: »Befragt ihn morgen vor der Ratssitzung noch einmal, dann hat er genug Zeit gehabt, darüber nachzudenken, was ihn erwartet.«

Nützel nickte, öffnete den Mund, sagte dann aber doch nichts.

Ein Stehler

Donnerstag, 11. Mai 1581

Kathi löffelte lustlos ihre Morgensuppe. Die Ereignisse im Loch hatten sie die ganze Nacht mit grausigen Träumen verfolgt. Sie musste etwas tun, um sich von ihren düsteren Erinnerungen abzulenken.

»Heute sollen wir diesen Kandelgießer-Gesellen heranschaffen«, sagte Max.

»Wir? Darf ich mit?« Sie wollte schon aufspringen, in ihre Schuhe schlüpfen und die Haube aufsetzen, als Max lachte.

»Gemach, gemach. Das ist Arbeit für bewaffnete Stadtknechte.«

Sie zog einen Schmollmund, dann grinste sie. »Und wer wird für dich das Schwert schwingen, wenn nicht ich?«

»Ha, freches Weib. Zum Krüppel hat man mich nicht gemacht.«

»Aber ich könnte doch so tun, als würd ich mir die Waren des Kandelgießers anschauen. Vielleicht finde ich was heraus.«

Er packte ihren Arm und zog sie auf seinen Schoß. »Das ist gar keine so dumme Idee.«

Dafür hatte er einen Kuss verdient, doch bevor sie diesen Gedanken in die Tat umsetzen konnte, schob er sich ein Stück Käse in den Mund und kaute grinsend, also küsste sie ihn auf die Stupsnase. »Dann mach ich mich mal fertig.«

Da pochte es an der Tür. Jemand rief: »Max, du Faulpelz, wir müssen los.«

Kathi öffnete. Als sie den Hasenbart da stehen sah, verkündete sie: »Ich komme mit.«

»Ach?«, tat Michel verwundert. »Haben sie dich zur Stadtknechtin gemacht? Wir sollen einen Dieb festnehmen, das kann gefährlich werden. Wobei noch gar nicht sicher ist, dass er was gestohlen hat.«

»Eben! Da kann es nicht schaden, wenn ich mich beim Kandelgießer umhöre.«

»Hm, gar nicht blöd.« Michel grinste.

Den würde sie aber nicht küssen, auch wenn er fast dasselbe wie Max gesagt hatte! Kathi machte sich flugs ausgehfertig und stand noch vor Max bereit. Flankiert von zwei Stadtknechten lief sie hoch erhobenen Hauptes durch die Stadt und spürte das Prickeln der Spannung bis in ihre Fingerspitzen. Kaum zu glauben, dass sie, die Kathi aus dem Findelhaus, jetzt Verbrecher fing! Als sie noch bei der Zahlmeisterin als Magd gearbeitet hatte, war ihr Leben vollkommen ereignislos gewesen. Na ja, bis auf die Besuche beim Henker, die ihr damals noch eine grausliche Furcht eingejagt hatten. Und wie gut sie es jetzt hatte, nicht jede Arbeit annehmen zu müssen. Was wäre ohne Max aus ihr geworden, nachdem ihre Herrin erschlagen worden war? Keine Wahl hätte sie gehabt, als sich im Loch zu verdingen, wo das Gelichter sie betatschte! Nur wäre etwas mehr Geld natürlich recht, damit sie nicht auf jeden Pfennig schauen mussten.

Wie schafften es andere Stadtknechte, Weib und Kinder zu ernähren? Da dämmerte ihr, warum die Ordnungshüter so einen schlechten Ruf hatten. Im Dienst der Stadt verdienten sie gerade mal genug, um sich selbst durchzubringen, da war es kein Wunder, wenn manch einer nebenbei mit unlauteren Geschäften Geld dazuverdiente. Hoffentlich müsste Max das niemals tun. Sie hielt den Kopf nun nicht mehr so hoch und blickte ihn von der Seite an. Er wirkte wie immer recht zufrieden. Kathi lächelte. Irgendwie würden sie es schon schaffen, und am Ende war es doch gut, dass sie die kleine Franzi nicht behalten hatten. Sie würden früh genug eigene Kinder bekommen und müssten zusehen, wie sie die hungrigen Mäuler stopften.

Immer lauter werdendes Hämmern riss sie aus ihren Gedanken. Sie waren schon die halbe Bergstraße zur stattlichen Kaiserburg hinaufgelaufen. Hier gab es viele Schmieden und auch einige Kannengießer. Vor den Werkstätten verengten einfache Holztische mit Metallwaren die Gasse. »Wisst ihr denn, wo der Mann, den ihr sucht, arbeitet?«, fragte sie.

Michel grinste wieder. »Freilich, ist doch alles registriert, was in Nürnberg vor sich geht. Hier braucht's für jeden Furz eine Genehmigung, und die gibt's erst, nachdem die Furzgebühr bezahlt ist.«

Kathi musste lachen. Oft war ihr Michel Hasenbart nicht ganz geheuer, aber lustig konnte er sein.

»Da sind wir schon«, flüsterte Max.

Kathi blieb vor der Gießerei stehen und betrachtete die hübschen Zinn- und Kupfergefäße, während die Männer hineingingen. Sie nahm einen fein gearbeiteten Krug in die Hand – den konnte sie sich gewiss nicht leisten! –, als auch schon eine Frau zu ihr trat. »Das ist ein wirklich schönes Stück aus reinstem Zinn.«

»Ja, sehr hübsch. Bestimmt verlangt Ihr dafür einen stolzen Preis.«

Ein abschätziger Blick maß Kathi von Kopf bis Fuß, und ihr wurden die Hände feucht. Sie hätte schon ihr Sonntagsgewand anziehen müssen, um hier als mögliche Kundin zu gelten. Die Frau zuckte mit den Achseln und machte keine weiteren Anstalten, ihre Ware anzupreisen. Im Auge behielt sie Kathi aber schon, als könnte sie eine Diebin sein. Sie ärgerte sich über ihre Dummheit. Nun stand sie hier und hatte keine Ahnung, wie sie etwas in Erfahrung bringen sollte! Um ihre Verlegenheit zu überspielen, plapperte sie drauflos: »Ihr seid bestimmt das Weib eines Kandelgießers.«

Ein Lächeln flog über das Gesicht der Frau. »Ja, und ich hab's nicht bereut. Willst etwa auch einen heiraten? Du schaust nämlich nicht so aus, als könntest dir hier was leisten.«

Kathi spürte, wie ihr Hitze ins Gesicht stieg. »Da habt Ihr recht.«

Nun lachte sie. »Doch nicht etwa einen unserer Gesellen? Bist gar so rot geworden.«

Natürlich, so würde es gehen! Sie senkte verschämt den Kopf. »Der Valtin tät mir gefallen.« Hoffentlich sah der nicht allzu hässlich aus.

Da packte die Frau sie mit fester Hand am Arm und zog sie ein Stück fort von der Werkstatt. »Kind, der ist nichts für dich.«

»Warum?«, fragte Kathi ganz kleinlaut.

»Den wird mein Mann bald rauswerfen. Immer bringt er altes Zinnzeug an und schmilzt es ein. Woher er das hat, verrät er selten.«

Da schau her! »Ist das nicht normal, dass Leute Euch Sachen verkaufen, weil sie Geld brauchen, und die werden dann eingeschmolzen?«

»Na, vieles kann man einfach schön polieren und weiterverkaufen. Eingeschmolzen wird nur was, das nicht mehr zu gebrauchen ist.«

Oder etwas, das der beraubte Besitzer wiedererkennen könnte. Kathi drückte die Hand der Frau. »Dann suche ich mir lieber einen anderen!« Sprach's und eilte davon, um nicht mehr da zu sein, wenn Max und Michel den Valtin herausbrachten. Nicht, dass die Kandelgießerin den Burschen auf sie aufmerksam machte! An der nächsten Straßenecke blieb sie stehen und spähte die Gasse hinunter.

Endlich sah sie die erste rot-schwarze Pluderhose, dann die zweite, und zwischen ihnen trottete gesenkten Kopfes ein Kerl. Eisen hatten sie ihm keine angelegt. Nun ja, er sollte auch erst einmal nur befragt werden, woher die Uhr kam, die er dem Presigl angeblich verkauft hatte. Sie zog die Nase kraus. Einem, der gute Handwerksarbeit wie Zinnbecher, Schalen, Schnallen oder Figuren einfach einschmolz, würde sie allerdings nicht trauen. In diesem Moment rannte der Kerl los, Michel und Max ihm nach. Sie kamen direkt auf Kathi zu. Ihr schlug das Herz bis in den Hals. Wie konnte sie ihn aufhalten? Der Geselle sah stark und entschlossen aus. Auf der anderen Straßenseite stach ihr die Auslage eines Korbmachers ins Auge, also huschte sie hinüber. Nur noch wenige Schritte. Kathi packte einen großen Korb und schleuderte ihn dem Flüchtigen zwischen die Beine. Der stolperte und fiel schreiend zu Boden. Bis er sich aufgerappelt hatte, war Michel über ihm, während Max die Eisenschellen von seinem Gürtel nestelte. War das aufregend!

»Was treibt ihr da, Saubande, elende!«, rief ein alter Mann, der aus der Korbmacherwerkstatt gehumpelt kam.

Kathi hob schnell den Korb auf, klopfte den gröbsten Straßendreck ab und reichte ihn dem Mann. »Der Strolch ist drüber gestolpert. Ist aber nicht kaputt.«

Verfolgt von seinen Flüchen machten sie sich davon. In der nächsten Gasse schlang Max einen Arm um sie und drückte ihr einen Kuss auf die Wange. »Tapfere Kathi. Ohne dich wäre er uns entwischt.«

Sie blickte über die Schulter zum widerstrebenden Kandelgießer-Gesellen, den Michel hinter sich herzerrte. »Ha, dann wart mal ab, was ich noch herausgefunden hab. Ihr hättet den Kerl besser gleich fesseln sollen.«

*

Frantz wusste bereits, dass Presigl am Morgen nicht gestanden hatte, und wartete nun ungeduldig auf das Ende der Ratssitzung. Er war mit sich uneins, ob Folter in diesem Fall das Richtige war. Unter Schmerzen gestand manch einer Dinge, die er nicht getan hatte. Wie Wahrheit von Lüge scheiden? Und da war ja noch dieser Seitzen, der den Mord ebenfalls begangen haben mochte. Wenn der nur auch schon im Loch verhaftet wäre! Endlich polterte Nützel die Treppe vom Rathaus herunter, dicht gefolgt von Geuder.

»Der Rat zaudert, was eine peinliche Befragung betrifft, und wohl zu Recht, denke ich. Außerdem sind die Herren sehr besorgt wegen der Zunahme von Diebstählen. Vielleicht kann der Presigl uns ein paar Namen nennen, uns mehr darüber verraten, von wem er was bekommen und wohin er die Sachen weiterverkauft hat …«

Frantz nickte. Der Mann konnte eine ideale Quelle sein, um weitere Verbrecher dingfest zu machen, aber am Ende sollte er seiner gerechten Strafe nicht entgehen. »Was jetzt?«

»Wir knöpfen uns gleich mal den Kandelgießer vor, dann noch einmal den Presigl. Ihr werdet heute wohl nicht mehr gebraucht.«

Geuder warf seinem Kollegen einen verwunderten Blick zu und ging, Kopf schüttelnd, ins Verhörzimmer. Den hatte Frantz mit seinem Geschick bei den Dieben anscheinend schwer beeindruckt, aber nach seinem Versagen bei Presigl war er wohl in Nützels Augen abkömmlich. Kein Wunder. Wer ließ sich schon gern ins Handwerk pfuschen? Er stellte sich vor, wie Nützel einem Delinquenten die Galgenleiter hinaufhalf, und musste schmunzeln. »Ihr wisst, wo Ihr mich findet.«

»Auf ein Wort, Nützel!«, rief da eine ungewohnte Stimme von der Treppe.

Frantz schauderte, wagte nur langsam, sich umzudrehen. Wenzel Jamnitzer stieg die letzten Stufen herunter und musterte neugierig ihn, nicht etwa den Schöffen, bis Nützel ihm den Blick verstellte. »Jamnitzer, was kann ich für Euch tun?«

Der über siebzig Jahre alte Mann sah sich im Verlies um. »Ich war schon eine halbe Ewigkeit nicht mehr hier unten. Das Loch hat sich nicht verändert, wie mir scheint.«

Eigentlich sollte Frantz sich respektvoll entfernen, statt neugierig herumzustehen, doch ohne Aufforderung würde er keinen Schritt tun. Bestimmt wusste der Mann gar nicht, wer er war.

»Die Uhr«, sprach Jamnitzer. »Ihr habt in der Sitzung eine Nürnberger Uhr erwähnt. Zeigt sie mir.«

Nützel wühlte sie aus seinem Beutel hervor – das Beweisstück trug er wohl gerne mit sich herum – und reichte die Dose dem Erfinder vieler wissenschaftlicher Geräte.

Da wandte sich Jamnitzer direkt an Frantz. »Hättet Ihr die Güte, mir zu leuchten, Meister Frantz?«

Dann hatte der hohe Herr ihn doch erkannt. Sein Herz klopfte wie wild, als er sich mit einer Fackel zu den beiden gesellte. Von einem so geachteten Menschen derart respektvoll um eine Kleinigkeit gebeten zu werden, verunsicherte ihn nur noch mehr.

Jamnitzer nickte bedächtig. »Die schlampige Arbeit von Martin Sporer, diesem Gernegroß. Der hat sein Meisterstück immer noch nicht gemacht, beschäftigt trotzdem Gesellen und benimmt sich, als würde seine kaiserliche Majestät persönlich bei ihm einkaufen.« Er gab Nützel die Uhr zurück.

Der steckte sie nun weniger begeistert ein. »Danke, wir werden den

Sporer fragen, wem er die Uhr verkauft hat, dann erfahren wir schon, ob sie gestohlen wurde oder verloren ging.«

»Tut das, Nützel.«

Einen Moment verharrten sie schweigend, dann ging der Lochschöffe mit auffällig langsamen Schritten zum Verhörzimmer. Bestimmt wunderte auch er sich, warum Jamnitzer verweilte.

Frantz stand noch immer neben dem hohen Herrn und brachte kein Wort heraus.

Die dunklen Augen des Goldschmieds funkelten im Fackelschein. »Von der Qualität Eurer *Arbeit* konnte ich mich bisher nur selten überzeugen, Meister Frantz, allerdings höre ich von den anderen Ratsherren nur Gutes.«

»Danke«, keuchte er und spürte, wie ihm vor Verlegenheit die Wangen glühten.

»Was mich umso mehr wundert, nachdem ich Euch berauscht von Gostenhof zum Richtplatz habe torkeln sehen.«

Jamnitzer hatte ihn gesehen? Jetzt glühte sein Kopf.

»Nun, die ehrbaren Räte verkennen auch die Güte meiner Schöpfmaschine. Damit kann man mühelos acht Eimer Wasser in einer Viertelstunde schöpfen, doch das interessiert sie nicht. Bei Euch mag das Gegenteil der Fall sein.«

Das kann ich auch, dachte Frantz, und wollte schon widersprechen, als ihm klar wurde, dass Jamnitzer ihn für einen Trunkenbold hielt, den niemand als solchen erkannte, und nicht etwa seine Fähigkeit, Wasser zu schöpfen, infrage stellte. Er mühte sich, den Kloß in seinem Hals zu schlucken. »Ich … ich habe das Bilsenkraut der Presiglin geprüft«, stammelte er. »Das Mordopfer. Ihr kanntet sie?« Er fühlte sich, als hätte er mit seiner kurzen Erklärung alle Worte, die er kannte, aufgebraucht.

Jamnitzer schüttelte den Kopf, dass sein langer Bart hin- und herschwang. »Nein, aber mich dünkt, sie hat auf dem Grundstück gewohnt, das an Lucas Fölles Garten grenzt. Der gute Mann hat nur noch Zank mit der Rugsgwandtin, die ihm den Grund verkauft hat. Aber das tut hier nichts zur Sache.«

Frantz nickte, verzweifelt nach einer passenden Erwiderung suchend.

»Nun, es ehrt Euch, dass Ihr Eure Arbeit so gewissenhaft erledigt, Meister Frantz.« Der Mann lächelte und wandte sich zur Treppe. »Sogar Eure Gesundheit setzt Ihr aufs Spiel.«

Zu gerne hätte Frantz etwas gesagt, aber seine Gedanken kreisten um die Worte ›es ehrt Euch‹. Die Ehre des Unehrlichen wollte hart erarbeitet sein.

Als die Schritte des Ratsherrn, der mit Kaisern, Königen und Fürsten verkehrte, verklungen waren, schöpfte er Wasser aus dem Brunnen und trank einen großen Schluck. Benommen von der Begegnung schaute er in die Küche zur Schallerin. »Und ein weiteres Maul zu stopfen«, rief er ihr zu und spürte Erleichterung, weil ihm seine Zunge wieder gehorchte.

Sie sah von dem großen Topf auf, in dem sie gerührt hatte, und lächelte ihn über die Schulter an. Schweiß lief ihr übers Gesicht. »Meister Frantz, Ihr lungert immer noch hier herum?«

Ja, seine Welt kam wieder ins Lot. »So leicht wird man mich nicht los, aber Nützel hat mich gerade heimgeschickt. Die Herren Lochschöffen interessieren sich inzwischen mehr für die Diebereien.«

Sie seufzte. »Dabei sind die schlimmsten von ihnen doch schon gefasst und geständig. Der Wolf Utschenreuter wird auch noch immer festgehalten. Der fragt jedes Mal nach der Kathi.«

»Hm. Wenn ihm langweilig ist, kann ich ihn ja besuchen.« Und mehr über den Seitzen erfahren, den sie immer noch nicht dingfest gemacht hatten.

»Oh weh, Besuch vom Henker könnte ihn erschrecken.«

Frantz schmunzelte. »Kann manchmal nicht schaden.«

Der neue Lochknecht kam gelaufen. »Ihr brau … Oh, Meister Frantz!«

»Bring mich zur Keuche vom Wolf Utschenreuter.«

»Natürlich. Folgt mir.« Der Knecht ging voraus, diesmal gemäßigten Schrittes, und öffnete ihm die Zellentür. »Ich warte hier, ja?«

»Ich bitte darum.« Er griff sich eine Fackel und ging hinein.

Der Gefangene war aufgestanden und sah hoffnungsvoll zur Tür, doch bei Frantzens Anblick verdüsterte sich seine Miene.

»Du kennst mich?«

»Freilich, Meister Frantz. Ich hab allerdings nicht erwartet, Euch eines Tages aus der Nähe zu sehen.« Er sank auf die Holzbank. »Werde ich zum Tode verurteilt?«

Er lächelte beruhigend. »Glaube ich nicht. Die Kathi hat mich gebeten, dir Grüße zu überbringen.« Bestimmt hätte sie ihm welche aufgetragen, wenn sie von seinem Besuch hier gewusst hätte.

Nun blickte Utschenreuter auf und lächelte sogar. »Eine nette, hübsche junge Frau. Schade, dass sie nicht mehr das Essen bringt.«

»Na, vielleicht siehst du sie wieder, wenn du hier rauskommst, aber Finger weg! Sie ist verheiratet.«

»Oh, na ja, ich werd's verschmerzen. Mir macht die Einsamkeit zu schaffen und diese elende Dunkelheit.«

»Deswegen dachte ich mir, ich schau mal bei dir vorbei.«

Utschenreuter lachte. »Bestimmt nur deswegen?«

»Nicht nur. Erzähl mir, was du über den Jakob Seitzen weißt. Hat er gesagt, wohin er will, was er vorhat? Eine beiläufige Andeutung gemacht. Irgendwas?«

Der Mann rieb sich den Bart. »Fürth hat er erwähnt, meinte, dass er noch einen weiten Weg hätt, dabei wollte ich ja sogar noch weiter, meinen Bruder besuchen. Dem ist die Frau im Kindbett gestorben. Drei Kinder hat sie zurückgelassen.«

»Tut mir leid.« Frantz dauerten die familiären Probleme des Mannes, doch war derlei nicht ungewöhnlich, und er hatte dringendere Sorgen. »Wenn du die Wahrheit sagst und uns hilfst, kommst du bestimmt bald hier raus und kannst ihm beistehen. Hat der Jackl noch irgendwas gesagt?«

»Dass er unterwegs noch ein paar Leute treffen wollte.«

»Hat er irgendwelche Namen genannt, einen Ort?«

»Irgendwo bei Stein, sonst wär er ja im Norden an Nürnberg vorbeigelaufen.« Utschenreuter rieb sich mit dem Handrücken über die Stirn. »Pre … Prosl … Priesl? Irgend so was hat er noch gesagt. Ein Name.«

Frantz lächelte. »Hat er vielleicht Presigl gesagt?«

»Kann schon sein, aber ich weiß es wirklich nicht mehr genau.«

Ausgerechnet Stein, wo der Presigl die Nacht verbracht haben wollte, als seine Frau ermordet wurde? Aber das war am Tag vor Seitzens und Utschenreuters Begegnung.

»Wär besser für mich gewesen, wenn sich unsere Wege früher getrennt hätten.« Wolf schüttelte den Kopf. »Dass er das Gespann von einem Fuhrmann übernehmen wollt, hat er noch erzählt. Und dann tät er gleich noch viel weiter herumkommen in der Welt und gutes Geld einstreichen.«

»Einstreichen, nicht verdienen?« Das klang schon etwas zwielichtig.

»Ich glaub, so hat er's gesagt, weiß es aber nicht mehr recht.«

»Und was ist im Wald geschehen? Die Sache mit den Pferden?«, lockte Frantz und fragte sich, ob Seitzen die Diebe hatte treffen wollen oder doch den Presigl.

Utschenreuter erzählte wohl gern. Lebhaft blitzten seine Augen. »Ich bin ganz erschrocken, wie ich die im düsteren Wald hab schnaufen hören. Ist ja schon langsam finster geworden, und im ersten Moment hab ich gedacht, dass da Teufel lauern. Dann hab ich's aber gemerkt. Der Jackl hat die Rösser gleich losgemacht. Ich hab ihm gesagt, er soll sie stehen lassen, aber er hat nicht auf mich gehört, hat sie einfach mitgeführt. Dann haben wir Hilferufe vernommen. Der Jackl ist unruhig geworden, wollte aber unbedingt schauen, wer da schreit. Und ich wollt natürlich helfen. Auf einmal waren da lauter Stadtknechte. Da ist der Jackl sofort davongeprescht, und ich hock jetzt hier.«

Hm, das war wenig ergiebig. »Was er mit den Pferden anstellen wollt, hat er nicht gesagt?«

»Er hat so getan, als wollt er sie bei der nächsten Stadtwache oder im Pflegamt abgeben.«

»Vielen Dank, guter Mann. Ich hoffe, du wirst bald freigelassen.« Er stand auf.

»Ich auch. Schließlich hab ich nichts verbrochen.«

Frantz betrachtete ihn nachdenklich. Vielleicht war er gar nicht so unschuldig, wie er sich gab. »Das sagen fast alle.«

»Jedenfalls wollte ich keine Pferde stehlen und auch sonst nichts!«

Er zog die Brauen zusammen. »Einen Mord hast du nicht zufällig begangen?«

Utschenreuter seufzte. »Bestimmt nicht. Ich hab nur einmal einem Bauern Eier stibitzt.«

»Erzähl das bloß niemandem.« Grinsend verließ Frantz die Keuche. Am liebsten hätte er abgewartet, ob die Lochschöffen aus dem Valtin etwas herausbekamen, aber noch länger hier herumzulungern, lohnte sich schwerlich. Er würde es früh genug erfahren, und da sich der Rat mehr für Diebe und den Handel mit gestohlenen Waren interessierte, stand kaum zu erwarten, dass sich bezüglich des Mordes an der Presiglin bald etwas Neues ergab. Na, kein Wunder, dass sich die hohen Herren mehr um Diebe sorgten – der Stadtrat setzte sich vorwiegend aus Angehörigen der Patriziergeschlechter zusammen, und für die meisten von ihnen war der Handel Grundstock ihres Reichtums. Ein Mord kümmerte die weniger als Wegelagerer, die ihre Waren raubten.

Aller Laster einen Täter

Dienstag, 16. Mai 1581

Es war Dienstagvormittag, üblicherweise Richttag, falls es jemanden zu richten gab. Frantz lag zu Hause in der guten Stube auf dem Boden, den schlafenden Vitus auf der Brust, und hing seinen Gedanken nach. Presigl hatte geschickt alles Interesse auf seinen Handel mit gestohlenen Gütern gelenkt, und plötzlich umschwirrten die Ratsherren diesen Tatbestand so emsig wie Fliegen einen Dunghaufen. Etwas Hehlerei würde den Fuhrmann nicht so leicht den Kopf kosten, vor allem, wenn viele seiner Kunden im Stadtrat saßen und er sich reumütig und zur Zusammenarbeit bereit zeigte. Jeden Tag hatten die Lochschöffen ihn seither befragt, Auskünfte aus anderen Städten eingeholt, um herauszufinden, ob er ihnen auch die Wahrheit erzählte, und um seine Hehlerkumpane festnehmen zu lassen. Was als Selbstmord angefangen hatte, versetzte Stadträte und Amtmänner entlang Presigls Fahrstrecken in Aufruhr. Nur der Seitzen blieb verschwunden. Er musste mitbekommen haben, dass die Gaunereien des Fuhrmanns aufgeflogen waren. Frantz seufzte. Niemand interessierte sich noch recht für den Mord an Anna Presiglin. Arme Frau.

Wenigstens an Patienten mangelte es ihm derzeit nicht. Sobald Maria vom Markt zurückkam, könnte er bei der alten Rumplerin vorbeischauen. Die Schüttelkrankheit wurde nicht besser bei ihr. Wie so viele andere verlangte sie nach Menschenfett zum Einreiben oder Menschenhaut, um sie sich um die zuckenden Glieder zu binden, doch woher nehmen, wenn nicht stehlen. Hoffentlich durfte er bald wieder einen armen Sünder anatomieren. Hinrichtungskandidaten gab es im Moment genug.

Schritte auf der Treppe im Henkerturm ließen ihn aufhorchen. Zu leise für Augustin. Hoffentlich war es Maria, kein Patient, sonst müsste er Vitus aufwecken, und der würde zu weinen anfangen. Tatsächlich ging die Tür auf, und seine Frau kam herein.

Als sie ihn auf dem Boden liegen sah, kräuselte sich ihre Stirn, dann lächelte sie. »Was für ein Anblick.« Sie ließ sich neben ihm nieder, küsste erst Vitus auf das flaumige Köpfchen, dann ihn auf den Mund. »Meine beiden Männer.«

»Er ist natürlich aufgewacht, sowie du zur Tür draußen warst. Hab ihn ewig herumgetragen, bis er sich beruhigt hat, aber sobald ich ihn in die Kiste legen wollte, hat er wieder angefangen zu schreien. Also hab ich mich mit ihm hingelegt.«

Sie lachte. »Im Bett hättet ihr es etwas bequemer gehabt.«

»Dann hättest du mich wieder als Faulenzer beschimpft.«

»Freilich. So natürlich nicht.« Sie nahm ihm Vitus ab, doch jetzt gab der Schelm keinen Mucks von sich, als sie ihn in sein Bettchen legte.

»Immer dasselbe mit dem Bengel: Bei dir macht er kein Theater.«

Maria grinste ihn an. »Dein Sohn weiß eben, bei wem er sich so was erlauben kann und bei wem er lieber brav sein sollte.«

Klar, von seiner Mutter bekam er ja auch Milch. »Weil du ihn bestichst.«

»Tja, wer kann, der kann.« Sie stupste ihm mit dem Fuß in die Seite. »Genug herumgelegen, du Faulpelz.«

Sobald er stöhnend und seufzend aufgestanden war, hielt er es nicht mehr zu Hause aus. »Ich geh ins Loch.« Für die Rumplerin konnte er sowieso kaum was tun.

Sie lächelte ihn an. »Hab mich schon gefragt, wie lange du den Gang noch hinausschieben willst.«

»Mir ist vorhin eine Idee gekommen, wie wir den Presigl zum Reden kriegen können.«

»Oh je, muss ich mir Sorgen um deine Anstellung machen?«

Frantz grinste. »Keine Bange, ich handle nur mit Einwilligung des Rats oder wenigstens der Lochschöffen.«

»Dann ist es ja gut.«

So huldvoll entlassen wollte er schon loseilen, doch dann fiel ihm noch etwas ein. »Hast du eine Ahnung, wo ich die Kathi finde?«

»Was willst du denn von der?«

Er grinste. »Sie könnte mir helfen, falls sie sich noch einmal ins Loch traut.«

»Oh.« Maria schaute gar nicht begeistert drein. »Sie ist bestimmt zu Hause. Soll ich sie holen, damit's ihre Nachbarn nicht vor dir graust?«

»Ach was, im Turm wohnen ja nur Stadtknechte, die dürfen nicht so schreckhaft sein.«

»Viel Glück.«

»Danke, kann ich brauchen.« Er ging hinaus und überquerte den südlichen Pegnitzarm auf dem Holzsteg unter Augustins Wohnung, dann lief er an der Mauer entlang, bis er einen Stadtknecht traf. Der zuckte bei seinem Anblick nur leicht zusammen, also beschloss Frantz, ihn einzuspannen. »Kennst du die Wohnung vom Max Leinfelder?«

Ein knappes Nicken.

»Geh bitte hin und schaut nach, ob seine Frau da ist. Sie wird im Lochgefängnis gebraucht. Es ist dringend.« Er sollte wirklich nicht anfangen, bei dem Paar ein- und auszugehen, sonst würden sich die Leute doch nur das Maul zerreißen.

»Jawohl, Meister Frantz.« Der Stadtknecht stob davon, als wollte er möglichst schnell Abstand zum Henker gewinnen.

Frantz ging weiter, aber nur bis zur Fetten Gans, vor der er Kathi abzufangen hoffte. Früher hatte das Mädel in der Gaststätte ausgeholfen. Es dauerte nicht lange, da kam der Wirt heraus. »Meister Frantz! Was für eine Freude!«

So eine Begrüßung erfuhr er selten, da konnte er nur lächeln. »Neubauer, wie geht's Euch?«

»Gut, gut genug, und manchmal sogar besser. Ist der Mörder von der Presiglin schon gefasst? Ich frag nur, weil ich Euch lang nimmer hab zuschauen dürfen, wie Ihr meisterhaft das Schwert schwingt.« Der Wirt war ein begeisterter Chronist, der auch gerne Hinrichtungen zeichnete.

»Ihr müsst Euch leider noch etwas gedulden.« Das Lob des Mannes erinnerte ihn daran, dass er vorher üben sollte, um nicht zu patzen, wenn es so weit war. Die letzten Enthauptungen lagen einige Monate zurück, eine Kindsmörderin im Dezember und im August davor Margareta Beckin, die Kathis Herrin erschlagen hatte. Ansonsten hatte er nur Diebe mit dem Strang gerichtet und Hans Müllner mit dem Rad.

Der Wirt schaute enttäuscht drein. »Na ja, der Übeltäter wird schon noch erwischt werden.«

»Bestimmt.« Falls sie ihn nicht schon in Gewahrsam hatten. Wenn der Presigl doch endlich das Maul aufmachen würde! »Arbeitet die Kathi heut bei Euch?«, fragte er.

»Nein, die hat sich etwas rargemacht, gibt aber auch nicht viel zu tun. Na ja, ein Maul mehr können wir immer stopfen.« Er räusperte sich. »Wollt Ihr nicht mal wieder mit Eurer Familie vorbeikommen?«

Frantz schüttelte den Kopf. »Vielleicht mal mit meiner Frau.« Er erinnerte sich nur ungern an das in aller Öffentlichkeit abgehaltene Essen letztes Jahr mit Schwiegermutter und Marias Schwester und deren Familie. Die Leute hatten sie begafft wie die Kuriositäten in einer Wunderkammer! Zum Glück hatten ihn Kathi und Lucas damals rausgehauen. Ob der Bursche noch als Kundschafter des Rats tätig war? Dann hielt er bestimmt Augen und Ohren nach weiteren Dieben offen.

»Wenn man vom Teufel spricht!«, rief Neubauer aus.

Frantz drehte sich um und sah Kathi herbeieilen. »Das trifft sich gut. Bis demnächst«, verabschiedete er sich und schaute ihr entgegen.

Sie nickte dem Wirt zu, konnte aber kaum den forschenden Blick von Frantz nehmen. Graute es ihr so sehr davor, noch einmal ins Loch zurückzukehren?

»Danke, dass du gekommen bist, Kathi.« Er lenkte seine Schritte in Richtung Rathaus, und sie lief neben ihm her.

»Was soll ich tun?«

»Ich möchte versuchen, Presigl zum Reden zu bringen.« Als er merkte, dass sie stehen geblieben war, wandte er sich verdutzt um. »Was ist?«

Sie schüttelte den Kopf. »Ihr wollt doch nicht, dass ich Euch in der Folterkammer helfe!«

Ihm entfuhr ein Lachen. Was für eine Vorstellung. »Im Gegenteil! Ich hoffe, mit deiner Hilfe können wir uns allen die Tortur ersparen.«

Kathi ließ die hochgezogenen Schultern sinken und kam zögerlich näher. »Was habt Ihr vor?«

»Ich muss erst noch die Schöffen um Erlaubnis bitten«, sagte er ausweichend.

Sie kicherte. »Das macht Ihr doch sonst auch nicht.«

Frantz wollte sie in die Seite zwicken, aber es waren zu viele Leute auf der Straße, deren Blicke er auf sich zog. »Also wirklich! Ich handle fast immer und ausschließlich im Auftrag des Rats. Du warst eine der wenigen Ausnahmen. Willst dich beschweren?«

Heftig schüttelte sie den Kopf.

Sie gingen über die Barfüßerbrücke auf die Sankt Sebalder Seite der Stadt, und Kathi verrenkte sich fast den Hals, so gebannt starrte sie zum Eingang des Findelhauses.

»Denkst du an die kleine Franzi oder deine eigene Kindheit dort?«

»Beides.« Sie seufzte. »Bestimmt geht's ihr gut.«

Falls er Seitzen richten musste, wäre Elsa frei und könnte den Seifensieder heiraten. Dass die beiden ihr Kind aus dem Findelhaus zurückbekämen, war allerdings sehr unwahrscheinlich. Er hätte nicht so voreilig sein dürfen. Trotzdem, wenn der Seitzen das Kind nicht gewollt oder gar geahnt hatte, dass die Kleine nicht von ihm war, hätte er sie vielleicht in die Pegnitz geschleudert. Sicherlich war es so am besten.

Sie gingen über den Grünen Markt, wo Milch und landwirtschaftliche Erzeugnisse gehandelt wurden, und erreichten das Rathaus. Vor den Schildwachen blieb er stehen. »Sind die Lochschöffen unten?«

»Ja, glaub schon«, brummte der eine. »An uns kommen die ja nicht vorbei, wenn sie ins Loch gehen.«

Das stimmte natürlich; die nutzten den direkten Zugang im Innern des Gebäudes. »Dann fragt nach. Falls sie nicht unten sind, sagt ihnen

Bescheid, dass ich beim Brunnen auf sie warte.«

Mit einem missmutigen Ausdruck im Gesicht stapfte der Mann durch die Tür und murmelte: »Die haben sowieso schon schlechte Laune.«

Vom Herrenmarkt mit seinen Wechselstuben, der Münzschau und der öffentlichen Waage erschallte das Marktglöcklein.

»Eisvogel hat aber nichts mit den Ermittlungen zu tun, oder?«, fragte Kathi im Flüsterton.

»Nein, Nützel und Geuder sind immer noch dran. Wenn die so weitermachen, dürfen sie gleich eine Vierwochenschicht einlegen.«

»Wechseln die Schöffen nicht alle zwei Wochen?«

»Doch, außer sie arbeiten gerade an einem Fall, der nicht so einfach an andere Ratsherren übergeben werden kann.«

*

Kathis Beine schienen immer schwerer zu werden, je näher sie dem Eingang zum Gefängnis kam. Sie meinte, die Hände dieser Widerlinge von Neuem auf ihrem Körper zu spüren. Da legte sich sanft eine ganz andere Hand auf ihren Rücken, und sie wusste, wessen es war. Trotz des Trosts der Berührung fühlte sie sich wie eine Verurteilte, die der Nachrichter zum Galgen führte. Sie schluckte. Immerhin würde das den Dieben bald blühen, dann konnten sie weder ihr noch einer anderen Frau je wieder etwas antun. Und mit Meister Frantz an ihrer Seite musste sie sich nicht fürchten. Das Tor zum Loch stand offen, wohl um frische Luft in das muffige Gemäuer zu lassen. Ein Stadtknecht bewachte den Eingang. Kein Lochknecht?

»Benedikt, das ist Kathi«, stellte der Nachrichter sie vor. »Sie hilft manchmal der Lochwirtin.«

Der Mann lächelte erfreut. »Sehr gut, die Schallerin ist gerade recht grantig, weil sie so viel Arbeit hat. Heute sind noch zwei Diebe gebracht worden. Nimmt kein Ende!«

»Machst du jetzt hier Dienst für diesen … diesen … Simmerl?« Mit der Beschimpfung seines Vorgängers, die ihr auf der Zunge lag, wollte Kathi den Aushilfslochknecht nicht vor den Kopf stoßen.

»Ja, vorübergehend, bin eigentlich Stadtknecht.«

»Das seh ich«, sagte Kathi und ließ einen spöttischen Blick über die ihr so vertraute Stadtknechtstracht gleiten.

»Ähm, ja, natürlich.« Verlegen fuhr er sich über die schwarzrote Pluderhose. »Aber vielleicht bleib ich ja sogar. Ist schon alles sehr aufregend.«

Das stimmte natürlich. Aufregung gab es genug im Loch, nur war ihr ein wenig die Abenteuerlust vergangen.

Meister Frantz stieg schon die Treppe hinunter, und Kathi eilte ihm nach. Im Brunnenraum drehte er sich im Kreis und schien zu lauschen. Dann sagte er: »Gehen wir erst mal zur Schallerin.«

Kathi hatte der guten Frau nicht einmal selbst gesagt, dass sie nicht mehr aushelfen wollte; dafür schämte sie sich. Aber sie hatte es nicht über sich gebracht, noch einmal herzukommen – bis jetzt.

»Beim Utschenreuter solltest du auch reinschauen, der freut sich bestimmt«, sagte der Nachrichter gerade. »Aber vielleicht haben sie ihn ja schon freigelassen.«

Kathi nickte. Ihr Mund wurde ganz trocken. Doch da stiegen ihr Essensgerüche in die Nase, und angenehmere Erinnerungen legten sich um sie wie eine wärmende Decke im kalten Verlies. Immer, wenn sie damals diesen Geruch wahrgenommen hatte, war sie in ihrer finsteren Keuche nicht mehr allein gewesen.

»Einen guten Tag wünsch ich, Schallerin.«

»Ihr auch noch, Meister Frantz!«, stöhnte die Lochwirtin, ließ aber nicht von ihrer Arbeit am Ofen ab. »Schlimmer ist es nur vor Hinrichtungen, und davon stehen uns ja bald ein paar ins Haus.«

Kathi konnte nicht anders. Sie eilte zu der abgekämpft aussehenden Frau. »Was kann ich tun?«

»Oh, Kathi! Dich schickt der Himmel.« Die Schallerin blickte zur Tür, wo ein lächelnder Meister Frantz stand. »Danke, dass Ihr sie mir gebracht habt!«

Nun kam der Nachrichter näher. »Dafür brauch ich später ein paar Minuten Eurer Zeit.«

Sie seufzte, sah Kathi an und nickte.

»Sind die Lochschöffen hier?«

»Glaub schon. Zuletzt hab ich sie mit dem Presigl ins Verhörzimmer gehen sehen.«

Er strich sich über den Bart. »Würdet Ihr für mich nach Eurem Mann pfeifen?«

Statt einen Trillerton auszustoßen, rief sie: »Eugen!« Leiser fügte sie hinzu: »Bei uns wird nicht mehr gepfiffen. Den Brauch hat der Simmerl eingeführt.«

Der Nachrichter lächelte. »Da bin ich aber froh, sonst hätte ich eines Tages auch auf Eure Pfiffe hören müssen.«

Die Schallerin schnaubte. »Bald habt Ihr Eure paar Minuten meiner Zeit aufgebraucht.«

»Bin gleich weg. Aber für eine Sache werde ich Euch und Kathi voraussichtlich noch brauchen.«

Während sie auf den Schaller warteten, wurde Kathi immer neugieriger. Was hatte der Nachrichter vor? »Erzählt doch endlich!«

»Moment, der Lochwirt soll es auch hören.«

*

Nachdem Frantz den Schaller und die Frauen in seine Pläne eingeweiht hatte, begleitete er den Lochwirt zum Verhörzimmer und stellte sich neben der Tür an die Wand, damit Presigl ihn nicht sehen konnte. Eigentlich hätte er die Schöffen vorher um Erlaubnis fragen sollen, nur war das schlecht möglich, wenn sie den Presigl bereits bearbeiteten. Er nickte Schaller zu, und der pochte.

»Was ist?«, erklang eine müde Stimme von drinnen.

Der Lochhüter setzte eine erfreute Miene auf, die ihm erstaunlich gut gelang, dann öffnete er die Tür. »Der Zeuge ist da!«

»Was für ein Zeuge?«, fragte Nützel barsch.

»Na, der Hertl, der den Mörder der Presiglin gesehen hat.«

Kratzen, Schritte, dann kam der Lochschöffe heraus. »Was soll das?«, raunte er. »Der Hertl gefasst? Wieso weiß ich nichts davon?«

Frantz schob die Tür hinter ihm zu und sprach leise. »Nein, der ist noch flüchtig. Wird aber Zeit, dass wir Presigl wegen des Mordes an seiner Frau ernsthaft auf den Zahn fühlen. Er soll glauben, der Hertl würde in diesem Moment gegen ihn aussagen. Wenn Presigl sein Weib umgebracht hat, wird ihn diese Nachricht vielleicht so sehr verschrecken, dass er gesteht.« Er wartete ab, um Nützel Gelegenheit zu geben, über sein Vorhaben nachzudenken. Dann setzte er hinzu: »Vielleicht wäre dabei meine Anwesenheit von Nutzen.«

Der Lochschöffe schüttelte den Kopf. »Ich kann Euch nicht ganz folgen. Eigentlich gar nicht.«

Frantz konzentrierte sich und sprach langsam: »Ich hab mir das so gedacht: Ihr schickt den Geuder raus, vorgeblich, um Hertls Zeugnis aufzunehmen. Wenn ich gleich nach Euch den Raum betrete, könnte diese Nachricht zusammen mit meinem Anblick Presigl glauben machen, er werde demnächst torquiert.«

»Ah.« Das Gesicht des Schöffen hellte sich auf. »Ihr seid ein verschlagener Hund, Meister Frantz.«

»Danke.« Sie grinsten einander an.

Nützel rieb sich die Hände und bedeutete Schaller mit einem Nicken, die Tür zu öffnen. Frantz wartete noch einen Moment und lauschte Nützels Worten.

»Endlich haben wir unseren wichtigsten Zeugen hier! Geuder, hört Ihr Euch an, was dieser Hertl zu sagen hat, während ich mich weiter mit unserem geschäftigen Presigl unterhalte.«

Nach einigem Stühlescharren und Geraschel trat Geuder in den Gang, die Miene fragend. Frantz wartete nicht ab, bis Schaller dem zweiten Schöffen erklärt hatte, worum es ging, sondern betrat nun seinerseits die Kammer. Die Tür ließ er nur angelehnt.

Nützel winkte ihn auch gleich energisch herein. »Setzt Euch, Meister Frantz.«

Der Schreiber runzelte die Stirn, sagte aber nichts. Presigl dagegen klappte der Mund auf, wie um Protest zu äußern, dann wischte er sich über die Stirn. Frantz quetschte sich hinter dessen Stuhl vorbei zum Hocker in der Ecke.

»Was ... was wird das?«, stotterte der Verdächtige. »Was will dieser Hertl? Der kann doch gar nichts gesehen haben!«

»Oh doch«, brummte Frantz. »Er ist bei Eurer Frau gelegen, als Ihr nach Hause gekommen seid.«

»Ui, der Lienhardt Hertl!«, drang die aufgeregte Stimme der Schallerin aus dem Gang. »Dass du auch mal wieder da bist. Das ist ja schön!«

Und nun fiel auch noch Kathi ein: »Gut schaust du aus. Als Kundschafter des Rats verdienst wohl recht viel.«

Männerlachen antwortete.

Presigl wurde blass. Ausgezeichnet! Dass man Hertl angeblich zum Kundschafter ernannt hatte, sollte dessen Glaubwürdigkeit unterstreichen. Nützel war die Verwirrung über die Worte der Frauen einen Moment anzusehen, dann schlug er mit der Faust auf den Tisch. »Schreiber, sagt dem Weibsvolk, sie sollen ihre Ratschen halten. So was muss schließlich nicht jeder mitkriegen.«

Er schaute so wütend drein, dass der arme Schreiber sofort aufsprang und zur Tür hinausbrüllte: »Ruhe!«, bevor er selbige krachend ins Schloss warf.

Nützel atmete tief durch. »Presigl, Ihr habt uns einige Eurer … Lieferanten und Abnehmer in anderen Städten verraten und auch ein paar kleine Dieblein hier in Nürnberg. Jetzt sagt uns endlich die Wahrheit über jene Nacht, als Ihr Eure Frau mit einem anderen im Bett erwischt habt.«

»W-wie kann einer, der im Winter ausgestrichen worden ist, Kundschafter sein?«, stammelte der Fuhrmann.

Nützel grinste breiter denn je, allerdings wanderte sein Blick Hilfe suchend zu Frantz.

»Eben deswegen«, kam er dem Mann zu Hilfe. »Gelichter vertraut so einem eher als einem ehrlichen Bürger. Er hat die drei brutalen Diebe für uns gefunden, die Euch zugearbeitet haben.«

»Genau«, übernahm nun wieder Nützel, dessen Hemmung, im Verhör zu lügen, überwunden schien. »Der hat für uns noch ein paar Nachforschungen anstellen müssen, deshalb können wir ihn erst heute offiziell befragen. Hertl hat vom Rat den Auftrag gehabt, sich ein wenig bei Eurem Weib umzuschauen und umzuhören, vielleicht auch von ihrem Kraut zu probieren, von dem überall geredet wird. Dass er ein Schürzenjäger ist … je nun. Abgeneigt war sie wohl nicht. Und dann seid Ihr aufgekreuzt.«

Presigl liefen Schweißtropfen die Schläfen hinunter, obwohl es im Raum nicht besonders warm war. Ein sehr gutes Zeichen.

»Sprecht, bringt es endlich hinter Euch, Mann. Wir werden Eure Hilfe beim Aufspüren der Diebe durchaus wohlwollend berücksichtigen, wenn wir das Urteil über Euch fällen.«

Der Delinquent schüttelte ganz langsam den Kopf.

»Gut.« Nützel stand auf. »Dann wird in der morgigen Sitzung die peinliche Befragung beschlossen. Jetzt da wir einen Zeugen zur Stelle haben, wird niemand länger zaudern.« Er wandte sich zu Frantz. »Ihr haltet Euch dafür morgen viel Zeit frei, Meister Frantz.«

»Gern.« Er schaute Presigl an, als nähme er bereits Maß, doch der starrte auf die Wand, atmete schwer.

»Schreiber, ruft den Lochknecht«, sagte Nützel gelassen. »Dem Kerl hier fällt nichts von Bedeutung mehr ein, also hören wir uns an, was der Hertl alles herausgefunden hat.«

Der Mann zögerte, erhob sich langsam.

Da wandte sich Presigls stumpf gewordener Blick langsam Frantz zu. »Ihr habt recht. Ich hab sie in den Nacken geschlagen. Die verfluchte Metze hat mir immer vorgeheuchelt, dass sie keinen an sich ranlässt, solang ich weg bin. War auch immer ganz ausgehungert nach mir, wenn ich mal fünf Tag am Stück fort war.« Er zog die Nase hoch. »Wegen ihr habe ich doch die ganze Hehlerei gemacht, damit es ihr an nichts fehlt.«

Soweit Frantz das beurteilen konnte, hatte es der Frau eh an nichts gefehlt, und ihre Kräutertränke waren ein schönes Zubrot gewesen. Trotz seines Unglaubens nickte er, damit der Fuhrmann weiterredete.

»Und dann find ich sie im Bett mit einem anderen. Der Hertl also? Erkannt hab ich ihn nicht, so finster war's in der Schlafkammer. Sonst hätt ich Depp mich von dem doch nicht nach Gostenhof bringen lassen …« Er blickte von Frantz zu Nützel und dann zum Schreiber. »Hat der mich wirklich erkannt?«, fragte er ungläubig.

Der Schreiber, den sie nicht eingeweiht hatten, feixte breit.

Presigl wirbelte auf dem Stuhl herum. »Ihr habt mich reingelegt!« Er funkelte Frantz böse an.

»Wäre Euch die Tortur lieber gewesen?«, erwiderte er.

Der Mann lehnte sich zurück und starrte an die Decke.

»Was ist an dem Abend passiert?«, fragte Nützel. »Erzählt uns alles, der Reihe nach.«

»Ich hab den Knüppel gepackt, der immer neben dem Bett gelehnt hat, falls mal einer einsteigt. Eigentlich wollt ich ihren Bock erwischen, stattdessen hab ich sie so blöd im Genick getroffen, dass sie sofort zusammengebrochen ist – tot. Der Hurenbock, der feige, ist auf und davon, 'naus durchs Fenster.« Er kniff die Augen zu, als brennten Tränen darin, aber unter die Schweißtropfen mischten sich keine. »In meiner Verzweiflung hab ich nicht gewusst, was ich machen soll, da hab ich sie aufgehängt und bin davon.« Er schlug die Lider auf und schaute Frantz an, als könnte von ihm Hilfe kommen. Auch in seinen Augen lag kein feuchter Glanz ungeweinter Tränen.

Frantz nahm ihm die Trauer weniger ab denn je. Immerhin hatte er trotz seiner vermeintlichen Verzweiflung viel Geistesgegenwart bewiesen, als er die Entleibung seiner Frau wie einen Selbstmord aussehen ließ.

»Ihr seid allerdings ohne Euer Fuhrwerk nach Hause geschlichen. Habt Ihr das öfter gemacht, um sie zu überraschen?«, blaffte Nützel.

Der Delinquent presste die Lippen aufeinander. »Manchmal. Das war aber das erste Mal, dass ich sie erwischt hab. Ich hab auch immer die Ohren gespitzt, was die Leut über sie reden, doch niemand hat je ein böses Wort gesagt. Alle haben sie gern ihren Trank gekauft. Auch die Weibsleut haben keine Angst gehabt, dass sie ihre Männer verführen könnte.«

»Trotzdem habt Ihr Eurer Frau nicht getraut«, sagte der Schöffe.

Er schüttelte den Kopf. »Das Kraut hat sie manchmal ganz verrückt gemacht. Ich hab ihr immer wieder verboten, selbst was davon zu nehmen. Nein, hat sie gesagt, probieren müsst sie, damit ihr Trank weder zu stark noch zu schwach wär. Darauf verließen sich ja ihre Kunden, da konnt ich nichts machen. Im Gegenteil, ich hab auch immer davon probieren müssen, damit sie feststellen konnt, wie's bei einem Mannsbild wirkt. Hätt sie nur immer gewartet, bis ich zu Hause war!«

Die Tränke fleißig weiterbrauen sollte sie wohl trotzdem, weil die gut was einbrachten. Auch die Sorge glaubte Frantz ihm nicht. Er fragte sich, wie es Presigl selbst wohl mit der ehelichen Treue hielt, wenn er so viel unterwegs war, aber das ging ihn nichts an.

Nützel hing anscheinend ähnlichen Gedanken nach, denn er sagte: »Der Leumund Eurer Frau war Euch wichtig, wegen Eurer Geschäfte hier in der Gegend. Selbst habt Ihr aber keine Scheu gehabt, Euren Erlös im Hurenhaus zu lassen.«

Presigl sank in sich zusammen. »Ein Mann kann recht einsam werden, so allein auf dem Kutschbock«, sagte er kleinlaut. »Aber mein Weib hab ich geliebt. Wenn ich recht bei Verstand gewesen wär, hätt ich sie niemals erschlagen.«

Das mochte sogar stimmen, dachte Frantz. Geplant konnte er die Tat kaum haben, sonst hätte Presigl sich nicht weiter in der Gegend herumgetrieben, statt zu fliehen. »Und Eure Fuhren mit Diebesgut übernimmt jetzt der Jakob Seitzen.«

Der Mörder ließ den Kopf hängen. »Dem hab ich das Fuhrwerk verkauft und die Waren gleich mit.«

»Und er hat Euch mit sieben Pferden bezahlt«, stellte Nützel sachlich fest.

Presigl schüttelte den gesenkten Kopf. Seinen Nachfolger wollte er anscheinen nicht belasten. Da erinnerte sich Frantz daran, was Hertl noch erzählt hatte. »Wen habt Ihr in Nürnberg erstochen?«, fragte er.

Der Fuhrmann zuckte hoch und starrte ihn an. »Woher ...? Hertl, der Drecksack.« Er schnaubte. »Auch schon egal. Ist ein paar Jahre her. Da wollt mich einer ausrauben, und ich hab ihn erstochen. Entweder er oder ich, also hab ich lieber ihn umgebracht. Keine Ahnung, wie der Sauhund geheißen hat.«

Nützel schloss die Augen, seine Brust hob und senkte sich, dann raunte er: »Schluss für heute.«

*

In ihrer Freude über Presigls Geständnis und ihren Beitrag dazu beschloss Kathi, sich einen Ruck zu geben. Sie bat den Stadtknecht, der nun im Loch arbeitete, sie zu Wolf Utschenreuter zu begleiten. Wenn sie sich jetzt nicht überwand, würde sie es vermutlich nie wieder schaffen, das Loch auch nur zu betreten.

»Gern«, sagte Benedikt. »Kennst du den?«

»Nicht wirklich, aber ich hab ihn schon einmal befragen dürfen.« Im Vorbeigehen griff sie einen Napf mit Grütze und ein Stück Brot aus der Küche. »Für Wolf?«

Die Schallerin lächelte. »Ja, ich hab extra gewartet, falls du ihm das Essen bringen willst. Die Strauchdiebe hab ich schon gefüttert.«

»Danke!« Auf dem Weg durch den finsteren Gang blieb sie dicht hinter dem Stadtknecht. Ein Kollege von Max, der ließ sie bestimmt nicht in Stich. Und Wolf war ein Anständiger, der würde sowieso nicht versuchen, ihr etwas anzutun. Als sie an der Keuche der Diebe vorbeigingen, hielt sie sich ganz dicht an der Wand, als könnten die Kerle sie durch die geschlossene Tür bespringen. Wie töricht!

»Da sind wir.« Benedikt öffnete und lächelte sie an. »Ich bleib da, aber kannst dir ruhig Zeit lassen.«

Was sollte das denn heißen? Hielt er sie für eine Hure? Mit gesenktem Kopf ging sie hinein.

»Kathi!«, rief Wolf und sprang auf. »Dass ich dich doch noch einmal sehe. Das freut mich.«

»Dein Essen.« Sie reichte ihm die Schüssel.

»Setzt du dich kurz her zu mir? Mir wird die Zeit so lang.«

Kathi atmete tief durch, schielte zur Tür und setzte sich dann zu ihm auf die Holzbank. »Lange musst du es hier hoffentlich nicht mehr aushalten.«

»Ich versteh nicht, warum ich überhaupt noch festgehalten werde.« Er schaufelte sich mit dem Brot Grütze in den Mund und aß schmatzend.

Durfte sie ihm verraten, dass er Seitzen als den Rossdieb identifizieren sollte, weil den in der Dunkelheit keiner der Stadtknechte recht gesehen hatte? Außerdem waren die Schöffen noch nicht von seiner Unschuld am Pferdediebstahl überzeugt. Kathi seufzte. Nein, lieber nicht zu viel sagen. Auch wenn er nett zu ihr war, konnte er doch ein abgefeimter Lügner sein. »Wahrscheinlich braucht man dich noch als Zeugen. Den Seitzen haben sie immer noch nicht.« Das musste reichen.

»Als Zeugen? Für den Pferdediebstahl, freilich.« Wolf nickte und aß gierig weiter. »Wenigstens schmeckt das Essen hier.«

Kathi lächelte und stand auf. »Ich werd's der Schallerin ausrichten.«

»Du gehst schon?«

»Ja, gibt noch viel zu tun.« Zu Hause warteten Stickarbeiten auf sie, aber vor allem wollte sie an die frische Luft.

Der Nachrichter waltet seines Amtes

Samstag, 20. Mai 1581

Obwohl der letzte Stadtverweis einige Zeit her war, zog das Ausstreichen von Valtin Lang nur wenige Schaulustige an. Frantz entdeckte Kathi unter ihnen. Immerhin hatte sie den Kandelgießer aus Sanngershausen zu Fall gebracht, daher wohl ihr Interesse. Mit gleichmäßigen Streichen schlug Frantz auf den Rücken des jungen Mannes ein. Niemand feuerte ihn an, härter zuzuschlagen, also tat er es auch nicht. Schien so, als hätte sich der Bursche wirklich nicht mehr zuschulden kommen lassen, als die Uhr einzustecken, die einem Kunden aus dem Beutel gerutscht war. Dank Jamnitzers Hinweis auf den Uhrmacher war der rechtmäßige Besitzer schnell ausfindig gemacht worden. Dieser hatte erklärt, sie verloren zu haben, vermutlich in einer der vielen Gießereien, die er an jenem Tag aufsuchte, an dem sie ihm abhandenkam. Der Rat hatte dem Lang geglaubt, sie nur gefunden zu haben, trotz der Aussage seines Meisters, sein Geselle habe öfter altes Zinngut zum Einschmelzen gebracht. Es musste ja auch nicht gestohlen gewesen sein. Geuder hatte sich erinnert, dem Verdächtigen selbst mal einen lädierten alten Krug verkauft zu haben.

Tja, es brachte Vorteile, mit prominenten Kunden Geschäfte zu machen, ob nun als Hehler oder Händler. Deshalb dauerte es wohl auch so lange, bis ein Urteil über Presigl gefällt wurde. Von den Rechtskonsulenten hatte Frantz letzthin keinen beim Rathaus gesehen. Deren Anwesenheit würde darauf hindeuten, dass die Gesetzeslage zu verzwickt für die Stadträte war, um ohne Juristen ein angemessenes Urteil zu beschließen. Diakon Krieg weigerte sich inzwischen, Presigl weiter Trost zu spenden, weil dieser ihm letzten Herbst ein Kruzifix verkauft hatte und nicht verraten wollte oder konnte, woher es stammte. Nun musste sich Kaplan Brühl um das Seelenheil des Fuhrmanns kümmern.

Frantz tauchte in den Schatten des Tores ein und schritt hinter Valtin Lang über die Holzbrücke. Auf ihren Planken versetzte er ihm ein paar weitere Hiebe. Auf der anderen Seite des Stadtgrabens sah er sich um. Nur der Bannrichter, die Lochschöffen und drei Schützen begleiteten sie zur Stadt hinaus. Selbst Kathi war zurückgeblieben, als betrachtete sie ihre Aufgabe an der Stadtmauer als erledigt. Zu seiner Rechten ragte der Galgen auf, an dem der Valtin Lang auch leicht hätte enden können.

*

In einem heruntergekommenen, leer stehenden Bauernhaus traf Lienhardt seinen alten Kumpel, den Heffner Friedl. Nachdem sie sich gegenseitig ihr Leid über den Geiz der Bauern im Besonderen und die Schlechtigkeit der Welt im Allgemeinen geklagt hatten, breitete Lienhardt seine Beute auf dem Tisch aus. »Was sagst'n dazu? Ist das was?«

Er wusste immer noch nicht, ob der Plunder vom Presigl auch nur einen Pfifferling wert war.

Der ehemalige Söldner stieß einen Pfiff aus und befingerte die seltsamen Gegenstände. »Nicht schlecht, Liendtl, bloß wem willst'n den Kram verkaufen?«

Verlegen zuckte er die Schultern. »Hab's schon bei einem jüdischen Händler in Fürth probiert, aber der hat mich gleich davongejagt.«

Friedl grinste; seine grünbraunen Augen funkelten. »Ich könnt dir da schon helfen.«

Das überraschte ihn. »Bist du jetzt unter die Hehler gegangen?«

Sein Kumpel grinste noch breiter. »Nein, aber ich kenn ein paar von denen, weil ich ihnen selber gelegentlich was verkauf.«

Lienhardt staunte nicht schlecht. »Du ein Dieb und Räuber?« Dabei stammte Friedl aus einer achtbaren Familie, der verstorbene Vater ein Bürger, der Stiefvater ein angesehener Töpfer. Und die Schwester ... Lienhardt leckte sich die Lippen. Von der sollte er lieber die Finger lassen. Der Friedl konnte ganz schön rabiat werden.

»Was soll man als Söldner in Friedenszeiten sonst schon machen? Vielleicht in Nürnberg Stadtknecht werden oder gar ein lausiger Schütz?« Friedl lachte und schlug sich auf die Schenkel, als wäre das der beste Witz überhaupt.

Er versuchte, sich seinen Ärger nicht anmerken zu lassen, schließlich war er gern Schütze gewesen. Die Bezahlung war natürlich sehr dürftig und auch nicht gerade regelmäßig. »Ja, dann frag doch mal deine Hehlerfreunde, was sie dafür zahlen.«

»Und was krieg ich?« Der Heffner pflanzte seinen Hintern auf den Tisch und verschränkte die muskulösen Arme vor der Brust.

Lienhardt fischte die seltsame Kreatur mit den zwei Schwänzen aus dem Haufen heraus. »Den Elfentand da. Ist aus dem Zahn von dem Vieh geschnitzt.«

Wieder lachte der Friedl. »Das ist ein Elefant, du Dummbartel. Abgemacht. Vielleicht behalt ich den sogar und schenk ihn meiner Zukünftigen.«

Nun staunte er noch mehr. »*Du* willst heiraten?« Er ließ sich auf die wackelige Bank sinken.

»Na ja, es gibt da eine, die mich reizen tät.« Der Söldner rieb sich über den zottigen, rotbraunen Bart und feixte. »Du errätst nie, wer's ist.«

»Dann erzähl's mir halt.«

»Die Kunigunda, Tochter von Heinrich Schmidt, Henker in Bamberg.«

Lienhardt schluckte schwer. »Die Schwester von Meister Frantz, Nachrichter zu Nürnberg?«

»Und Witwe seines Vorgängers. Die findet so leicht keinen anderen Mann.« Friedl lachte schallend. »Solche Verwandtschaft will man als

Räuber doch gern haben. Wer weiß, wann's einem was bringt. Und hässlich ist sie auch nicht gerade. Jetzt gibt's erst einmal einen Wein.« Er stand auf und verließ die Kammer.

Sprachlos lehnte Lienhardt sich zurück. Wenn der einem wilden Tier ähnelnde Friedl mal einen Bader aufsuchte, um sich von dem wieder in einen Menschen verwandeln zu lassen, und sich anständig kleidete, konnte er schon manchem Weib den Kopf verdrehen. Es hatte sogar welche gegeben, die ihn Lienhardt vorgezogen hatten. Als sein Kumpel zurückkehrte, fand Lienhardt seine Stimme wieder. »Und du willst mit den Räubereien weitermachen, wenn dich die Kunigunda heiratet?«

Grinsend stellte Friedl einen Krug und zwei Becher auf den Tisch. »Freilich, sonst bräucht ich sie ja nicht zu ehelichen.«

»Aber wenn sie ihrem Bruder verrät, was du treibst?« Lienhardt konnte sich über solche Unverfrorenheit nur wundern.

»Sie muss ja nichts mitkriegen, muss sich schließlich um ein Rudel Kinder kümmern, und wenn doch …« Endlich wurde sein Freund ernst. »Der saubere Nachrichter von Nürnberg wird kaum wollen, dass jemand davon erfährt. Nach allem, was ich gehört hab, ist den Schmidts nichts wichtiger als ihr guter Ruf.« Er ließ sich auf einen knarrenden Schemel fallen und streckte die Beine aus. »Und wenn er mir doch an den Kragen will, wird das Weib es bitter bereuen.«

Lienhardt musterte ihn eingehend. Meinte er das ernst? Gerade, als ihm ein Schauer über den Rücken lief, lachte Friedl laut auf, als hätte er einen großartigen Witz gemacht. Trotzdem nahm er sich vor, die Gesellschaft des Kerls künftig zu meiden.

*

Montag 22. Mai 1581

Frantz musste heute zwei weitere Diebe ausstreichen: Hennsa Pallauf, der erst zwölf war, und einen Jungen von vierzehn Jahren, den sein Freund nur Rabenköder nannte. Die beiden Burschen hatte der Presigl dem Rat genannt, und es war wirklich Diebesgut bei ihnen gefunden worden, aber nichts, das wertvoll genug gewesen wäre, sie zum Tode zu verurteilen. Von Max wusste er, dass die Bengel meist Markthändler heimgesucht hatten, von deren Ständen sie Kleinigkeiten und Essen mitgehen ließen. Geständig waren sie auch gewesen, und so hatte Frantz mit den beiden bisher nichts zu tun gehabt.

Unter seinen Schlägen schrien sie dafür um so erbärmlicher, dabei hielt er sich auch bei ihnen zurück. Diesmal folgten ihnen mehr Zuschauer durch das Stadttor hinaus, denn so junge Knaben, die auf die schiefe Bahn geraten waren, erschütterten die Bürger. Nürnbergs Händler aber waren gewiss froh um zwei Langfinger weniger.

Doch wenn halbe Kinder so hart bestraft und verstoßen wurden, war die Gefahr groß, dass er sie wiedersehen würde. In der Nähe des Galgens tupfte Frantz einem Delinquenten nach dem anderen mit der

Rute auf den Kopf, sodass sie sich zu ihm umschauten. Er deutete hinüber. »Reißt euch zusammen, führt ein ehrliches Leben, sonst endet ihr nächstes Mal als Futter für die Raben.«

Der Rabenköder schaute schnell weg. »Ich klau bestimmt nichts mehr.«

Pallauf grinste frech. »Ihr macht mir keine Angst, Nachrichter.«

Frantz schnaubte und schlug zu. Wahrscheinlich würde er dem Knirps noch einmal begegnen. Wenn er heute Nachmittag ihre Namen und ihr Alter in sein Notizbuch eintrug, sollte er auch gleich zurückblättern und Lienhardt Hertls Vergehen korrigieren, keine versuchte Notzucht, allerdings ein Missbrauch seines Amtes als Bettelrichter.

Am Birkenhain sprach Richter Gundelfinger die Bannformel, dann entließen sie die Bürschlein in die Freiheit und hoffentlich in eine ehrliche Zukunft. Augustin trat zu Frantz. »Bald wird's andere Arbeit für uns geben.«

Er nickte. »Der Presigl, die drei Diebe. Keine Ahnung, warum nichts vorwärtsgeht.«

»Ich schieb so was auch nicht gern vor mir her.«

»Meister Frantz, Augustin.« Nützel gesellte sich zu ihnen. »Bald geht's los. Die Diebsbande wird am Donnerstag gerichtet.«

»Diese Woche noch?«, fragte Augustin.

»Ja, sie sind voll geständig, das Urteil wird auf Tod durch den Strang lauten.«

Frantz blickte zum Galgen. »Wir werden bereit sein. Und was ist mit Presigl?«

»Da müssen wir erst noch warten, dass einer der Rechtskonsulenten Zeit hat. Der Herdesian ist mal wieder als Theologe unterwegs. Möglicherweise findet der schon mehrfach verschobene Kurfürstentag doch noch in Nürnberg statt. Und der Gugel ist bei seinem schwer kranken Vater.«

Frantz atmete tief durch. Wenn der Rat einen Rechtsberater heranziehen wollte, gab es wohl einige Herren, die den Tod durch das Rad verlangten. Plötzlich hatte er es gar nicht mehr eilig, die Sache hinter sich zu bringen.

Der Schöffe seufzte. »Außerdem rennen uns genug Leute die Türen ein, um für den Presigl ein gutes Wort einzulegen.«

»Schau an.« Warum setzten sich die Leute für einen geständigen Mörder und Hehler ein? Die Macht kleiner Geschenke? Oder konnten viele Leute verstehen, dass er seine Frau umgebracht hatte? Sie war ihm nicht nur untreu gewesen, sondern schien auch immer närrischer geworden zu sein. Vielleicht blieb der Verstand irgendwann trüb, wenn man zu oft von dem Kraut nahm?

Nützel schnaubte. »Oh ja. Wer weiß, wem der alles seine Hehlerware um geringes Entgelt verkauft hat. Wir wollen aber auch noch warten, bis wir mit dem Seitzen geredet haben. Vielleicht fliegen dann noch mehr von Presigls Machenschaften auf.«

»Was?«, bellte Augustin. »Ist der endlich gefangen worden?«

Der Ratsherr streckte die Brust raus und nickte. »In Lauf ist er erwischt worden. Wollte Zeug verscherbeln. Das Fuhrwerk vom Presigl hat er bei seinem Vetter untergestellt.«

Frantz hörte das mit Erleichterung, auch wenn der Jackl nicht mehr in Verdacht stand, die Presiglin umgebracht zu haben. Falls man ihn als Rossdieb überführen konnte, sollte der Mann um Elsas willen möglichst bald abgeurteilt werden. »Hat der Seitzen schon gestanden?«

»Soweit ich weiß, nein, aber das kann sich schon geändert haben. Morgen wird er ins Loch gebracht, dann könnt Ihr ihn Euch vornehmen, wenn er nicht das Maul aufmacht. Binden und drohen wird das Mindeste sein, aber ich hoffe, vom Rat auch Folter genehmigt zu bekommen. Ist schließlich kein gewöhnlicher Pferdedieb. Der hat Rösser der Freien Reichsstadt gestohlen! Der Presigl leugnet allerdings immer noch, ihm die Pferde abgenommen zu haben, obwohl er nichts mehr zu verlieren hat. Bloß womit hätt der Hungerleider ihm sonst das Fuhrwerk abkaufen sollen?«

»Seltsam, der will wohl den Seitzen nicht belasten.« Auch unter Dieben und Mördern gab es so etwas wie Anstand. »Folter muss er schließlich nicht mehr fürchten. Da wartet einiges an Arbeit auf uns.«

»Genau.« Nützel nickte ein paar Mal. »Ich werd auch froh sein, wenn ich das Lochschöffenamt wieder abgeben kann.« Mit diesen Worten stapfte er gen Nürnberg davon.

»Was sollen wir da erst sagen?«, raunte Augustin.

Frantz schnaubte ein Lachen. »Wir sind ja keine Patrizier, die sich eigentlich um viel wichtigere Dinge kümmern müssten.«

»Da hast du natürlich recht. Vielleicht muss das Nützel-Schlösschen in Sündersbühl mal wieder neu eingerichtet werden.«

»Seine Wandbehänge und Kerzenleuchter kann er jedenfalls nicht beim Presigl wohlfeil erwerben.«

Augustin feixte. »Vielleicht ist er ja grad deswegen so grantig.«

Frantz erlaubte sich ein Grinsen, denn von den Zuschauern war niemand mehr in der Nähe. »Wird wohl auch so schnell kein anderer auftauchen, der ihm günstig was besorgt. Arbeit haben wir jedenfalls jetzt genug. Schauen wir mal am Rabenstein nach dem Rechten.«

»Sollte alles in Ordnung sein, aber man weiß ja nie«, meinte Augustin, und sie marschierten in Richtung Galgen.

Frantz fragte sich, ob er Elsa von der Verhaftung ihres Mannes erzählen sollte. Wäre schon besser, wenn sie es von ihm erfahren würde, bevor ihr oder ihrem Vater Gerüchte zu Ohren kamen. »Kümmerst du dich um den Galgen, dann sag ich der Frau vom Seitzen Bescheid.«

»Was? Du? Warum das denn?«

Er strich sich verlegen über den Bart. »Na ja, weil ich doch bei ihr Hebamme hab sein müssen.«

Augustin prustete los und erholte sich keuchend. »Bringst erst die kleine Franzi ins Leben und dann ihren Vater zu Tode. Ich würd mir von dir kein Kind entbinden lassen, das sag ich dir.«

Frantz gluckste. »Dürfte bei dir auch ziemlich schwierig sein, sogar für mich.«

»Na gut, dann geh die traurige Botschaft verkünden, dass das Würmlein zur Halbwaise wird.«

»Der Seitzen ist gar nicht der Vater«, rief er und eilte los, bevor Augustin noch mehr Fragen stellen konnte. In Gostenhof zog er einige schiefe Blicke auf sich und lief schnell weiter, vorbei an einigen Weilern und dann in Richtung Deutschherrenbleiche, bis er zur Abdeckerei vom alten Reichelt gelangte. Der war mit dem Zerlegen von Kadavern beschäftigt und bemerkte Frantz nicht einmal, daher begab er sich direkt zum Wohnhaus. Er pochte an die Tür, öffnete sie auch gleich und steckte den Kopf in das düstere Innere. »Elsa?«

Ihre Gestalt erschien im Türrahmen zur Küche. Als sie ihn erkannte, winkte sie ihn in die Stube. »Kommt herein, Meister Frantz.«

»Dir scheint es gut zu gehen. Gesundheitlich, meine ich.«

»Ja.« Sie strich sich über den Bauch. »Gesund bin ich.«

Frantz musste an das Kind denken, das er ihr weggenommen hatte. »Franziska geht es bestimmt auch gut.«

Tränen glänzten in ihren Augen. »Hoffentlich. Was führt Euch zu mir?«

»Dein Mann ist als Pferdedieb verhaftet worden. Ich hab mir gedacht, du solltest es wissen.«

Elsa sank auf einen Hocker und legte die rechte Hand auf ihre Brust. »Hat … hat er gestanden?«

»Noch nicht. Der Rat wird sicherlich in den nächsten Tagen eine peinliche Befragung anordnen.«

Sie strich sich übers Haar, rieb sich das Gesicht, dann ließ sie die Hände in den Schoß sinken. »Ich hab ja so was befürchtet, aber … Dass er nun vielleicht bald …« Sie hob den Kopf, sah ihm in die Augen. »Ihr werdet ihn bald richten müssen?«

Frantz nickte. »An seiner Schuld gibt es kaum Zweifel.«

Elsa erhob sich. »Danke, dass Ihr es mir erzählt habt, eigens hergekommen seid.«

Beinah wäre ihm herausgerutscht, dass sie bald Franzis Vater würde heiraten können, doch das wäre unangemessen. Und könnte es sie über den Verlust ihres Kindes hinwegtrösten? »Alsdann, Seitzin.«

Auf dem Weg zurück in die Stadt beschloss er, sich heute noch von Maria Haare und Bart stutzen zu lassen. Hinrichtungen, das bedeutete den steifen Kragen. Schließlich repräsentierte er die Freie Reichsstadt. Und wehe, sein Zahn muckte auf, dann ginge es dem auch gleich an den Hals.

*

Donnerstag, 25. Mai 1581

Frantz brachte die drei armen Sünder von der Henkersstube, wo sie ihr letztes Mahl eingenommen hatten, zum großen Rathaussaal. So frech sie sich sonst gebärdet hatten, so schweigsam zeigten sie sich jetzt. Echte Reue konnte er sich allerdings nicht vorstellen bei Strolchen wie ihnen, die wehrlose Bauern quälten. Trotzdem hoffte er für die Bengel, sie würden eben solche verspüren, wenn sie vor ihren himmlischen Richter traten.

Hinter dem verzierten Messinggitter am anderen Ende des Saals saßen der Richter und die zwölf Schöffen. Frantz führte die Delinquenten vor sie hin, worauf der Schreiber die Anklage und anschließend die Geständnisse der Kerle verlas. Alle drei legten die Urgicht ab und bestätigten, dass ihre Geständnisse der Wahrheit entsprachen. Der Richter stellte die übliche Frage, ob das Urteil dem Rechte nach abgefasst sei. Als die Schöffen dies schworen, verlas der Gerichtsschreiber die Todesurteile durch den Strang. Nun wandte sich der Richter an Frantz. »Nachrichter, im Namen des Heiligen Römischen Reichs befehle ich Euch, die Delinquenten Hans Humbser, Martin Herdegen und Georg Hiss zur gewöhnlichen Richtstatt zu bringen und das vorgenannte Urteil zu vollstrecken.«

Frantz und die beiden Geistlichen führten die armen Sünder hinaus in den Gang, wo sich ihnen Stadtknechte anschlossen. Am Seitenausgang übergab er die Verurteilten Augustin, der auf dem Karren mit ihnen zum Rabenstein fahren würde. Eine beachtliche Menschenmenge hatte sich beim Rathaus versammelt. Die erste Hinrichtung seit Januar, und dann auch noch von so berüchtigten Dieben, das wollte sich kaum jemand entgehen lassen.

Die Würdenträger traten aus dem Rathaus und führten die Prozession zum Richtplatz an. Schützen schritten neben dem Wagen mit den armen Sündern her, berittene Stadtknechte sorgten für Ordnung. Frantz nahm einen anderen Weg, fern der Massen, und erreichte den Galgen vor allen anderen. Noch war das hölzerne Geviert leer. Der Geigenschuster, der noch vor wenigen Tagen hier gebaumelt hatte, war entweder gerade rechtzeitig abgefault, oder Augustin hatte nachgeholfen. Das Gerippe hatte erstaunlich lange dort gehangen, aber der Winter war kalt gewesen, der Körper sicherlich zwei Monate steif gefroren.

Den Galgen hatte er bald nach seinem Amtsantritt neu errichten lassen. Alle Zimmermänner der Stadt hatten Hand anlegen müssen, damit nicht ein paar wenige in den Ruch der Unehrlichkeit kamen. Jetzt fiel ihm wieder ein, dass damals Jamnitzer mit einem weiteren Mann hier draußen unterwegs gewesen war. Er sah sie wieder vor sich. Beide trugen seltsame Messgeräte auf Metallstäben herum und richteten sie immer wieder von verschiedenen Standpunkten aus auf die Stadt. Dem Galgengeviert widmeten sie nur einen Moment, als der große Künstler zu seinem Begleiter sagte: »Schreckliche Proportionen.«

Der andere lachte. »Du hättest dich nicht mal mit einem Würfel begnügt, bei dir hätten sich die Balken des Galgenkonstrukts zu einem Oktaeder ausgewachsen, der auf einer Spitze steht.«

Jamnitzer nickte versonnen, als sähe er eine viel schönere Konstruktion vor seinem geistigen Auge. »Auf alle Fälle zu einem elaborierteren Polyhedron, ob nun Oktaeder oder vielleicht doch ein ...«

Während die Männer schwatzend weitergingen, erzählte Augustin voller Ehrfurcht, um welch bedeutenden Goldschmied und Gelehrten es sich bei dem Rauschebart handelte. Seine Stellung als Mitglied des inneren Rats fand er gar nicht erwähnenswert. Eingeschüchtert fragte sich Frantz noch Tage später, was er wohl beim Galgenbau falsch machte, um so ein harsches Urteil aus berufenem Munde zu verdienen, doch die Konstruktion erfüllte ihren Zweck. Rufe und Flüche wurden lauter und holten ihn in die Gegenwart zurück. Er wandte sich um und blickte der Prozession entgegen.

Frantz wurde unruhig. Die frechen Bürschlein würden ihm hoffentlich keinen Ärger auf der Doppelleiter machen, die schon am Galgen lehnte. Drei frische Schlingen hingen von der vorderen Querstrebe. Die Prozession erreichte die Richtstätte.

Sobald der Karren hielt, stieg Augustin ab und scheuchte die armen Sünder in ihren blauen Mäntelchen herunter. Er wirkte ungehalten, hatte sich vermutlich einige Unverschämtheiten anhören müssen. Wie viel Wein er denen wohl unterwegs verabreicht hatte? Hoffentlich genug, aber nicht zu viel. Die Geistlichen stellten sich zu einem letzten Gebet neben die Burschen, und auch Frantz betete – für ihre Seelen und seine eigene. Er blickte in den bewölkten Himmel. Wieder musste er gegen das fünfte Gebot verstoßen. Ungewöhnlich viele Bewohner Nürnbergs scharten sich um den Rabenstein, und der Strom aus der Stadt wollte gar nicht abreißen.

Augustin trat zu ihm. »Frech wie immer. Am besten nimmst du den Rotschopf zuerst. Das ist der mit der größten Klappe.«

Frantz nickte. »Gut. Wenn ich ihn zum Galgen führe, wirfst du einen Strick über den Balken, damit ich ihm drohen kann, ihn an den Armen hochzuziehen.«

Augustin schmunzelte. »Gute Idee.«

Frantz nahm das Richtschwert, das er heute nur als Zeichen seines Amtes trug, ab, weil es auf der Leiter im Weg wäre. Er reichte es Augustin. Der hängte es sich um die Schulter und ging zurück zum Karren, um das Seil zu holen.

Frantz ließ den Blick über die Menge schweifen, dann ging er langsam zu den armen Sündern, denen das Feixen inzwischen auch vergangen war. Sie murmelten ein Amen. Frantz wandte sich an den Kleinsten, dessen rotblonde Haare strubbelig vom Kopf abstanden. »Hensla, du darfst zuerst.«

Der Bursche verengte die Augen. »Ha, dürfen«, knurrte er.

»Dann hast du's als Erster hinter dir.« Frantz nahm seinen Arm und schob ihn vorwärts. Die Hände hatte er ihm schon vor dem Verlassen des Henkersstübleins auf den Rücken gebunden.

Hensla Humbser entwand sich seinem Griff. »Kann selber gehen.«

»Gut.«

In dem Moment warf Augustin den langen Strick über den Balken.

»Die Leiter werde ich dir wohl hinaufhelfen müssen. Und wenn du irgendwelche Dummheiten machst, knote ich das Seil an deinen Armen fest und lass dich vom Löwen hochziehen.«

»Hinterm Rücken?« Der Junge schaute ihn überrascht an. »Tut das nicht weh?«

»Und wie. Du würdest erbärmlich schreien, und so willst du doch bestimmt nicht aus dieser Welt scheiden: als Jammerlappen.«

Er stöhnte leise und schüttelte den Kopf. »Nein.«

Tatsächlich stieg er ohne Sperenzchen die Leiter hinauf. Frantz hielt ihn nur leicht an den gebundenen Händen, damit er nicht hinunterfiel. Auf Höhe der Schlinge angelangt, blieb das Bürschlein stehen und schaute Frantz in die Augen. Tränen liefen ihm übers Gesicht. Noch so jung, und schon sein Leben verwirkt … »Es tut mir leid, verzeih mir«, sagte Frantz und legte ihm die Schlinge um den Hals.

»Fahrt zur Hölle!«, keuchte der Bub.

Am liebsten hätte Frantz ihn auf der Stelle hinuntergestoßen, aber dann wäre ihm als unbußfertiger Sünder der Höllenpfuhl gewiss. »Willst du wirklich mit dem Herzen voller Hass vor deinen himmlischen Richter treten?«

Hensla schluchzte und schüttelte den Kopf. »Ich verzeih Euch. Macht schnell.«

Da stieß Frantz ihn. Hensla trat mit den Beinen, wand sich, der Mund klappte zu einem tonlosen Schrei auf. Der aufbrandende Jubel ging schnell in Stöhnen und Raunen über. Langsam stieg Frantz die Leiter hinunter und ließ dabei den Blick über die Zuschauer schweifen. Obwohl die meisten Leute wussten, welche Grausamkeit diese Jugendlichen an den Tag gelegt hatten, schien sich kaum einer an Hensla Humbsers Todeskampf zu erfreuen. Da entdeckte er unter dem gewöhnlichen Volk Wenzel Jamnitzer, nicht etwa im Ornat eines Ratsherrn, sondern wie ein ganz normaler Goldschmied gekleidet. Der Mann wollte sich wohl überzeugen, dass der Henker nicht im Rausch von der Leiter stürzte.

*

Kathi senkte den tränenumflorten Blick. So sehr diese Burschen ihr Angst gemacht, sie beschämt hatten, war es doch schlimm, ihre letzten Atemzüge mit anzusehen. Aber verdient hatten sie's schon! Sie schniefte und sah gerade wieder hin, als Meister Frantz den zweiten Wüstling die Leiter hinaufbrachte. Welche letzten Worte gab er ihnen wohl auf den Weg? Nun stieß er auch den anderen ihrer Angreifer von der Leiter. Sie erschauerte.

Max neben ihr musste es gemerkt haben, denn er rieb ihren Rücken. »Du hättest vielleicht doch nicht herkommen sollen.«

Sie schluckte mühsam. »Ich hab gedacht, dass ich mich freuen würde. Es ist wichtig für mich, hier zu sein. Ich will keine Angst mehr vor Schatten haben, von denen mir doch nichts Böses droht.«

»Angst ist nichts Schlimmes, Kathi. Sie macht dich vorsichtig. Du warst zu leichtsinnig mit den Kerlen, aber das wird dir nicht noch einmal passieren.«

Sie fröstelte und rieb sich die Oberarme. Nun kam der größte der Burschen dran. Den hatte sie im Loch nie gesehen, weil er in einer anderen Zelle eingesperrt gewesen war als seine Spießgesellen. »Vielleicht geht die Angst ja weg mit der Zeit.«

»Und bis dahin ... Wenn du in der Stadt herumläufst, und es wird schon finster, und die Schatten wirken plötzlich so feindselig, dann stell dir einfach vor, die Angst schickt deine Mutter, um dich zu beschützen.«

»Meine Mutter?« Sie sah ihn verwirrt an. Er wusste doch, dass sie ein Findelkind war.

»Ja, wo auch immer sie jetzt ist, da oben ...« Er blickte zum Himmel, dann wieder zu ihr. »... oder hier unten, sie will dich bestimmt in Sicherheit wissen.«

Da musste Kathi lächeln. »Das hast du dir aber hübsch ausgedacht.«

Er schmunzelte. »So hab ich mir das immer mit meinem Vater vorgestellt, wenn ich als Bub Angst gehabt hab. Nur hab ich gewusst, dass er in der Schlacht gefallen war.«

Der letzte arme Sünder baumelte jetzt am Galgen, und diesmal wuchs der Jubel an. Ein Paar mit drei Kindern näherte sich ihnen. Der Mann klopfte Max auf den Rücken. »Ihr habt die Strolche tatsächlich erwischt.«

»Danke«, hauchte seine blasse Frau, deren Gesicht von Schnittwunden gezeichnet war.

Kathi studierte Maxens Miene. Ein verhaltenes Lächeln zeichnete sich darin ab. Sein Adamsapfel hüpfte auf und ab, doch als Antwort brachte er nur ein Nicken zustande. Die Familie ging in Richtung Gostenhof davon. »Wer war das?«, fragte sie.

»Bauersleut, die die Schurken überfallen haben, nur eine halbe Meile hinter Gostenhof.«

Kathi schauderte bei der Vorstellung, den dreien im eigenen Haus hilflos ausgeliefert zu sein, blickte zum Galgen und nickte. »Die sind bestimmt froh.«

Max legte einen Arm um ihre Schultern.

Schreie in der Folterkammer

Freitag, 26. Mai 1581

Geuder fing Frantz am Eingang zum Lochgefängnis ab. »Auf ein Wort.«

»Geht's um Seitzen?«

»Ja, der Rat hat sich in der gestrigen Sitzung nur auf Binden und Drohen einigen können.«

Mist, da fühlte er sich selbst immer, als wären ihm die Hände gebunden. Er biss die Zähne zu fest zusammen und stöhnte. Na, der Schmerz sollte ihn in die richtige Stimmung versetzen, dem Mann überzeugend zu drohen.

»Und beim Utschenreuter auch«, fügte Geuder hinzu.

Frantz fuhr herum. »Warum das denn? Der war doch nur zufällig dabei.«

Geuder fuhr sich durch die Haare. »Ich weiß, und Nützel ist stinksauer. Der Seitzen war's mit Sicherheit allein, hat schön die Rösser aneinander gebunden, damit er sie ohne einen zweiten Mann hat wegführen können, aber er kriegt das Maul nicht auf. Presigl gibt auch nicht zu, dass er ihn mit den Pferden gesehen hat, sie gar gegen das Fuhrwerk eingetauscht hat.« Er stöhnte. »Es wird ewig dauern, bis wir wissen, woher die Waren auf seinem Karren stammen. Wenn's Hehlerware ist, haben wir ein Druckmittel, aber Seitzen wird sich hüten, den Pferdediebstahl zu gestehen. Dann erwartet ihn mit Sicherheit der Strang.«

Ganz schön vertrackt. Ohne Geständnis keine Verurteilung, ohne Folter schwerlich ein Geständnis. Hm, aber solange Seitzen nicht wusste, dass er ihm nicht wehtun durfte … »Lasst den Mann in die Folterkammer bringen. Ich tu mein Bestes, ihn einzuschüchtern, dann soll Nützel dazukommen und ihn nach oben holen.«

»Wieso nach oben?«

»Zu einer letzten Befragung in die kleine Ratsstube. Macht vorher die Abdeckung von der Wandöffnung weg. Ich werd den Utschenreuter in der Kapelle zum Schreien bringen, und das soll der Seitzen hören. Dann wird er davon ausgehen, dass er als Nächstes torquiert wird.«

»Utschenreuter dürft Ihr doch gar nicht foltern!«, empörte sich der Schöffe.

Frantz grinste. »Ich bin mir ziemlich sicher, der Mann wird mir den Gefallen tun, ordentlich zu wimmern und zu schreien. Zur Belohnung wird er freigelassen. Wird sowieso Zeit. Und weil's oben zu laut ist, schafft Ihr den Seitzen wieder runter.«

Geuder grinste und rieb sich die Hände. »Das könnt was werden! Noch besser: Wenn der Seitzen aus der Folterkammer kommt, vor dem Hochbringen zum Verhör, stellen wir ihn dem Utschenreuter gegenüber, damit er sieht, dass es sein Weggefährte ist, der da schreit.« Er gluckste. »Ich sag schnell Nützel Bescheid. Da wird sich seine Laune gleich bessern.« Er eilte davon zum Rathauseingang, und Frantz stieg hinunter ins Loch.

Schaller begrüßte ihn am Ende der Treppe. »Augustin ist auch schon da. Ihr zwei rechnet wohl mit Arbeit.«

»Ja, allerdings. Einen starrsinnigen Delinquenten haben wir noch. Bringt Seitzen schon mal in die Kapelle und sagt Augustin Bescheid.«

Schaller eilte davon, und Frantz gönnte sich einen Moment der Stille. Da hörte er leise Schritte hinter sich und wirbelte herum. Die sich nähernde Gestalt schrie gellend auf, und er fuhr zusammen. »Kathi! Herr im Himmel, was kreischst du so?«

Sie stand einen Moment wie erstarrt und schlang die Arme um den Oberkörper. Dann stieß sie mit ihrem zurückgehaltenen Atem hervor: »Meister Frantz, was habt Ihr mich erschreckt! Ich wollte eigentlich nur der Schallerin Bescheid geben, dass sie sich eine andere Magd suchen soll. Sie macht sich bestimmt Hoffnungen, dass ich richtig hier anfange.«

»Schade, aber ich versteh's. Vorher musst du mir noch mal helfen.«

Da entspannte sich ihre Haltung, und sie trat näher. »Um was geht's denn?«

*

Kathi ließ sich vom Stadtknecht zum Utschenreuter begleiten. Benedikt machte die Tür auf und trat beiseite. Der Gestank nach Schweiß und Exkrementen nahm ihr kurz den Atem, dann riss sie sich zusammen. Bei ihr hatte es damals auch kaum besser gerochen. »Wolf, du wirst gebraucht«, sagte sie so ruhig wie möglich.

Der Mann stand auf. »Gebraucht?«

»Ja, und dann darfst hoffentlich bald nach Hause.«

»Wirklich?« Er schlurfte auf sie zu. »Was soll ich tun?«

Sie lächelte ihn an. »Der Nachrichter hat den Auftrag bekommen, dich und den Seitzen zu binden und euch zu drohen, aber keine Sorge, er darf euch nicht wehtun.«

»Hä?« Nun stierte er sie an, als hielte er sie für verrückt.

Sie nahm seinen Arm und zog ihn in den Gang hinaus, wo die Luft etwas besser war. »Schreien sollst du aber trotzdem.«

»Ich versteh gar nichts mehr.«

Geduldig erklärte sie es ihm. »Ich bringe dich zur Folterkammer, wo der Seitzen gerade die Instrumente besichtigt. Dann führen ihn die Lochschöffen hinauf in die kleine Ratsstube, und der Nachrichter holt dich in die Kapelle. Da ist ein Loch in der Decke, durch das können die oben alles hören, was unten gesprochen wird, deshalb darfst du nichts Falsches sagen. Tu ganz ängstlich, sag die Wahrheit und dann schrei ganz fürchterlich, sobald der Nachrichter den Mund aufreißt.«

Wolf zog den Kopf zwischen die Schultern. »Wird er mich beißen?«

Kathi musste lachen. Der arme Kerl war schon nicht mehr recht bei

Verstand. Wurde Zeit, dass er an die frische Luft kam. »Nein, er wird dir wirklich nichts tun. Aber gleich wirst noch dem Seitzen gegenübergestellt. Sag einfach, ob das der Kerl ist, mit dem du von Lauf nach Nürnberg gekommen bist und der die Pferde mitgenommen hat.« Kathi blieb vor der Kapelle stehen, wo Schaller und der Ferdl warteten, und sah Wolf fragend an.

Langsam begann er zu nicken. »Ich glaub, ich hab verstanden. Und dann darf ich gehen?«

»Wenn du deine Sache gut machst«, rief Nützel, der die Treppe herunterkam. »Wie lange sind die zwei schon drinnen?«

Schaller antwortete: »Lang genug, schätze ich. Der Löwe ist auch dabei.«

Der Lochschöffe betrachtete jeden Einzelnen, dann heftete er seinen Blick auf Utschenreuter. »Du wirst uns helfen?«

»Ja.«

»Gut.« Nützel gab Schaller ein Zeichen, und der öffnete die Tür. »Meister Frantz, wir brauchen den Verdächtigen für eine Gegenüberstellung. Die peinliche Befragung wird verschoben.«

Kathi lugte hinein und sah den Nachrichter enttäuscht dreinblicken. Zum Glück wusste sie, dass alles nur gespielt war, sonst hätte es sie erneut vor Meister Frantz gegraust. Der setzte sich auf eine Sprosse der Streckleiter, die gegen die Wand gelehnt stand. Augustin Ammon führte den Gefangenen heraus in den Gang.

Nützel drehte sich zu Wolf. »Utschenreuter, ist das der Mann, mit dem du unterwegs warst und der die Pferde gestohlen hat?«

Wolf nickte.

»Mach das Maul auf!«, bellte Nützel, dass der Mann zusammenzuckte.

»Ja, das ist er.«

»Schau ihn dir genau an.«

»Hab ich schon, das ist der Jackl. Ich wollte die Pferde einfach stehen lassen, aber er hat sie unbedingt mitnehmen müssen.«

»Der lügt«, knurrte Seitzen. »Ich hab keine Pferde mitgenommen.«

Nun stieg der Nachrichter die paar Stufen von der Folterkammer herauf. »Dann nehme ich mir am besten gleich den Utschenreuter vor, oder?«

Nützel bleckte die Zähne in einem Grinsen, das Kathi Angst einjagte. »Macht das, wir nehmen inzwischen den hier zu einer letzten Befragung mit nach oben.«

»Nein, bitte, ich hab doch nichts getan«, flehte Wolf recht glaubhaft.

»Maul halten!«, bellte Nützel. »Wo ist Geuder?«

Meister Frantz lächelte. »Der wollte mir und Augustin nicht bei unserem grausigen Handwerk zuschauen. Er wartet oben.«

Seitzen blickte inzwischen ziemlich verunsichert drein, dann wurde er auch schon weggeführt. Kathi drückte Wolfs Hand und nickte ihm zu. Er brachte ein zaghaftes Lächeln zustande, das sofort wieder verschwand, als Meister Frantz rief: »Na dann, immer herein mit dir, Utschenreuter. Hab gerade schon für deinen Kumpan die Knöchelquetsche ausgepackt.«

Erst als Kathi ihn anstieß, ging der Gefangene auf wackligen Beinen hinein.

»Du weißt Bescheid?«, raunte Meister Frantz.

»Ja«, hauchte Wolf.

»Schau nicht so, ich werd dir wirklich nichts tun.« Er lächelte Kathi zu und schloss dann die Tür.

*

Frantz hatte ja fast Mitleid mit dem Kerl, aber das bisschen Theater musste er schon aushalten können. »So, dann werden wir mal schauen, wie wir dich am besten zum Reden kriegen!«

Augustin stand unter der Öffnung in der Wand bei der Strappado-Winde und lauschte auf Geräusche im Ratsstüberl.

Frantz winkte Wolf zu dem Gestell mit den Daumenschrauben und ließ ihn sich setzen. »Gleich geht's los«, flüsterte er.

Augustin streckte den Arm in die Luft. Das Zeichen.

»Ich werde dir jeden Finger einzeln brechen, wenn du nicht endlich gestehst«, sagte Frantz sehr laut. »Wie gefällt dir das?« Er drehte an der Schraube, die auf keinen Widerstand traf, und öffnete den Mund. Zur Sicherheit nickte er dem wie erstarrt Dasitzenden aufmunternd zu.

Da schrie Wolf wie am Spieß. Als Frantz die Schraube aufdrehte, ging das Gebrüll in ein Wimmern und Jammern über. Frantz lächelte ihm anerkennend zu. Von oben drang nun Stimmengewirr, das nach Protest klang. »Augustin, bring mir die Knöchelquetsche«, sagte er vernehmlich.

»Nein, bitte, ich hab nichts verbrochen!«, krächzte Wolf. »Fragt den Jackl, der wird's Euch bestätigen.«

Frantz grinste. Sehr gute Idee, an Seitzens Mitleid zu appellieren. »Der lässt dich bestimmt hier elendig verrecken!«, rief er.

Oben schlug eine Tür zu, und Frantz klopfte Wolf auf den Rücken. »Gut gemacht.«

»Das war's schon?«, fragte der Mann ungläubig und ließ den Blick über die Zangen und anderen Instrumente schweifen, die von einer Kette an der Wand baumelten.

»Hoffentlich. Nur noch eine Kleinigkeit.« Er trat zur Tür, öffnete sie einen Spalt und spähte hinaus. Schallers Gesicht erschien. »Sind noch nicht wieder da.«

»Eure Frau hat alles bereit?«

»Freilich. Jetzt hör ich was. Sie bringen ihn runter.«

Schnell zog Frantz die Tür zu, sah Utschenreuter an und sperrte wieder das Maul auf. Konnte nicht schaden, wenn Seitzen im Vorbeigehen noch etwas Geschrei mitkriegte. Wieder machte der Mann seine Sache sehr überzeugend.

Kurz nachdem er verstummt war, schaute Schaller zur Tür herein. »Ihr könnt jetzt rauskommen.«

Schnell begab Frantz sich zur Küche, wo Kathi mit unsicherem Gesichtsausdruck in eine Schüssel spähte, während die Schallerin grinsend danebenstand. Frantz tauchte beide Hände in das Schweineblut, wischte sich die Innenflächen an seiner Kniebundhose ab und mit dem Handrücken über die Stirn. Die Schallerin tauchte einen Löffel ins Blut und spritzte damit gegen sein graues Hemd. Maria würde bestimmt schimpfen, aber was war schon das bisschen Waschen, wenn's der guten Sache diente? Er schaute die Frauen an. »Passt's so?«

Die Schallerin wischte den Löffel an seiner Wange ab. »Jetzt schaut Ihr schön fürchterlich aus.« Sie lächelte ihn an. »Und ich zeig Kathi, wie man Blutwurst macht.«

»Danke für Eure Hilfe.« Er wischte sich das Grinsen aus dem Gesicht. Jetzt musste er so grimmig wie möglich ausschauen. Also rief er sich auf dem Weg die verstocktesten Delinquenten in Erinnerung, bei deren Tortur er bis zum Äußersten hatte gehen müssen. Vorsichtig biss er die Zähne zusammen und spürte den Schmerz.

»Ist was nicht in Ordnung«, fragte Schaller prompt, der vor der Verhörkammer herumlungerte.

»Alles gut«, sagte er nur, klopfte an die Tür und trat fast sofort ein.

Mehr noch als dem Verdächtigen entglitten dem Schreiber bei seinem Anblick die Gesichtszüge. Den hatte wohl niemand eingeweiht.

Frantz bellte: »Ist der da schon so weit? Der Utschenreuter ist mir ohnmächtig geworden. Ich weiß, elende Schlamperei von mir, aber bei dem da werd ich vorsichtiger sein.«

Nützel räusperte sich und rutschte auf seinem Sitz herum, als grauste ihn davor, was Frantz getan hatte und noch tun mochte, dann sagte er: »Tut mir leid, Seitzen, geht nicht anders.«

»Nehmt ihn mit, Meister Frantz«, stimmte Geuder zu. »Wird ja noch dauern, bis Ihr mit dem Utschenreuter weitermachen könnt.«

Seitzen starrte ihn immer noch aus vor Angst geweiteten Augen an. Seine Brust hob und senkte sich in schnellem Takt. »Wird nicht nötig sein«, gurgelte er und räusperte sich. »Lasst den Utschenreuter gehen. Er sagt die Wahrheit.«

Frantz wollte jauchzen und einen Luftsprung machen, beherrschte sich aber. Gespannt, was der Mann zu sagen hatte, zwängte er sich an ihm vorbei zum Hocker in der Ecke.

Seitzen hatte ihn nicht aus den Augen gelassen und kreiste jetzt die Schultern, um die Nackenmuskeln zu lockern. Dann begann er zu sprechen. »Ja also, das war so: Ich war bei meinem Vetter in Lauf, und da hab ich auf der Straße nach Hersbruck den Presigl mit seinem Fuhrwerk daherkommen sehen. Hat mir erzählt, dass er aufhören muss, abhauen aus der Gegend, weil er eine große Dummheit gemacht hat. Was das war, hat er nicht gesagt, aber gemeint, es könnt ihm an den Kragen gehen, wenn er nicht verschwindet.« Er warf Frantz einen ängstlichen Blick zu. »Der Pfleger von Gostenhof wär auf seine List reingefallen, hat er noch gesagt, aber der Henker hat seine Pläne kaputtgemacht.« Seitzen presste die Lippen zusammen, als hätte er bereits zu viel verraten.

Presigl hatte dem Kerl wohl arg vertraut, um ihm so viel zu erzählen, oder er war ziemlich durcheinander gewesen. Schließlich hatte er seine Flucht sehr schnell in die Wege leiten müssen, nachdem der Tod seiner Frau als Mord erkannt worden war. Da musste ihm der Seitzen gerade recht gekommen sein.

»Wir wissen, was der Presigl mit der großen Dummheit und seiner List gemeint hat«, sagte Geuder. »Der Mann hat gestanden, seine Frau erschlagen und dann aufgehängt zu haben, um es wie einen Selbstmord aussehen zu lassen. Du brauchst keine Rücksicht auf ihn zu nehmen, also sprich weiter.«

Seitzen zog die Nase hoch. »Der Presigl hat vorgeschlagen, dass ich seine Fuhren für ihn übernehm, hat mir Händler in Fürth, Bamberg, Hersbruck, Regensburg, Augsburg und noch ein paar Städten genannt, mit denen ich gute Geschäfte machen könnt. Dafür sollt ich ihm immer einen Anteil schicken. Ich wollt nicht mehr als Abdecker für meinen Schwiegervater arbeiten. Da hätt ich ja gleich so einer wie der da werden können.« Er nickte in Frantzens Richtung.

Frantz grinste und spürte das trocknende Blut auf seiner Wange spannen. Bald dürfte er sich waschen.

»Weiter«, brummte Nützel.

»In der Nacht sollt ich drei Diebe treffen, die ihm öfter mal irgendwelchen Kram verkauft haben, und dann mit denen ihrer jüngsten Beute zu ihm kommen. Er wollt sich in Fürth mit mir treffen und mich einem der Händler dort vorstellen. Ja, ich also weg von meinem Vetter Richtung Nürnberg, da treff ich den Wolf auf der Straß und denk mir, zu zweit wandert's sich lustiger – und sicherer. Bis wir zum Versteck gekommen sind, ist es schon finster geworden. Und da stehen die sieben Rösser im Wald angebunden. Ich hab mir gleich gedacht, die gehören Stadtknechten, wegen den Verzierungen im Lederzeug. Und so nah beim Verschlag vom Humbser und den andern ... Da hab ich die Pferde lieber mitgenommen, damit die drei sich aus dem Staub machen können, ohne dass die Stadtknecht sie gleich wieder einfangen. Und die Gäul waren mit Sicherheit mehr wert als das Zeug, das die Burschen zusammengestohlen haben.

Der Utschenreuter hat sich furchtbar aufgeregt, und ich wollt ihm schon aufs Maul hauen, damit er Ruhe gibt. Da ist ein Geschrei losgegangen. ›Hilfe, hierher!‹ Der depperte Utschenreuter ist gleich losgelaufen. Ich dacht mir, zurück in Richtung Nürnberg kann ich mit den

Rössern nicht, also bin ich ihm nach. Das Diebsgesindel war schon von den Stadtknechten gebunden worden, da hab ich gewusst, was es geschlagen hat. Bin auf und davon mit den Rössern, schon allein, damit sie mich nicht einfangen können.«

»Was hast du mit den Pferden gemacht?«, fragte Nützel.

»In den Pegnitzauen versteckt und dem Presigl gesagt, wo er sie finden kann. Der hat sich sehr gefreut und wollt die Tiere gleich in einer anderen Stadt eintauschen, damit man sie nicht bei ihm entdeckt. Wohin er sie bringen wollt, hat er mir nicht verraten. Jedenfalls hat er mir dafür sein Fuhrwerk, das Zugpferd und die ganzen Waren überlassen. War ihm sehr recht, dass er nicht drauf vertrauen hat müssen, dass ich ihm wirklich seinen Anteil schick.«

»Und wo warst du die ganze Zeit? Wir suchen dich schon seit drei Wochen.«

Seitzen schnaubte. »Einige Tag später bin ich mit meinem Karren nach Hersbruck gekommen. Da hat mich der Torwächter gefragt, ob ich der Seitzen Jakob bin. Ich hab's natürlich nicht zugegeben. Am zweiten Tor, beim Rausfahren, hab ich gehört, wie der Wächter grad einen anderen Händler nach mir fragt. Da hab ich gewusst, dass ich mich verkriechen muss. Über Feldwege bin ich zurück zu meinem Vetter. Der hat mich die ganze Zeit verstecken müssen und geschimpft, weil er mich im Haus kaum zur Arbeit hat brauchen können, und draußen durft ich mich nicht sehen lassen.«

»Und warum bist du dann doch aus deinem Loch gekrochen?«

»Hab's nicht mehr ausgehalten. Der Ulli hat sich geweigert, den Kram aufm Karren für mich zu verhökern. Hat Angst gehabt, dass es gestohlen ist. Da hab ich einen Sack voller Zeug zusammengepackt und bin damit zu Fuß nach Lauf. Hab versucht, möglichst viel davon zu verkaufen, bis mich einer von den Stadtwachen erwischt hat.« Er schnaubte wieder. »Mit dem hab ich früher gern beim Weinschenk was gesoffen, und dann hängt der mich beim Landpfleger hin.«

Nützel verschränkte die Arme auf dem Tisch und sah Geuder an. Der nickte bedächtig. »Das reicht uns, oder?«

»Für heute schon.«

Der Schreiber klopfte mit dem Federkiel auf die Tischplatte. »Du erzählst uns gefälligst, welche Leute der Presigl dir genannt hat.«

Frantz erhob sich. »Ich werde ja wohl nicht mehr gebraucht?«

»Richtig, Ihr könnt gehen, Meister Frantz, und der Utschenreuter auch«, sprach Nützel.

»Wenn Ihr ihn wieder zusammengeflickt habt«, knurrte Seitzen.

Frantz schmunzelte. »Dem geht's gut genug, und wir zwei sehen uns bald wieder.« Es war ihm ein Genuss, den ungläubigen Ausdruck im Gesicht des Kerls zu sehen, bevor er den Raum verließ und die Tür hinter sich schloss. Aus dem Gang zur Küche huschten ihm Kathi und die Schallerin entgegen. Ihr Mann stand noch neben der Tür und hatte vermutlich sowieso gelauscht. Augustin kam von der Kapelle und sah ihn ebenso erwartungsvoll an wie die Frauen.

»Er hat gestanden«, sagte Frantz. Erleichterung zeigte sich in den Gesichtern. »Der Utschenreuter darf gehen.«

Kathi stieß einen Laut aus, der nach unterdrücktem Jubel klang. »Ich bring ihn raus, ja?«

Die Schallerin lächelte ihr zu. »Das hast du dir verdient, aber vorher muss er die Urfehde schwören.« Dann sah sie Frantz an. »Und Ihr solltet Euch unbedingt waschen, bevor Ihr auf die Straße geht!«

Augustin gluckste. »Wieso, vielleicht schreckt das ja andere Verbrecher ab, wenn der Nachrichter so herumläuft.«

Frantz blähte die Brust, schürzte die Lippen und funkelte ihn an. »Schallerin, habt Ihr nicht noch was von dem Blut, um es über den Löwen zu kippen? Der wirkt bestimmt noch abschreckender als ich.«

Die Lochwirtin lachte nur, winkte ab und ging. Augustin gluckste. »Und ich hab mich schon drauf gefreut.«

»Tät ich dir zutrauen, dass du so durch die Stadt läufst.« Grinsend schöpfte Frantz Wasser aus dem Brunnen und wusch sich im Henkersstüblein, wo ein sauberes Hemd und eine schlichte Hose für genau solche Fälle bereitlagen. Er freute sich sehr, dass seine List so gut funktioniert hatte.

Wieder halbwegs präsentabel machte er sich auf den Heimweg. Zu seiner Überraschung trieb sich Abdecker Reichelt auf dem Säumarkt herum, obwohl die Schweine um diese Jahreszeit vor dem Frauentor gehandelt wurden und es für ihn keine Kadaver einzusammeln gab.

»Meister Frantz, gut, dass ich Euch erwische.«

Er lächelte. »Habt Ihr mir aufgelauert?«

»Kann man so sagen. Ich wollt Euch fragen, wie es um meinen Schwiegersohn steht.«

Frantz fiel es schwer einzuschätzen, ob sich der Mann über die Neuigkeiten freuen würde oder nicht, also ließ er sich seine eigene Erleichterung lieber nicht anmerken. »Er hat gestanden, dass er die Pferde gestohlen und gegen das Fuhrwerk vom Presigl getauscht hat.«

Der Mann presste die Lippen aufeinander und nickte langsam. »Dann wird er wohl bald am Galgen enden?«

Frantz konnte sich kein anderes Urteil vorstellen, da die Diebstähle schwer genug wogen, also nickte er.

»Keine Gefahr, dass er freigelassen wird?« Nun lag Hoffnung in den Augen des Mannes.

»Nein, der Seifensieder muss sich nicht länger verstecken, wenn Ihr das wissen wollt.«

Reichelt wirkte keine Spur verlegen. »Elsa wird erleichtert sein, den Seitzen nicht mehr im Nacken zu haben.«

»Warum hat sie ihn geheiratet?« Die Frage rutschte ihm heraus, obwohl es ihn nun wirklich nichts anging.

Reichelt zog die massigen Schultern hoch. »Gut ausgeschaut hat er. Kraft hat er gehabt, obwohl er so dürr war. Reden konnt er auch schön. Ich hab mir selber eingebildet, er wär was für meine Tochter und tät mal die Abdeckerei übernehmen. Aber schon bald nach der Hochzeit ist ihm die Arbeit immer schwerer von der Hand gegangen.«

Fürsprachen

Samstag, 27. Mai 1581

Frantz schlich beim Bader vorbei und spähte durch die offenen Fenster. Anscheinend hatte der gerade keine Kundschaft, er könnte also hineingehen ... Während er unschlüssig dastand, strich er mit der Zunge über den Delinquenten in seinem Mund. Im Moment tat der überhaupt nicht weh, dabei hatte er ihn am Morgen wieder sehr gequält, sogar aus dem Schlaf gerissen. Oft erwachte er mit verkrampften Kiefern, das musste er sich abgewöhnen. Noch ein Blick in die Baderstube, wo die Zangen schon bereitlagen – nein, er sollte erst einmal beim Rathaus vorbeischauen, ob heute Urteil und Richttag für Presigl oder Seitzen beschlossen worden waren. Hastig strebte er davon und erreichte bald darauf den Marktplatz. Die Ratssitzung sollte inzwischen beendet sein. Tatsächlich sah er Eisvogel und Harsdörffer aus dem Rathaus kommen. Die könnte er natürlich danach fragen, würde aber lieber mit den zuständigen Lochschöffen sprechen. Weitere Räte folgten. Manche strebten direkt zum Herrenmarkt. Ob auch Jamnitzer an der Sitzung teilgenommen hatte? Unwillkürlich zog Frantz ein wenig den Kopf ein. Was der Mann wohl von ihm dachte? Da trat Geuder ins Freie. Frantz eilte zu ihm.

Der Schöffe verzog das Gesicht, als er ihn sah. »Meister Frantz, Ihr wollt bestimmt wissen, wann's zum Hochgericht geht?«

»Ja.«

»Die Rechtskonsulenten sollen uns am Montag ein Gutachten vorlegen. Das wird natürlich zu knapp für eine Hinrichtung am Dienstag, aber weil viele von uns der Angelegenheit überdrüssig werden, könnte es sein, dass wir den Richttag auf Donnerstag festsetzen. Dann kann sich Presigl immer noch drei Tage den Wanst vollstopfen und für sein Seelenheil beten.«

»Und er soll mit dem Schwert gerichtet werden?«

Wieder zog Geuder eine Grimasse. »Voraussichtlich schon. Einige von uns sind allerdings dafür, wenigstens seinen Leichnam aufs Rad zu binden. Ein Mörder und Hehler, da scheint mir das nicht übertrieben. Aber jeden Tag erreichen uns mehr Fürsprachen.« Er seufzte. »Fütterer setzt sich ebenfalls stark für ihn ein. Dem hat der Presigl irgendwelche Salben gegen das Gliederreißen seiner Frau besorgt. Die hat er angeblich extra aus Budapest kommen lassen.« Er schnaubte verächtlich. »Wenn die mal nicht sein Weib zusammengerührt hat.«

»Verstehe.« Da fiel Frantz etwas ein. Er senkte die Stimme und beugte sich etwas näher. »Falls sein Leichnam nicht aufs Rad gebunden werden soll, könnte ich ihn ja anatomieren. Schmach ohne Aufsehen und ein gutes Werk im Dienste der Medizin?«

Zum ersten Mal lächelte Geuder. »Ich schlag's am Montag vor.«

»Danke.« In bester Stimmung machte sich Frantz auf den Weg zum Henkerturm und befand, sein Zahn wäre wieder völlig in Ordnung. Einer Laune folgend lenkte er seine Schritte in die Zisselgasse, in der einst Albrecht Dürer gewohnt hatte und auch Wenzel Jamnitzers Haus und Werkstatt standen. Viele Goldschmiede hatten sich in der Umgebung des großen Meisters angesiedelt. In dem dreistöckigen Jamnitzerhaus herrschte reges Treiben, soweit er das erkennen konnte. Ganz oben in einer Dachgaube öffnete sich ein mit Butzenscheiben verglastes Fenster. Frantz konnte es nicht lassen, neugierig hinaufzulinsen. Zuerst erschien ein metallenes Gerät auf dem Fenstersims, dann ein grauer Bart.

»Tust wieder unsere Weiber ausmessen?«, rief ein ungehobelter Bäckergeselle auf der Straße aus.

Frantz konnte diese Unverschämtheit kaum fassen. Mit festen Schritten ging er zu dem Schandmaul und rempelte ihn an.

»He, pass auf, du Hundsf –« Der Lump starrte ihn aus weit aufgerissenen Augen an und sprang zur Seite.

»Pass du lieber auf, was du sagst – und zu wem«, raunte er. Im Weitergehen blickte er zum Haus hinauf und sah Jamnitzers Kopf aus dem Fenster ragen. In dem dichten Bartgewölle meinte Frantz, ein Lächeln zu erkennen. Hoffentlich hielt der Mann ihn nicht schon wieder für berauscht! Nun schritt er besonders selbstsicher dahin.

Was hatte sich der Rüpel wohl dabei gedacht, den Meister so zu verunglimpfen? Manche Menschen konnten es anscheinend nicht ertragen, wenn andere große Dinge vollbrachten. Dabei war Jamnitzer hier sogar Gassenhauptmann.

Auf dem Säumarkt lief ihm wieder jemand aus der Sippe des Abdeckers über den Weg, diesmal Elsa, ein Kindlein im Arm. Verblüfft blieb er stehen. »Elsa, was …?«

Sie warf ihm einen wilden Blick zu. »Ihr habt mir mein Kind gestohlen, aber jetzt hab ich es wieder!« Sie rannte davon.

In dem Moment ertönte aus seiner Wohnung ein Schrei: »Vitus!«

Da endlich verstand er und setzte Elsa nach, die über den Steg hinüber zu den Fleischbänken lief.

»Aus dem Weg!«, schrie er. Erschreckte Metzger und Kunden starrten ihn an. Hinter ihm ertönte wieder Marias Ruf nach ihrem Sohn. Wie hatte das nur geschehen können? Eiskalte Furcht ergriff ihn. Einzig, dass Elsa Vitus für ihr eigenes Kind hielt, ließ ihn etwas ruhiger werden. Sie würde ihm nichts tun. Andererseits sollte sie bald merken, dass das Kind zu alt war und ein Junge statt eines Mädchens, wenn sie wieder zu Verstand kam – nein, falls … Hinter dem Fleischhaus bog sie nach links ab. Wahrscheinlich wollte sie zum Hallertörlein. Nun umrundete auch er den großen Bau und brüllte: »Elsa! Warte. Das ist mein Sohn! Franzi ist im Findelhaus.«

Ihr Blick wandte sich Richtung Barfüßerkloster, in dem das Findelheim untergebracht war, obwohl das Gebäude von hier aus nicht zu sehen war. Ihre Schritte wurden langsamer. Sie blickte flüchtig auf das Bündel in ihren Armen, rannte weiter und verschwand kurz zwischen den Marktständen aus seinem Blickfeld. Dann sah er sie den Weg in Richtung Törlein einschlagen. Frantz war schneller, hatte sie fast erreicht. Noch ein paar Schritte. Er packte ihren Arm. »Warte.«

Sie versuchte sich loszureißen, doch er hielt sie fest, als gelte es, ihr den Oberarmknochen zu brechen. »Schau ihn dir an. Das ist Vitus. Mein Sohn. Wenn du Franziska zurückhaben willst, werde ich dir helfen. Aber dazu musst du vernünftig werden.«

Sie blickte zu ihm auf. Tränen liefen ihr über die geröteten Wangen. »Nicht Franziska …?«

»Schau nach, es ist ein Junge.« Er ließ ihren Arm los. Sein Sohn sah ihn aus großen blauen Augen vergnügt an. Dem Racker hatte das Herumlaufen wohl gefallen. Frantz löste das Tuch, in das er gewickelt war, und entblößte sein Geschlecht.

Elsa schluchzte auf.

Er wickelte Vitus wieder ein und nahm ihn ihr ab. »Komm mit.«

Sie folgte ihm wortlos. Bei den Fleischbänken stand Maria, rang die Hände und sprach die Leute an. Als sie ihn mitsamt Vitus gewahrte, kam sie gerannt. »Gott sei Dank, Frantz, du hast ihn wieder!« Sie drückte das Kindlein an ihre Brust, herzte und küsste es. Auch ihr liefen Tränen übers Gesicht.

Frantz legte einen Arm um sie. »Alles ist gut. Elsa hat gedacht, wir hätten ihre Franzi behalten.«

Maria funkelte das Weib böse an. »*Ich* stehle keine Kinder.«

Elsa schniefte. »Es tut mir so leid. Als Ihr mir erlaubt habt, ihn auf den Arm zunehmen, war ich mir so sicher, Franzi zu halten. Es war wie in meinen Träumen. Jede Nacht halt ich sie, still sie, doch sowie ich aufwach, ist sie weg.« Sie sah ihn an. »Eigentlich wollte ich doch nur mit Euch reden, fragen, ob Ihr einen Weg seht, wie ich die Kleine zurückbekommen könnt. Jetzt, wo mein Mann bald … nicht mehr ist.«

Frantz wechselte einen Blick mit Maria. Nach dem Schrecken, den Elsa ihr bereitet hatte, wollte er ohne ihre Zustimmung für die Frau nichts tun. Doch sie schien Verständnis zu haben, denn sie sagte: »Am besten wäre es wohl, wenn Kathi mit ihr beim Findelhaus vorspricht. Sie hat die Kleine abgegeben.«

»Gute Idee. Franzi hat ein Muttermal unter dem linken Schulterblatt. Nur für den Fall, dass Zweifel aufkommen. Könnt ja sein, dass in der Zeit mehr Findel abgegeben wurden.«

Zögerlich reichte Maria ihm seinen Sohn. »Ich bring Elsa zur Kathi. Pass derweil gut auf ihn auf.«

»Danke!« Elsa fiel ihr um den Hals – einer Henkerin, und das in aller Öffentlichkeit.

Er musste lächeln.

*

Kathi öffnete die Tür und staunte nicht schlecht. »Maria!« Sie musterte die andere Frau, erkannte sie aber nicht. »Kommt rein, was ist los?«

Maria zog die Fremde mit in die Stube. »Das ist Franzis Mutter Elsa.«

Die Seitzin sah Kathi flehentlich an. »Du hast mein Kind im Findelhaus abgegeben?«

Sie nickte und ahnte, was Elsa wollte.

»Kannst du mir helfen, sie zurückzubekommen?«

»Weil dein Mann bald sterben wird und du dann Franzis Vater heiraten kannst?«

Die Frau zuckte zusammen, zog den Kopf ein. »Bitte, ich bin kein schlechtes Weib. Jetzt werde ich mich um Franzi kümmern können.«

Kathi erinnerte sich ihrer eigenen unerfüllten Sehnsucht nach liebenden Eltern und musste nicht lange überlegen. »Gut, gehen wir.« Bestimmt würde es nicht leicht werden, die Findeleltern zu überzeugen, und wenn sie an die ruppige Behandlung dachte, die sie von der Höllerin erfahren hatte, freute sie sich nicht gerade auf diesen Gang. Doch wenn es ihr gelang, konnte Franzi bei Mutter und Vater aufwachsen, geliebt werden.

Schweigend schlenderten sie zu dritt auf der Sankt Lorenzer Seite die Pegnitz entlang zum ehemaligen Franziskanerkloster. Kathi versuchte sich zu erinnern, ob in ihrer Zeit dort je ein Kind wieder abgeholt worden war. Nur eine Waise kam ihr in den Sinn, deren Verwandte nach ein paar Wochen ausfindig gemacht worden waren.

Zwei Pforten gab es. Eine war den Buben vorbehalten; Kathi pochte an die, durch welche die Mädchen aus- und einzugehen hatten. Sie atmete tief durch und schaute sich nach Maria um. Die war einige Schritte entfernt stehen geblieben, um kein Missfallen bei den Schafferinnen zu erregen. Elsa stellte sich hinter Kathi, als wollte sie sich verstecken. In diesem Moment ging die Tür auf. Diesmal lugte nicht die Höllerin heraus, sondern eine andere Frau. Kathi erkannte sie nicht und nahm allen Mut zusammen. »Guten Tag, wünsche ich. Vor drei Wochen habe ich hier ein Neugeborenes abgegeben, das mein Mann, ein Stadtknecht, vor dem Spittlertor gefunden hat.«

Die Frau runzelte die Stirn. »Und weiter.«

Kathi trat zur Seite und gab Elsa dem Blick der Schafferin preis. »Das ist die Mutter der kleinen Franziska. Sie möcht sie zurückhaben.«

Die Schafferin schnaubte. »Ach, so plötzlich? Hat sie einen Dummen gefunden, der sie heiratet?«

»Ich bin verheiratet«, flüsterte Elsa.

»Und warum hast du das Kind dann einfach ausgesetzt? Wahrscheinlich wolltest du nicht dafür aufkommen müssen«, höhnte sie. »Wolltest wohl lieber ein neues Kleid!«

Hinter der Schafferin bewegte sich etwas. Einen Moment später trat die Findelmutter an die Pforte. »Kathi? Katharina Schüttin? Bist du's wirklich?«

Ein wohliges Gefühl durchflutete Kathi und ließ sie lächeln. Sie kannte die Frau als streng, aber gutherzig und gerecht. »Liebe Findelmutter, ich bin jetzt verheiratet und heiße Leinfelderin.«

»Das freut mich für dich.« Sie nahm ihre Hände. »Du warst ein braves Kind – und gescheit.« Falten hatten sich in das Gesicht der Frau gegraben, aber sie wirkte immer noch so energisch wie früher. »Was führt dich her?« Erst jetzt musterte sie Elsa genauer und hörte sich aufmerksam deren Geschichte an. Dann sagte sie: »Wenn du sie wiederhaben willst, musst du uns schon überzeugen, dass Franziska gut bei dir aufgehoben sein wird. Du hast sie schon mal im Stich gelassen.«

Elsa schniefte. »Mein Mann ist ein Verbrecher. Jakob Seitzen. Bald wird er gerichtet, er ist schon im Loch verhaftet und geständig. Franziska war nicht sicher bei mir, weil sie …« Röte stieg in Elsas Wangen; sie senkte den Blick und knetete eine Falte ihres Gewandes. »… nicht von ihm ist«, fuhr sie hastig fort. »Er hat's bestimmt geahnt, wenn auch nicht gewusst. Trotzdem, er hätte ihr was angetan, hat mir gesagt, ich soll das Balg so schnell wie möglich loswerden. Ich hab sie doch nur schützen wollen. Ich weiß, ich bin eine schändliche Ehebrecherin, aber … bald kann ich ihren Vater heiraten und mein Kind ohne Angst lieb haben.«

Die Findelmutter sah die Schafferin an, die ebenso unschlüssig dreinschaute, dann fragte sie: »Gibt es Menschen, die für dich sprechen können? Außer Kathi, meine ich natürlich.«

Kathi schielte Hilfe suchend zu Maria. Natürlich bemerkte die Findelmutter das, streckte den Kopf heraus, blickte die Straße entlang und zuckte zurück. »Die Henkerin?«

Kathi nickte stumm.

Maria näherte sich langsam, rang die Hände und wischte sie dann am Rock ab. »Es stimmt, Elsa wird sich gut um Franziska kümmern. Ich hab ihr bei der Geburt geholfen.«

Zum Glück musterte die Findelmutter nun die Henkerin eingehend, denn Kathi und Elsa starrten einander überrascht an.

»Bestimmt erkenne ich das Kindlein wieder«, versicherte Maria.

»Hm, wenn du dir das zutraust. Warte einen Moment.« Die Tür ging zu.

Maria atmete aus, ihre Schultern sanken herab. »Ich wollt sie nicht anlügen, aber niemand soll erfahren, dass Frantz die Kleine zur Welt gebracht hat. Ihr wisst doch, wie abergläubisch die Leute sind.«

Kathi nickte verstehend. Das Lügen war Maria offensichtlich recht schwergefallen. Als sich die Tür endlich wieder öffnete, durften sie in die schlichte Vorhalle treten. Auf einer Holzbank standen drei Körbe mit drei etwa gleich alten Kindern darin. Kathi hätte nicht einmal sagen können, ob es Mädchen oder Jungen waren. Und sie schauten alle mit großen Augen in die Welt, die so dunkel waren wie die von Elsa. Maria hob eines hoch und schob das Wickeltuch am Rücken ein Stück zur Seite, dann legte sie das Kindlein zurück. »Das ist sie nicht.« Sie nahm das Nächste auf den Arm, betrachtete wieder den Rücken und strahlte Elsa an. »Das ist die kleine Franziska.«

Die Schafferin nickte. »Du hast sie wirklich erkannt. Die Mutter darf sie mitnehmen. Wie heißt du? Schließlich müssen wir Buch führen.«

»Elsa Seitzin«, sagte sie mit zittriger Stimme.

Die Findelmutter richtete einen strengen Blick auf Elsa. »Pass gut auf sie auf!«

Elsa nickte und streckte die Arme aus. »Danke! Danke, dass Ihr Euch um sie gekümmert habt und dass Ihr sie mir zurückgebt.«

Maria legte ihr das Kindlein in die Arme.

Ein Maul weniger zu füttern, dachte Kathi und freute sich umso mehr, dass die Findelmutter Franzi nicht einfach so hergegeben hatte, sondern das Beste für sie wollte. Sie konnte nicht anders als der Frau um den Hals zu fallen, die vor Überraschung keuchte. »Kathi, was ist denn mit dir?«

Sie gluckste und ließ sie los. »Ich hab mich immer gefragt, wer meine Mutter war, warum sie mich in einem Korb die Pegnitz hat hinuntertreiben lassen. Dabei hat sich doch die beste Mutter überhaupt um mich gekümmert.«

Da strahlte die Findelmutter und nahm noch einmal Kathis Hände in ihre. »Auf dich können wir wirklich stolz sein.« Dann wandte sie sich an Elsa. »Du musst dich noch als Franziskas Mutter beim Amt eintragen lassen. Getauft ist sie natürlich schon. Aber nun geht, wir müssen uns um die Kleinen kümmern.«

Maria schlüpfte als Erste zur Tür hinaus, dicht gefolgt von Elsa. Kathi ging ihnen langsam nach. Etwas wehmütig ließ sie den Blick über das Bildnis des heiligen Franziskus schweifen, barfüßig in seiner Kutte.

Draußen am Wasser schaute sie zur Insel Schütt hinüber, an deren Ufergestrüpp das Körbchen mit ihr hängen geblieben war, fast direkt vor der Tür des Findelhauses. Es hatte alles so sein sollen. Sie dankte dem Herrn, dass er seine schützende Hand die ganze Zeit über sie gehalten hatte, und betete, dass er dies auch für Franziska tun möge. Zuletzt bat sie noch für das Seelenheil des Nachrichters, der bald wieder zwei Menschen vom Leben zum Tode bringen musste.

Als hätte Maria ihre Gebete gehört, sagte sie: »Frantz will die Kleine bestimmt noch einmal sehen.«

Elsa drückte ihre Tochter an die Brust und blickte verträumt drein. »Ihr dürft uns gern jederzeit besuchen und nachschauen, wie es ihr geht. Wir freuen uns.« Dann blickte sie scheu zu Kathi. »Aber als Abdeckerfamilie sind wir natürlich Unehrliche. Bestimmt willst du nicht zu uns kommen.«

Kathi lächelte, beugte sich zu Elsa und flüsterte: »Ich bin sogar mit der Henkerin befreundet und geh bei denen aus und ein.«

»Natürlich schimpft mein Mann sie für ihren Leichtsinn«, fügte Maria hinzu.

Viel beschwingter als auf dem Hinweg schlenderten sie zum Henkerturm, bis Franzi zu weinen begann und sie wie drei Glucken um die Kleine herumflatterten.

*

Beim Anblick der drei Frauen mit dem Kindlein wurde Frantz von unbändiger Freude erfüllt. Er reichte Maria seinen Sohn und nahm das winzige Mädchen auf den Arm, das erste Menschlein, das er je entbunden hatte, und gewiss das Einzige. So wie er sich bei der Geburt von Vitus angestellt hatte, wurde ihn Maria beim nächsten Mal vermutlich nach der ersten Wehe aus dem Haus jagen. Wenn nicht sie, dann ihre Schwester oder die Hebamme.

Er nahm die winzigen Fingerchen zwischen Daumen und Zeigefinger. Vielleicht hatte Franzi ihn ja abgehärtet, ihm was beigebracht. Doch was für eine Aufregung das war. Er sah Elsa an. »Sag deinem Vater, dass er nächstes Mal eine Hebamme holen soll.«

Richttag

Donnerstag, 1. Juni 1581

Auf seinem heutigen Gang zum Rathaus trug Frantz die rote Pluderhose, das dunkelgraue Hemd, den hohen Hut und den steifen, ausladenden Kragen. Vor allem aber hing das Richtschwert an seinem Gürtel. Trotz Nieselregen und der frühen Stunde hatte sich bereits ein ziemlicher Menschenauflauf vor dem Gebäude gebildet. Die Leute begeisterte es eben mehr, eine gelungene Hinrichtung mit dem Schwert zu sehen, als wenn ein armer Sünder durch den Strang zu Tode gebracht wurde. Verständlich, denn den Kopf mit einem Schlag vom Leib zu trennen, erforderte viel Geschicklichkeit. Hoffentlich patzte er nicht. Das wünschte er sich um Presigls und um seinetwillen.

Während Augustin sich darum kümmerte, dass Wagen und Rösser bereitstanden, ging er ins Lochgefängnis hinunter.

Schaller fing ihn im Brunnenraum ab. »Meine Frau hat gesagt, der

Presigl will mit Euch reden.«

Frantz stöhnte. »Warum redet er nicht mit den Geistlichen?« Er verspürte keine Lust, sich irgendwelche Rechtfertigungen des Mannes anzuhören.

»Die sind schon die ganze Zeit bei ihm. Und bald geht's sowieso zum Gericht.«

»Na gut, wird wohl nicht mehr lange dauern, bis aufgeläutet wird.« Er ging zum Henkersstüblein.

Die Schallerin brachte gerade zwei leere Schüsseln heraus und ließ die Tür offen, als sie ihn sah. »Er erwartet Euch schon.«

Frantz trat ein und nickte den beiden Geistlichen und Presigl zu. »Ihr wolltet mich sprechen?«

»Ja«, erwiderte der arme Sünder. »Bitte setzt Euch zu mir.«

Er tat ihm den Gefallen, sagte aber nichts.

»Es ist mir ein Bedürfnis, Euer Gewissen zu erleichtern«, verkündete der Fuhrmann.

Frantz blinzelte ein paar Mal. »*Mein* Gewissen?«

»Ich bereue zutiefst, mein Weib umgebracht zu haben.« Er blickte zu Diakon Krieg von Sankt Sebald. »Ich bereue, Euch ein gestohlenes Kruzifix verkauft zu haben.« Nun sah er Frantz in die Augen. »Vor allem aber bitte ich Euch um Verzeihung, weil ich Euch zwinge, mich zu töten.«

Überrascht starrte Frantz den Mann an. Normalerweise bat *er* die armen Sünder um Verzeihung, weil er sie töten musste.

Ein verschlagener Ausdruck stahl sich auf Presigls Gesicht. »Wir werden uns in der Hölle wiedersehen, Meister Frantz.«

Mit geballten Fäusten kämpfte er gegen den aufsteigenden Zorn an und erhob sich. »Ich warte draußen, bis aufgeläutet wird.«

Diakon Krieg warf ihm einen entsetzten Blick zu. Er hatte dem Verurteilten den reuigen Sünder wohl ebenfalls abgenommen. Der Geistliche folgte Frantz hinaus und schloss die Tür hinter sich. »Wartet, Meister Frantz. Ich weiß, Ihr seid ein guter, gottesfürchtiger Mann. Der Herr wird Euch nicht verdammen.«

Frantz schloss die Augen. Er wünschte sich nichts mehr als ein Zeichen, dass Gott der Herr seinem Diener zustimmte. Als er eine Berührung an seinem Arm spürte, hob er wieder die Lieder. »Schon gut, Magister. Ich werde es eines Tages herausfinden.«

Krieg seufzte. »Ich ertrage den Kerl auch nicht mehr. Gegen ihn waren die Diebe angenehme Gesellen. Der Presigl … immer, wenn ich meine, er wendet sich endlich dem allmächtigen, gütigen Gott zu, kommt wieder so etwas wie mit Euch gerade.«

»Bald ist es vorbei, dann könnt Ihr Euch wieder den Menschen widmen, die Gott aufrichtigen Herzens suchen«, sagte Frantz. Wie grausam es für einen Priester sein musste, die Seele eines armen Sünders nicht retten zu können!

Krieg presste die Lippen aufeinander, sog Luft durch die Nase und nickte. »Auch ich bin nur ein Mensch.«

»Ein guter Mensch.« Frantz war ihm unendlich dankbar, dass er nicht nur Maria und ihn getraut, sondern auch Vitus, den Sohn eines Henkers, getauft hatte.

»Und ein schwacher.« Der Diakon ging gesenkten Hauptes wieder hinein.

Frantz blieb in der Nähe und wartete auf den Klang der Glocke. Angesichts solcher Verworfenheit und Verstocktheit wunderte es ihn wirklich, dass so viele Leute aus Nürnberg und Umgebung sich für Georg Presigl eingesetzt hatten.

Endlich läutete der Stadtknecht auf. Der Rat hatte das Urteil bestätigt und versammelte sich im großen Saal. Frantz winkte den Stadtknecht herbei und betrat mit ihm das Henkersstüblein. »Georg Presigl, ich bitte Euch um Verzeihung, weil ich Euch gleich töten werde. In Eurem Fall ist es mir allerdings egal, ob Ihr sie mir gewährt oder nicht.« Er nahm das Armesünder-Mäntelchen von einem Haken an der Wand und nickte dem Ordnungshüter zu. »Bindet den Mann.«

Während Stadtknecht Benedikt sich an ihm zu schaffen machte, blickte Presigl weit weniger hochmütig drein als eben noch.

Frantz legte ihm den Mantel um. »Gehen wir. Erst zum irdischen Gericht, dann bringe ich Euch vor den himmlischen Richter.« Da der Mann schweigend und anscheinend kleinmütig neben ihm durch die finsteren Gänge schritt, stellte Frantz ihm eine letzte Frage: »Warum habt Ihr an dem Morgen, als Ihr nach dem Mord an Anna zurückgekehrt seid, den Leinfelder gefragt, ob er Jakob Seitzen gesehen hat?«

Der arme Sünder stieß Luft durch die Nase. »Nur für den Fall, dass man sie doch nicht für eine Selbstmörderin halten könnt.«

»Und da habt Ihr Euren Kumpan vorsorglich zum Verdächtigen gemacht?«

Presigl nickte. »Ich bin nicht stolz drauf. Deshalb wollt ich ihn auch nicht als Rossdieb verraten.«

*

Max hatte sich freiwillig zum Dienst bei der Hinrichtung gemeldet, schließlich hatte er geholfen, den Mörder zu fassen und seine weiteren Machenschaften aufzudecken. Heute fiel es ihm dann doch schwer, Befriedigung darüber zu empfinden. Ein Mensch würde bald sterben, durch sein Zutun. Wie sich Meister Frantz erst fühlen musste, den Mann mit eigenen Händen ums Leben zu bringen? Er verdrängte den Gedanken, und keinen Moment zu früh. Sein Pferd wurde angesichts der Menge unruhig. Von hinten schoben die Leute.

Endlich öffnete sich die Pforte des Seiteneingangs, und Meister Frantz übergab Presigl dem Löwen. Die Menschen drängten noch näher. »Zurückbleiben!«, rief Max. »Ihr könnt den armen Sünder unterwegs zum Richtplatz noch genug begaffen.«

Murren und Rufe wurden laut. Ein paar Zuschauer wehrten sich nun doch dagegen, weiter nach vorn geschoben zu werden, vermutlich mehr aus Respekt vor den Hufen seines Rosses als seinen Worten.

Die Schöffen und der Richter traten aus dem Rathaus und führten die Prozession an. Max sollte mit ihnen reiten. »Aus dem Weg!«, rief er, diesmal leiser, und lenkte sein Pferd neben den letzten Ratsherrn. Michel ritt voran und teilte die Menge. Gleich hinter den Honoratioren kam der Karren mit dem armen Sünder. Max blickte über die Schulter und erschauerte. Er könnte niemandem den Kopf abschlagen. Da müsste ihn schon einer bedrohen, ihn oder Kathi. Zum Glück war es dazu noch nie gekommen. Hoffentlich hielten die Friedenszeiten an.

Der neben ihm einherschreitende Ratsherr blickte zu ihm auf, und da erkannte er Nützel. »Du hast dich gut bewährt, Leinfelder, und deine Frau hat uns ebenfalls bei unserer Arbeit unterstützt. Du bekommst eine Sonderzahlung.«

»Vielen Dank, hoher Herr!«, rief Max überrascht und etwas zu laut.

Nützel musterte ihn versonnen. »Deine Kathi wird uns bestimmt mal wieder zu Diensten sein wollen, wenn Not an der Frau ist, hm?«

Was sollte er darauf antworten? »Wenn sie bis dahin nicht schon fünf Kinder an den Rockzipfeln hängen hat.«

Der Schöffe lächelte. »Gute Antwort. Mit der Möglichkeit hat sie uns schon einmal genarrt.«

Max spürte, wie ihm die Hitze ins Gesicht stieg. Das war also nicht vergessen.

*

Frantz stieg auf die gemauerte Plattform und blickte in den grauen Himmel. Feine Tropfen benetzten sein Gesicht, als ob die Englein weinten. Vielleicht war er wirklich zu ewiger Verdammnis verurteilt, aber wenigstens dienten seine Taten der Gerechtigkeit und Wahrheit. Er zog das Richtschwert aus der Scheide und hielt es hoch. Das abgestumpfte Ende machte es als Stichwaffe unbrauchbar. Diese Klinge durfte nur einem Zweck dienen, und den hatte er eingravieren lassen: *recte faciendo* – um Recht zu tun.

Er nahm den Griff in beide Hände und schwang das Schwert durch die Luft. Plötzlich sah er wieder den Pfahl im Garten seines Vaters vor sich, an dem er als Bub geübt hatte, erinnerte sich an das erste Schwein, das er hätte köpfen sollen und doch nur dahingemetzelt hatte. Wieder ließ er die Klinge ihr tödliches Lied singen. Seit er als Scharfrichter tätig war, hatte er noch nie gepatzt, aber wenn es eines Tages passieren sollte, hoffte er, es träfe einen reulosen Schurken wie den Presigl.

Die Prozession näherte sich bereits. Er steckte die Waffe in die Scheide zurück, kniete auf dem Podest nieder und sprach ein Vaterunser, den Blick auf die Blutflecken gerichtet, die auch Wind und Wetter nicht mehr völlig wegzuwaschen vermochten, obwohl Augustin den

Richtplatz stets ordentlich schrubbte. Als er aufstand, konnte er Presigl bereits auf dem Karren ausmachen. Erleichtert stellte er fest, dass er keinen Zorn mehr in seinem Herzen spürte. Er stieg die zwei Stufen hinunter. Die Menge der Zuschauer schien noch angewachsen zu sein.

Während Augustin dem armen Sünder vom Wagen half und der bedauernswerte Diakon Krieg noch einmal versuchte, ihn zur Reue zu bewegen, näherte sich Nützel. Der Ratsherr trat ungewöhnlich nah an Frantz heran und hielt die Stimme gesenkt. »Ihr dürft ihn anatomieren.«

Frantz konnte ein kleines Lächeln nicht völlig unterdrücken. »Danke. So dient er wenigstens einmal einer guten Sache.«

Der Schöffe nickte. »Jamnitzer hat sich sehr dafür ausgesprochen, Euch öfter Leichen zu überlassen. Alles für die Wissenschaft.«

Frantz starrte ihn überrascht an.

Der Anflug eines Lächelns zeigte sich in Nützels Gesicht. »Ich glaube, der arme Sünder erwartet Euch.«

Diakon und Kaplan blickten in ihre Richtung, wussten wohl nicht, was sie mit dem Mann noch anstellen sollten. Frantz schritt zu ihnen. »Georg Presigl, seid Ihr bereit?«

»So bereit, wie man sein kann.«

Frantz nahm ihm das blaue Mäntelchen ab und reichte es Augustin. »Kommt mit.«

Sie stiegen nebeneinander aufs Podest, und das Stimmengewirr um sie verebbte langsam, wich gespannter Erwartung, die an den Gesichtern abzulesen war. »Wollt Ihr noch letzte Worte an die Menschen richten?«, fragte er.

»Nur an Euch. Bitte macht Eure Arbeit gut, auch wenn ich ein Scheusal bin. Ich vergebe Euch.«

Frantz nickte anerkennend, erwartete aber halb, dass der Mann noch irgendwas hinzufügen würde, das wieder einen Stachel in sein Gemüt trieb. Sie blickten einander lange in die Augen, aber es kam nichts mehr. Frantz drehte Presigl ein wenig, nahm ihm den Kragen ab und trat zwei kleine Schritte zurück. Ja, das passte. »Kniet nieder.«

Presigl tat es und wirkte nun doch etwas wackelig.

Frantz zog das Schwert, wog es in seinen Händen, deutete damit auf den Nacken des armen Sünders, wohin er treffen musste, und holte aus. Nur noch Vogelgezwitscher war zu hören und fernes Donnergrollen. Frantz schlug zu, traf perfekt und trennte den Kopf vom Leib. Der Körper sackte zusammen, nur noch eine leere Hülle, die Augustin sofort zum Rand des Podests zog, um das Blut in einer Schüssel aufzufangen. Ringsum herum brach Jubel aus. Frantz drehte sich einmal im Kreis und blickte in begeisterte Gesichter. Närrische Welt. Verkehrte Welt? Er schloss die Augen und bat Gott um Vergebung.

*

Lienhardt Hertl starrte auf den abgeschlagenen Kopf. Nun war

Annas Mörder gerichtet. Er zerknüllte das Flugblatt in seiner Hand, durch das er von der Hinrichtung erfahren hatte. Diesen Moment hatte er sich keinesfalls entgehen lassen wollen, nun aber fühlte er keine Befriedigung. Dass das Leben ihres Mörders nun ausgelöscht war, brachte sie nicht wieder zurück.

Die Menge auf der Wiese lichtete sich langsam. Lachend und schwatzend strebten die Leute den Essensständen entlang des Wegs zum Stadttor zu. Der Regen fiel nun in schwereren Tropfen, trotzdem wollte Lienhardt noch ausharren. Gern würde er ein paar Worte mit dem Nachrichter wechseln, ihm erzählen, welch zwielichtiger Kerl ein Auge auf seine Schwester geworfen hatte. Leider redete bereits ein dicker Mann auf Meister Frantz ein, mit den Händen in der Luft herumfuchtelnd, als wollte er selbst ein paar Leute köpfen.

Langsam näherte er sich den beiden und erkannte Neubauer, den Wirt der Fetten Gans. Meister Frantz gewahrte ihn, ließ sich aber nichts anmerken, hielt nur kurz Blickkontakt. Da trat einer der Schöffen zum Nachrichter, dafür trollte sich Neubauer schnell. Lienhardt musste lächeln. Die beiden mochten sich wohl nicht. Ah, das war Nützel von Sündersbühl. Er sollte ihn fragen, ob er wieder in den Dienst der Stadt Nürnberg treten durfte. Schließlich hatte er geholfen, den Presigl und die drei Diebe zu verhaften. Sein Blick wanderte zum Galgen, an dem ihre leblosen Körper baumelten.

Inzwischen standen nur noch wenige Leute herum, darunter mancher Stadtknecht und Schütze, der sich ihm in den Weg stellen konnte. Es war nicht gefahrlos, aber eine bessere Gelegenheit würde er schwerlich bekommen, einen der Räte zu sprechen. Er näherte sich langsam.

»Lienhardt Hertl, meint Ihr?«, hörte er Meister Frantz gerade laut sagen. Dabei trat er einen Schritt zur Seite, sodass er Lienhardt genau im Blick hatte, während der Schöffe weiterhin mit dem Rücken zu ihm stand. Lienhardt verharrte. Etwas im Ausdruck des Nachrichters warnte ihn. »Was wollt Ihr von dem?«

»Er hat wahrscheinlich dem Presigl acht Gulden gestohlen, der Schuft. Da haben wir schon nicht den Falschen ausstreichen lassen.«

»Hm, ja, dann werdet Ihr ihn wohl suchen müssen.«

Lienhardt machte auf den Fersen kehrt und zwang sich, nicht zu rennen. Zum Glück hatte Meister Frantz ihn nicht verraten. Der Nachrichter hielt ihn anscheinend für keinen Schuft, oder nur einen kleinen, der schon gestraft genug war. Nächste Woche, wenn es dem Rossdieb an den Kragen ging, sollte er nicht wieder den Fehler machen hierherzukommen. Er wollte gerade das Flugblatt wegwerfen, dann überlegte er es sich anders. Vielleicht konnte er es noch brauchen, um sich den Arsch damit abzuwischen. Endlich erreichte er eine frei stehende Eiche und schlüpfte schwer atmend hinter ihren massigen Stamm. Sobald sein Herz ruhiger schlug, lugte er zum Richtplatz und sah die Honoratioren zur Stadt zurückgehen.

Das aufgebrachte Gekrächze zweier Raben lenkte seinen Blick zum Rad. An das war noch immer der verfaulende Schwestermörder gebunden; die Aasvögel stritten sich wohl um die letzten Leckerbissen. Lienhardt zog seinen Dolch und spähte zu Nachrichter und Löwen hinüber, die den Presigl auf einen Karren luden. Jetzt steuerten sie mit ihrer schaurigen Fuhre die alte Kate an, in die der Löwe damals die Anna gebracht hatte. Am Ende waren sie doch Leichenschänder? Dann musste Lienhardt auch keine Hemmungen haben. Mit schnellen Schritten erreichte er das Rad und schnitt die rechte Hand des armen Sünders ab. Das ledrige Ding fühlte sich ekelhaft an, sollte ihm aber Glück bringen. Ein Stück vom morschen Strick trennte er auch noch ab und eilte mit seiner Beute Richtung Wald. Dieser schien in immer größere Ferne zu rücken, je schneller er rannte, der Wald, in dem eine ungewisse Zukunft auf ihn wartete – lauerte. Was sollte er mit sich anfangen? Er könnte sich ja dem Friedl anschließen … Da war ihm, als sähe er seinen einstigen Kumpan als Rabenfutter. Würde der ihn nicht mit ins Verderben ziehen? Doch er hatte jetzt den Glücksbringer, der würde ihn schützen!

Nachwort

Wie schon in *Meister Frantz und die Perlen der Zahlmeisterin* habe ich auch der Kriminalhandlung im zweiten Buch über den Henker von Nürnberg einen historischen Fall zugrunde gelegt. Dabei habe ich mich anderer im fraglichen Zeitraum an Leib oder Leben gestrafter Delinquenten als mögliche Verdächtige bedient, wie sie in Frantz Schmidts Notizen sowie den Ratsverlässen der Stadt Nürnberg überliefert sind. Auch diesmal fand ich in der *Chronica perpetua*, einer hundert Jahre jüngeren Überlieferung aus unbekannter Feder, eine abweichende Version, der zufolge Anna Presiglin nicht erschlagen, sondern erstickt worden ist. Eben dieses doch sehr naheliegende Gerücht ließ ich in meinem Roman entstehen. Bei jenem Anonymus kann man auch über einen Schützen lesen, der zuvor aus Nürnberg ausgestrichen worden war und dennoch den berauschten Georg Presigl zum Gostenhofer Gefängnis gelockt hat. So entschied ich mich, den historisch belegten Lienhardt Hertl mit jenem Schützen zu identifizieren, da Hertl tatsächlich im Januar wegen seiner Verfehlungen als Bettelrichter ausgestrichen worden war und in Frantz Schmidts Leben wenige Jahre später eine bedeutende Rolle spielen wird.

Ein besonderes Vergnügen bereiteten mir die kleinen Auftritte des großartigen Wenzel Jamnitzer, dessen Kunstschaffen wie auch sein Buch *Perspectiva Corporum Regularium* leider viel zu wenig Beachtung findet. Die Szene im Nachbargarten der Presiglin bezieht sich auf einen Eintrag in den Ratsverlässen, dem zufolge Jamnitzer sich dafür einsetzte, dass Lucas Fölle einen von der Rugsgwandtnerin erworbenen Garten in Gostenhof wieder zum selben Preis an sie zurückgeben durfte. Auch werden zwei Bäckergesellen erwähnt, die den Meister schmähten und gotteslästerlich fluchten. In einem weiteren Eintrag spricht sich Jamnitzer dafür aus, dass der Uhrmacher Martin Sporer, über den sich viele Handwerker beschwerten, doch endlich sein Meisterstück abliefern sollte.

Meine wichtigsten Quellen waren Folgende:

Hinrichtungen und Leibstrafen. Das Tagebuch des Nürnberger Henkers Franz Schmidt, herausgegeben von Geschichte Für Alle e.V. – Institut für Regionalgeschichte, Nürnberg 2013.

Die Henker von Nürnberg und ihre Opfer. Folter und Hinrichtungen in den Nürnberger Ratsverlässen 1501 bis 1806, herausgegeben von Michael Diefenbacher, Nürnberg 2010.

Joel F. Harrington: *The Faithful Executioner*, Farrar, Straus and Giroux (19. März 2013), auf Deutsch erschienen unter dem Titel *Die Ehre des Scharfrichters: Meister Frantz oder ein Henkersleben im*

16. Jahrhundert.

Hermann Knapp: *Das Lochgefängnis. Tortur und Richtung in Alt-Nürnberg*, Nürnberg 1907; Neudruck herausgegeben von Geschichte Für Alle e.V. – Institut für Regionalgeschichte, Nürnberg 2011.

Mitteilungen des Vereins für Geschichte der Stadt Nürnberg, Zeitschrift herausgegeben vom Verein für Geschichte der Stadt Nürnberg.

Nürnberger Altstadtberichte, Tätigkeitsberichte herausgegeben von Altstadtfreunde Nürnberg e. V.

Andrea Bendlage: *Henkers Hetzbruder. Das Strafverfolgungspersonal der Reichsstadt Nürnberg im 15. und 16. Jahrhundert*, Konstanz 2003.

Chronica perpetua, darinnen alle und jede Malefiz-Persohnen, aus vielen alten mit mühsamen Fleiss zusamen getragen, anzutreffen sind, Handschrift, Nürnberg ca. 1709. Digitalisierte Ausgabe:

http://hdl.library.upenn.edu/1017/d/medren/4322016.

Beiträge zur Geschichte Wenzel Jamnitzers und seiner Familie. Auf Grund archivalischer Quellen, hrsg. von Max Frankenburger, Strassburg 1901.

Auch wenn ich mich sehr um historischen Realismus bemühte, konnte ich doch nicht widerstehen, in diesem Buch die Nürnberger Ratsherren Auszüge aus einem Sinngedicht von Friedrich von Logau zitieren zu lassen, obwohl der große Barockdichter erst noch geboren werden musste. Dies ist die vollständige Version:

EJnen Greiner/ einen Schreyer/ Einen Praler/ einen Dräuer/ Einen Buhler/ einen Zäncker/ Einen Balger/ einen Stäncker/ Einen Herren/ einen Narren/ Einen Richter/ einen Pfarren/ Einen Doctor, einen Simpel/ Einen Witzel/ einen Gümpel/ Einen Täntzer/ einen Singer/ Einen Schläfer/ einen Springer/ Einen Mörder/ einen Stehler/ Einen Wäscher/ einen Höler/ Einen Lügner/ einen Trieger/ Einen Schmeichler/ einen Rüger/ Einen Flucher/ einen Beter; Aller Laster einen Thäter Hat in dem man zu erkennen/ Den man kan versoffen nennen.

Logau, Friedrich von: Deutscher Sinn-Getichte Drey Tausend. Breslau. 1654. Zitiert nach:

http://www.deutschestextarchiv.de/book/view/logau_sinngetichte_1654?p=255, abgerufen am 26.08.2016.

Danksagung

An dieser Stelle möchte ich mich auch ganz herzlich bei meiner Lektorin Kathrin Brückmann (www.lekto-ratio.de) bedanken, die einmal mehr hervorragende Arbeit dabei geleistet hat, mich sprachlich in der richtigen Zeitschiene zu halten, und auch das Cover und die Karten von Nürnberg und Umgebung für mich gestaltet hat.

Ebenso schulde ich George Hart Dank, der mich während der *Bridges Conference* in Finnland auf Wenzel Jamnitzer aufmerksam machte und so meine Romane mit und über Meister Frantz um einem äußerst interessanten historischen Zeitgenossen bereicherte. Im dritten Band wird der Goldschmied von Kaisern und Königen eine prominentere Rolle spielen.

Über die Autorin

Nach dem Studium der Germanistik und Amerikanistik in Deutschland und den USA arbeitete Edith Parzefall in der Softwarebranche.

Als Schriftstellerin verbindet sie gerne ihre zwei großen Leidenschaften: Schreiben und Reisen. So schrieb sie nach dem Besuch eines brasilianischen Straßenkinderprojekts ihren Thriller *Die Streuner von Rio*. 2008 begab sie sich mit ihrem Lebensgefährten auf eine Reise durch die Atacamawüste. Als die beiden in ihrem Mietwagen zwischen zwei Lastern eingequetscht wurden, entstand die Idee zu *Knautschzone – Zwischen Sein und Schein*. Die Adventure-Trek-Trilogie – humorvolle Abenteuer in schwindelerregenden Höhen mit Tiefgang – wurde durch Wanderungen in den Alpen inspiriert. Zusammen mit Kathrin Brückmann verstieg sie sich dann auch noch in fantastische Gefilde, in denen *Der Eierkrieg* tobte.

Ihr Krimi *Germknödel in Burgundersoße* nimmt seinen verhängnisvollen Verlauf ausnahmsweise in heimatlichen Regionen. Für ihre historischen Romane über Meister Frantz, den Henker von Nürnberg, die im 16. Jahrhundert spielen, tut sie sich allerdings schwer, einen Reiseveranstalter zu finden, also begnügt sie sich damit, den Zeugnissen der Zeit in der Nürnberger Altstadt, sowie in Museen und Bibliotheken nachzuspüren.

Weitere Romane von Edith Parzefall

Meister Frantz und die Perlen der Zahlmeisterin – Henker von Nürnberg 1

Freie Reichsstadt Nürnberg, August 1580: Häscher, Heiler, Henker … nur einen dieser Berufe hat sich Frantz Schmidt selbst ausgesucht, und doch muss er allen dreien nachkommen.

Als Nachrichter von Nürnberg ist Meister Frantz ein Unehrlicher, trotzdem kommen die Bürger im Geheimen zu ihm, um ihre Zipperlein von ihm behandeln zu lassen, denn seinen Händen wird Zauberkraft nachgesagt. Auch die Witwe Christina Zahlmeisterin gehört zu jenen, die seine Dienste in Anspruch nehmen.

Als die halb lahme Frau erschlagen aufgefunden wird, gerät ihre Magd Kathi in Verdacht und wird verhaftet. Bald schon soll Meister Frantz sie einer peinlichen Befragung unterziehen, doch er hält das unbedarfte junge Mädchen für unschuldig. Da kommt ihm der junge Schütze Max gerade recht, der ebenfalls für Kathi eintritt. Gemeinsam ersinnen sie einen Plan, der Kathi eine Weile vor der Tortur schützen kann.

Lasst sich der Rat der Freien Reichsstadt Nurnberg so lange täuschen, bis Frantz den wahren Täter gefunden hat? Falls er ihn denn findet …

Meister Frantz und der Fluch der Blutrubine – Henker von Nürnberg 3

Freie Reichsstadt Nürnberg 1582: Meister Frantz wird von Kathi Leinfelderin zu einem Fall von Notzucht gerufen, jedoch nicht als Henker, sondern als verschwiegener Heiler – eine Situation, die ihm großes Unbehagen bereitet. Clara, die vierzehnjährige Magd eines Bortenwirkers, will keinesfalls Anzeige erstatten. Außerdem steht Ostern vor der Tür, und die Schöffen sind vor allem mit einem beschäftigt: der Wahl des Kleinen Rats. Trotz all dieser Hindernisse kann Frantz nicht zulassen, dass der Täter weiter sein Unwesen treibt. Mit Kathis Hilfe versucht er, die junge Maid zum Sprechen zu bringen und herauszufinden, wen sie schützt. Etwa den Goldschmied, der um die Bortenwirkerei herumschleicht?

Knautschzone – Zwischen Sein und Schein

Die Arbeit ist Laras Lebensinhalt – bis sie gefeuert wird. Sie sucht das Vergessen am Boden einer Whiskyflasche. Im Vollrausch bucht sie nicht nur eine Reise nach Chile, sondern zerstört auch noch die Beziehung zu ihrem besten Kumpel. Statt sich ihrem verkorksten Leben zu stellen, fliegt sie nach Südamerika. Dort lernt sie den Rucksacktouristen Rick kennen, dessen Spielchen sie auf der Fahrt entlang der Panamericana effektiv von ihren Problemen ablenken.

Dieselbe Strecke nimmt auch Enrique mit seinem Sattelschlepper, doch die Einsamkeit der Atacamawüste setzt ihm immer mehr zu. In Gedanken unterhält er sich mit seiner Frau, die ihn immer öfter zur Heimkehr drängt. Mit wachsender Beklemmung tritt er die Rückfahrt an. Als Lara seinen Weg kreuzt, wirft der Zusammenstoß beide aus der

Bahn und zwingt sie, unangenehmen Wahrheiten ins Auge zu blicken.

Eine spannende, tiefgründige Reise durch Wüstenlandschaften und seelische Untiefen.

Germknödel in Burgundersoße – Kriminalroman

Ausgerechnet an Halloween stolpert Medizinstudentin Doro Brandt über eine Horde Burschenschaftler der Arminia Märheim, die sie mit zu ihrer Feier im Germanenstil schleppen. Donnergott Thor, Göttervater Wodan, ein Keiler namens Grunz und Urzeitriese Ymir in Bärengestalt sind nur einige der illustren Teilnehmer dieser Veranstaltung. Als der Bär eine der tanzenden Maiden entführt, glaubt Doro noch an einen Scherz, wie der Rest der wilden Horde auch, und lässt die Nacht in inniger Umarmung mit Thor ausklingen.

Doch Margarethe von Trubau bleibt verschwunden, niemand weiß, wer den Bären gemimt hat, und auch Suchpudel Herrmann findet keine Spur. Während die Kommissare Grüning und Lorenz den Fall übernehmen, bahnt sich zwischen Doro und Thor eine Romanze an. Da stehen beide plötzlich im Fokus der polizeilichen Ermittlung, und die Bundesbrüder mauern.

Zusammen mit Kathrin Brückmann: Der Eierkrieg – Ein Hanebuch

Unter der Herrschaft des Grünen Grafen Kunibert erblüht das beschauliche Märheim. Ausheimische aus aller Herren Länder kommen, um die reiche Florauna zu bestaunen. Ob nun Faseltier oder Labergeiß, für jeden Besucher findet sich der richtige Fremdenführer. Doch der Erfolg des einen weckt Neid und Begehrlichkeiten des anderen: Isbert von der Zitterdelle, Herr über das benachbarte Schindburg, ersinnt einen Plan, um sich auch einen Teil vom Kuchen abzulurchen: Er fängt die Märheimer Hanghühner vor ihrem herbstlichen Zug in den Süden ab, damit sie ihm den Winter über die begehrten Eier legen.

In und über diese Intrige stolpert Wandersänger Blasius von Pfeiffenheim und wird schnell zum Spielball der hohen Herren. Obwohl er eigentlich nichts weiter will, als so berühmt sein wie Falther von der Hühnerweide, muss er schon bald als Spion sein Leben aufs Spiel setzen. Und dann ist da noch die lieblich blaue Halbfee Limusine, der sein Herz gehört, die ihn aber nur als tumben Tor ansieht. Kann sein tapferer Einsatz sie ihm gewogen machen? Während zwischen den beiden Reichen ein Eierkrieg entbrennt, tut Blasius alles, um sich ihr zu beweisen. Leider selten das Richtige …

10938761R00130

Printed in Germany
by Amazon Distribution
GmbH, Leipzig